화려한 침묵

희미한 전국

초판 1쇄 찍은 날 § 2004년 12월 8일
초판 1쇄 펴낸 날 § 2004년 12월 18일

지은이 § 연두
펴낸이 § 서경석

편집장 § 문혜영
편집 및 디자인 § 이종민
마케팅 § 정필 · 강양원 · 이선구 · 김규진 · 홍현경

펴낸곳 § 도서출판 청어람
등록번호 § 제1081-1-89호
등록일자 § 1999. 5. 31
어람번호 § 제5-0030호

주소 § 경기도 부천시 원미구 심곡1동 350-1 남성B/D 3F (우) 420-011
전화 § 032-656-4452 팩스 § 032-656-4453
http://www.chungeoram.com
E-mail § chungeoram@chungeoram.com

ⓒ 연두, 2004

ISBN 89-5831-350-1 03810

연두 지음

혼미한 정국

도서출판
청어람

그녀와 그녀, 스물한 살.

강의가 끝나자마자 단영이 지체없이 문과대 건물을 빠져나왔다. 그리곤 학생회관 건물 바로 직전에 있는 공대 건물에서 김밥 한 줄을 사고 학보사가 있는 학생회관으로 향했다. 한 달 기획으로 21세기 대표적인 철학자를 다루기로 했는데, 그중 한 명인 미셸 푸코에 대한 강연회가 신촌에서 있었다. 학보사 이 년차 기자로 이 코너를 담당한 그녀였기에 요즘 하버마스니 라깡을 주제로 한 강연회나 세미나를 찾아다니고 있었다. 사실 기존의 철학을 다 꿰고 있는 그녀도 아니었고, 학보사 내부에서도 대략적인 흐름은 감지하지만 정확히 그 사람들의 사상이 현실과 어떤 맥락으로 연결되어 있는지는 구체적으로 몰랐다. 대학생이란 허세와 학보사라는 알량한 우월 의식, 그리고 조금은 인문철학에 대한 부분은 대학신문에서 다 뤄줘야 한다는 의무감 같은 것이 결합되어 기획된 코너였다. 물론 기사 자체를 그녀가 쓰기에는 버거운 내용이라 기고문이나 교수들의 연재를 받지만, 그 기사와 관련된 학회와 강연, 그리고 책을 소개하는 것은 그녀의 몫이었다.

여하튼 신문사에 무거운 전공 책을 내려놓고 그녀가 가방을 비웠다. 그리곤 방금 전 사 온 김밥을 우물우물 먹고 있었다. 수업이 끝나는 해질 녘엔 각자 저녁을 먹거나 친구들과 수다를 떠느라 학보사 안은 사람이 별로 없었다. 그녀가 마지막 김밥 하나를 입에 넣는데, 편집장이 들어와 그녀에게 다가왔다.

"오늘 강연회 가는 날이지?"

"응."

입 안에 든 김밥 때문에 대답이 어리벙벙하게 나왔다. 그러나 그녀의 눈빛이 어벙한 대답과는 다르게 경계하듯 날카로워졌다. 3학년인 편집장은 히쭉 웃는 얼굴로 말을 이었다. 입매에 있는 검은 점이 위로 치켜 올라가는 입술 선을 따라 함께 씰룩거렸다.

"혼자 가기 심심하면 같이 갈까?"

그녀가 그 검은 점을 물끄러미 쳐다보며 불쑥 나오는 대로 대답했다.

"아뇨. 같이 가기로 한 친구 있어요."

"그래?"

편집장이 또 다른 말을 꺼낼까 두려운 듯 그녀는 얼른 전화기가 있는 곳으로 다가갔다. 그리곤 친구의 삐삐번호를 눌러 음성을 남겼다.

"야, 어디야? 곧 출발해야 하는데. 나 학보사에 있으니까 전화해."

단영이 전화기를 내려놓고 주위를 둘러보자 편집장은 자기 책상에 앉아 뭔가를 하고 있었다. 그녀가 친구의 전화를 기다리며 어슬렁거렸다. 김밥 포장지도 치우고, 책상 위에 있는 책도 정리하는데 바로 전화기가 울렸다. 편집장이 고개를 들어 그녀를 힐끔거리다가 다시 고개를 숙이고 컴퓨터를 응시했다. 단영이 얼른 전화를 받았다.

"예, 학보사입니다."

그녀의 목소리를 알았는지 느릿한 진수의 목소리가 들려왔다.

[뜬금없이 뭔 소리야? 출발이라니?]

그녀가 일단 진수의 말허리를 끊고 다짜고짜 물었다.

"어디야?"

조금은 퉁명스러운 진수의 대답이 들려왔다.

[여기? 후문 앞에 있는 공중전화.]

"알았어. 잠깐만 기다려. 나 지금 내려갈 테니까."

[지금?]

"응."

단영이 얼른 전화를 끊고 편집장과 다른 기자들에게 인사를 흘렸다.

"저 갑니다."

그리곤 아까부터 준비해 놓은 가방과 카메라를 챙기고 횡하니 나갔다. 편집장은 반응없이 컴퓨터 화면을 쳐다보고, 다른 기자들도 그냥 흘리듯 인사를 건네는데 감도는 정적이 이상하게 예민했다. 여하튼 정적이 감돌든 말든 학생회관 바로 아래 언덕을 뛰다시피 내려간 단영은 후문 앞에서 기다리고 서 있는 진수를 보고 손을 흔들었다.

"진수야~!"

담배 한 대를 피우고 있던 진수가 뛰어오는 단영을 보곤 피식 웃었다.

"누가 쫓아오냐? 뛰기는."

단영이 가쁜 숨을 고르며 손을 설레설레 저었다.

"헥헥, 말 마라. 그러잖아도 쫓아올까 무서운 인간이 있다."

이제는 이런 일에 이골이 난 듯 바로 상황을 감지한 진수가 비아냥거렸다.

"그 인간 떨궈내려고 나한테 출발이니 뭐니 한 거야?"

"응."

두 사람이 후문 아래로 이어지는 길을 걸었다.

"근데 어디 가는 거야?"

진수가 단영의 카메라 가방을 보곤 묻자 단영이 조금은 민망한 듯 웃었다.

"취재. 신촌에서 미셸 푸코 강연회가 있어서."

걸음을 옮기던 진수가 멈칫 서더니 단영을 응시한다. 사람들은 짧은 머리에 곱상한 얼굴의 진수가 들고 있는 담배를 힐끔거리며 쳐다보는데, 진수는 단영을 보며 눈을 휘둥그레 떴다.

"나도 거기 가는 참이었는데."

"진짜?"

"응. 요즘에 푸코 책 읽고 있는데 도통 뭔 소리인지 이해가 안돼서."

단영의 얼굴이 헤벌쭉 웃음을 그렸다.

"잘됐다. 혼자 가기 심심했는데."

두 사람은 버스 정류장까지 걸었다. 2학기 초반이라 아직 여름 냄새가 났다. 초저녁이라 햇살은 뜨겁고 바람은 시원해 걷는 게 기분 좋은 그런 길이었다. 신촌으로 곧장 가는 버스에 오르니 사람들이 빼곡히 앉아 있었다. 두 사람은 맨 뒤에 비어 있는 자리를 보곤 얼른 그쪽으로 갔다. 창가로 초저녁의 빛 바랜 햇살이 쏟아져 들어왔다. 진수는 무슨 생각을 하는지 창밖으로 지나가는 건물과 사람들을 무심히 구경했고, 카메라를 조심조심 챙겨 무릎 위에 올려놓은 단영은 그런 진수를 보곤 문득 생각난 걸 물었다.

"푸코 책 뭐 읽던 중이야?"

진수가 고개를 돌려 단영을 응시한다. 멈춰 있는 듯 무표정한 얼굴이 뜬금없지만 매력적이다.

"가장 흔하고 진부한 거."

"〈성의 역사〉?"

"응. 너는?"

"그거 읽다가 지쳐서 다른 거 읽고 있어. 〈감시와 처벌〉."

진수가 말없이 고개를 끄덕였다. 읽고 있던 책을 떠올려 보던 단영이 살짝 인상을 찡그리며 물었다.

"그런데 읽어보니까 어때?"

"글쎄, 읽다 보면 조금 공허하다는 생각이 들긴 해."

단영이 묻는 듯한 시선을 보내자 진수가 말을 이었다.

"자신의 정체성이 타당한 것이라고 논리로 끝도 없이 싸우고 있는 느낌인데, 읽다 보면 어느 순간 왠지 씁쓸해. 이렇게까지 논리로 싸워 이겨야 타당성을 인정받는 건지, 또 그렇게 인정받아야 타당한 건지. 뭐, 그런 거. 누군가의 존재하는 방식이 논리가 옳으면 인정하고, 아니면 인정 안 할 수 있는 문젠지 그런 생각 때문에 읽다가 멈추게 돼."

단영이 고개를 끄덕였다.

"대강 뭔 소리인지 알겠다. 나도 읽으면서 비슷한 생각 했거든. 특히나 푸코가 동성애자인 거 알고 나니까 왠지 처절한 논리투쟁을 보는 것 같아."

"음. 한편으론 그 사람 나름대로 치열하게 고민했구나 그런 생각도 들고, 한편으론 백인 남성사회 안에서의 또 다른 권력투쟁인 것 같기도 하고."

두 사람의 대화가 그 즈음에서 멈추는가 싶더니 진수가 갑자기 생각난 게 있는 듯 불쑥 다른 말을 꺼냈다.

"근데 쫓아올까 무서운 인간이 누구야?"

진수의 말이 떨어지기 무섭게 단영이 진저리난다는 얼굴로 이맛살을 찌푸렸다.

"있잖아, 그 여자만 보면 껄떡댄다는 편집장."

"새로 들어온 1학년짜리 애랑 사귄다며?"

단영의 얼굴이 시큰둥하니 냉소적으로 변했다.

"걔도 처음엔 얼레벌레 사귀다가 곧 상황 파악됐나 봐. 원래 그렇게 치근덕거리는 놈이라는 걸 알고 냅다 찬 거지 뭐."

"그래서 이번엔 너한테 그러는 거야?"

단영이 다른 사람한테는 차마 말을 꺼내지 못해 그동안 답답했다는 듯 약간은 과장되게 고개를 끄덕이며 말했다.

"응. 차인 게 안돼 보여서 조금 잘해줬더니 나한테 들러붙는다. 오늘도 같이 가려는 거 있지."

단영이 어깨를 살짝 떠는 흉내를 내며 무섭다는 얼굴을 했다. 진수가 피식 웃고는 다시 창밖으로 시선을 돌리는데 단영이 계속 말을 이었다.

"웃기지 않니, 그 여자애도? 사랑이 어쩌구저쩌구 온 세상 고민 다 하는 얼굴이더니, 뭐 그렇게 쉽게 찰 수 있어? 그리고 그 자식은 또 뭐냐고? 그 여자애 없으면 죽을 것 같은 얼굴로 술 퍼 마시더니."

"속까지는 모를 일이지."

진수가 단영의 흥분 어린 말에 살짝 제동을 걸자 그녀가 푸다 닥 끓는 물에 빠진 시금치처럼 풀죽은 듯 말했다.

"그 속은 내 알 바 아니고 어쨌든 겉은 영 아니올시다."

진수는 말없이 엷은 미소만 지었다. 단영이 진수의 뒤로 들어 오는 노란빛 햇살을 보며 중얼거렸다.

"그 애들 보고 있으면 왠지 주위 사람들까지 기운 빠져. 사랑 이 저렇게 가볍고 아무것도 아닌가 하고 말이야. 내가 나중에 사람을 사귀면 어떨지 모르지만 지금은 그래. 지금은 정말 사랑 이 우스워 보인다."

단영이 조금 쉬려는 듯 좌석에 등을 기대고 쭈욱 늘어져 앉았 다. 수업 끝나자마자 김밥 한 줄 먹고 곧바로 무거운 가방 들고 뛰었더니 기운이 없었다. 그녀가 나른한 얼굴로 눈을 감고 혼잣 말처럼 읊조렸다.

"있지, 요즘엔 나한테 사랑한다는 말 하는 사람 있으면 그 사 람이 우스워 보일 것 같아."

단영은 그 말을 뱉어놓고 잠시 잠에 빠지려는 듯 침묵을 지켰 고, 창밖을 바라보고 있던 진수는 그런 단영의 얼굴을 가만히 쳐다보더니 다시 창밖으로 시선을 가져갔다. 버스 안의 정적과 속살거리는 두 사람만의 공간 사이로 진수의 낮은 중얼거림이 흘러나왔다.

"큰일이네, 나도 너 사랑하는데."

그 순간 감겨져 있던 단영의 눈이 떠졌다. 그녀가 친구 진수의 얼굴을 빤히 응시했다. 도로를 달리는 버스가 짧은 순간 멈춰 선 듯 두 사람을 감싼 공기가 정지했다. 그리고 앞에 앉아 있는 사람들이 희미해지고, 빛 바랜 햇살 안에 두 사람의 윤곽이 흐릿하게 번져 가는 듯했다. 진수가 고개를 돌리니 두 사람의 두 눈이 마주쳤다. 언어로 표현되지 않는 정지의 눈빛, 단영이 친구 진수를 물끄러미 바라보더니 어느 순간 어설프게 웃는다.

"하핫, 날 사랑까지 했단 말이야?"

농담처럼, 가벼운 미풍처럼, 가을바람에 구르는 작은 돌조각처럼 그렇게 흘려버리는 단영의 웃음에도 진수의 얼굴은 여전히 무표정했다. 그러나 단영이 반짝반짝 간결한 눈빛으로 그녀를 쳐다보자 진수가 희미하게 웃음을 그리며 말했다.

"응, 널 사랑까지 해."

진수의 눈빛이 진지하게 단영의 얼굴에 고정되어 있자 단영의 눈빛이 흔들렸다. 그녀의 얼굴이 살짝 붉어지더니 장난스럽게 자신의 한쪽 손을 가슴 부근에 갖다 댔다.

"왠지 여기가 떨린다, 야."

진수는 피식 바람 빠지는 헛웃음을 내뱉곤 다시 창밖으로 고개를 돌렸다. 햇살은 점점 붉어져 버스 전체가 묘하게 붉은빛으로 넘실거렸다. 두 사람이 내려야 할 역에 도착할 때까지 그렇게 침묵을 지켰고, 버스는 조용히 도로를 달렸다. 사람들이 하나둘씩 내리고 타는 내내 두 사람이 버스 뒷좌석에 앉아 저무는 저녁 해를 바라보았다.

그와 그, 스물네 살.

재윤은 오랜만에 평일 오후 동네를 어슬렁거렸다. 피우고 있던 담배가 떨어져 집 근처에 있는 작은 구멍가게를 찾은 그가 담배 한 대를 피우면서 동네 부랑아처럼 이리저리 돌아다녔다. 계속되는 시험과 보기만 해도 질리는 두꺼운 책 때문에 그의 머리 속이 지끈거렸다. 본과에서 벌써 이렇게 지치는 기분이니 레지던트와 인턴생활은 어떻게 해야 하나 벌써부터 걱정이다. 누구처럼 술을 좋아해 퍼마시는 그도 아니었고, 누구처럼 여행을 좋아해 돌아다니는 것도 없으니 공부하다 지치면 이렇게 동네 근처를 배회하며 머리를 식히는 그였다. 한 번쯤은 여자를 사귈까 하는 생각으로 미팅에도 나가봤지만 이내 시큰둥했다. 뻔히 보이는 서로의 신호체계가 익숙지 않았고, 익숙해지고 싶지도 않았다. 미래의 의사를 잡는다는 생각에 기대에 찬 얼굴로 나온 여자애들이나 그걸 미끼로 예쁜 애들이랑 한번 놀아보겠다는 남자애들이나 모두 웃기는 쇼처럼 느껴지는 재윤이었으니 딱히 함께 다니는 친구도 없고 있어봤자 학교 내에서만 친했다. 이렇게 평일 오후 일찍 집에 온 날은 당연히 혼자였다. 사람들과 부대끼다 가끔씩 찾아오는 이런 빈둥거림도 반갑긴

했다.

　재윤이 동네 놀이터에서 그네를 타며 담배 한 대를 피웠다. 멀쩡하게 생긴 남자가 초저녁에 그네를 타니 놀고 있던 아이들이 슬금슬금 다른 곳으로 가버렸다. 어느새 텅 빈 놀이터에서 그네를 타며 끼적끼적 발로 낙서를 만들고 있던 재윤이 홀가분히 일어나 집으로 향했다. 그런데 놀이터 입구로 낯익은 얼굴이 나타나는가 싶더니 재윤을 알아보곤 멈칫 걸어오던 발걸음을 정지했다. 재윤의 고등학교 동창 김동휘였다. 같은 동네에서 같은 중학교, 같은 고등학교를 거쳐 고등학교 삼 년 내내 한 반이었던 두 사람은 꽤 친하게 지낸 사이였는데, 대학에 입학하면서 연락이 뜸해지던 참이었다. 이유는 달라진 공간과 관계 사이에 깔려 있었던 어색함이라고나 할까. 어느 날 문득 재윤을 쳐다보는 동휘의 시선이 꽤 애달프다는 걸 깨달았으니 재윤이 편하게 연락을 하지 않게 된 것이다. 또 그런 재윤의 거리 두기를 느꼈는지 동휘도 연락하지 않았다. 마치 서로의 생활에 바쁜 듯 우연히 마주치면 가벼운 인사를 건네거나 술 한잔하며 대학생활에 대해 시시껄렁한 이야기를 주고받을 뿐이었다.

　다른 때와 달리 동휘의 얼굴에 반가움이 서려 있었다. 항상 조심스러웠던 동휘의 얼굴이 편하게 웃음이 띠고 있자 재윤도 조금은 편한 얼굴로 인사를 건넬 수 있었다.

　"오랜만이네."

"응. 너는 어쩐 일로 이 시간에 이러고 있냐?"

"머리가 아파서 잠시 바람 쐬러 나왔어. 너는?"

"난 집에 들어가기 전에 잠시 머리 좀 식히려고."

재윤이 주머니에 있는 담배 한 대를 또 꺼내 피우자 동휘가 그 옆에 있는 그네에 앉아 흔들흔들 몸을 움직여 흐느적거렸다. 그러더니 귀에 하고 있던 작은 귀찌를 빼내어 주머니에 넣었다. 아무래도 머리를 식히는 것보단 이곳에 들러 액세서리를 빼는 게 목적이었던 것 같다. 재윤이 가만히 쳐다보자 동휘가 쓴웃음을 지었다.

"아버지가 보면 뭐라고 할 것 같아서."

"귀찌 정도 갖다가?"

가벼운 반문이었으나 동휘의 얼굴이 왠지 의미심장했다.

"글쎄, 귀찌로 끝날 것 같지 않나 보지 뭐."

"응?"

"내가 봐도 귀찌로 끝날 것 같지 않거든. 요즘엔 스타킹도 신고 싶은데 그걸 아버지가 느끼는지도 모르지."

재윤의 눈이 멈칫 정지했다. 그런 재윤을 동휘가 빤히 응시하더니 서늘한 웃음을 입가에 그렸다.

"일있으면 그만 가. 난 여기서 좀 더 쉬다 갈 테니까."

말속에 담긴 뜻이 무엇인지 재윤은 알아들었다. 먼저 도망갈 길을 열어주는 동휘의 태도가 재윤은 맘에 들지 않았다. 자신 안에 생긴 거부감 같은 게 들킨 기분이기도 하고, 자신이 치사한 인간인 것처럼 느껴져서 싫었다.

"일없는데."

동휘의 웃음이 진해졌다. 그 웃음이 마치 놀리는 것 같아 재윤이 더 앞질렀다.

"맥주 한잔할래?"

동네에 있는 치킨 집에서 생맥주 두 잔을 시켜놓고 동휘가 좋아하는 양념 치킨과 재윤이 좋아하는 그냥 튀긴 치킨 반 마리를 기다리고 있는데, 천장 꼭대기에 닿을 만큼 높은 곳에 놓여 있는 텔레비전에서는 해외토픽을 간추려서 전해주고 있었다. 그러다 뜬금없이 미국 어느 도시에서 개최된 게이 축제를 영상으로 내보내며 화려하게, 또는 괴기스럽게 여장을 하고 거리를 활보하는 남자들을 비춰주었다. 맥주를 한 모금 들이키던 재윤이 슬쩍 동휘를 쳐다보다 동휘와 눈이 딱 마주쳤다. 동휘는 텔레비전 화면을 한 번 더 쳐다보더니 시큰둥하게 중얼거렸다.

"예쁜 애가 없네."

재윤은 뭐라고 대답하기가 애매해 그저 맥주나 마셨다. 그러다 문득 궁금한 게 있어 말을 꺼냈다.

"저쪽 사회에서도 예쁜 애 따지려나?"

"따지지, 그럼. 예쁜 남자애 있으면 몇 놈이 들러붙는데. 내가 너 좋아했던 것도 네 그 얼굴 때문이었고."

담배를 꺼내던 재윤의 손이 딱 멈췄다. 두 사람이 멀어지게 된 이유, 그러니까 겉으로 말로 꺼내지는 않았지만 암묵적으로 꺼내지 않기로 한 그 부분을 동휘가 아무렇지 않게 꺼내 버린 것이다. 근데 그게 시원하다거나 놀랐다거나 하는 것이 아니라 이상하게 가슴 한구석이 시렸다. 재윤이 그 시린 가슴이 이상하다고 생각하며 말했다.

"왠지 기분이 좋지 않네."

동휘의 눈빛이 그럴 줄 알았다는 듯이 냉소적이었다.

"너랑 애매모호하게 지나치는 거 이젠 슬슬 짜증났거든."

재윤이 뭔 소리인지 알겠다는 듯 고개를 끄덕이다가 미간을 찌푸렸다.

"근데 김동휘, 그 이야기를 꺼낸다는 건 내가 너 못 본 척해도 상관없다는 뜻이잖아. 그래서 기분 나쁘다는 건데."

"나빠도 이젠 상관없어. 얼렁뚱땅 물 위의 기름처럼 부유하는 거 구질구질하니까."

두 사람의 대화가 점점 예민하게 속살을 긁고 있을 때, 주인 아줌마가 두 가지 색의 치킨을 들고 왔다. 붉은 색과 갈색의 치킨이 서로 경계를 긋고 놓여져 있었는데, 한쪽엔 세상의 다양성을 말하는 듯 색색가지 과일이 얹혀져 있었다. 재윤이 후라이드 치킨 하나를 베어 물더니 우적우적 씹으며 말했다.

"네가 차라리 그 말을 하고 나니까 대하기가 편하긴 하다. 그동안은 왠지 껄끄러웠는데."

동휘는 사과 한쪽을 입 안에 넣고 씨익 웃었다.

"어쩌면 이런 말을 꺼낸다는 자체가 너한테 더 이상 감정없다는 거니까 편한 거 아냐?"

"그럴 수도 있고."

두 사람이 피식 웃더니 각자 입 안에 있는 치킨을 씹고, 맥주를 마셨다. 나중엔 서로의 치킨을 먹었는데 후라이드 치킨이든 양념 치킨이든 다 맛있었고, 함께 놓인 갖가지 과일도 맛있었다. 생각해 보면 곁들여 먹는 무도 맛있었다. 두 사람이 가볍게 맥주 한잔한다는 것이 이 년 넘게 지지부진하게 애매했던 그동안의 관계를 까발린 영향 때문인지 2차, 3차로 이어져 마지막엔 포장마차에서 소주로 끝을 맺고 있었다.

"처음엔 너 보고 너무 멋있어서 까무라칠 뻔했는데 지금은 그냥 그래."

술에 취해 혀 꼬인 말을 뱉어내는 동휘를 쳐다보며 얼큰하게 술이 오른 재윤이 멍하니 듣고만 있었다.

자정이 넘어서야 두 사람이 포장마차를 나섰는데 재윤이 계산을 치르는 동안 동휘가 먼저 비틀거리며 걸어나갔다. 그러더니 근처에 있는 전봇대를 붙잡고 토악질을 해댔다.

"우웩!!"

재윤이 인상을 쓰며 동휘의 등을 쳐주었다. 동휘가 가방 안을 뒤지더니 연하늘색 손수건을 꺼내 자신의 입을 닦았다. 재윤이 그 모습을 멍하니 쳐다보고 있는데, 동휘가 자신의 얼굴을 매만지며 재윤을 응시했다.

"아이 씨, 토하고 나면 피부 나빠지는데."

재윤은 이상하게 웃음이 터져 나왔다. 그냥 비죽비죽 웃음이
새어나왔다. 그동안 뭐 그렇게 큰일이라고 경계를 했던 건가 싶
기도 하고 김동휘라는 친구의 이런 면을 왜 이상하게만 생각했
을까 스스로에게 허탈하기도 했다. 그가 동휘를 부축하며 밤길
을 걸었다. 동휘의 집으로 가는 내내 동휘의 입에서 구시렁거리
는 말이 띄엄띄엄 흘러나왔다.

"모진 새끼. 그때 내가 좋아했던 거 알면서 모른 척했단 말이
야? 너 나중에…… 벌받을 거다. 누군지 모르지만 누가 네 속 팍
팍 썩이라고 내가 기도할 거야, 이 자식아."

"그래, 기도해라. 기도해."

재윤이 비틀거리는 동휘를 붙잡고, 흘러내리는 동휘의 가방
을 목에 걸고 그렇게 어두운 밤길을 걸었다. 왠지 이제부턴 동
휘와 자주 만나 놀 것 같은 기분이 드는 그였다.

동휘의 집에 도착할 즈음엔 동휘가 술이 깼는지 어느 정도 정
신을 차렸다. 재윤이 오랜만에 보는 동휘의 집을 살펴보며 벨을
눌러야 하나 망설이는데 동휘는 담배 하나를 꺼내더니 입에 물
었다. 그리곤 불을 붙이지 않은 담배를 이로 잘근거렸다.

"나 군대 간다."

"늦었네."

"음. 계속 미루고 있었어."

왜 미루었는지 굳이 묻지 않았다. 재윤이 말없이 고개를 끄덕

이며 불을 붙여주었다.

두 사람이 다시 만나 술을 마시게 된 건 반년 후 짧은 머리에
군복을 입고 동휘가 휴가를 나왔을 때였다.

(1)

털이 참 많으시네요

아침부터 날씨가 청명했다. 일기예보에선 곧 장마가 올 거라고 박박 우겨댔지만 하늘은 어젯밤의 천둥 번개는 기억나지 않는다는 듯 감쪽같이 새파란 얼굴을 하고 있었다. 이른 새벽, 고3보다 더 일찍 출근해야 하는 단영은 어째서 자신이 이 시간에 출근해야 하는지 아직도 이해할 수 없다는 얼굴로 버스에 올랐다. 이른 새벽이라 버스 안에는 사람들이 두어 명밖에 없었다. 늙은 할머니가 일하러 가는지 짧은 잠을 청하고 있었고, 한 젊은 청년은 밤새도록 술을 마셨는지 누렇게 뜬 얼굴을 한 채 녹신한 잠을 청하고 있었다. 단영은 버스 안에서 느껴지는 비릿한 물비린내에 쓴물을 삼키며, 자신도 저 젊은 청년처럼 누렇게 뜬 얼굴일까 싶어 가방 안에서 거울을 꺼냈다. 역시나 매끈한 건 거울이었고, 거울은 잔인하게 뾰루지마저 돋은 누런 얼굴을 있는 그대로 보여줄 뿐이었다. 하기야 밤새도록 술을 퍼마셨으니 싱그러울 리 없지 않은가. 어차피 싱그러울 나이도 아니었지만 거울 속의 자신은 끔찍했다. 벌써 이런 나이가 되었는가. 술 좀 마셨다고 바로 온몸으로 드러나는 나이가 되었단 말인가. 가방 속에 있는 시나리오가 그녀를 비웃는 것 같았다.

'젠장맞을. 주말에 만날걸. 괜히 평일에 만나서리 수업해야 할 아침부터 이게 무슨 추태냐.'

대학원 교수가 소개해 준 영화감독에게 시나리오를 보여준다는 생각에 덜컥 평일에 약속을 잡아버린 것이다. 이야기가 잘될 거라고 생각한 스스로의 순진함이 기가 찰 정도로 우스웠다.

"계약? 이 친구 세상물정 모르네. 이야기가 다 거기서 거기지. 다 유니버설하다고. 당신을 우리 팀에 들어오게 해준다는데 그까짓 소스 하나 그냥 못 내놓겠다는 거야?"

어제 만난 감독의 말이 그녀의 머리 속에 떠올랐다. 갑자기 속에 있는 안주들이 춤을 추며 난동을 부리는 듯했다.

'웃기고 있네. 어디 날로 먹으려고 개수작이야.'

생각만 해도 치가 떨렸다. 단영은 지난밤에 있었던 같잖은 대화들을 다시 머리 속으로 꾸역꾸역 밀어 넣었다.

버스가 학교를 향해 다가갈 즈음엔 그녀의 속이 함께 요동치며 미친 듯이 꾸물거렸다. 식은땀이 송골송골 맺히더니 온몸이 떨려왔다. 결국 한 정거장을 남겨두고 그녀는 내려 버렸다. 일찍 등교하는 아이들 몇몇이 무감한 얼굴로 정문을 향해 걸어가고 있었다. 단영이 버스에서 내려 숨을 크게 들이마시고, 입은 옷을 손으로 탁탁 털어 단정하게 매만졌다. 여름인데도 민소매 옷을 입을 수 없어 하얀 블라우스를 입고 있었다. 바지를 입었다가 교장에게 한소리 듣고, 민소매를 입었다가 교감에게 찍혔던 것이다. 여선생은 남학생들에게 속살을 보이면 안 된다나. 뭐 이런 개떡 같은 상황이 다 있냐 싶겠지만, 정말 그런 개떡 같은 일들이 태연히 일어나고 있었다.

단영이 꾸겨진 치맛자락을 손으로 펴고는 걸어가는 아이들의 걸음에 발맞추었다. 그녀의 얼굴을 알아본 학생 몇 명이 꾸벅 인사를 하고는 앞질러 갔다. 단영은 높은 언덕에 있는 정문이 눈에 들어오자 갑자기 온몸에 힘이 쭈욱 빠지는 것 같았다. 언제 저기까지 걸어간단 말인가. 정말 친구 말대로 가마나 인력거가 있으면 딱 좋겠다는 생각이 간절했다. 왜 소음과 공해를 유발하는 자가용으로 거리 이동을 하는지 도저히 이해할 수 없는 파괴적이고 어리석은 인간들의 삶의 방식이라며 친구 진수가 언젠가 열변을 토해내던 기억이 떠올랐다. 가마나 인력거를 사용하면 일자리도 창출되고, 환경도 보존되고, 사람도 죽지 않는다며 그녀는 진지한 얼굴로 그 자리에서 종이를 펴놓고 경제

적·문화적·환경적 파급효과에 대해 계산하기 시작했었다. 단영은 그런 진수를 떠올리며 피식 웃음을 흘렸다. 갑자기 진수가 너무 그리웠다. 지금껏 살아오면서 그녀와 가장 말이 잘 통하는 친구였는데 진수는 작년 갑자기 사라지더니 연락이 되질 않았다. 시니컬하면서도 엉뚱하고, 예민하면서도 넉넉했던 친구는 어느 날 서울 생활을 정리하고 시골로 내려간다며 문자를 보내더니 그 이후로 소식을 알 수 없었다. 연락처는 바뀌었고, 친구가 살고 있던 집은 이미 다른 사람이 살고 있다. 이럴 때 그 친구가 있다면 누구보다 그녀를 이해해 줄 텐데 말이다. 번듯한 직장 가지고, 왜 쓸데없이 시나리오 나부랭이를 쓴다며 헛짓을 하느냐고 타박하는 부모님과 언제나 연애나 결혼 이야기에 정신없는 다른 친구들 사이에서 단영은 외로웠다. 그래서 진수가 더 보고 싶었다. 영화를 하겠다고 대학원에 갔을 때도 유일하게 지지하며 잘해보라고 말해 주던 친구였다. 가끔씩 정신 나간 년처럼 술 먹고 울어도 그저 사람에겐 다 그런 면이 있다는 듯 편하게 그녀를 대해주던 친구였다. 도대체 진수는 어디에 있는 걸까?

정문까지가 너무 까마득하게 느껴져 그녀가 우두커니 서서 인력거에 대한 생각을 곱씹고 있었다. 아이들은 잘도 올라가고 있었다. 단영이 손에 들고 있는 가방을 힘껏 어깨에 메고 걸음을 옮겼다. 그러나 그녀의 걸음은 정문 앞에 다다를 즈음에 다시 멈췄다. 아무래도 스물여덟에 밤새워 술 마시는 건 무리였던가 보다. 그녀가 정문을 양쪽에서 지탱해 주는 커다란 돌기둥에 손을 짚어 후들거리는 몸을 버텼다. 그러다 목구멍에서 무언가 터져 나오려 하자 급히 다른 손으로 입을 막고 기둥 앞에 주저 앉아 고개를 숙였다. 지나가던 학생들이 멈칫거리며 자신들의 영어선생을 힐끔거리다 제각기 다시 걸어 들어가고 있었다. 단영이 쏠리는 위를 잠재우기 위해 가만히 몸을 웅크리고 앉아 있는데, 누군가 그녀의 몸 위로 그림자를 드리우며 물었다.

"저기, 괜찮으세요?"

"아, 네…… 우욱!"

모르는 남자의 목소리였다. 학생도 아니고, 선생도 아니었다. 단영이 이 난망한 상황을 괜찮다는 대답으로 벗어나려 했지만 입에서 나온 건 차분한 목소리가 아니라 어제 먹은 안주와 술뿐이었다.

"우에에엑~"

계속 눌러놓은 반동으로 위에 있던 내용물들이 허공으로 분출하는 폭포처럼 쏟아져 나왔다. 단영은 그 와중에도 옷과 가방에 내용물이 튈까 봐 고개를 한껏 빼서 정문 앞에 오바이트를 토해냈다. 토사물은 노란 것이 참 시큼했다. 뒤에 있던 남자는 함께 쏠린다는 얼굴로 인상을 구기다가 딱딱하게 한 번 더 물었다.

"괜찮겠습니까?"

단영이 입 안에 있는 침을 뱉어내며 배시시 예의 바르게 웃었다.

"예, 괜찮습니다."

누군지 모르지만 정말 눈치없는 남자다. 이럴 땐 못 본 척하는 게 예의건만 굳이 구경하며 버티고 있는 저의가 뭐란 말인가. 남자는 미간을 좁히고 그녀의 얼굴과 토사물을 한 번씩 번갈아 쳐다보더니 이 모든 상황이 그저 술 먹고 일어난 오바이트에 지나지 않는 일이란 걸 알았다는 얼굴로 무심히 제 갈 길을 갔다. 단영은 깨어난 정신으로 남자를 힐끗 쳐다보다 이내 아쉽고 억울하다는 얼굴로 남자의 뒷모습을 응시했다. 치근대는 학교 근처의 아담인 줄 알았는데, 남자의 생김새가 멀끔한 것이다. 생각해 보니 목소리도 참 좋았던 것 같기도 하다. 저음의 차분한 목소리가 꽤 매력적인 것 같기도 했는데. 왜 하필 평소의 단정한 그녀에게는 나타나지 않다가 이럴 때만 멀쩡한 남자들이 나타나는 걸까. 남자는 학교 근처에 주차된 차에 오르더니 쌩하고 사라졌다.

단영이 비틀비틀 일어나 가방을 챙기고 입을 닦고 교문 안으로 들어서려는데 저 멀리 수위 아저씨가 나타났다. 단영이 모른 척 인사를 건네고 걸어가는데, 정문 앞에 토사물을 발견한 수위 아저씨가 가래 끓는 비명을 질러댔다.

"아니, 어느 싸가지없는 새끼가 학교 앞에다 토악질을 해대는 거야?"

아저씨는 단영을 보더니 급히 불러 세웠다.

"홍 선생님, 이거 누가 한 건지 못 보셨습니까?"

단영이 원래의 새침한 얼굴로 인상을 찌푸리며 대답했다.

"글쎄요. 들어올 때부터 그렇게 돼 있던데요."

아저씨는 그럴 리 없다는 얼굴로 고개를 갸웃거렸다.

"아니, 바로 아까 교문을 열었는데 그때까지 없었는데 이상하네요. 정말 못 보셨습니까?"

그녀가 뭔가를 추리하는 듯한 얼굴로 고개를 끄덕였다.

"아, 그러고 보니 아까 황급히 뛰어가는 학생이 있었어요."

"어떻게 생겼습니까?"

"글쎄요. 뒷모습만 봐서 그것까지는……."

아저씨는 자신이 치워야 할 토사물을 노려보며 입술을 일그러뜨렸다.

"어느 새낀지 잡히기만 해봐라. 내 아주 뼈를 갈아 마실겨."

"호호호. 어머, 아저씨도 참. 뼈가 무슨 맛이 있다고 갈아 마시기까지 해요?"

단영이 결백을 보이려고 오버해서 맞장구를 쳤는데 그게 아저씨의 심기를 건드렸나 보다. 수위 아저씨가 뾰족한 눈빛으로 단영을 쳐다보았다. 그녀는 얼른 나쁜 학생들 때문에 고생이 많다는 표정을 지어 보이며 토사물과 아저씨를 번갈아 보고는 등을 돌려 건물 안으로 향했다. 그런데 걸어가던 한 고3 학생이 그녀에게 중얼거렸다.

"저 선생님이 토하는 거 봤어요."

여드름 범벅인 학생은 무슨 대단한 약점을 잡은 양 으스댔다.

단영이 낮게 뇌까렸다.

"닥쳐, 너 주구장창 해석시킨다."

남학생이 어이없다는 얼굴로 노려보다 툴툴거리며 교실 안으로 들어갔다.

그녀가 교실 안으로 들어가자 다른 학생이 농을 걸었다.

"어? 어제 입은 옷이랑 똑같네요. 우헤헤헤. 밤새도록 어디서 뭐 하셨어요?"

"아, 쓸데없는 소리 집어치우고 책이나…… 우우욱."

그녀가 미처 다 쏟아내지 못한 토사물이 교단 위에 쏟아졌다. 아까 수위 아저씨의 출현으로 자신도 모르게 놀랐었는지 위가 마지막 요동을 쳐댄 것이다. 아이들이 경악스런 비명을 지르며 창문을 열고 난동을 부렸다.

'아, 젠장. 되는 게 없네. 되는 게 없어.'

단영이 중얼중얼 비 맞은 중처럼 구시렁대며 입술을 닦았다.

"서어어언?"

수업을 마치고 집으로 곧장 들어온 단영이 주방에서 물을 먹다 말고 기가 찬 듯 소리쳤다. 그도 그럴 것이 어떻게 그 수많은 떨거지들을 들이댔으면서 또 선보라는 말을 꺼낼 수 있느냐 말이다. 생각만 해도 머리가 지끈거렸다. 그녀의 어머니는 이번엔 정말 다를 거라며 곱살한 얼굴로 하던 말을 계속했다.

"그냥 한번 눈 딱 감고 나가봐, 이것아. 의사라니까, 의사. 그것도 산부인과 의사."

"산부인과 의사?"

"그래, 의사."

어머니는 의사라는 말에 단영이 솔깃한 줄 알지만 실상 그녀는 속으로 시나리오를 생각하고 있었다. 의사 직업을 그릴 때를 대비해 만나보는 것도 나쁘지 않겠다 싶었다. 그녀는 인물별로 파일을 만들어왔는데 그중 의사는 없었다. 그것도 산부인과 의사는 더 더욱.

"알았어, 나가보지 뭐."

어머니는 신나서 중매쟁이에게 전화를 걸어 약속 날짜를 잡았다. 그러나 단영의 얼굴은 심드렁했다. 그도 그럴 것이 지금껏 선자리에서 만나본 남자들은 정말 다 거지 같았던 것이다. 도대체가 어디서 모아놔도 그렇게도 못 모으겠다 싶을 정도로 가관이었다. 돈 많은 집 외아들이다 해서 나가보니 세상에나 네상에나 못생겨도 그렇게 못생길 수 있을까 싶은 애가 거드름까지 피우며 앉아 있어 기겁하게 만들더니 세상에나 더 놀라운 건 그렇게 무식한 애는 처음이었다는 거다. 또 한 번은 광고하는 남자애길래 말은 좀 통하겠다 싶어 나가보니 이건 지가 제일 잘난 듯이 모든 여자들을 평가하며 독선을 떨지 않나. 그때 그 남자가 그녀에게 뭐라고 했었지? 맞다. 넌 너무 말이 많아, 라고 했던가. 헉, 다시 생각해도 뚜껑 열릴 만큼 재수없는 남자였다. 또 대머리가 나와 외모로 사람을 판단하면 안 된다고 간신히 자신의 실망감을 추스르고 있는데 그 대머리는 마마보이였고, 무슨 연구소에 다닌다는 엘리트남자는 귀여운 척 떠들며 재산이니 모아놓은 돈이니 이것저것 농담하듯 물어보며 끊임없이 머리를 굴리고 있었다. 오죽하면 선자리에 나올까, 돈 없는 교수 집안에 선이 들어올 때부터 알 만한 일이었는데 그동안 기대를 걸고 나간 그녀가 더 한심스러웠다. 교수 집안이니까 엄하게 배웠겠지 싶어 순종적인 여자애를 원하거나 무식하고 돈 많은 집에서 태어날 애 아이큐를 대비하는 차원에서 그녀에게 선이 들어오는 것이라는 걸 깨달았다. 분명 이번엔 의사이니 순종적인 여자를 원하는 것이리라. 정말 〈그것이 알고 싶다〉에 고발하고 싶은 남자들의 파일이 그녀의 책상 서랍에 차곡차곡 쌓여갔다.

단영은 약속 날짜와 장소를 듣고는 자신의 방이 있는 이층으로 올라갔다. 계단을 올라가는 그녀의 얼굴이 얄궂은 웃음을 띠었다. 그녀가 겉으로 보기에는 꽤나 단정하고 순종적으로 보여 남자들이 똥오줌 못 가리고 같잖게 구는데, 이번엔 차라리 먼저 엿을 먹여볼까? 그러나 스스로 생각해도 그것이 쉽지 않으리라고 느껴졌다. 분명 지랄 같은 성격이 내재되어 있음에도 그걸 차마 드러내지 못하는 자신이기에 분명 그 자리에서도 멍하니 웃고 있을 터였다. 사실 너무 기막힌 남자들을 보게 되니 차라리 웃음이 나오는 경우가 다반사였다.

'아, 이럴 땐 내가 진수였다면……'

그 친구라면 어이없다고 생각하는 순간 그 자리에서 성질을 드러낼 텐데 말이다. 아마도 남자애에게 담배 연기를 직방으로 뿜어내거나 의자를 뒤엎거나 트림으로 상대의 같잖은 소리를 조롱해 주었을 것이다. 단영은 대학 1학년 때의 기억을 떠올리곤 유쾌한 듯 웃었다. 일층에 있던 그녀의 어머니는 딸년이 드디어 맛이 갔나 의심스럽게 쳐다보았다. 그러나 어머니의 시선에는 상관없이 단영의 머리 속은 이미 친구 진수의 행동을 떠올리고 있었다.

대학 1학년 때, 대타로 나간 첫 미팅에서 만난 한 남자애가 스토커처럼 그녀를 따라다녔었다. 도대체가 생긴 것부터 하고 다니는 차림새까지 어느 것 하나 맘에 들지 않는 남자애였다. 그러나 거절이나 싫은 소리를 잘 하지 못하는 그녀로서는 그저 예의 바르게 사귈 생각 없다는 말로 상황을 정리하려 했지만 어이없게도 이 남자애는 특유의 남성적 독선을 드러내며 열 번 찍은 나무 어쩌구 하며 끈질기게 따라다닌 것이다. 속은 부글부글 끓는데 그녀로서는 도대체 어떻게 해야 이 남자애를 떨궈낼 수 있을지 막막하기만 했다. 그러다 진심으로 화를 내줘야겠다 마음먹고 친구 진수에게 같이 가달라고 부탁을 했다. 싫은 거 좋은 거 확실하고 남의 눈치 안 보고 행동하는 진수가 곁에 있으면 왠지 힘이 될 것 같았다. 진수는 어차피 점심 먹을 생각이었으니 잘됐다면서 털레털레 그녀를 따라왔다. 그리고 어떻게 됐냐, 남자애는 정말 너무나 수월하게 김샐 정도로 떨어져 나갔다. 진수가 돈까스를 먹고 싶다고 시키더니 양배추 위에 끼얹어진 소스를 손으로 비벼서 입에 넣은 것이다. 그러더니 칼로 썰어놓은 돈까스를 입 안에 넣고 씹고는 접시에 얇게 펴 발라진 밥을 손에 묻은 샐러드 소스와 비벼 먹었다. 남자애는 경악했고, 진수는 멀뚱했다. 남자애가 떠나고 단영이 슬쩍 고맙다는 말을 꺼냈다.

"고마워, 일부러 그렇게까지 해주다니."

진수는 무슨 일이 있었냐는 얼굴로 어리둥절했다.

"뭐가?"

"쟤 떨궈주려고 일부러 그런 거잖아."

진수는 눈을 껌벅이며 미간을 찌푸렸다.

"아니야, 갑자기 인도에서 먹는 방식으로 먹어보고 싶어서 그런 거야. 손으로 먹는 느낌이 어떨지 계속 궁금했거든. 근데 그것 때문에 쟤 떨궈진 거야? 네가 아까 그만 만나자고 해서 그런 거 아니었어?"

지긋지긋한 남자애를 떨구는 데 결정적인 역할을 해준 당사자는 오히려 어리둥절했고, 단영은 그런 친구를 보며 속이 시원했다. 뭔가가 시원하게 뚫리는 느낌이었다. 싫은 내색조차 잘 못하는 자신에 비해 친구 진수는 얼마나 자유로운가.

기억을 떠올리던 단영은 이번에야말로 맘에 안 들면 성격대로 해야겠다고 다짐했다.

그로부터 삼 일 후, 그녀는 어느 호텔 레스토랑에 앉아 있었다. 대머리남자를 만났던 장소여서 앉은 순간부터 기분이 안 좋았는데, 이 빌어먹을 남자가 약속 시간이 이십 분이나 지나도 나타나지 않는 것이다. 삼십 분이 지나자 어차피 수업도 일찍 끝나고 오랜만에 바람이나 쐬자, 생각하자 마음이 평온해졌다. 그녀는 책이나 좀 읽다 일어나야겠다 마음먹고 가방 안에 있는 책을 꺼냈다. 살인과 자살을 주로 소재로 다루고 있는 아멜리 노통의 소설이었다. 현재 구상하고 있는 시나리오가 연쇄살인을 저지르는 한 여자의 이야기라 단영은 순식간에 소설 속으로 빨려 들어갔다. 얇은 책은 금세 읽혀져 한 시간이 지났을 땐 마지막 장을 넘기고 있었다. 그녀가 마지막 문장을 읽고 다시 한 번 뒤표지에 읽는 광고 카피를 읽어보려는데, 그 순간 머리 위로 남자의 목소리가 들려왔다.

"……혹시나 해서 와봤는데 기다려 주셨군요."

남자는 급히 달려왔는지 숨을 몰아쉬고 있었다. 이미 맞선에 나왔다는 걸 잊어버린 단영이 까마득하게 큰 몸집의 남자를 쳐다보며 어벙하게 되물었다.

"누구세요?"

말끔하게 생긴 남자는 잠시 멈춰 있다 머뭇거리며 물었다.

"……홍단영 씨 아닙니까?"

"맞는데요."

단영이 그제야 맞선 상대임을 깨닫고는 고개를 끄덕였다. 왠지 어디서 본 얼굴이라 그녀가 유심히 맞은편에 앉는 남자를 쳐다보았다. 남자는 무슨 생각을 하는지 짧은 순간 엷은 웃음을 입가에 배어 물다 원래의 무표정한 얼굴을 하고 있었다.

"죄송합니다. 갑자기 급한 수술이 있어서 늦었습니다."

"아…… 예."

이해 못할 게 뭐 있는가. 살다 보면 늦을 수도 있고, 아예 못 나올 수도 있는데. 단영이 별거 아닌 듯 넙죽 대답을 해주다 어느 순간 원래의 다짐이 떠올라 살짝 미간을 찌푸렸다. 오늘만큼은 그녀 생각대로 하기로 했는데, 웬 이해하는 태도?

그녀는 들고 있던 책을 탁자에 소리나게 내려놓으며 불쾌한 듯한 표정을 지어 보였다.

"사실 기다리고 있었던 거 아니에요. 읽고 있던 책이 안 끝나서 마저 읽고 일어날 참이었어요. 그럼."

단영이 가방 안에 책을 넣고는 자리에서 일어날 찰나 물 한 모금 마시고 가쁜 숨을 가라앉히던 남자가 대뜸 말을 건넸다.

"이제 속은 괜찮으세요? 그때 보니까 몸이 안 좋아 보이던데."

"……"

단영이 이 무슨 뜬금없는 말인가 잠시 멍하니 서 있다가 문득 머리 속으로 스쳐 지나가는 장면이 있어 앉아 있는 그를 다시 유심히 응시했다. 그녀의 눈이 커다래졌다. 며칠 전 학교 앞에서 토악질을 할 때 괜찮냐고 묻던 그 남자였다. 남자는 그녀가 알아봤다는 얼굴을 하고 있자 흐뭇한 시선으로 그녀를 마주 응시했다. 그리곤 덧붙였다.

"병원에 한번 가보세요. 그냥 술 때문에 그러는 거라고 생각하다 병을 키울 수 있으니까."

"아, 네. 그러죠."

남자는 진지했다. 그래서 단영은 그 말이 비아냥거림이나 조롱으로 들리지 않았다. 그녀가 남자의 얼굴에 어려 있는 묘한 표정을 알아내려 계속 쳐다보다 일어나서 나갈 타이밍을 놓쳐 버렸다. 단영의 얼굴이 딱딱하게 굳어졌다. 그 토악질을 봤으니 잘될 리가 없다. 벌써부터 텄구나, 그녀가 일말의 기대감마저 날려 버리고 마음을 비웠다.

"문재윤이라고 합니다."

"알고 있어요."

그가 이름을 말하고 단영이 고개를 끄덕이는 걸로 갑자기 주위가 적막해졌다. 할 말이 떠오르지 않은 것이다. 다행스럽게도 점원이 다가와 주문을 받았고, 이어 탁자 위에 커피와 녹차가 놓여졌다. 그는 그녀 앞에 놓인 커피를 무심히 쳐다보더니 다시금 병원 진료실 같은 분위기를 만들어 버렸다.

"커피 많이 마시지 마세요. 위에 안 좋으니까."

"아, 네."

이걸 독선적인 태도의 발로라고 봐야 하는 건지, 아니면 직업에 매몰된 한 인간의 습관 같은 말투로 봐야 하는 건지 판단이 되지 않아 단영이 조용히 수긍을 해주며 커피를 마셨다. 그녀가 입가에 커피 잔을 가져가며 슬쩍 녹차 잔을 집어 올리는 남자의 손을 관찰했다. 뭉툭하고 두툼한 손등에 손가락이 길고 손톱은 짧게 잘려져 있었다. 의사라서 그런 건가? 아니면 원래 성격이 여지가 없는 건가? 손톱은 너무 짧아서 전체적으로 네모난 모양을 하고 있었다. 그러다 그녀의 시선이 남자의 넥타이에 머물렀다. 짙은 회색 정장에 남색 넥타이였다. 조금은 재미없는 매치였다. 왜 회색 아니면 남색일까. 붉은 양복에 검은 넥타이나 파란색 양복에 연두색 넥타이를 보고 싶었다. 연두색 넥타이에 파란색 물방울 무늬가 찍혀 있으면 보기에 재미도 있고 입을 때마다 기분이 흥겨울 텐데 말이다. 그녀가 시선을 내리다 언뜻 넥타이에 묻은 빨간 자국을 발견하곤 뚫어지게 쳐다보았다. 고추장? 라면 국물? 정체를 알 수 없는 동그란 점이 넥타이 한쪽에 자리잡고 있었다. 남자의 생김새나 분위기가 번듯하고 말끔한 이미지라 단영은 속으로 이 예상치 못한 반전에 웃음을 지었다.

"영어 가르치신다고요?"

갑자기 남자의 목소리가 들려왔다. 높지도, 낮지도 않은 차분하고 부드러운 목소리라 후한 점수가 저절로 떠올랐다. 그러나 질문이 영 진부했다. 남자는 어떻게 말을 이어가야 하나 조금은 곤혹스러운 표정이었다. 단영은 차라리 그게 더 마음이 편했다. 끊임없이 떠들다 결국에는 그녀에게 말 많다고 하는 놈보단 이렇게 입 무거운 게 훨씬 낫다 싶었다.

"예."

그가 던진 질문에 좀 더 길게 대답해 주고 싶었지만 그 이상의 대답이 나오질 않았다. 애초부터 질문이 땅굴을 파는 형국이었다. 남자는 그녀의 짧은 대답에 무슨 생각을 하는 듯 눈을 껌벅이다 또 질문을 던졌다.

"그럼 영어 잘하시겠네요."

이봐, 이봐. 그건 너무 진부하고 짜증나게 하는 질문이라고. 아예 굴착기로 땅굴을 파지 그래? 단영이 영문과를 다닌 그 순간부터 끊임없이 들어야 했던 저 질문에 대해 대답했다. 이젠 길게 설명하기도 귀찮았다. 남자가 그녀에게 호감을 가지든 말든 마음대로 대답하련다.

"예, 잘해요."

남자는 의외의 대답을 들은 양 멈칫하더니 다시 침묵을 지켰다. 단영은 원래의 목적대로 산부인과 의사에 대해 알아나 보자는 심정으로 질문을 던지기 시작했다.

"산부인과 의사면 여자에 대한 환상은 없으실 것 같아요. 어때요? 여전히 환상은 있나요?"

"어떤 환상을 말하는 건지……."

단영은 적나라하게 떠오르는 단어들을 순화시키려 잠시 생각에 빠져들었다. 그리곤 천천히 말을 이었다.

"그러니까…… 음, 남자들은 애로물이나 여자 나체 사진 보면서 환상을 갖잖아요. 그런 환상요."

"아…… 그 환상요."

"예."

"여전히 갖고 있어요. 다만……."

"다만?"

"다만 예전에 갖고 있던 환상과 지금 갖고 있는 환상의 내용이 조금 달라졌죠."

"어떻게요?"

그녀의 끈질긴 질문에 그의 미간이 잔뜩 좁아졌다. 난감한 듯 그가 앞에 있는 찻잔을 뚫어지게 응시하며 천천히 말을 이었다.

"음, 예전엔 현실에서 불가능한 몸을 상상했다고나 할까요. 지금은 지극히…… 현실을 기반으로 생각하죠."

어떻게든 에둘러서 간접적으로 표현하려고 그는 기를 쓰고 있었다. 단영이 호기심 어린 눈빛으로 그를 똑바로 마주 보자 재윤은 무언가 불편한 듯 헛기침을 했다. 그가 별로 대답하고 싶어하지 않는다는 걸 문득 깨달은 그녀는 어색한 웃음을 지어 보이며 상황을 종료시켰다.

"하하, 그렇군요."

재윤은 눈가에 웃음을 그리며 고개를 끄덕였다. 그러나 그녀의 입에서 나온 또 다른 질문에 그의 미간이 다시 좁아졌다.

"그럼 어떤 임산부가 제일 짜증나요? 아니면 가장 기억에 남는 임산부는 어떤 분이었어요?"

"음, 글쎄요. 하도 정신없게 시간이 지나가는지라……."

재윤은 기억 속에 있는 임산부들을 하나씩 떠올려 보며 자신이 왜 인터뷰를 하는 것 같은 기분이 드는 건지 의아했다. 아니면 원래 선이란 게 이런 건가? 그는 곰곰이 지금의 상황을 살피며 충실하게 대답을 하기 시작했다.

"가장 기억에 남는 건 도착하자마자 애를 낳은 여자 분입니다. 하도 소리를 질러서 급하게 병실로 달려갔는데, 이미 애가 나와 있더라고요. 그리고 가장 짜증나는 임산부는 뭐니 뭐니 해도 퇴근할 때 실려오는 경우죠."

단영이 충분히 이해된다는 얼굴로 화답했다.

"아, 그렇겠네요. 저도 수업종 쳤는데 질문 던지는 학생이 제일 짜증나거든요."

그렇게 두 사람의 시간이 산부인과 의사라는 직업에 초점이 맞춰져 채워지고 있었다. 호기심이 많은 여자구나, 그렇게 생각하며 재윤은 그녀가 끊임없이 던지는 질문에 묵묵히 대답을 해주고 있었다. 의사와 간호사 간의 관계라든지 현실에서 의료비를 둘러싸고 벌어지는 일이라든지 쌍둥이나 장애아 출산의 경우라든지 그녀가 던지는 질문은 무궁무진했다. 그는 대답을 하면서 질문하는 단영을 지켜보았다. 학교에선 분명 별 말이 없는 사람이라고 알고 있는데 꽤 말이 많다. 아니, 궁금한 게 참 많은 여자였다. 그가 자궁에서 아이를 꺼내다 실수로 자궁까지 같이 드러낼 뻔한 이야기를 하자 그녀가 눈을 빛내며 수첩에 적기까지 했다. 재윤은 그런 단영을 가만히 응시하며 상상하고 있던 사진 속의 여자와 현실의 여자를 비교해 보고 있었다.

어머니가 학생들과 수학여행 때 찍은 사진을 가져온 김에 무심히 구경하다 이 여자를 보게 된 것이다. 사진 속인데도 여자의 두 눈이 반짝반짝 빛나고 있었다. 동그란 두 눈에 까만 눈동자가 가득 들어차 있어 순간 예쁘다는 생각이 들었다. 그의 어머니는 아들의 관심에 기뻐하며 당장 자리를 마련해 주겠노라 호언을 하더니, 이내 며칠도 안 돼 맞선 날짜를 잡아온 것이다. 이 여자가 학교에서 참 조신하고 예의 바르다며 어머니에게 귀가 따갑도록 떠들었다. 하여 덜컥 날짜를 잡고 분명 실제로 보면 답답하고 뻔한 여자라서 깰 것이다, 그렇게 속으로 비아냥거리고 있었다. 물론 조금은 사진에서 봤던 여자의 눈동자를 떠올리며 기대를 걸고 있었다. 그리고 그가 조금은 기대했던 대로 여자는 조신하고 예의 바르기는커녕 사진 속에서 미처 숨기지 못한 번뜩이는 일면을 갖고는 있었다. 게다가 며칠 전 어머니가 부탁한 서류를 가져다 주기 위해 학교에 들렀는데 이 여자가 학교 정문 앞에서 토악질을 하지 않았는가. 처음엔 어디 아파서 그런 건가 싶었는데 아니었다. 재윤은 그가 사진으로 봤을 때 느꼈던, 여자의 눈동자가 주는 묘한 감흥이 무엇인지 알아보기 위해 맞은편에 앉아 질문을 던지는 단영을 지그시 쳐다보았다.

　〈어째서 사진을 보는 순간 심장이 멈추는 것 같은 기분이 들었을까. 이렇게 평범할 뿐인데.〉

　그는 혼란스러웠다. 그러나 여자에게 향하는 호감은 자신도 어쩔 수 없었다.

여자는 살결이 고왔는데, 피곤함 때문인지 볼에 뾰루지 몇 개가 도드라져 있었다. 그런데 그의 눈에 그 뾰루지마저 왠지 예뻐 보였다. 오랫동안 연애를 못해보더니 드디어 자신이 미쳤군, 재윤은 속으로 조롱했다. 여자는 머리를 틀어 올렸는데, 그 꼬아놓은 듯한 머리 위에 붉은 보석 대롱거리는 비녀를 꽂고 있었다. 붉은 보석에 매달린 또 다른 작은 보석이 그녀가 말할 때마다 찰랑이며 그의 눈길을 잡아챘다. 그리고 그 아래 목덜미가 참 유려했다. 점 하나 없이 깨끗한 목덜미는 머리카락이 몇 가닥 흘러내려 손으로 쓸어 올려주고 싶었다. 재윤은 근질거리는 손을 주먹으로 쥐어 이상하게 두근거리는 심장을 잡아채 내리눌렀다.

두 사람이 식사까지 하고 어느 정도 맞선에 맞는 시간을 보내고 나니 다시 침묵이 잦아들었다. 그녀도 더 이상 질문할 거리가 없는지 맹맹한 얼굴로 앉아 있었다. 그러다 그의 눈에 갑자기 그녀의 팔이 들어왔다. 만지면 말랑말랑할 것 같은 보드라운 팔에 털이 길게 나 있었다. 털이 한쪽 방향으로 곱게 눕혀져 있는데 어이없게도 그 모습이 섹시해 보였다. 재윤이 스스로의 생각에 어이가 없어서 불쑥 말을 건넸다.

"털이 참 많으시네요."

그녀가 흠칫 그를 쳐다보더니 방긋 웃으며 대답했다. 대답하는 그녀의 두 눈동자가 장난스럽게 반짝였다.

"예, 겨울에 내복이 필요없어요. 보온이 잘되거든요."

재윤이 눈을 껌벅거리며 단영의 대답을 멍하니 듣고 있었다. 그녀가 너무나…… 귀여웠다. 어이없다는 생각을 하면서도 그는 진지하게 고개를 끄덕이며 화답했다.

"좋군요. 결혼하면 내복 값은 안 들겠군요."

그제야 장난스런 눈동자를 하고 있던 그녀의 눈빛이 어벙하게 찌그러졌다.

〈이 남자가 지금 날 놀리는 건가?〉

결혼하면 내복 값은 들지 않겠다고 말한 문재윤이란 남자의 태도를 어떻게 해석해야 하나, 단영은 맞선이 있은 지 한 이틀 동안 곰곰이 생각해 보았다. 그게 긍정적 요소인지 부정적 요소인지 도저히 알 수가 없었다. 솔직해서 좋다고 해야 하나, 아니면 참 무례하다고 해야 하나. 지금까지 맞선에 나가 그날만큼 뻗대본 적이 없거니와, 그날만큼 괜찮은 남자가 나온 적이 없어서 갑자기 해석이 되질 않았다. 그러나 분명 지금까지의 경험으로 보건대 그 맞선은 끝난 이야기였다. 다시 만나자거나 연락처를 교환했거나 아니면 전화하겠다는 말 같은 건 전혀 주고받지 않았으니 말이다. 남자가 던지는 말들이 족족 사람을 깨게 만들었지만 어쨌거나 지금까지 만나본 남자 중 제일 괜찮아서 조금은 아쉬운 단영이었다. 말만 안 하면 그 남자, 정말 잘 나가는 부류에 속할 것이다. 얼굴 잘생겼지, 몸 근사하지, 직업 빵빵하니 말이다. 아니, 아주 솔직히 말하면 아주 많이 아쉬웠다.

삼 일째가 되자 그녀가 슬슬 후회란 걸 하며 씁쓸한 얼굴로 걷고 있었다. 생각할수록 아까웠다. 대화를 하는 동안 꽤 즐거울 정도로 괜찮은 남자였는데 괜히 오버해서 기회를 놓친 것 같기도 했다. 하지만 사일 째가 되자 그녀의 얼굴이 원래대로 돌아왔다. 그쪽에서 연락이 없는데 그녀가 뭐가 아쉬워서 이러고 있나 불쾌했고, 괜찮은 그녀를 몰라보고 역시나 순종적이고 맹한 여자를 찾아 헤맬 그 남자가 상상돼서 한껏 조롱까지 해주고 있었다. 그렇게 그녀에게 있어 마지막 맞선은 잊혀져 가고 있었다.

옛날 같으면 맞선 보고 돌아와 있는 욕을 해대며 부르르 떠는 그녀를 보고 어머니는 회유하고, 아버지는 잘난 척한다며 난리를 쳤지만, 이번엔 그녀가 왠지 조용한 얼굴로 우울해하기까지 하자 두 분 다 가만히 놔두었다. 이제 정말 갈 데까지 다 가봤구나, 마지막 남아 있던 미련이나 기대마저 훌훌 어디론가로 날아가 버린 듯했다. 그녀를 따라다니는 놈들은 영 아니었고, 그녀가 괜찮다고 생각한 남자는 그녀가 싫다 하니 어쩌겠는가. 정말 자신이 이상한 건가 심각하게 고민하게 되었다. 결혼이나 연애에 대해 어느 정도 자유롭다고 생각했는데, 이런 어긋남이 계속되다 보니 결혼을 하냐 안 하냐에 대한 생각보단 그녀 자신에게 타인과 사귈 수 없는 결정적인 문제가 있는 건 아닌가 고민되기 시작했다.

여하튼 답이 나오지 않는 고민을 곱씹다 단영은 별 영양가 없는 걸 씹고 있는 게 귀찮아 이내 목구멍 안으로 삼켜 버리고 말았다. 그런 것에 일일이 자신의 상태를 의심해 보는 것도 한때의 열정이지 싶었다. 나이 스물여덟이 되니 이젠 웬만한 고민들은 귀찮아서 설렁설렁 뇌 속에서 헹구다 말아버렸다. 그걸 비벼 빨기엔 바쁜 날들이었다. 얼마 전 조계종에 계시는 스님과 연극 시나리오 이야기가 오갔는데 그 작업을 들어갔으면 한다는 전화가 온 후 그녀의 시간이 더욱 바빠졌다. 일단 구상하고 있던 시나리오를 미루고, 수업 끝난 후 틈틈이 연극 시나리오를 준비하게 됐다. 내용은 부처의 제자였던 아난다를 주인공으로 하여 부처님과 길이 엇갈린 여러 제자들이 산 넘고 물 건너 부처님과 재회하는 줄거리였다. 물론 현실의 상황이 적절히 비유되어 인간 안에 내재되어 있는 불성과 연관시켜야 했고, 아이들 연극이라 쉽게 다뤄줘야 해서 머리가 복잡했다. 단영의 아버지가 불교 대학에서 교수를 하고 있는지라 어릴 때부터 단영은 스님들과 친했다. 이젠 아버지와의 인연과 별도로 만날 정도이니 시나리오를 쓰고 있다는 걸 안 스님이 그녀에게 연극을 부탁한 것이다.

부처의 제자들에 대해 자료조사를 하며 인물설정을 하나씩 잡아가고 있던 어느 날이었다. 단영은 아이들이 기말고사 기간이라 수업이 일찍 끝나 너무나도 기분이 좋은 하루하루였다. 그녀가 가방을 챙겨 들고 옆에 있는 동료 선생들에게 인사를 건네고 있는데 가방 안에 있던 핸드폰이 울려댔다. 폴더를 확인했지만 번호는 모르는 사람의 것이었다. 그녀가 잠시 망설이다 며칠 전 인터넷으로 주문한 책 때문에 온 전화인가 싶어 폴더를 열었다.

"예."

[아…… 저 문재윤입니다.]

문재윤? 이름을 되뇌어보던 단영이 보름 전 맞선봤던 남자임을 깨닫고는 서둘러 교무실을 빠져나왔다.

"아, 예. 무슨 일로……."

전혀 생각지도 않다가 받은 전화라 그녀가 멀뚱하게 대답하자 핸드폰 너머에 있는 그의 목소리가 잠시 멈춰졌다.

[오늘 시간 되십니까?]

설마 데이트 신청? 중매쟁이한테조차 아무 말 없어 아예 마음 접고 있던 남자였으니 갑작스럽게 들려오는 진부한 데이트 신청조차 이상하게 해석되는 단영이었다. 어쩌면 자기 조카 과외를 해달라거나 아니면 본인이 영어를 배우고 싶다거나 그런 건 아닐까? 그럴지도 모른다는 생각에 이 뻔한 데이트 신청에도 그녀가 옆길로 새버렸다.

"왜요?"

다시 핸드폰은 침묵했다. 그녀는 기계가 망가졌나 멀찍이 떨어뜨렸다가 구멍이 나 있는 곳에 대고 그를 재차 불러댔다.

"이봐요, 말씀하세요. 잘 안 들려요?"

남자는 그녀의 성급한 부름을 가만히 듣고 있었던 듯 차분했다.

[무슨 일이 있는 건 아닙니다. 단지 식사를 했으면 해서…….]

"아, 네……."

그제야 남자의 의도를 알아챈 단영이 잠시 말문이 막힌 듯 짧은 대답만 중얼거렸다. 남자는 오랫동안 그녀의 침묵을 기다려주다 이내 예의 바른 목소리로 말했다.

[시간없으시면 됐습니다. 그럼.]

"아니, 저기……."

전화를 끊으려는 남자의 태도에 단영이 황급히 그를 멈추게했다. 그리곤 앞뒤 가리지 못하고 속내를 털어놓았다.

"전 그때 다시 만나자는 말이 없어서 그걸로 끝난 줄 알았거든요."

[예, 그랬군요.]

남자는 어떠했다는 대답없이 그저 짧게 의미를 알 수 없는 〈예〉라는 대답으로 그녀의 말을 넙죽 듣고는 더 이상 대꾸가 없었다.

'대답이 그게 다냐?'

단영이 인상을 찡그리며 핸드폰 속의 그를 노려보았다. 정말 속을 알 수 없는 남자였다. 뭣 때문에 이렇게 뒤늦게야, 그것도 아무런 전조도 없이 연락을 하게 된 건지 설명 좀 해주면 안 되냐 이 말이다. 그녀가 고집스럽게 그의 또 다른 말을 기다리고 있는데 핸드폰 속에서 남자의 성마르고 딱딱한 물음이 날아올 뿐이었다.

[시간 있습니까, 없습니까?]

다짜고짜 전화해서 거두절미 시간있냐고 묻는 이 남자의 싸가지없는 매너를 어떻게 받아들여야 하나 단영은 잠시 인상을 구기며 생각에 빠져들었다. 그러다 그동안 있었던 수많은 인간관계에서 얻은 진실 하나, 마음 끌리는 대로 충실해라라는 말을 떠올렸다. 아직 판단을 내리기에는 성급한 면이 있어 그녀는 될 수 있으면 긍정적으로 생각하려 애썼다. 정말 그녀 자신이 이상해서 남자를 못 사귀나 하는 위축된 자아도 한몫 거들며 이 기회를 잡으라고 소리쳤다.

"있어요."

정확히 네 시에 인사동 입구에 있는 분수대에서 만나기로 약속하고 통화가 끝났다. 물론 이번엔 절대 늦지 않겠다는 문재윤의 다짐이 있었다. 단영이 통화를 끝내고 다시 교무실로 들어가 가방을 챙기는데, 교감선생이 그녀에게 다가왔다. 그녀가 무슨 일인가 싶어 살짝 긴장하는데 교감선생은 별다른 일 아니라는 듯 입가에 웃음을 그리고 있었다.

"아유, 일찍 끝난다고 바로 가방 싸서 가는 거예요?"

교감선생은 오십대의 여성이었는데, 겉으론 넉넉해 보여도 그리 녹록한 분은 아니었다. 특히나 교사들끼리 의견이 분분하거나 자신의 마음에 안 들 땐 웃으면서도 결국은 자신 뜻대로 밀고 나가는 분이라 교사들이 교장보다 더 어려워하는 분이었다. 단영은 무슨 책잡힐 짓을 한 건가 싶어 어정쩡하니 어색하게 웃었다. 교감선생이 그런 그녀를 보며 잠시 지그시 바라보더니 농담이었다는 듯 가볍게 손사래를 쳤다.

"이 사람, 겁먹기는. 얼른 가요. 데이트라도 있는 모양인데."

"아, 아뇨. 데이트는 무슨……."

〈뭐지? 내가 그동안 남자에 환장한 것처럼 굴었나?〉

갑자기 데이트를 들먹이며 놀려대는 교감선생의 태도가 단영은 의심스러웠다. 그러나 교감은 다른 교사에게로 가버려 괜히 머리를 싸매고 있는 그녀만 무안했다.

학교를 나온 단영은 곧바로 문재윤과 만나기로 한 종로로 향했다. 중간에 비워진 시간 동안 책이나 좀 사야겠다 싶어 곧장 종로 근처에 있는 대형서점으로 걸음을 옮겼다. 학생들은 기말고사고, 직장인들은 오후 근무시간이라 서점은 그나마 조용했다. 주말이나 저녁에 어쩌다 한번 들르면 이건 서점인지 시장바닥인지 알 수 없을 정도로 정신 사납기 일쑤였는데, 드문드문 서 있는 사람들을 보니 여유롭게 책을 고를 수 있다는 생각에 단영은 한껏 기분이 좋아졌다.

그녀가 시와 수필, 소설, 희곡 등 사려고 했던 책들을 하나씩 기억해 내며 옆구리에 끼웠다. 그리고 언제나 챙겨서 읽고 있는 각종 문학상 모음집을 보기 위해 신간소설 코너로 다가갔다. 표지의 그림이나 제목, 또는 익숙하고 관심있어했던 작가들의 책을 대강대강 하나씩 살펴보다 언뜻 검은색 표지가 너무 강렬해서 무심결에 집어 들었다. 〈성〉이라는 한 단어가 흰색으로 씌어져 있는데, 그 성이라는 글자 안에 〈城(성곽 성), 姓(성씨 성, 또는 성별 성), 成(이룰 성), 聖(성스러울 성), 性(성품 성), 聲(소리 성)〉이렇게 무수한 동일한 음의 한자가 가득 채워져 있었다. 단영은 이 작가가 〈성〉을 둘러싼 많은 일들을 담고 싶어했나 보다, 그렇게 생각하며 책을 내려놓았다. 그러다 손에 쥐어져 보이지 않던 작가의 이름을 발견한 순간 황급히 책을 다시 집어 들어 눈앞에 가져갔다. 〈유진수〉라는 세 글자가 그녀의 눈을 파고들었다.

〈설마?〉

친구의 이름과 똑같았던 것이다. 얼핏 글을 쓴다는 말을 듣기는 했지만 그녀의 친구와 동일인물일까 싶었다. 단영이 설마 하는 마음으로 앞표지를 펼쳤다. 작가 소개란을 읽어 내려가던 단영의 눈동자 속에 놀라움이 스며들었다. 친구 진수였던 것이다. 흑백의 사진을 스케치한 듯 변형을 했지만 분명 진수의 얼굴이었다. 단영이 너무 신기해서 손에 들고 있던 책을 이리저리 훑어보았다. 소리 소문 없이 사라졌던 그녀의 친구가 책을 낸 것이다. 그것도 소설책을. 물론 학교 다닐 때도 책을 좋아한 친구지만, 글을 쓴다는 게 소설이었다는 생각은 해본 적이 없었기에 적잖이 놀라는 단영이었다. 대학을 나와 광고회사에서 일하던 친구였는데 말이다. 친구에 대해 많은 걸 알고 있다고 생각했던 단영은 친구 진수의 이 뜻하지 않은 소설책 출간에 기분이 묘했다. 질투 비슷한 것도 느껴졌고, 동시에 친구에 대한 자랑스러움도 느껴지는 양면적인 감정이었다. 그러나 그런 양면성을 넘어 일단은 친한 친구의 책이라는 생각에 반가움이 앞섰고, 오랫동안 만나지 못한 친구에 대한 그리움이 책을 향해 쏟아졌다.

〈도대체 왜 연락을 안 하는 거야?〉

소식이 감감한 친구 진수를 향해 단영이 속으로 투덜거리면서 계산대로 향했다. 그녀가 계산을 마치고 서점에서 나왔을 땐 약속 시간이 다 되어 있었다. 단영은 퇴근 시간에 맞춰 쏟아져 나오는 광화문 일대의 사람들 무리에 섞여 약속 장소로 걸음을 옮겼다. 그리곤 인사동 입구에 있는 계단에 앉아 멀뚱히 사람들을 구경하며 그를 기다렸다. 아무 생각 없이 근처에 있는 액세서리도 구경하고 다시 계단에 앉아 시계를 확인해 보니 이미 약속 시간이 이십 분이나 지나 있었다.

'아니, 이 인간이 진짜!'

단영이 열받은 듯 입술을 일그러뜨렸다. 수술 어쩌구 하면서 늦은 것도 다 구라 아니야? 뭐, 그런 생각이 먼저 들었다. 어떻게 또 늦을 수 있단 말인가. 그것도 정말 친한 사이도 아니고 서로 예의 바르게 대해야 할 사이인데. 그녀는 문득 문재윤이라는 남자가 그녀를 쉽게 생각하는 게 아닌가 하는 생각에 미치자 여지없이 그 자리에서 일어났다. 그리곤 지하철역이 있는 곳으로 걸어가려는데 그녀의 이름을 부르는 그 남자의 목소리가 울려 퍼졌다.

"단영 씨이이~"

단영이 뒤돌아보자 문재윤이 헐레벌떡 뛰어오고 있었다. 그녀가 우뚝 멈춰 서서 딱딱하게 굳은 얼굴로 그를 쳐다보자 재윤이 미안하단 소리를 중얼거렸다.

"주차장을 찾을 수가 없어서 이 근처를 계속 돌다 보니……."

"아, 네. 그러세요?"

심드렁한 그녀의 대답과 상관없이 재윤은 이미 지나간 일처럼 환하게 웃으며 다른 말을 꺼냈다.

"밥 먹으러 갑시다."

그녀도 배가 고프긴 고픈지라 군말없이 따랐다.

"어디로 가는 거예요?"

"아, 이 근처에 티벳 음식점이 있어요. 어때요?"

단영이 고개를 끄덕이며 신기한 듯 쳐다보았다. 보기보다 의외의 면이?

"그런 데도 아세요?"

"아뇨. 예전에 동료들과 한번 와보고 처음이에요."

왠지 불길한 예감이 그녀의 가슴을 스쳐 지나갔다. 그는 누군가가 그려준 약도를 주머니에서 꺼내 들고는 주위를 두리번거렸다. 단영이 묵묵히 곁에서 그가 하는 양을 지켜보다 문득 그의 넥타이를 보게 됐는데, 넥타이 맨 끝이 또 얼룩이 져 있었다. 저번에도 얼룩을 찍고 오더니, 이 사람 의외로 칠칠치 못하네. 그렇게 깔끔 떠는 성격은 아닌 그녀인데도 자꾸만 얼룩 묻은 넥타이가 흔들리는 게 신경이 쓰였다.

"저기, 오늘 점심에 뭐 드셨어요?"

"네?"

그가 건물 간판을 살피다가 고개를 돌리니 단영이 손가락으로 그의 넥타이를 가리켰다. 재윤이 천천히 손가락 끝이 가리키는 곳으로 고개를 숙이다 자신의 넥타이를 보고는 눈썹을 찡그렸다.

"해물탕 국물에 빠졌었나?"

그가 작게 중얼거리며 그 자리에서 넥타이를 풀어버리자 단영이 민망한 듯 웃었다.

"아니, 풀라는 소리는 아니었어요. 계속 신경이 쓰여서 알려주려고……."

재윤이 넥타이를 접어 주머니에 넣다 말고는 단영을 응시했다. 짧은 순간 그가 무표정한 얼굴로 그녀를 지그시 쳐다보았다. 그의 눈빛이 무언가를 생각하는 듯 깊어져 있었다. 단영은 그 자리에서 얼룩을 지적한 그녀의 행동에 대해 그가 기분이 상한 건가 싶어 얼른 변명 아닌 변명을 늘어놓았다.

"신경 쓰지 마세요. 저도 잘 묻히고 다녀요. 그래서 하얀 옷 입는 건 엄두도 안 내요."

그는 무언가 생각하는 얼굴로 그녀를 쳐다보며 엷은 웃음을 그리고 있었다. 단영은 왠지 그의 시선을 받고 있는 게 불편하고 무안해져 그가 들고 있는 쪽지로 관심을 돌렸다.

"근데 아직 멀었어요?"

그는 다시 할 일이 생각난 사람처럼 쪽지와 건물들을 번갈아 쳐다보며 가게를 찾기 시작했다.

　정확히 한 시간이 지났다. 그리고 여전히 두 사람은 길 위에
서 있었다. 단영이 차마 짜증은 내지 못하고 골목길 구석구석을
헤매고 다니는 문재윤이란 남자의 등 뒤를 졸졸 따라다니고 있
었다. 도대체 왜, 무엇 때문에 그녀가 저 남자 뒤를 따라다니고
있어야 하는지 애초의 데이트에 관련된 풋풋한 심상은 다 사라
지고 오로지 의문만이 남아 있을 뿐이다. 그의 얼굴은 시간이
갈수록 굳어지더니 이제 서서히 당혹과 난감함, 그리고 민망함
등 이루 형용할 수 없는 복잡한 표정들이 서려 있었다. 물론 아
직도 그 가게를 찾겠다는 비장함마저 깃들어 있었다. 아무리 선
선한 바람이 불어오는 여름 저녁이라 해도 아직 해가 떨어지지
않은 시내였다. 당연히 다리가 아프고, 숨이 턱턱 막힐 수밖에
없는 것이다. 그는 양복 상의를 한쪽 팔에 걸치고 아직도 건물
과 약도를 번갈아 보며 주위를 살피고 있었다. 단영은 부글부글
끓어오르는 짜증을 지그시 누르며 좋게 이야기를 꺼내려 머리
를 굴렸다. 이렇게 된 건 티벳 음식을 먹어볼 기회라는 스스로
의 기대심리 때문에 그의 방황을 유기한 책임도 있으니 말이다.
처음부터 이 남자가 다른 남자들처럼 여자를 알아서 번듯한 식
당에 모시고 근사한 저녁을 대접하는 그런 진부하고 전형적인
사람이 아닌 걸 인정했어야 했다. 털이 많아 내복 값이 안 들어
좋다는 남자에게 뭘 바랐던 것일까.

"저기, 재윤 씨. 우리 다른 거 먹으면 안 될까요?"

재윤이 고개를 돌려 지친 듯 뒤에 서 있는 그녀를 보더니 미안한 듯 말했다.

"이 근처가 분명한데……."

단영이 솟구치는 짜증을 꾹 내리누르며 억지로 입가를 올려 웃음을 보였다. 그 말이 지금 몇 번째인 줄 알아? 속으론 소리라도 지르고 싶었다.

"아뇨. 사실 동남아시아 음식 먹어봤을 때도 입에 안 맞았거든요."

"그래요?"

그녀가 이 상황을 종료시키고 싶어서 하는 말임을 그도 알고 있는 것 같았다. 그는 아쉽다는 얼굴로 약도를 주머니에 넣고는 다시 주위를 둘러보았다. 음식점과 상점들이 그득해서 사실 아무 데나 들어가도 상관없어 보였다. 그러나 오로지 티벳 음식만 생각하고 있던 재윤에게 딱히 다른 게 생각나질 않았다. 단영이 얼른 아무 데나 손가락으로 가리키며 소리쳤다.

"저기 어때요?"

가리킨 곳은 삼겹살 집이었다. 그는 도대체 무슨 생각을 하는지 알 수 없는 얼굴로 커다랗게 쓰여진 〈돼지가 와인에 빠진 날〉이라고 쓰인 간판을 뚫어지게 바라보고 있었다. 그러더니 가게를 향해 걸었다.

두 사람이 가게 한쪽에 자리를 잡자 점원이 쏜살같이 다가와 물과 수건을 건네주고 주문을 받았다. 그리고 잠시 후 와인에 빠져 허우적댔던 돼지 살이 돌 위에서 지글지글 구워지기 시작했다. 두 사람은 너무 배가 고파 밥과 찌개도 시켰다. 그녀가 고소한 향을 피우며 구워지는 돼지고기에 넋이 빠져 상추와 된장, 마늘, 파 무침을 올려놓고 대기했다. 그리곤 뒤집어놓은 고기가 노릇하게 익자마자 상추 안에 넣고는 입 안에 가득 물어 씹었다. 어째서 갑자기 이렇게 연락하게 된 거냐, 계속 만나는 거냐 등의 할 말이 많았지만 길에서 허비한 시간만큼 그녀의 뱃속이 그런 대화를 나눌 여유를 주지 않았다. 그녀는 입 안에 있는 상추쌈을 맛있게 씹는 동안 또 다른 상추를 준비하고 있었다. 그런데 그는 밥과 찌개를 기다리는 듯 고기만 뒤집고 있었다. 그녀가 입 안에 있는 음식을 꿀꺽 삼키고 말했다.

"안 드세요? 다 익었는데."

그가 싱긋 웃으며 대답했다.

"사실 고기를 못 먹어요."

단영이 일순 당황해서 눈을 껌벅였다.

"다른 데 가자고 말하지 그러셨어요. 그랬으면……."

그가 별거 아닌 듯 손사래를 치며 대꾸했다.

"아닙니다. 상추랑 된장찌개는 좋아하거든요."

"아……."

단영은 이미 손 위에 대기하고 있는 상추와 마늘이 민망했다. 왠지 그녀가 야만인이 된 듯한 느낌이었다. 그녀가 어색하게 천천히 고기를 집어 상추 안에 넣고는 최대한 작게 상추를 오므렸다. 그리곤 최대한 얌전하게 입 안에 넣었다. 다행스럽게도 그 순간 점원이 밥과 찌개를 가져다 주었다. 그도 배가 많이 고팠는지 된장찌개를 한번 떠먹고는 밥 위에 김치를 올려놓고 한입 가득 물었다. 단영이 돌 위에 구워지고 있는 고기들을 물끄러미 바라보았다. 고기란 게 서로 적절하게 먹어줘야 타지 않는 법인데, 이렇게 한 사람만 먹으려면 그 타이밍을 놓치지 않는가. 그렇다고 접시에 따로 빼놓으면 식어서 맛이 없는데 말이다. 그녀가 타고 있는 고기에 다른 고기들을 올려놓으며 중얼거렸다.

"식성이 까다로우신가 봐요."

그는 전혀 그렇지 않다는 얼굴로 말했다.

"해산물은 먹습니다."

"아, 예."

"소고기 대신 조개나 멸치 쓰면 되니까 그렇게 고생되진 않을 거예요."

그때 마침 상추쌈을 넣으려고 입을 함박같이 벌리고 있던 단영이 그대로 굳은 채 그를 쳐다보았다. 방금 무슨 일이 일어난 거야? 그녀가 눈을 동그랗게 뜨고 그를 뚫어지게 응시했다.

"네?"

조금 크게 나온 그녀의 목소리에 그는 다른 식으로 해석되는지 이렇게 말했다.

"국 정도는 그냥 먹으니까 너무 걱정하지 않아도 됩니다."

단영이 손에 들고 있던 상추쌈을 내려놓고 멀뚱히 물었다.

"저기…… 혹시 결혼했을 때를 이야기하는 건가요?"

그게 웬 뜬금없는 질문이냐 듯 재윤이 오히려 의아한 얼굴로 대답했다.

"예."

그의 대답에 단영의 입이 더 벌어졌다. 그녀가 예기치 못한 상황에 얼떨떨한 얼굴로 침묵을 지키고 있다가 고개를 내려보니 돌 위에서 고기들이 까맣게 타고 있었다. 무심결에 그녀가 고기를 젓가락으로 하나씩 집어 접시에 담았다. 그는 생긴 대로 차분하고 조리있게 말을 잇기 시작했다.

"결혼을 전제로 선을 본 거였잖습니까? 그리고 다시 연락을 해서 만나기로 한 건 결혼을 고려하겠다는 뜻 아닌가요?"

"시간있냐고 물었지 결혼하겠냐고 물은 건 아니었잖아요? 그럼 아까 시간있냐고 물었던 게 결혼할 시간 있냐고 물은 거란 말이에요?"

단영의 질문이 오히려 그에게 깨달음을 주었는지 그가 그럴 수도 있겠다는 얼굴로 고개를 끄덕였다.

"그런 의미가 내포된 것이기도 하죠."

단영은 하마터면 〈꽥!!〉이라는 돼지 울음소리를 지를 뻔했다.

"아니, 우리가 몇 번이나 만났다고 결혼을 하네 마네 해요?"

그는 조금은 성이 나는 얼굴로 대답했다.

"그럼 맞선엔 왜 나오셨습니까?"

"그거야……."

말을 하다 단영이 입을 다물었다. 그거야 인터뷰하자는 생각으로 나갔으니 할 말 없었다. 그렇다고 해도 그의 비약은 너무 심해서 계곡에서 뛰어내려 허공 속으로 몸을 날린 것 같은 어지러움을 가져다 주었다.

그는 그대로 그녀의 태도를 이해할 수 없었다. 보름 동안 그녀에게 연락을 할까 말까 고민에 고민을 거듭했던 것이다. 이것이 맞선으로 만난 자리라 그의 전화가 곧장 결혼을 전제로 하는 것이란 걸 알기에 다시 연락하는 게 심히 부담스러웠다. 그래서 그의 머리 속에서 떠나지 않는 그녀를 매일매일 생각하면서도 함부로 연락을 취하지 못했던 것이다. 결국 보름이 지난 오늘 아침에도 눈을 떴을 때 이 여자 생각이 나서 그는 당연히 결혼을 각오하고 연락을 한 것이다. 그런데 이 여잔 마치 아는 사람 한번 만나 밥 먹는 것처럼 행동하니 그가 기분 좋을 리 없었다.

미간을 좁히고 생각에 빠져들어 있던 단영이 무표정한 그의 얼굴을 힐끗 바라보며 나직이 되물었다.

"그동안 연락 한 번 없었고, 우리가 헤어질 때 다시 한 번 만나자 그런 이야기도 없었잖아요. 그래서 난 그걸로 끝난 줄 알았다고요. 근데 갑자기 결혼이 확실한 것처럼 말하니 당황하지 않겠어요?"

그는 조용히 옆에 있는 컵을 집어 들더니 꿀꺽꿀꺽 물을 마셨다. 그리곤 시원한 듯 간단명료하게 말했다.

"그럼 지금부터 생각하세요."

그녀가 어이없어 입을 벙긋거리다 어느 순간 미간을 찌푸리며 불쑥 말을 꺼냈다.

"근데 저의 어딜 보고 결혼하겠다는 결론에 이른 거예요?"

그는 침묵을 지킨 채 그녀를 뚫어지게 쳐다보더니 갑자기 시선을 내려 그녀의 팔을 응시했다. 물론 그녀의 팔 위에 털들이 가지런하게 눕혀져 있었다.

"그 털을 보고 섹시하다고 느끼면 다 된 거 아닙니까?"

단영이 입을 쩌억 벌리고 경악스러워했다. 어디선가 사람들의 웃음소리가 들려오는 것 같기도 했다. 도대체 어떤 생각을 하고 사는 사람이면 이런 말을 사람들이 있는 이런 곳에서 대놓고 말할 수 있는 건지, 또 자신은 어떤 인간이었기에 이런 말에 가슴이 두근거릴 수 있는 건지 모든 것이 충격이었다. 그가 변태인지 아니면 그녀가 변태인 건지 알 수 없었다. 이십 년 넘게 그녀의 콤플렉스였던 긴 털, 간신히 그 콤플렉스를 극복한 지금 그 털이 예쁘다고 하는 남자가 나타났으니 그럼 천생연분인 건가? 생각은 어이없게도 그렇게 흐르고 있었다. 하지만 털 때문에 결혼하는 건 좀 웃기는 짜장 아닌가. 그녀가 주위 사람들의 시선과 웃음소리에도 의연한 얼굴로 조용히 속삭이듯 말했다.

"그럼 이 털이 마음에 들어서 결혼하자는 거예요?"

그는 뭐 그런 말도 안 되는 소리를 하냐는 듯 한심스럽게 그녀를 쳐다보며 말했다.

"설마 털 때문에 결혼하겠습니까? 문제는 그전에 털 많은 여자를 그렇게 좋아하지 않았다는 겁니다. 그런데 눈만 뜨면 단영 씨 팔이 어른대더군요."

"그럼 내가 털이 없으면요. 나 가끔 기분이 동하면 면도하는데요."

그는 심각하게 고민하는 듯 잠시 침묵을 지켰다.

"상관없습니다. 또 자랄 테니까요. 중요한 건 저에게 그 털이 예뻐 보일 만큼 단영 씨가 마음에 들었다는 겁니다."

그녀의 얼굴이 순식간에 붉게 물들었다. 도대체 어떻게 그런 말을 대놓고 할 수 있는지 갈수록 이해불가였다. 그녀가 굳어진 얼굴로 시커멓게 탄 고기로 상추쌈을 만들어 입 안에 넣고 우적거렸다. 방금 전에 내려놓은 상추쌈을 그대로 두고 말이다. 그만큼 그녀의 정신이 혼란스러웠다. 물론 누군가가 자신을 좋다고 긍정해 주는 건 기분 좋은 일이다. 그것도 그녀가 괜찮다고 생각한 남자가 그러는 거니 나쁠 건 없었다. 단지 이렇게 무지막지하게 앞뒤 안 가리고 결혼하자고 그녀를 몰아댈 거라고는 생각한 적이 없으니 그게 문제였다. 그녀가 얼떨떨한 얼굴로 입 안에 있는 상추쌈을 씹었다. 도대체 이게 무슨 상황이다냐. 말도 안 된다고 박차고 나갈 일인 건지 아니면 그녀의 짝이 우박처럼 떨어져서 그녀가 적응을 못하는 건지 머리가 복잡했다. 그런 그녀의 속내를 읽었는지 재윤이 먹다 말았던 밥과 찌개에 다시 손을 가져가며 말했다.

"천천히 생각해요. 지금 끝장을 보자는 건 아니니까."

실컷 그녀를 몰아세운 당사자는 여유로운 얼굴로 웃고 있었다.

밥을 먹고 가게를 나오니 이제야 해가 어스름해져 있었다. 저녁 여덟 시가 다 되었는데 아직도 노을빛이 남아 있었다. 둘은 어느 연인처럼 진부한 코스를 밟고 있었다. 영화를 보러 간 것이다. 영화관에서 뭘 볼까 각자 생각을 하는데, 그동안 혼자 영화를 보러 다녔던 단영으로서는 당연히 그녀 자신이 보고 싶은 영화에 초점을 맞추고 있었다.

"효자동 이발사 어때요?"

그는 그녀가 말한 영화 표지를 잠시 응시하더니 그 옆에 있는 포스터로 시선을 가져갔다.

"옹박은 어떻습니까?"

'옹박이 보고 싶은 게로군.'

웬만하면 그가 보고 싶은 걸로 들어주고 싶었지만, 옹박은 정말 전혀 그녀의 취향이 아니었다. 도대체 이유없이 싸움질하는 거, 특히나 육체의 무한성을 돈 내고 확인할 필요가 뭐 있는가? 단영이 얼굴을 찡그리며 고민하다 그냥 지나가는 말처럼 제안을 꺼냈다. 예전부터 생각만 하고 있었던 일이기도 했고, 왠지 그의 반응을 보고 싶은 마음의 발로라고나 할까. 두 사람이라고 꼭 같이 행동할 필요는 없지 않은가. 예전에 사귀었던 남자의 유치한 동일시에 질린 그녀였다. 그는 언제나 같은 걸 먹고, 같은 걸 보려고 했고, 은근히 자신의 취향을 그녀에게 강요했다.

"그럼 전 이발사 볼 테니 재윤 씨는 옹박 보는 게 어떨까요. 영화 끝나고 여기서 만나기로 하고요."

그가 입술을 한일 자로 그린 채 빤히 그녀를 응시했다. 단영은 그저 농담 비스무리한 걸로 꺼낸 말인데 너무 진지하게 받아들이는 그의 태도에 오히려 당황했다. 그녀가 농담이었다는 걸 알리려고 웃음을 입가에 그리려는 순간 그가 고개를 끄덕였다.

"그립시다. 서로 보고 싶은 거 보는 게 후회없죠. 삼겹살은 내가 냈으니 표는 단영 씨가 사세요."

단영이 멍하니 지갑에서 만사천 원을 꺼내 그에게 건넸다. 그녀가 꺼낸 제안이라 이제 와서 뭐라고 하기도 그래서 단영이 표를 사러 가는 재윤의 뒷모습을 가만히 지켜만 보고 있었다.

'뭐야? 그렇다고 따로 보냐?'

잠시 후 표 두 장을 들고 그가 다가오더니 〈효자동 이발사〉 표를 그녀에게 하나 건네주었다. 시계를 보니 〈옹박〉 시작할 시간이라 사람들이 하나둘씩 상영관으로 들어갔다. 〈효자동 이발사〉는 〈옹박〉보다 오 분 늦게 시작했다.

"들어가요."

재윤이 물끄러미 들어가는 사람들을 쳐다보며 자신이 쥐고 있는 표를 그녀의 눈앞에 내밀었다. 〈효자동 이발사〉란 글자가 그녀의 눈동자 앞에 흔들거렸다. 그 순간 왜 웃음이 나오는 걸까. 단영이 웃음을 흘리며 힐끗 그를 쳐다보니 그가 퉁명스럽게 말했다.

"뭐, 단영 씨가 보여주는 영화니까 아무거나 상관은 없습니다."

단영이 피식 쉰 웃음을 터뜨리며 말했다.

"다음에 옹박 보러 와요."

그가 가만히 그녀를 응시하며 빙긋이 웃었다.

밤 열 시가 넘어서야 두 사람이 헤어졌다. 그녀를 집까지 바래다주고 그의 차가 골목길을 빠져나갔는데, 단영이 대문 앞에 서서 가는 모습을 바라보고 있었다. 이렇게 빨리 결혼 이야기가 오가겠거니 생각해 본 적이 없어서 아직도 얼떨떨한 단영이었다. 물론 문재윤이란 사람이 딱히 어디가 이상하다거나 싫은 건 아니지만, 아니, 솔직히 괜찮았지만 갑자기 결혼을 전제로 만난다 생각하니 마음이 심각해졌다.

차가 골목길에서 완전히 사라진 후에도 그녀는 잠시 대문 앞을 서성이다 집 안으로 들어갔다. 늦게 들어오는 걸 지극히도 싫어하는 아버지 때문에 웬만큼 나이를 먹은 그녀지만 살금살금 거실로 들어섰다. 거실에는 그녀의 어머니가 TV를 보며 그녀를 기다리고 있었다. 송씨는 단영이 재윤과 만나고 왔다는 걸 알고 있었던지 그녀를 보자마자 냅다 소파에서 일어나 다가왔다. 아직 신발을 채 벗지도 못한 딸을 붙잡고 송씨는 궁금했던 걸 가득 쏟아내기 시작했다.

"그 사람이랑 계속 만나기로 한 거야?"

"아니, 뭐…… 그럭저럭……."

"사람이 어떤대? 괜찮디?"

"응, 그런대로……."

"아유, 시원하게 좀 말해 봐. 답답해 죽겠네."

단영이 신발을 다 벗고 거실 안으로 들어서자 송씨가 딸의 팔을 잡고 소파가 있는 쪽으로 이끌었다.

"계속 만나는 거 보니 괜찮은가 보네. 너 올해 결혼하려나 보다."

단영이 심드렁한 얼굴로 앉아 있자 송씨가 더 집요하게 묻기 시작했다.

"언제? 그 사람이 뭐라던? 그쪽에서 결혼하재?"

"결혼은 무슨. 이제 두 번 봤는데."

"헛짓 그만 하고 사람 있을 때 얼른 가."

갑자기 들려오는 홍 박사의 목소리에 심드렁하게 풀어져 있던 단영의 얼굴이 굳어졌다. 그녀가 별다른 대꾸 없이 이층으로 올라가려고 하자 홍 박사가 멈춰 세웠다.

"너, 현각 스님한테 시나리오 일 부탁받았다며?"

처음부터 아버지를 통해 알게 된 사람들이었으니 당연히 아버지 귀에 들어갈 일이라는 걸 예상했어야 한다. 다만 이렇게 빨리 알게 될 줄 몰랐던 단영이다. 영화과로 대학원을 간다는 말을 꺼낸 순간부터 끊임없이 계속된 괴롭힘이 떠올라 단영의 얼굴이 곧바로 딱딱하게 가라앉았다. 또 무슨 말로 그녀의 기운이 빠지게 할는지 마음이 벌써부터 날카롭게 각이 생겼다. 그녀가 조용히 고개를 끄덕이며 〈네〉라는 대답을 하자 홍 박사가 혀를 끌끌 차며 한심하다는 듯 단영을 노려보았다.

"여하튼 돈도 안 되는 그런 일에 왜 시간 쓰고 돈 쓰고 다니는 건지. 넌 정말 알 수가 없는 종족이다."

단영이 침묵을 지켰다. 어릴 때는 아버지의 저런 말들이 자식도 자기와 같은 배고픈 길을 갈까 두려운 마음에서 나오는 것일 거라고 이해도 해보려 했고, 또는 평생을 국문학에 바쳤지만 돌아온 건 별로 없다는 것에 대한 회한이라고 생각도 해보았지만 시간이 갈수록 그건 아니었음을 깨달을 뿐이었다. 학문에 대한 아버지 자신의 열정이 권력을 잡고 싶어하는 마음을 이기지 못했고, 그 권력욕과 재물에 대한 욕심은 자꾸만 커져 자식들을 들들 볶아댔다. 웃기는 건 평생 고서를 사 모으느라 돈을 쓴 아버지는 밖에서는 청렴한 대학교수라는 이미지로 먹고 산다는 것이다. 여하튼 수많은 생각이 머리 속에서 오갔지만 딱히 아무런 말도 입 밖으로 흘러나오지 않았다. 계속되는 부정은 단영의 입을 다물게 만들었다.

"아이고, 저런 걸 큰딸이라고. 내가 너만 보면 복장이 터진다. 네 까짓게 글 나부랭이 쓴다고 설쳐 대는 꼴을 보니, 원."

홍 박사는 기어코 저주 어린 말을 뱉어내고 방으로 들어갔다. 단영이 무언가를 참듯 목구멍에 걸린 무언가를 삼키고, 주먹을 쥐었다. 분노를 넘어 파괴적인 마음이 들끓었지만 한편으론 아버지의 폭력이 나올까 두렵기도 했다. 가끔 마음에 안 들거나 심사가 뒤틀리면 폭력을 쓰는 아버지인지라 어느새 이런 말을 들어도 죽은 듯 엎드려 있는 내면이 형성된 것이다.

단영이 어금니를 물고 이층 계단을 마저 오르는데 등 뒤에서 어머니의 목소리가 날아 들어왔다.

"너, 이번이 마지막이야. 나이 더 먹으면 이런 자리 나타나지도 않아. 막차라고, 막차!"

단영이 시끄럽다는 듯 계단을 올라가며 손가락으로 귀를 후볐다. 재윤이 밥 먹으면서 했던 말이 그녀의 머리 속에서 빙글빙글 춤을 추고 있어 방으로 들어가는 그녀의 얼굴이 진지했다.

"중요한 건 저에게 그 털이 예뻐 보일 만큼 단영 씨가 마음에 들었다는 겁니다."

"그래서 네 마음에 들어서 어쩌라고?"

그녀가 혼잣말로 중얼거렸다. 재윤의 그 말을 들었을 때 기쁘고 떨리던 마음이 이 순간 아무 데나 공격하고 싶은 파괴적인 마음으로 돌변해 있었다. 화장을 지우고 세수를 하는 그녀의 곁을 그 말이 떠나지 않고 맴돌았다. 그리고 영화표를 눈앞에 흔들던 장난스런 눈빛도 함께 떠올랐다.

"후우……."

거울 속에 스물여덟, 흔히 말해 혼기가 꽉 찼다고 말해지는 어떤 여자가 단영의 눈앞에 서 있었다. 가끔은 거울 속의 자신을 보고 낯설어할 때가 있는데 말이다.

'저 여자는 누구일까?'

단영이 재윤과 서너 번 더 만남을 계속하자 양쪽
집안에선 슬슬 결혼을 기정사실로 만들어갔다. 단영의
집에서는 이대로 밀고 나가라, 책잡히지 마라, 혼수 준
비는 어떻게 해야 하나, 그쪽에 꿀릴 것 없다 기타 등등
말이 많았다. 그녀로서는 혼란 한가운데 있는 기분이었
다. 직장 일을 하는 평일에는 그와의 관계를 냉정하게
바라보며 아무리 생각해도 결혼은 무리다, 서로 잘 모르
는데 너무 성급하다 이렇게 결론지어졌고, 주말에 그와
다시 만나면 그런 생각들은 어느새 저 멀리 사라지고,
그저 재밌고 편했다. 물론 재윤은 가끔씩 사람을 깨게
하는 말로 단영의 속을 뒤집어놓았지만 마치 자신의 여
자를 대하듯 사려 깊었다. 그게 단영에겐 만족감을 주기

도 했고 한편으론 꽤 부담스럽기도 했다. 그렇게 장마가 지나갔다.

아이들 기말고사가 끝나고 어영부영 시간이 흘러가더니 방학이 왔다. 물론 방학 때도 보충수업을 해야 하지만 그래도 단영으로서는 오랜만에 맛보는 자유였다. 그동안 생각해 놨던 시나리오에 매달려야겠다, 생각하며 그녀가 방학식 날 가벼운 발걸음으로 학교를 나왔다. 갑자기 찾아온 평일의 한낮이 어색한 그녀에게 전철역에 거의 다다랐을 즈음 전화가 왔다. 처음 보는 전화번호였다.

"네."

[나다.]

핸드폰 안에서 짧은 한마디가 흘러나오는 순간 단영의 눈이 동그랗게 커졌다.

"진수??"

핸드폰 속에서 진수 특유의 낮은 웃음소리가 흘러나왔다. 허스키하면서도 부드러운 웃음소리는 듣고 있으면 자신도 모르게 녹아들 정도로 매력적이었다. 반가움에 단영이 입가에 웃음을 그리다 어느 순간 그동안의 일이 떠올랐는지 벌컥 성을 냈다.

"너, 뭐야? 말도 없이 그렇게 사라질 수 있는 거야?"

진수는 단영의 앙칼진 말에 상관없이 여전히 특유의 나른한 웃음을 배어 물고 있었다.

[서울에 일이 있어서 오랜만에 올라왔어. 오늘 시간 되니?]

말도 없이 사라졌다 어느 날 갑자기 자기 마음 동해야 연락하는 진수의 행동에 화가 난 단영이 일부러 새치름한 태도를 보였다.

"글쎄, 상황 봐야 할 것 같은데."

끝을 얼버무리는 단영의 대답에 진수는 아쉬움이 한가득 묻어나는 목소리로 말했다.

[그래? 얼굴 보고 싶어서 일부러 표도 늦게 끊어놨는데. 뭐, 어쩔 수 없지. 다음에 올라오면 한번 보자.]

순순히 상황을 받아들이며 진수가 아쉬운 듯 상황을 정리하자 뚱한 얼굴로 입술을 내밀고 있던 단영이 퉁명스럽게 물었다.

"지금 어딘데?"

두 사람이 만난 곳은 대학교정에 있는 〈거기〉였다. 한여름이지만 대학 교정에 있는 나무 그늘 아래가 어느 곳보다 시원하고 공기 좋은 곳이라는 걸 잘 알고 있는 두 사람이었다. 대학생 시절, 두 사람이 나무 그늘 아래서 낮잠도 자고 이런저런 이야기로 시간 가는 줄 모르고 지냈던 기억이 있어 꼭 교정은 공원과도 같은 장소이기도 했다. 한낮의 여름날, 단영이 삐질삐질 땀을 흘리며 언덕 위에 있는 정문을 가로질렀다. 오랜만에 걷는 가파른 언덕배기가 반갑기도 했다. 그녀는 전화해 볼 것도 없이 곧장 대학원 건물이 있는 근처로 걸어갔다. 두 사람이 졸업할 즈음 학교에서 새로 만든 공간이었는데, 나무와 벤치가 마치 야외 카페처럼 조성되어 있었다. 사람들이 자판기에서 갓 뽑은 커피를 들고 서로 마주 보고 대화를 나누는 곳이었다. 산 위에서 맑은 공기가 불어와 사람들의 사랑을 받는 공간이었다. 두 사람이 예전의 어느 날 〈거기〉라고 지칭한 순간부터 〈거기〉는 이곳을 가리켰다.

그 시원한 그늘 아래 얼른 가서 앉고 싶다는 생각에 단영이 열심히 큰 공터를 가로질렀고, 〈거기〉에 도착하니 진수가 먼저 도착해 손을 흔들었다. 진수는 여유로워 보였다. 작년 서울에서 마지막 보았을 때의 초췌한 얼굴과 예리하게 날 서려 있던 눈빛이 많이 부드러워져 있었다. 물론 진수 특유의 냉소적인 나른함은 여전했다. 목 근처까지 내려왔던 머리카락은 짧게 잘라져 중성적이면서도 어른스러웠다. 멀리서 손을 흔들며 그녀를 향해 활짝 웃는데 친구에게 가까이 다가가는 단영이 우쭐함까지 느낄 정도였다. 저렇게 멋있는 친구가 바로 내 친구야. 주변에 드문드문 앉아 있는 사람들에게 말해 주고 싶을 정도로 친구 진수는 멋있었다. 집안 내력 때문인지 아니면 진수 스스로의 독특한 감수성 때문인지 그저 단순하게 청바지와 고동색의 티셔츠 하나를 입었는데도 독특한 매력을 풍겼다. 진한 보라색의 선글라스를 낀 친구는 한쪽 귀에 기다란 귀고리를 하고 있었다. 가까이 다가가 보니 귀고리는 옛날 고구려나 신라의 왕족이 했을 것 같은 전통적인 청동 귀고리 모양이었다. 큼지막하면서도 세련되게 만들어진 귀고리 한쪽이 그녀의 귓불 아래서 찰랑였다. 저렇게 눈에 띄는 귀고리를 태연히 하고 다니는 진수가 단영은 신기하기도 하고 한편으론 속이 시원했다. 그녀는 진주로 된 작은 방울 귀고리나 얇은 금줄로 만들어진 목걸이를 하고 다녔다. 가끔 저렇게 화려하고 유별난 액세서리에 눈이 가지만 감히 하고 다닐 엄두는 내지 못했다.

"야, 귀고리가 저기서부터 눈에 들어오더라."

맞은편 벤치에 앉자마자 단영이 귀고리에 대해 말하자 진수가 싱긋 웃으며 귀고리를 빼서 보여준다. 단영이 손에 쥐고 자세히 보니 시중에서 파는 귀고리가 아니었다.

"이런 건 어디서 구하냐? 꼭 옛날 물건 같아."

"만들었어, 심심해서."

"너 그럼 시골 내려가서 보석 만들고 있는 거야?"

대학 1학년 강의실에서 처음 봤을 때부터 뭘 하게 될지 전혀 예측할 수 없는 친구가 진수였다. 몇 번 수업 들어오고 4월 내내 안 보인다 싶더니 5월 축제 때 퍼포먼스를 해서 신문 사회면에 실리질 않나, 첫 여름방학 땐 오랜만에 연락을 해봤더니 작은 방 하나를 마당에 직접 지어 면벽수행을 하고 있다질 않나 여하튼 앞을 예측할 수 없는 친구였다. 그래서 그녀가 이번엔 액세서리를 만들고 있다 해도 놀랍지 않을 것 같았다. 단영이 귀고리를 되돌려 주자 진수가 귓불에 다시 귀고리를 달며 말했다. 천천히 움직이는 친구의 손놀림이 군더더기없이 깔끔하고 나른했다.

"아니, 할아버지한테서 일 좀 배우고 있어."

"그럼 도자기 만들고 있다는 거야?"

"음."

단영은 조금 놀랐다. 진수의 할아버지가 도자기를 만드는 분이란 걸 알고는 있었지만 그녀의 아버지가 대를 잇는 걸로 알고 있었고, 또 진수는 그 일에 그동안 관심을 보이지 않았던 것이다. 어느 날 소설책을 내더니, 이번엔 도자기? 단영이 진수와 사귀던 남자가 떠올라 불쑥 그에 대해 물었다.

"사귀던 사람은? 그 사람도 함께 내려간 거야?"

진수는 마치 아끼던 알사탕 하나를 잃어버렸다는 듯 가볍게 대답했다.

"헤어졌어."

단영이 침묵을 지킨 채 고개만 끄덕였다. 본 적은 없지만 그때 듣기에는 진수만큼이나 독특한 느낌을 자아내던 남자여서 꽤 잘 어울린다 생각했는데 헤어졌다니, 그녀로서는 좀 의외였다. 거의 결혼할 분위기였던 것이다.

"그런데 의외다. 너 할아버지 일엔 전혀 관심없었잖아. 물론 다른 사람보다 그쪽으로 아는 건 많았지만. 난 서울 생활 정리 한다고 해서 잠시 쉬러 간 줄 알았는데."

진수는 무언가를 회상하듯 허공을 잠시 쳐다보더니 앞에 앉아 있는 단영을 물끄러미 응시했다.

"아버지가 작년에 쓰러지셨어. 할아버진 이제 기력이 딸려서 아버지한테 거의 다 맡겨놓고 있는 상태였고. 그제야 내가 원한 게 뭔지 알겠더라."

진수의 눈빛은 무언가를 암시하듯 깊게 가라앉아 있었다. 그
러나 목소리는 너무 평온해서 그런 진수의 눈빛을 단영은 못 알
아차렸다. 다만 언제나 느끼는 거였지만 그윽할 정도로 뚫어지
게 응시하는 진수의 눈빛이 단영은 아직도 어색하고 가슴이 뛰
었다. 예전부터 설명할 수 없는 느낌이었다. 그저 다른 여자 친
구와 똑같은 여자 친구인데도 진수만큼은 이상하게 신경 쓰이
고, 묘한 감정을 불러일으켰다. 특이하고 중성적인 진수 때문에
불러일으키는 그런 느낌이라고 단영은 항상 대수롭지 않게 생
각하고 있을 뿐이었다. 진수는 깊은 생각에 잠긴 듯 상념에 젖
은 얼굴을 하고 있다 단영을 보곤 엷은 웃음을 입가에 그리며
말했다.

"그런 거 있잖아. 이루기 너무 어려울 것 같아서 처음부터 원
하는 마음을 갖지 않는 거. 그냥 관심 정도로 치부해 버리는 거.
내가 원하는 건 저 하늘 끝에 닿아 있는데 나는 땅에 있는 느낌.
그런 거."

말하는 진수의 눈빛은 왠지 뜨거웠다. 그게 오랫동안 헤매다
찾은 도자기 일에 대한 열정이라고 단영은 생각하고 있었다. 단
영이 이해한다는 듯 고개를 끄덕였다.

"그래, 알 거 같아. 나도 그래서 오랫동안 글 쓰는 쪽으로 안
가려고 했었으니까. 그게 오히려 나중에 폭발하니까 제어가 안
되더라."

진수의 눈이 진지하게 멈춰 단영의 얼굴에 머물렀다. 단영이 시나리오를 쓰기 위해 낮에는 수업하고 밤이면 대학원을 다녔던 그때의 열정과 괴로움을 떠올리는 동안 진수는 그런 단영이 사랑스러운 듯 쳐다보고 있었다. 언젠가 단영이 졸업 작품으로 만드는 영화를 제작비 때문에 엎어야 했을 때 진수에게 전화를 걸어 펑펑 운 적이 있었다. 하염없이 우는 단영을 달래주던 그날의 친구처럼 진수는 여름 밤의 미풍처럼 서늘하고 부드러운 목소리로 말했다.

"그치. 억누를수록 더 절실해서 나중엔 불덩어리를 속에 담고 있는 것처럼 고통스럽지."

단영이 친구의 그런 마음을 충분히 이해한다는 듯 고개를 끄덕였다. 그리곤 불어오는 바람결에 흔들리는 나뭇가지가 만들어내는 반짝이는 햇살과 그늘에 잠시 몸을 맡기고 눈을 감았다. 진수와 이렇게 여유롭게 앉아 이야기를 나누니 왠지 가슴속에 반짝이는 조각들이 일렁이는 느낌이었다. 진수는 그런 단영의 모습을 말없이 지켜보더니 문득 생각난 게 있는 듯 옆에 있는 종이 가방을 탁자 위에 올려놓았다. 단영의 귓가로 부스럭거리는 소리가 들려와 그녀가 눈을 떠보니 작은 나무 상자 안에 도자기 찻잔 하나가 나왔다. 흙으로 빚은 머그잔은 만든 사람의 손길이 그대로 배어 있어 투박하면서도 단아했다. 우윳빛 백자였다. 연꽃과 연잎 하나가 찻잔 바깥에 정갈하게 그려져 있다. 연꽃의 맨 끝에만 찍혀 있는 붉은색이 청색에 가까운 녹빛의 연잎과 대조를 이루며 우윳빛 바탕을 더 선명하게 보여주었다. 진수가 단영의 앞에 찻잔을 내밀며 말했다.

"너 녹차 좋아하잖아. 괜찮은 게 하나 나왔기에 가져왔어."

단영의 눈동자가 찻잔에 떨어지지 않은 채 놀라움으로 입이 벌어져 있었다. 인사동에서 대량으로 파는 그런 것과는 격이 다른 찻잔이었다. 우윳빛은 정말 웬만한 기술인이 만들지 못할 만큼 깨끗하고 은은했으며, 그려진 연꽃과 잎은 서투른 솜씨가 아니었다. 오랫동안 그림을 그린 자의 유려한 선이었다. 도자기에 대해 그리 많은 걸 아는 단영은 아니었지만 아버지를 따라 스님들과 자주 차를 마시던 경험이 있어 찻잔을 보는 안목이 어느 정도 키워져 있던 것이다. 단영이 여전히 눈을 동그랗게 뜨고 진수를 쳐다보았다.

"설마, 네가 만든 거야?"

진수가 피식 웃으며 거만한 표정을 지어 보였다.

"훗, 이제야 네 친구가 천재라는 걸 깨달은 거냐?"

단영이 입술을 비죽거리며 잘난 척하는 진수를 한번 노려봐주곤 그래도 너무나 아름다운 찻잔에 다시 시선을 가져갔다. 그리곤 조심스레 손끝으로 찻잔 윤곽을 어루만졌다. 고운 흙으로 만들어졌는지 역시나 보는 것처럼 촉감이 부드럽고 섬세했다. 진수는 너무 오버하지 말라는 듯한 시선을 보내며 덧붙였다.

"그렇게 대단하게 볼 거 없어. 흙은 할아버지가 원래부터 사용하는 거라 퀄리티가 보장된 거고, 그림은 어릴 때부터 아버지한테 지겹도록 배운 연꽃이니까. 일 년 내내 할아버지가 내가 만든 건 다 부숴 버리더니 이거 하나는 내버려 두더라."

단영이 만지고 있던 찻잔에서 손을 떼며 눈썹을 찡그렸다.

"그럼 처음으로 나온 작품을 나한테 주는 거야? 그래도 되겠어?"

진수는 지나가는 말처럼 가볍게 대답했지만 그녀의 눈빛은 왠지 진지하게 깊었다.

"어떤 것이든 주고받을 때 의미가 있는 거야. 나 혼자 이걸 갖고 있어서 뭐 하니? 보면서 자위하니?"

적나라한 진수의 비유에 단영이 어이없다는 듯 입을 벌렸다. 비유를 뭐랄까, 참 절묘하게 하는 진수였지만 가끔은 그 농도 짙고 적나라한 비유가 버거울 때가 있었다. 물론 그런 진수의 말투를 좋아하는 단영이었지만 가끔은 정말 못 말린다 싶을 정도로 친구 진수는 엉뚱한 비유로 사람 민망하게 만들기도 했다. 어찌 됐든 친구가 일 년 만에 처음 나온 작품을 그녀에게 준다는 생각에 기뻤다. 단영이 이를 드러내며 웃음을 입가에 그리고는 누가 뺏어갈까 얼른 찻잔을 감싸고 있던 한지를 집어 조심조심 찻잔을 감싸 나무 상자에 넣었다.

"솔직히 말해. 처음부터 나 주려고 만든 거지?"

단영이 남들에게는 잘 떨지 않는 귀여움을 떨었다. 이상하게 진수를 만나면 그랬다. 다른 데서는 새침하고 어쩔 땐 성깔 더럽고 도도하다는 말을 듣는 단영이었건만 진수 앞에만 있으면 마치 그동안 어리광을 피우지 못해 답답했다는 듯 마음껏 귀여움을 떨어대는 것이었다. 처음엔 그런 자신에게 당황스럽기까지 했지만 워낙 그런 단영의 성격을 잘 받아주는 진수였기에 이젠 자연스러웠다. 단영은 친구가 입술을 일그러뜨리며 비아냥거리거나 피식 웃을 줄 알았는데, 진수는 의외로 무덤덤한 얼굴로 대답했다.

"맞아. 너 생각 하면서 만든 거야."

순간 단영의 심장이 이상하게 두근거렸다. 그녀가 애써 그 느낌을 외면하며 장난스럽게 말했다.

"진짜?"

진수가 말없이 고개를 끄덕였다. 친구의 얼굴이 너무 진지하고 고요해서 단영이 어색하게 나무 상자에 시선을 가져갔다.

"하긴 내가 좀 예쁘긴 하지. 뮤즈로서 나만큼 느낌을 주는 애가 드물지. 안 그래?"

진수는 알 수 없는 의미의 시선을 나무 상자에 가져가며 대답했다.

"네 살결 같은 그런 백자를 만들고 싶었어. 흡족하게 나오려면 아직 멀었지만 그나마 이 찻잔이 조금은 나와줬다고나 할까."

아련할 정도로 잠겨 있는 진수의 목소리에 단영이 더 이상 장난스럽게 대꾸하지 못했다. 특유의 냉소와 거만으로 그녀를 즐겁게 만드는 친구 진수는 가끔 그녀가 당황스러울 정도로 깊은 애정을 드러냈다. 그런 친구를 보며 가끔은 진수가 남자였으면 좋겠다는 생각을 했던 단영이다. 정말 진수가 남자였다면 그렇게 자기 짝이 어디에 있을까, 헤맬 필요가 없을 정도로 진수와 있으면 묘한 감정을 느꼈다. 남자들처럼 특유의 자기중심적인 이기심으로 타인에게 상처를 주지 않았고, 열아홉 살 때 만났을 때도 어른처럼 진중한 분위기가 과내의 남자 선배들도 함부로 건드리지 못하는 특유의 분위기가 있었다. 대학 때, 과에서 흡연을 하는 여자애가 몇 명 있었는데, 술자리에서 남자 선배 몇 명이 담배 피우는 여자애를 비아냥거리며 계속 괴롭히고 있었다. 여자애들은 화장실에서 피우고, 밖으로는 피우는 척을 안하고 있어 오히려 그게 공격할 여지를 준 꼴이었다. 그 자리에서 나서서 담배 피우는 여자를 옹호했다간 담배 피우는 걸로 낙인찍히는 그런 분위기였다. 이래저래 짜증나는 분위기 속에 단영이 일어설까 망설이는데, 뒤늦게 진수가 호프집으로 들어왔다. 그리곤 아무 상관 없이 담배를 꺼내 피웠다. 선배들은 차마 대놓고 뭐라고 못하고, 진수는 능청스럽게 인사를 하며 다가와 앉았다. 그때 단영은 그런 생각을 했다. 진수가 남자라면 얼마나 좋을까. 그럼 정말 앞뒤 잴 거 없이 진수와 사귀었을 텐데 말이다.

'아, 어째서 넌 여자로 태어난 거니?'

밥 먹으러 가자며 일어서는 진수를 물끄러미 쳐다보던 단영이 깊은 한숨을 내쉬었다. 그리곤 가끔씩 아쉬운 듯했던 말을 지나가는 말처럼 또다시 뱉어냈다.

"진수야, 넌 왜 여자인 거야? 네가 남자였으면 뒤도 안 돌아보고 너랑 결혼했을 텐데."

앞서 걸어가던 진수가 걸음을 멈추곤 그녀를 돌아보았다. 그녀는 냉소적인 웃음을 입가에 그리며 대답했다.

"수술할까, 베이비?"

단영은 정말 그래 줬으면 좋겠다는 얼굴로 고개를 세차게 끄덕였다. 진수는 미묘하게 씁쓸한 얼굴로 그저 웃었다.

학교 아래로 내려간 두 사람은 곧장 음식점으로 향했다. 오늘도 어김없이 진수가 앞장을 서더니 교수들이나 이용하는 유명한 만두집으로 들어갔다.

"하여튼 너 그 입맛은 못 말려."

대학 다닐 때도 교수식당을 이용하는 진수 때문에 단영은 정말 식비가 항상 예산초과였다. 학생식당에서 먹으면 바로 설사를 한다는 진수의 입맛은 까다롭고 예민했다. 과외를 해서 학생 때도 돈을 잘 벌었던 진수는 남들은 한턱낼 때 이용하는 그런 레스토랑 들어가 혼자 밥을 먹곤 했다. 조미료를 썼는지, 국산인지 중국산인지 귀신같이 맞히는 진수였다. 어찌나 예민한지 국내산 고기가 아니면 입도 안 대는 고급스런 입맛에 학생 때는 단영이 밥만큼은 따로 먹어야 했다. 한평생 책을 사 모으느라 남들이 보면 잘살 것 같은 단영의 집은 쌀이 떨어진 적도 부지기수였다. 국어학자인 단영의 아버지는 쌀이 떨어져도 고서점에서 희귀한 책자를 발견하면 그냥 사와 버리는 성격이었다. 그런 아버지 때문에 어머니는 돈에 환장해 버려 자식들을 달달 들볶았지만 단영 역시 돈을 벌면 책을 사 모으느라 정신이 없었다. 그런 단영에 비해 진수는 먹는 것만큼은 돈을 들였다. 옷이나 가방, 또는 외모에는 별로 투자하지 않고 오로지 맛있는 것에 돈을 썼다. 복학생들이나 들고 다니는 까만 서류가방을 사 년 내내 들고 다녔던 진수는 헐어 빠진 청바지와 빛 바랜 티셔츠를 입고도 유명한 호텔에서 스테이크를 써는 녀석이었다.

성큼성큼 만두집으로 들어가 자리를 잡는 진수를 보며 단영은 고개를 설레설레 흔들었다.

"넌 먹는 것 때문에 파산할 거야. 분명해."

진수는 그저 웃을 뿐이었다. 점원이 다가오니 진수는 주저없이 한 그릇에 만 원이나 하는 냉면을 시키고, 한 접시에 삼만 원이나 하는 보쌈을 시켰다. 물론 보쌈은 작은 접시에 고기 몇 개와 달랑 김치 서너 쪽이 담겨 있을 뿐이었다. 물론 그 맛은 기가막힐 정도로 좋았지만 직장생활하는 그녀로서는 감히 자기 돈 내고 사 먹을 엄두를 내지 않았다. 진수가 점원이 가져온 물을 한 모금 마시곤 대꾸했다.

"출판사에서 인세 들어온 것뿐이야."

"참, 맞다. 너 어떻게 책을 다 내게 된 거야?"

"별거 아니야. 일하던 광고회사가 이번에 출판사랑 합병했거든. 마침 회사 다니면서 써놨던 글이 있어서 보내봤는데 그쪽에서 내겠다고 해서 그렇게 된 거야."

"어찌 됐든 좀 배 아프더라. 글 쓴다고 내내 난리는 내가 쳐놓고 정작 책 나온 건 너잖아."

진수가 어이없다는 듯 단영을 노려보았다.

"야, 넌 작년에 영화사 공모에서 상 받았잖아. 난 그런 거 받아본 적 없는 사람이야. 배 아프면 소설로 쓰라니까. 당장 출판사에 갖다 보여줄게. 지가 영화 한다고 박박 우겨놓고."

단영이 샐쭉한 얼굴로 앉아 있다 점원이 냉면을 가져오자 겨자와 식초를 넣었다. 진수는 가져온 그대로 먹었다. 양념 센 걸별로 좋아하지 않는 진수는 대학 다닐 때도 오이나 당근을 입에 물고 나타난 적이 있을 정도로 음식을 있는 그대로 먹는 입맛이었다. 단영이 젓가락으로 길게 면발을 집어 한입 물고는 우물거리며 말했다.

"솔직히 요즘엔 확 결혼이나 해버릴까 고민 중이야. 내가 왜시나리오 쓴다고 이 지랄인지 모르겠어."

진수가 그런 단영의 푸념을 약 올리듯 놀려댔다.

"남자는 있냐? 사귀던 놈이 돈 갖고 튀었다며?"

작년 단영이 사귀었던 남자가 돈을 빌리더니 아예 연락을 끊은 것이다. 어차피 그 남자의 궁상과 비굴함에 먹고 떨어져라라는 심정으로 돈을 빌려준 거였지만 정작 그 남자가 그렇게 나오니 어이없고 기막혀 단영이 진수를 만나 펄펄 뛰며 부르르 떤적이 있었다. 애써 잊어버렸던 그 남자의 일을 사정없이 떠올리게 만드는 진수의 말에 단영이 순간 사납게 노려보고는 어느 순간 잘난 척한 듯 브이 자를 그렸다.

"이래 뵈도 결혼하자고 따라다니는 남자 있어. 이거 왜 이 래."

짧은 순간 진수의 눈빛이 흔들렸다. 그리곤 다시 무감하게 정지했다.

"그래? 어떤 미친놈이? 너 또 내숭 떨었냐?"

진수가 사정없이 비꼬자 단영이 슬쩍 째려봐 주곤 재윤에 대해 말했다.

"내숭 떨 것도 없었어. 학교 정문에서 오바이트하는 걸 본 남자야."

"너 아직도 그러고 다녀?"

진수가 벌컥 성마르게 소리쳤다. 학교 다닐 때도 말술을 먹을 것 같은 진수는 술을 전혀 못 먹었고, 오히려 전혀 술을 못 마실 것 같은 단영은 말술을 마시고 주정 부리기 일쑤였다. 술 먹고 땡강 부리는 인간들이 있으면 그 사람이 길바닥에 쓰러져 자든 오바이트를 하든 주저없이 버리고 가버리는 진수였지만 유독 단영한테는 그러질 못했다. 그러다 보니 단영이 취하면 과 친구들도 의례히 진수에게 연락을 했고, 어느새 술 먹고 비틀거리면 단영 스스로도 진수를 찾고 있었다. 졸업할 즈음 진수가 등골이 시릴 정도로 냉정하게 버리고 간 후 단영은 술에 취해도 스스로 집까지는 갈 수 있게 스스로를 조절했다. 진수 입장에서는 대학을 졸업하고 나면 더 이상 그녀를 챙겨줄 수 없는데, 계속해서 버릇을 고치지 못하는 단영이가 걱정스러웠다. 그래서 진수는 졸업할 즈음 굳게 마음먹고 단영을 두고 가버린 것이다. 그 일이 약이 되었던지 단영은 그 이후로 그러지 않았지만 한동안 진수에게 서운하다며 둘 사이가 냉랭한 적 있었다.

여하튼 그런 진수의 속도 모르고 단영은 비꼬는 친구의 말에 기분이 상한 듯 미간을 좁혔다. 예전의 그날 술 먹은 그녀를 버려두고 간 진수에 대한 서운함이 다시금 떠오르는 그녀였다.

"걱정 마, 너한테 주정 안 부리니까."

"어이구, 고맙다."

두 사람이 그렇게 옥신각신하고 있는데 점원이 보쌈을 가져다 놓았다. 단영이 새치름한 얼굴로 김치에 고기를 싸고 있는데 진수가 냉면을 먹다 말고 불쑥 말했다.

"그래서 그 남자는 어떤 사람인데?"

단영이 기다렸다는 듯 재윤에 대해 쏟아내기 시작했다.

"산부인과 의사야. 의사 직업에 대해 인터뷰나 할 생각으로 기대없이 나갔는데 그 남자가 결혼하재."

"왜? 애 잘 낳게 생겼대?"

"으이고."

진수의 빈정거림에 단영이 입술을 일그러뜨리더니 대뜸 자신의 팔을 진수의 눈앞에 가져가며 그러잖아도 기가 차다는 듯 말했다.

"이 털에 반했단다. 아침마다 깨어나면 이 털이 생각난대."

"우하하하하!"

진수는 허리가 꺾어지도록 박장대소했다. 그러자 단영이 자신의 머리를 쥐어짜듯 손으로 머리를 움켜쥐었다.

"아, 아무래도 변태 같지? 그 사람 생긴 건 멀쩡한데 가끔씩 사람 벙찌게 만들어."

"그래서 그 사람을 사랑하기라도 하는 거야?"

무덤덤하면서도 웃음기가 감도는 진수의 목소리에 단영은 친구의 눈빛이 잔뜩 굳어져 있는 것까진 알 수 없었다. 스스로의 감정을 들여다보는 것에 바쁜 단영이 머리를 움켜쥐고 있던 손을 내리곤 번쩍 고개를 들었다. 그리곤 진수의 질문을 곱씹듯 보쌈으로 나온 고기 하나를 입에 넣고 곱씹었다. 진수가 대답 듣기를 포기하고 냉면을 젓가락을 쑤욱 집어 올리는데 그때야 단영이 시무룩한 얼굴로 대답했다.

"사랑까지는 모르겠고, 만나면 일단 편하고 좋아. 솔직히 능글능글하고 머리 굴리는 남자보다 좀 어수룩한 그 남자가 더 매력있게 느껴져. 어찌 보면 싸가지없을 정도로 직설적이라 당황스러울 때도 있는데 그게 또 은근히 재밌다."

진수는 냉면을 입에 넣느라 고개를 숙이고 있었다.

"결혼할 정도로?"

"하아, 그러잖아도 양쪽 집안에서 거의 결혼하는 걸로 밀어붙여서 부담스러워 죽겠어. 그렇다고 헤어지기엔 좀 아깝고."

진수는 빤히 단영의 얼굴을 쳐다보더니 말없이 보쌈을 입에 넣었다. 그녀의 진지한 얼굴에 단영이 인상을 찌푸리며 심각한 얼굴로 말했다.

"자기 눈에 이 털이 섹시해 보이면 다 된 거 아니냐고 그러더라고. 어떻게 생각하냐?"

진수가 그녀의 팔을 물끄러미 쳐다보자 단영이 고개를 삐딱하게 기울이며 재촉했다.

"그 남자 어떤 거 같니?"

떨거지나 똥파리가 꼬이지 않는 진수였기에 단영은 친구의 대답을 정말 듣고 싶었다. 진수가 단영의 팔을 손으로 잡더니 엄지손가락으로 한쪽 방향으로 눕혀진 털의 결을 따라 쓰다듬었다.

"이 털은 나도 예전부터 예쁘다고 했었어. 그러니 그 남자가 변태면 나도 변태게."

"그래, 너도 이 털이 예쁘다고 면도하지 말라고 닦달했었지."

진수가 싱긋 웃었다. 단영이 진수의 손길에서 느껴지는 야릇한 느낌에 당황해 슬쩍 팔을 빼냈다. 다른 친구와 접촉하는 것과는 좀 다른 느낌을 항상 받곤 했던 그녀다. 그저 손을 잡거나 팔을 쓰다듬거나 하는 건데도 이상하게 그 느낌이 관능적이었다. 워낙 진수가 탐미주의자고 예쁜 거 보면 밝히는 성격이라 그런 것이리라 단영은 항상 그렇게 스스로에게 이유를 만들어 주었다.

"예쁘기만 하구만. 왜 가리고 다녀?"

예전의 어느 날, 콤플렉스 때문에 여름에도 긴팔 옷을 입고 다니는 그녀에게 진수가 했던 말이다. 이상한 미적감수성이다 그렇게 생각하면서도 그 말이 뇌리에 남아 콤플렉스를 극복하는 데 꽤 도움이 되었던 것이다.

결국 문재윤이란 남자에 대한 두 사람의 대화는 진수가 재윤을 한번 보는 걸로 결론을 맺었다. 진수가 다음 주 주말에 다시 서울에 올 일이 있다고 하자 단영이 그럼 겸사겸사 그 사람과 한번 만나자 약속을 한 것이다.

두 사람이 주말에 만날 시간을 대략 정해놓고 서울역에서 헤어졌다. 진수가 기차역 안으로 들어갈 때까지 단영이 서서 그 뒷모습을 지켜보았다. 한쪽 손에 들려 있는 종이 가방 속의 찻잔이 단영 안에 있는 진수의 존재감만큼이나 묵직했다. 지나가는 말처럼 툭툭 던져 뱉는 진수였지만 이 찻잔이 나오기까지 수많은 시행착오와 노력을 쏟아 부었을 것이라는 걸 단영은 잘 알고 있었다. 대수롭지 않은 일이라는 듯한 진수 특유의 나른함과 냉소가 사람들로 하여금 운이 따른다는 인식을 심어줬지만, 단영은 잘 알고 있었다. 친구 진수는 분명 뜨거운 가마에서 밤이고 낮이고 도자기를 배우기 위해 땀을 흘렸을 거라는 걸. 그녀가 알기로 진수의 할아버지는 고집스럽고 지독한 노인네라고 알고 있었다. 그런 노인이 단지 손녀딸이라고 해서 설렁설렁 흙을 만지게 해줄 분이 아니었다.

단영은 혹여 사람들과 부딪쳐 찻잔이 깨어질까 손에 들고 있던 종이 가방을 품에 안았다. 진수가 그녀에게 소중한 존재이듯이 찻잔 또한 소중했다.

단영이 서울역을 빠져나가 집으로 향하고 있을 즈음 기차 안에 몸을 실은 진수는 무표정한 얼굴로 창밖을 응시하고 있었다. 어둠이 깔린 밤은 기차 안도 조명이 흐릿해서 모두들 잠에 취해 있었다. 기차 안으로 덜커덩거리는 소리만 들려왔다. 진수는 밖으로 보이는 야경을 바라보는 건지, 아니면 창에 비친 자신의 얼굴을 보는 건지 알 수 없었지만 그녀의 눈빛은 움직이지 않고 그렇게 멈춰 있었다. 그녀의 눈동자가 다시 움직인 건 주머니 속에 있는 핸드폰이 진동을 한 순간이었다.

"예."

폴더를 여는 순간 핸드폰 속에서 곧바로 타져 나오는 할아버지의 성마른 목소리가 그녀의 귓속을 파고들었다.

[너 이 녀석, 물레 돌리다 어디로 사라진 거야? 어느 세상 천지에 그릇장이가 그릇을 만들다 말고 자리를 뜨냐!]

할아버지의 노발대발에도 불구하고 진수의 목소리는 차분했다.

"바람 좀 쐬었어요."

[…….]

손녀의 목소리가 무색으로 덤덤하니 그것이 오히려 한계점에 다다른 거라고 생각했는지 그녀의 할아버지도 잠시 말이 없었다. 하긴 철떡같이 믿고 있던 아들이 쓰러지고, 뒤늦게 손녀가 대를 잇겠다고 하니 일 년 동안 진수는 하루도 밖을 나서본 적이 없었다. 죽기 전에, 기운이 다 하기 전에 손녀에게 모든 걸 물려주어야 한다는 생각에 유유자적하기로 세상에 유명한 도예가 묵전은 손녀딸에게만은 어지간히도 지독하게 굴었던 것이다. 물론 그런 할아버지의 조급함과 절실함을 모르는 진수가 아니었기에 그저 묵묵히 스스로 선택한 길에 매달렸다. 지난 일 년 동안 오로지 성내고 혼내고 소리 지르던 도예가 묵전이 손녀의 잠긴 목소리에 예전의 할아버지가 되어 말했다.

[……힘드냐?]

지난 일 년간 노발대발 들깨 볶듯이 볶아대던 양반이 갑자기 어루만지듯 살갑게 말을 건네자 진수가 피식 웃음을 흘렸다. 할아버지의 가슴 깊은 곳에 손녀딸이 도망갈까 하는 두려움이 엿보이는 듯해서 진수 이 순간 할아버지의 사근사근함이 민망스럽기도 했다.

"아뇨. 그냥 바람 쐬고 싶었어요."

손녀의 목소리에 여유가 찾아오자 이내 마음을 다잡을 할아버지는 예의 지난 일 년간의 모습으로 돌아와 버렸다.

[여하튼 돌아오면 혼날 줄 알아라. 각오 단단히 하고 돌아와 아아!!]

빠르게 제자리로 돌아온 할아버지의 태도에 진수가 쩝쩝 입을 다셨다. 힘든 척하고 울 걸 그랬나. 그랬으면 오늘은 무사히 넘어갈 수 있는 건데. 그러나 그건 진수의 성격상 하기 힘든 거였다. 할아버지는 일단 손녀가 돌아온다는 생각에 일갈을 하고 전화를 끊어버렸다. 진수가 아득함에 한숨을 뱉어내며 다시 창밖을 응시했다. 돌아가면 만들다 말아진 물레 위의 *다완을 할아버지는 분명 가마에 구워 그녀 앞에 내놓을 것이다. 그리고 일주일이고 열흘이고 빈방에 홀로 처박혀 그 잡념투성이의 다완을 응시하며 지내게 될 것이다. 그리고 다완에 고스란히 배어든 자신의 잡념을 느끼며 죽도록 괴로워질 것이다. 도예를 하는 사람으로서 자신이 남겨놓은 허점투성이인 그릇을 폐기하지 못한 채 들여다봐야 하는 것만큼 괴로운 일은 없다.

진수는 그나마 자신에게 남아 있는 시간을 여유롭게 기차의 덜컹거림에 몸을 맡겼다. 경북 문경까지 가려면 아직도 한참이나 더 가야 했다. 오늘 아침, 여느 날과 똑같이 흙을 개어 물레를 돌리는데 그동안 꾹꾹 눌러놓았던 그리움이 폭발하고야 말았다. 보고 싶다는 그 마음 하나가 떨어지지 않고 그녀에게 매달려 미칠 것 같은 갈증과 답답함이 느껴졌다. 그리하여 앞뒤 잴 것 없이 뒤도 안 돌아보고 뛰어나왔다. 단영을 만나러 정신 없이 기차역으로 향했던 것이다. 사실 출판사 일은 굳이 서울까지 와야 할 일은 아니었다. 메일이나 우편으로도 충분히 가능한

---

*다완:차를 마실 때 쓰는 작은 사발

일이었는데 서울에 온 김에 들른 것뿐이었다.

"네가 남자였으면 좋겠어."

창밖을 응시하는 진수의 눈빛이 흔들렸다.

세 사람이 만나기로 약속한 토요일을 하루 남긴 날이었다. 재윤이 수술을 끝낸 후 지친 얼굴로 의자에 몸을 기댔다. 기진맥진이었다. 그가 지친 얼굴로 세면대로 다가가 머리를 감았다. 어찌나 긴장했던지 온몸이 땀으로 젖어 있었다. 어째서 산부인과 의사가 겪는 일 중 가장 위험하다고 말해지는 일을 그의 나이 서른에 겪는단 말인가. 그것도 발생빈도 1% 내외의 일을 말이다. 선생을 찾아 도움을 요청할 인턴도 아니고, 그렇다고 혼자 다 감당하려니 무서웠던 게 사실이다. 물론 그 순간엔 딴생각할 겨를이 없어 아이와 산모에게만 집중을 하고 있어 남들은 그가 냉철하게 대범하게 상황에 대처하고 있는 줄 알았을 것이다. 태어난 아이는 〈무슨 일 있었어?〉 하는 얼굴을 한 채 뻔뻔하게도 우렁차게 울어 젖혔다. 재윤이 이를 벅벅 갈며 의학서적을 꺼내 자신이 방금 치른 일을 확인했다.

『견갑난산.
발생빈도는 약 0.6~1.4%이며, 과거 이십 년 동안 출생체중의 증가로 인해 견갑난산이 증가되었다. 태아의 머리가 분만된 후 어깨가 분만되는 시간이 60초 이상 지연되는 경우에 견갑난산이라 정의할 수 있다. 이러한 견갑난산은 예측할 수 있는 인자가 없다. 태아의 사망과도 연관될 수 있기 때문에 매우 중요하다. 위험인자로는 모체의 비만, 당뇨에 의한 태아 출생체중의 증가가 유력하나, 이런 산모 중 어떤 태아가 견갑난산을 겪을지 예측할 수 없다. 산부인과 의사는 일단 견갑난산이라 판단되어지면, 일단 도움을 요청하여 인력을 확보한 다음 적절한 방법으로 어깨 분만을 시도하여야 한다.』

〈인력확보? 웃기는 소리!!〉

그가 책에서나 가능한 충고에 콧방귀를 끼었다. 그나마 재윤이 있는 병원은 종합병원이라 다른 곳보다 나은 상태라는 걸 누구보다 잘 알고 있었다. 문제는 이런 일을 왜 하필 그가 겪느냐는 거다. 산부인과 의사가 다섯 명은 넘는데 말이다. 연합고사 볼 때는 택시기사의 실수로 다른 학교에 도착해 기겁하게 만들지 않나, 대학시험 치르기 전날엔 형사들이 살인용의자를 검거한답시고 그의 집을 급습해 버리는 바람에 날밤을 까고 시험을 치르러 가기도 했다. 물론 용의자는 그의 옆집이었다. 대학 때 해부를 할 때는 꼭 그가 맡은 시체가 벌떡 일어나 사람 간 떨어지게 하질 않나, 그야말로 그의 인생은 남들에게는 잘 일어나지 않는 일이 잘도 일어난다는 거였다. 처음부터 산모가 약간 비만

일 때부터 알아차렸어야 했는데 그가 방심한 걸까?

그렇게 재윤이 하루 종일 씨름해야 했던 난산과의 전쟁을 마무리하고 있을 즈음 책상 위에 있는 전화벨이 울렸다. 그가 버튼을 누르자 전화기 안에서 병원원장의 목소리가 흘러나왔다.

[재윤아, 이리 좀 올라와 봐라.]

"왜요?"

[후후후, 보여줄 게 있어서 그런다.]

나이 먹은 양반이 어찌나 웃는 게 주책인지 남이 들을까 무서운 재윤이었다. 아버지가 저렇게 흥분할 걸 보니 도자기일 것이다. 병원 원장인 그의 아버지는 늘그막에 도자기에 빠져서 헤어나오지 못하고 있었다. 특히나 재작년 묵전이란 도예가의 작품에 홀딱 반해 그의 작품을 모으는 데 정신이 없었다. 〈무위의 경지〉에 올랐다는 둥, 〈본질을 꿰뚫는 자연스러움〉이라는 둥 그의 아버지는 그릇 하나를 무슨 하늘에서 내려온 신인 양 받들어 모시는데 재윤으로서는 그 모습에 냉소밖에 떠오르질 않았다. 그릇이 그릇답게 쓰여야 그릇이지, 어찌 서랍장에 전시되는 게 그릇인가. 그게 무위의 경지를 아무리 발현하려 발악을 한 작품이라도 해도 이미 그릇이 쓰이는 방식과 대하는 방식이 무위의 경지가 아닌 것이다. 소유하면 남의 경지가 내 것이 되냔 말이다라고 항상 재윤이 속으로 중얼거렸다.

어찌 됐든 별 시답잖은 소리를 들은 양 대답없던 재윤이 이참에 아버지의 취미를 공격하여 의사나 더 뽑게 하자는 생각이 들어 엇나가는 마음을 누르고 곧 가겠다고 대답했다. 잠시 후 원장실 문을 열고 들어가니 역시나 아버지는 작은 찻잔과 주전자 같은 걸 테이블에 올려놓고 정신이 팔려 있었다. 그의 아버지는 아들을 보자마자 얼른 와보라고 손짓을 했다.

"어이 이리 와서 이것 좀 보아라."

재윤이 심드렁한 얼굴로 소파가 있는 곳으로 다가가니 그제야 소파에 앉아 있는 다른 사람이 눈에 들어왔다. 두어 번 본 적이 있는 여자였다. 도예가 묵전의 하나밖에 없는 손녀딸이라고 했던가? 말없이 앉아 있는 모습이 어찌나 거만한지 재윤의 눈이 시큼털털할 정도였다. 그가 지나가듯 짧게 목만 숙여 인사를 건네자 여자 또한 그저 목만 까딱거렸다. 딱히 사이가 좋거나 나쁘다고 할 수 있는 것도 없이 두 사람은 처음 본 순간부터 냉랭했다. 소 닭 보듯, 닭 소 보듯 하는 사이였다. 아니, 사이랄 것도 없어, 재윤이 속으로 외쳤다. 재윤이 여자의 맞은편 소파에 앉아 테이블에 올려진 도자기를 물끄러미 응시했다. 도대체 이 작은 그릇에 또 얼마나 쏟아 부었을까 심히 걱정스러운 그였다. 물론 병원 자금을 빼돌리거나 그런 분은 아니지만 그는 뒤늦게 취미를 갖게 된 아버지가 걱정스러웠다. 골프나 낚시, 바둑 등 적당한 취미를 내버려 두고 왜 하필 도자기냔 말이다. 그의 아버지 문씨는 차마 손으로 도자기를 만지는 것도 조심스럽다는 듯 눈으로만 애가 타는 사내인 양 바라보았다.

"묵전 선생이 드디어 내게 이걸 주셨다. 그동안 이게 눈에 어른거려 어찌나 애가 탔던지."

테이블 위에는 미색을 띤 그릇 두 개가 여성의 젖무덤을 그대로 닮은꼴을 하고 놓여 있었다. 그릇 표면에 붉은색의 무늬가 있는데 은은하면서도 동시에 애잔하게 번져 있었다. 그가 그릇 하나를 들어 올려 눈앞에서 돌려보았다.

"주긴 뭘 줍니까? 샀겠지."

앞에 있는 여자는 별다른 표정 변화 없이 그런 그를 쳐다보더니 문씨에게로 고개를 돌렸다.

"처음 사용하실 때는 소금물에 한번 끓이세요. 그럼 오래 사용하실 수 있습니다."

"아, 그래요?"

여자는 엷은 웃음을 입가에 그리며 의미심장하게 덧붙였다.

"찌든 때나 냄새를 없애고 싶으실 땐 식초 물에 담가두셨다가 흔드시기만 하면 됩니다."

그릇을 이리저리 훑어보던 재윤이 그 순간 여자에게 시선을 주었다. 분명 자신에게 들으라는 소리였다. 재윤이 그릇을 테이블에 내려놓으며 조용히 그녀를 노려보자 여자는 무슨 일이냐는 듯 되묻는 표정으로 그를 응시했다. 그러나 여자의 눈빛은 이렇게 말하는 듯 했다.

〈무식한 자식, 손으로 덥석덥석 찻잔을 만지는 걸 보니 넌 영 글렀어. 너 사람한테도 그렇게 하니?〉

재윤이 이런 뜻을 담은 눈빛으로 그녀를 응시했다.

〈그릇 장사하는 주제에 잘난 척은, 기껏해야 눈먼 늙은이들 등이나 후리고 다니는 주제에 너 뭐 믿고 그러냐? 이 왕싸가지야.〉

소리없는 전쟁이 치러지는 것도 모르고, 그의 아버지는 기분 좋은 얼굴로 말했다.

"유 선생님도 오셨는데, 오랜만에 셋이 식사나 할까? 재윤이 너, 근무시간 끝났지?"

재윤이 개구리 뜀뛰기하듯 순식간에 말을 뱉어냈다.

"아뇨, 됐어요. 그릇 구경하러 온 거 아니니 착각 마세요."

여자는 시선을 내리깐 채 명주 수건으로 방금 재윤이 만졌던 찻잔을 닦으며 조용히 말했다.

"그릇이 아니라 다완이라고 하는 겁니다."

재윤이 파리가 앵앵거리는 얼굴로 손을 귀 근처에서 내저으며 말을 이었다.

"아버지, 오늘 저 견갑난산이었어요."

문씨가 눈을 휘둥그레 뜨며 놀라워했다.

"그래? 환자는?"

"잘 마무리됐어요. 문제는 수술실에서 도움 요청할 의사가 없었다는 겁니다."

문씨가 고개를 끄덕이며 아들을 칭찬하는 투로 대꾸했다.

"그래, 수고했다. 힘든 일 치렀구나."

재윤이 분통 터진다는 얼굴로 어이없다는 듯 말했다.

"그 소리가 아니라 제 말은 이런 다완인지 뭔지 하는 것에 돈 쏟아 붓지 마시고 의사나 더 데려오라는 겁니다."

앞에 앉은 여자는 얄밉게도 원장실 내부를 구경하고 있었다. 그러면서 작게 중얼거렸다.

"다완인지 뭔지가 아니라 다완인데."

재윤이 사납게 여자를 노려보았지만 여자는 〈뭘 봐, 이 자식 아?〉그런 얼굴이었다. 문씨는 진지하게 고개를 몇 번 끄덕이니 휙하니 고개를 돌려 진수에게 시선을 돌렸다.

"유 선생님은 뭐 좋아합니까? 제가 한턱 내겠습니다."

진수가 빙그레 웃으며 온화한 얼굴로 답했다.

"아닙니다. 오랫동안 차를 타고 왔더니 좀 피곤하네요. 이만 가보겠습니다."

"아, 이거 아쉬워서 어쩌나. 묵전 선생님께 그저 감사하다고 전해주십쇼. 소중히 간직하겠으니 걱정 마시라고 말입니다."

진수가 소파에서 몸을 일으켜 가방을 챙기더니 이렇게 말하고 나갔다.

"예, 걱정 안 합니다. 할아버지가 아끼시던 〈분인다완〉 옆에 아드님이 있는 게 마음에 좀 걸리긴 하지만요."

재윤은 그 말속에 숨은 여자의 속뜻을 알아차렸다.

〈네가 그릇이라고 말한 저 찻잔은 분인다완이라 하는 거다, 이 무식한 놈아.〉

그가 입술을 일그러뜨리며 뭐라고 하기도 전에 여자는 이미 사라지고 없었다. 그가 가슴속에 치미는 불쾌함을 어찌할 줄 몰라 애먼 아버지에게 분통을 터뜨렸다.

"뭡니까? 저보다 어린 여자애한테 선생님, 선생님. 그러고 싶으세요?"

"나이는 어려도 타고난 바탕이 다르다."

그가 이죽거렸다.

"바탕은 무슨. 하긴 싸가지없는 게 아주 바탕에 깔려 있더군요."

문씨가 허허거리며 한시도 곁에 떼어놓을 수 없는 애인에게 가듯 테이블에 있는 〈분인다완〉이란 그릇 옆으로 다가갔다.

"함부로 말하지 마라. 묵전 선생의 하나뿐인 손녀다. 벌써 사람이 다르지 않던? 아직 어린 나이인데도 나조차 대하기가 어려운 사람이야."

"어련하시겠습니까?"

재윤이 더 말할 것도 없다는 듯 원장실을 나왔다.

다음날, 재윤이 단영을 만나기로 한 강남의 어느 바에 도착했다. 일찍 만나 바람이라도 쐬고 싶었지만 단영은 방학을 하니 더 바빠 보였다. 그는 언제나 약속 시간에 늦었던 게 마음에 걸려 오늘따라 좀 일찍 나와 기다리고 있었다. 오랜만에 늦잠을 자고, 온몸이 땀으로 젖을 때까지 운동을 하고 나니 몸이 개운한 그였다. 재윤이 점원이 갖다 준 맥주를 마시며 한가로운 토요일 오후의 여유를 즐기고 있는데, 메탈로 이루어진 가게 문이 삐걱 쇳소리를 내며 열렸다. 혹시나 단영이 도착했나 그가 입으로 가져가던 맥주병을 손에 들고 문 쪽으로 고개를 돌렸다. 그 순간 안으로 들어오는 사람을 본 그의 눈이 불편하게 굳어져 버렸다. 가게 안으로 들어온 건 단영이 아니라 묵전의 손녀 진수였다. 여자는 가게 주위를 무심한 눈길로 한번 쭈욱 훑더니 바텐더가 있는 곳으로 걸어갔다. 그러다 재윤이 있다는 것을 깨달았는지 그녀가 그가 있는 곳을 바라보고는 다시 고개를 돌렸다. 처음부터 아는 척하고 싶지 않았던 재윤이지만, 대놓고 얼굴을 생까는 여자의 태도가 그의 기분을 더 불쾌하게 만들었다. 그 여자도 누구를 기다리는지 손목시계를 확인하곤 어디론가로 전화를 걸었다. 그 또한 약속 시간이 다 된지라 단영에게 전화를 걸었다. 그런데 통화 중이었다. 그가 핸드폰을 내려놓는데 다시 문이 열리고 누군가 들어왔다. 단영이었다. 누구와 통화 중인지 핸드폰을 귀에 대고 내부를 살피고 있었다. 재윤이 반가움에 손을 치켜들고 그녀를 부르려는데 단영이 핸드폰을 든 채 어딘가를 응시하며 웃는 것이 아닌가. 그는 자연스레 단영의 시선이 향한 곳으로 고개를 돌렸다. 그런데 이게 무슨 일인가. 그녀가 쳐다보며 활짝 웃음을 보내는 곳에 그 여자가 앉아 있는 게 아닌가. 그것도 우연으로 만난 것이 아니라 약속하고 만나는 사람처럼 그 여자가 기다렸다는 듯 단영에게 걸어가고 있었다. 재윤의 얼굴이 못마땅하게 찡그려졌다.

'그럼 단영 씨가 말한 친구가 저 여자?'

그가 멍한 얼굴로 두 사람을 바라보고 있는데, 단영이 그를 발견했다.

"오늘은 안 늦었네요?"

그녀가 재윤이 있는 테이블로 다가오자 뒤에 있던 진수의 얼굴이 딱딱해졌다. 속내가 드러날 정도는 아니었지만 무표정한 얼굴이 더 그 기분을 짐작할 수 있었다.

"아, 가끔은 일찍 오는 경우도 있어야 단영 씨가 안 도망가죠."

재윤이 단영에게 웃는 얼굴로 대답을 하곤 굳은 눈빛으로 단영의 뒤에 서 있는 진수를 보며 말했다.

"단영 씨 친구 분이 진수 씨였군요."

"어? 재윤 씨, 진수랑 아는 사이예요?"

재윤이 대답하려는데 진수가 말했다.

"아, 할아버지 손님이 계신데, 그분 아드님이야."

단영이 두 사람 사이에 흐르는 서먹함을 우연치 않은 만남 때문이라고 생각하고 기뻐하는 동안 두 사람은 그저 무표정한 얼굴로 테이블에 자리를 잡았다. 점원이 주문을 받고 사라지자 진수가 싱글싱글 웃으며 재윤을 보고 고개를 끄덕였다.

"단영이가 선본 남자가 재윤 씨였군요. 이거 참 재밌네요."

"그러게 말입니다. 재밌는 인연이군요."

재윤이 의미심장한 웃음을 입가에 그리며 대꾸를 하는데, 진수는 별 들을 말도 아니라는 듯 자기 얘기만 하고는 단영에게로 시선을 가져갔다. 재윤은 순간 무언가가 꿈틀거렸지만 그래도 단영의 친구라는 생각에 잡친 기분을 애써 가라앉혔다. 그랬다. 그래도 그가 첫눈에 반하고 좋아하게 된 단영의 친구이니, 어쩌면 너무 쉽게 진수라는 사람을 평가했는지도 모른다, 그렇게 말이다. 게다가 지금처럼 단영이 어물어물 결혼 이야기를 미루는 상황에서 그녀의 가장 친한 친구와 골이 파이는 건 좋지 않은 일이리라.

재윤이 조용히 맥주를 마시는데 진수가 단영의 머리에 꽂혀 있는 붉은 보석의 비녀로 손을 가져갔다. 은줄로 이어져 있는 작은 보석이 대롱대롱 매달려 있었는데, 진수가 그 대롱거리는 끝을 손끝으로 만지는 것이다. 가만 보니 처음 맞선볼 때 단영이 하고 나온 것이었다.

"이거 했구나."

단영이 머리 위에 꽂혀 있는 비녀를 자신의 손으로 매만지며 어색하게 웃었다.

"어울리니? 화려해서 너무 눈에 띄는 것 같아."

"아냐, 잘 어울려. 너는 목선이 예뻐서 잘 어울릴 거라 했잖아."

단영을 쳐다보는 진수의 눈동자에 애정이 듬뿍 담겨 있어 재윤은 이 두 사람이 정말 친한가 보구나 새삼 깨닫는 순간이었다. 그런데 뭐가 이리 걸쩍지근한 걸까. 이상하게 가슴 한구석이 어긋나 있는 듯 불편한 재윤이었다. 진수라는 사람이 단영의 친구라서? 아니면 여자들 사이의 끈끈한 우정 앞에 그가 어색해서인가?

"두 분이서 오래 만났나 봅니다?"

그의 질문에도 진수는 심드렁한 얼굴이었고, 단영이 순간 재윤을 없는 사람 취급한 것 같아 재빨리 대꾸했다.

"예, 십 년이 다 돼가요. 대학 1학년 때 만났으니까."

재윤이 고개를 끄덕이자 단영이 진수와 처음 만났던 때를 떠들어댔다.

"논술 시험 끝나고 면접이 있었는데, 정말 눈에 띄더라고요. 난 처음에 남자인 줄 알았어요. 머리를 빡빡 깎고, 무슨 군화 같은 거 신고 있더라고요. 근데 교수님이 질문을 해서 대답을 하는데 여자 목소리였던 거 있죠."

진수로서는 저런 소리를 하도 많이 들어서 심심한 얼굴이었다.

"할아버지가 하도 아들, 아들 해서 그때는 남자같이 하고 다닌 것뿐이야."

"여하튼 그때 면접 때문에 교수님들이 다 너 기억하고 있었어. 그거 아냐?"

"그래?"

"그래, 아빠가 얘기해 주더라. 너 합격하는지 안 하는지 그때 우리 과 교수들이 내기했었대."

진수는 잠시 무표정한 얼굴로 눈을 껌벅이더니 맞은편에 앉아 있는 재윤을 말없이 응시했다. 그 시선이 마치 단영과 자신 사이에 당신은 끼어들 여지가 없다고 말하는 듯했다. 재윤이 다시 가슴속에 스쳐 가는 묘한 느낌에 인상을 찡그렸다. 그러나 바로 그 느낌을 무시하고 단영에게 시선을 보냈다.

"묘한 친구를 두셨군요."

단영이 그런 재윤을 말똥말똥 쳐다보더니 덧붙였다.

"당신도 저에겐 묘한 사람이에요. 털이 예뻐서 결혼하자고 하는 남자 세상에 별로 흔치 않거든요."

"털이 예뻐서 결혼하자고 한 거 아닙니다. 몇 번을 말합니까?"

"그랬잖아요."

"예뻐 보일 만큼이라고 했죠."

두 사람이 옥신각신하는 모습을 무심히 쳐다보고 있던 진수가 옆에 앉아 있는 단영의 어깨에 팔을 두르더니 이렇게 말했다.

"우리 단영이가 털이 참 예쁘죠."

'우리 단영이?'

재윤의 눈썹이 미세하게 꿈틀거렸다. 그렇다고 하려니 〈우리 단영이〉를 긍정하는 것 같고, 아니라고 하자니 단영이 기분 나빠할 것 같고. 재윤이 억지스런 웃음을 입가에 그리며 말했다.

"그쵸? 우리 단영 씨가 참 예쁘죠. 그러니 제가 결혼하자고 한 거 아니겠습니까?"

단영이 뚱한 얼굴로 두 사람의 대화에 끼어들었다.

"둘 다 그만 해요. 난 털만 있는 사람이 아니라고. 내가 무슨 변태 둘 사이에 끼어 있는 느낌이 든다고요."

진수가 단영을 향해 씨익 웃더니 재윤에게 말했다.

"뭐, 워낙 단영이 주변에 떨거지들이 많이 꼬여나서요. 이젠 그러려니 합니다."

"야~!"

진수의 말에 단영이 당황스러운 듯 친구의 어깨를 쳤다. 짧은 순간 급격하게 얼굴이 굳어졌던 재윤이 단영의 곤혹스러움을 보고는 얼른 입가를 풀었다.

"당연히 그렇겠죠. 원래 매력있는 여자 옆엔 남자들이 줄을 잇는 겁니다. 중요한 건 제가 그 줄 제일 마지막에 서 있다는 거죠."

"아~ 그러세요?"

진수가 피식 쉰 웃음을 터뜨리며 앞에 있는 칵테일을 마셨다. 너는 그렇게 생각해라, 난 관심없다 그런 의미처럼 재윤은 느껴졌다. 재윤은 자신이 왜 진수란 사람에게 경쟁의식을 느끼는지 의아해하며 미간을 좁혔다.

세 사람의 테이블에 찾아온 이상한 신경전과 적막감을 단영은 씁쓸하게 받아들이고 있었다. 사실 내심 두 사람이 친하게 되기를 바랐는데, 생각했던 것보다 영 아닌 것 같았다. 남에게 꼬인 말을 잘 내뱉지 않는 진수가 오늘따라 꼬여 있는 듯했고, 가끔 엉뚱한 말을 하지만 사람을 편하게 했던 재윤은 오늘따라 날이 서려 있었다. 단영이 시무룩하게 침묵을 지키고 있자 두 사람도 자신 모르게 신경전을 멈추었다. 그리곤 지금까지의 분위기와는 달리 편안하고 재밌는 친구인 양 이야기를 주고받았다.

"근데 어떻게 산부인과 의사가 될 생각을 하셨어요?"

진수가 궁금하다는 듯 물어보자 재윤이 잠시 의심스러운 눈초리로 쳐다보다 단영도 궁금한 듯 그를 쳐다보고 있자 그냥 편하게 대답했다.

"처음엔 내과로 갈 생각이었는데 중간에 어머님이 자궁암이셨어요. 아무 증세도 없었는데 어느 날 갑자기 암이라더군요. 그때는 몰랐는데 그게 저한테 동기가 되었던 것 같아요."

진수가 침묵을 지킨 채 고개를 끄덕이는 데 단영이 눈을 휘둥그레 뜨고 물었다.

"그래서 어머니는 괜찮으세요?"

"예, 괜찮습니다. 지금은 건강하세요, 다행히도. 그때 잘못되셨으면 아버지나 저나 무너졌을 거예요. 집에 의사가 둘이나 있는데 어머니 병도 모르고 있었으니 자괴감이 컸죠."

세 사람의 대화는 그럭저럭 도마 위에 놓인 생선처럼 아슬아슬하게 파득거렸다. 스페셜로 시킨 안주와 맥주는 두 시간이 지나자 동이 났다. 재윤이 맥주를 더 시키려고 점원을 부르는데,

단영이 화장실에 가겠다며 일어섰다. 그렇게 단영이 화장실로 사라지고 나자 테이블에 무거운 적막이 깔렸다. 분명 Bar 안에는 음악이 흐르고 있었는데, 이상하게 정적이 감도는 듯 그들의 테이블 주변은 조용했다. 점원이 맥주와 과일안주를 가져오자 재윤이 말없이 맥주를 마셨다. 뭔가 속이 답답하다는 듯 벌컥벌컥 맥주를 들이키곤 테이블에 시원하게 내려놓았다. 그리곤 앞에 앉아 있는 진수를 정면으로 응시하며 말했다.

"진수 씨, 우리가 사실 서로를 껄끄럽게 대한 건 있지만 앞으로는 그러지 맙시다. 단영 씨 친구가 당신이니 나로서는 사이 나쁘게 지내고 싶지 않아요."

맥주병을 빙글빙글 돌리고 있던 진수가 그런 재윤을 보며 미소 지었다.

"나도 개인적으로 당신한테 앙금없어요."

언제나 약간은 내리깐 듯한 진수의 시선이 그 와중에도 재윤은 맘에 들지 않았다. 하지만 단영을 생각하고 그 느낌을 꾹 내리눌렀다.

"잘됐군요."

그가 흡족한 얼굴을 애써 만들며 맥주를 마시는데 진수가 말을 이었다.

"하지만 단영이 때문에 당신과 친하게 지낼 수는 없을 것 같아요."

맥주를 마시며 그가 한쪽 눈썹을 치켜 올렸다.

"왜요? 내가 단영 씨 짝으로 안 어울린다 이겁니까?"

"단영이는…… 내 거거든요."

"푸악—"

그 순간 재윤이 맥주를 뿜어냈다. 진수는 뭘 그리 놀라냐는 듯 여유롭게 맥주를 마셨다. 재윤이 말을 잇지 못하고 그대로 굳어 있는데 화장실을 갔다 온 단영이 어리둥절한 얼굴로 둘을 살폈다.

"두 사람 왜 그래?"

단영이 테이블에 번지고 있는 맥주를 얼른 휴지로 닦으며 구시렁거렸다.

"나 없는 동안 무슨 얘기를 했길래 그래요?"

단영의 채근에도 재윤은 앞에 있는 진수를 뚫어지게 노려볼 뿐이었다. 진수가 그녀 특유의 나른한 웃음을 입가에 그리며 말했다.

"아, 네가 예전에 남자애 하나 후두려 팼다는 얘기 해줬거든. 그래서 재윤 씨도 조심하라고 해줬지."

단영이 기겁한 얼굴로 외쳤다.

"정말 그 얘길 했어?"

옛날 옛날, 한 옛날에 단영이 자신을 쫓아다니던 복학생 하나가 너무 지겨워 술 먹는 자리에서 이성을 잃고 후두려 팼던 일이 있었다. 그때 진수가 아버지와 도예전시회 준비를 하느라 바빠 단영 옆에 없었던 것이다. 그러니 단영이 평소에는 스스로도 몰랐던 일면이 튀어나온 것이다. 사람은 다 벼랑에 몰리면 일을 치는 법이다. 그때 어디선가 각목을 들고 나타난 단영의 모습은 과에서도 전설처럼 전해져 오고 있었다.

단영은 그때 일을 떠올리는 듯 미간을 찌푸린 채 중얼거렸다.

"뭐, 잘못한 건 없으니까. 그 자식이 그때 얼마나 짜증났는데."

재윤은 여전히 벙어리처럼 입을 꾹 다물고 있었다.

술자리를 정리하고 Bar에서 세 사람이 나왔을 땐 두 사람이 단영을 양쪽에서 부축하고 있었다. 단영이 술에 푹 절어버린 것이다. 그러잖아도 이상하게 날 서려 있던 분위기가 그녀가 화장실을 갔다 온 후 답답할 정도로 어긋나 있던 것이다. 이런저런 일에 관한 이야기를 나누면서 겉으로는 아무 문제 없이 평온하고 재밌었으나 재윤의 얼굴은 묘하게 굳어 있었고, 진수의 얼굴은 생각에 잠긴 듯 중간중간 말없이 자신의 맥주병을 응시했다. 단영이 그런 두 사람 사이에서 윤활유 역할을 하려고 노력하다 결국에는 짜증스러움에 맥주를 계속 들이켰는데, 그게 꽤 양이 많았다. 비틀거리는 단영을 두 사람이 부축하면서 택시를 잡았다. 진수가 여자인 점을 십분 활용해 단영의 허리를 끌어안고 말했다.

"단영인 제가 데려다 줄 테니 그만 가시죠."

재윤이 단영의 어깨를 두르고 있는 자신의 손에 힘을 주며 대답했다.

"아뇨. 됐습니다. 여자 두 분만 밤늦게 보내는 건 마음이 안 놓입니다."

진수가 씨익 웃었다.

"아, 그러세요?"

결국 세 사람이 택시를 타고 단영의 집으로 향했다. 두 사람 사이에 앉아 있던 단영이 슬슬 잠이 드는가 싶더니 좌석 깊숙이 몸을 묻고 널브러졌다. 단영의 눈이 감기고 규칙적인 호흡으로 숨을 뱉어내자 말없이 유리창 밖을 응시하고 있던 재윤이 나직이 뇌까리듯 말했다.

"아까 그 말 진심입니까?"

냉소적으로 서로를 대하던 술자리에서의 태도는 이 순간 사라지고, 심각한 표정만 두 사람의 얼굴 위에 그려져 있었다. 진수는 옆에서 자고 있는 단영을 물끄러미 바라보더니 더 편하게 기댈 수 있게 자신의 어깨에 그녀의 머리가 놓이도록 만들었다.

"진심이에요."

재윤이 손으로 얼굴을 쓸어 내리곤 깊은 숨을 들이켰다.

"솔직히 좀 얼떨떨하군요. 그런 말을 대놓고 할 수 있다니."

재윤의 말에 단영의 얼굴을 바라보고 있던 진수가 퍼뜩 서늘한 시선으로 그를 응시했다.

"대놓고 못할 이유도 없어요. 말 한마디 못하고 뺏길 생각 전혀 없거든요."

재윤이 한참을 대답없이 침묵을 지키다 진수의 어깨에 기대어 자고 있는 단영을 힐끔 바라보았다.

"단영 씨도 진수 씨 마음 알고 있습니까?"

"아직은……."

진수의 짧은 대답을 끝으로 두 사람의 대화가 끝났다. 택시는 자정을 향하고 있는 밤길을 쏜살같이 달려 어느새 단영의 집 근처에 도착했다. 진수가 단영을 부축하려 하자 단영이 잠에서 깨어났다. 자는 동안 술기운이 많이 해소됐는지 비틀거렸던 단영의 걸음걸이가 제대로 돌아와 있었다.

"들어가."

"들어가요."

두 사람이 동시에 단영에게 인사를 건네자 그녀가 가만히 두 사람을 바라보고는 어색하게 웃어 보였다. 그리곤 조용히 대문을 열고 안으로 들어갔다. 대문 안으로 그녀가 사라지자 두 사람이 골목길을 터벅터벅 걸어 내려왔다. 어둠이 깔린 골목길은 스산하고 조용했다.

"언제부터인 겁니까?"

"모르겠어요, 언제부터인지."

잠시 말을 멈추었던 진수가 어느 날의 기억을 회상하며 씁쓸하게 웃었다.

"대학 2학년 때였나, 단영이가 좋아하는 사람이 생겼다고 했는데 기분이 아주 더럽더군요."

"그때도 이렇게 했습니까?"

"아뇨. 그 남자는 스스로 떨어져 나갔어요."

두 사람의 걸음이 어느덧 골목길을 다 빠져나와 있었다.

"나는 떨어져 나갈 생각 전혀 없습니다. 그러니 괜한 분란 만들지 마십쇼."

재윤이 자신의 의지를 피력하듯 단호하게 말을 내뱉곤 도로 가장자리로 걸어갔다. 그가 택시를 세우려고 손을 드는데, 그의 등 뒤에 대고 진수가 나지막이 경고했다.

"문재윤 씨, 충고 하나 하는데 사랑은 의지대로 되는 게 아니에요."

재윤이 뒤에 서 있는 진수를 차갑게 노려보고는 휙하니 등을 돌려 택시가 서 있는 곳으로 걸어갔다. 그를 태운 택시가 시야에서 사라질 때까지 진수가 바라보고 있었다.

"의지대로 되면 얼마나 좋겠니, 이 남자야."

혼잣말로 뇌까리듯 말을 뱉어낸 그녀가 그 자리에 서서 밤하늘을 올려다보았다. 문득 이곳이 서울이구나, 그런 생각이 드는 진수였다. 어느새 문경에서 바라보던 하늘에 익숙해져 고개를 올리면 언제나 그 자리에 별이 반짝이고 있을 거라고 생각했는데, 서울의 밤하늘은 그저 컴컴하고 먹먹했다. 단 하나 반짝이는 것이 있었는데, 서울에서 반짝이는 건 거의 대개가 우주에 있는 위성이라는 말들이 있다. 하지만 그것이 위성이든 별이든 또는 우주의 쓰레기 뭉치이든 지구에 사는 사람에겐 그게 반짝임으로 느껴질 뿐이다. 한때는 그녀 자신의 감정이 사랑인지,

우정인지, 또는 집착인지, 그것도 아니면 사랑받고자 하는 마음에서 생기는 착각인지 그 진위를 가리려 했으나 시간은 그렇게 말하고 있었다. 그것이 무엇이든 간에 반짝이고 있다고. 단영에 대한 감정은 고스란히 살아서 움직이고 있다고 말이다.

진수는 터벅터벅 밤길을 걸었다. 가을이 오는가, 바람 속에 스러져 가는 서늘한 가을 냄새가 맡아졌다. 사랑을 말하면, 예스나 노가 돌아오는 것이 아니라 네 사랑은 타당한 것이냐고 묻는 사람들에게 그녀는 할 말이 없었다. 한때는 그런 질문에 대항하듯 자신의 논리를 세우려 했지만 어느 순간 부질없는 싸움이란 생각이 들었다. 어차피 상대의 존재방식을 받아들일 생각이 없는 이들은 논리의 끝을 잡고 물고늘어졌고, 받아들일 생각이 있는 사람은 굳이 논리를 말하지 않아도 받아들였다. 진수는 끝없이 이어지는 길을 걸었다. 그리고 아직도 생생하게 남아 있는 기억을 떠올리며 한숨을 내쉬었다. 홍단영이란 사람이 그녀의 가슴에 그대로 날아든 그 순간을 말이다.

대학 1학년 때였다. 학년이 바뀌는 3월이 그녀의 생일이라 항상 생일이 되면 어정쩡했다. 일 년 동안 친해진 친구는 반이 달라져 약간 서먹해지고, 갓 친해진 친구는 생일을 말하기가 애매한 시점이었다. 그래서 언제나 생일은 그냥 말없이 지나갔다. 특히나 아버지에겐 진수의 생일이 이혼한 어머니를 떠올리게 하는 일이었던지 우울함이 동반되는 하루이기도 했다. 진수 또한 생일이면 어린 그녀를 두고 떠났던 어머니가 떠올라 미묘하게 기분이 가라앉았다. 그런 생일이었다. 그저 아무 생각 없이 강의를 듣고 다음 강의에 필요한 책을 꺼내려고 사물함을 열고 있는데 적당히 아는 사이로 지내고 있던 단영과 다른 친구가 다가왔다. 대학 때의 관계가 다 그렇듯 적당함 그 이상도 그 이하도 아닌 것이다. 그런데 다른 친구가 무슨 이야기를 하고 간 사이에 단영이 등 뒤에 들고 있던 장미 한 송이를 내밀었다. 투명한 비닐로 감싼 탐스런 빨간 장미 한 송이였다.

"생일 축하해."

장미를 내밀며 웃던 단영의 얼굴이 얼마나 해맑고 반짝이던지 진수는 그 순간을 아직도 기억한다. 서로 별자리 이야기를 하다가 지나가는 말로 생일을 말한 건데 그걸 단영이 기억하고 있었던 것이다. 너무 비싼 선물은 서로에게 부담이고, 적당한 선물을 찾았을 것이리라. 그런데 그게 장미였다. 단영은 그날의 기억을 잊은 것 같지만 진수는 기억하고 있었다. 장미를 건넬 때의 장난스럽게 반짝이던 그 눈망울도. 그날 단영에게 키스하고 싶다는 감정이 생겨나 스스로의 마음을 인식하게 된 계기가 되었다는 것을 단영은 까맣게 모르고 있으리라. 진수는 그날을 기억하며 시린 한숨을 뱉어냈다.

한편 두 사람이 그렇게 각자의 공간으로 돌아가는 동안, 단영은 술이 완전히 깬 얼굴로 화장대 앞에 앉아 있었다. 이 순간 화장대 위에 어지러이 널려 있는 수많은 물건들이 마치 그녀의 마음속과 같았다. 그녀가 화장을 지울 생각도 없이 그저 멍하니 거울 속의 자신을 들여다보고 있었다. 그녀의 머리 속은 택시 안에서 듣고 말았던 두 사람의 대화가 오가고 있었다. 물론 엿들을 생각 같은 건 추호도 없는 그녀였다. 속이 메슥거려 눈을 감고 숨을 고르게 쉬고 있을 뿐이었다. 그러다 재윤과 진수 사이에 오고 가는 말이 너무 의미심장해 단영이 차마 눈을 떠 끼어들지 못하고 자는 척해 버린 것이다.

"아까 그 말 진심입니까?"
"진심이에요."

뇌리에 박혀 버린 그들의 대화를 떠올리던 단영이 거울이 뚫어져라 노려보고 있었다.

"솔직히 좀 얼떨떨하군요. 그런 말을 대놓고 할 수 있다니."
"대놓고 못할 이유도 없어요. 말 한마디 못하고 뺏길 생각 전혀 없거든요."

택시 안에서 이루어졌던 두 사람의 대화를 모두 떠올린 그녀가 어느 순간 머리를 움켜쥐고 괴로워했다. 아까 그 말이란 게 무슨 말이었을까, 그게 가장 궁금했고 오랫동안 지켜본 사람을 빼앗길 수 없다는 진수의 말은 단영을 더욱 괴롭게 만들었다.

그럼, 진수가 재윤을 오랫동안 좋아하고 있었던 걸까? 재윤 씨가 얼떨떨하다는 걸 보면 분명 그녀가 화장실 간 사이에 단영이 고백을 한 게 분명해, 그렇게 단영의 생각이 뱀의 꼬리처럼 이어졌다. 그녀가 거울 속에 있는 누군가에게 말을 건네듯 중얼거렸다.

"너 정말 재윤 씨를 좋아하는 거야?"

그녀의 목소리는 무채색으로 가라앉았지만 눈동자 속엔 혼란과 괴로움이 가득 들어차 있었다. 이런 상황에 직면하자 재윤에 대한 자신의 마음이 꽤 깊었구나, 문득 깨달아 괴로웠고 둘도 없는 친구 진수를 이 일로 잃게 될까 두려웠다. 그리고 가슴 저 깊은 곳에선 진수가 다른 사람을 사랑하고 있다는 게 불쾌했다. 몇 년 전 진수가 사귀는 남자가 있다고 말했을 때의 느낌이 지금 이 순간 함께 떠오르고 있었다. 단영이 자신의 머리를 움켜쥐곤 꽤 오랜 시간 그렇게 움직이질 않았다. 이미 시간은 자정을 훨씬 넘어 어둠이 깊었다.

널 사랑하는데, 여자인 것뿐이야

"**어**젠 잘 들어갔어? 내가 술에 취해서 정신없이 헤어진 거 있지."

단영이 일어나자마자 진수에게 전화를 걸었다. 혼란스러운 마음은 여전했고, 전화를 통해서라도 진수의 속내를 살펴보고 싶은 그녀였다.

[응, 잘 들어왔어. 속은 괜찮니? 많이 마신 것 같던데.]

변함없이 여유로운 진수의 목소리에 단영이 묘한 괴리감을 느꼈다.

"뭐, 한두 번 술 먹어보냐. 너야말로 용하다, 그 시간에 기차를 타고 갔으니."

[여기 서울이야.]

"그래? 어제 그럼 기차 놓친 거야?"

[아니, 며칠 서울에 묵어야 돼. 다음 달부터 아트선제센터에서 한국도예전 여는데, 할아버지도 참여하거든. 할아버지 대신 내가 전시 준비하는 거 살피기로 했어.]

단영이 어제의 일을 바로 꺼내기가 난감해 주저하고 있는데, 진수가 대뜸 말했다.

[오늘 일 없으면 나랑 밥 좀 같이 먹어라. 혼자 먹으려니까 영 그러네.]

두어 시간 후 단영이 진수가 묵고 있다는 호텔 앞에 도착했다. 시내외곽에 있는 워커힐호텔이었다. 시내에 있는 여느 호텔보다 산책로나 야외풀장 때문에 인기가 높은 호텔이었다. 그러나 호텔로 가는 길에 우거진 숲의 시원함이 택시 안에 있는 단영의 마음까지 스며들진 못했다. 그녀가 답답한 마음에 한숨을 내쉬곤 호텔 안으로 들어갔다. 호텔 라운지나 카페는 가봤어도 객실은 처음이라 단영이 양탄자가 깔려 있는 객실 복도를 조심조심 걸어 들어갔다. 전혀 다른 세계에 살고 있는 것 같은 친구 진수에 대한 괴리감도 느껴지는 순간이었다. 단영이 객실 문의 번호를 확인하며 어리둥절한 얼굴로 걷다가 어느 문 앞에서 멈춰 섰다. 벨을 누르자 안에서 진수의 목소리가 들려왔다.

"들어와! 문 열렸어."

문이 열리고, 단영의 눈앞에 펼쳐진 건 유리창 가득 보이는 한강의 전경이었다.

"이야~ 죽인다, 여기."

"좋지?"

진수가 히죽 웃으며 유리잔에 커피를 따랐다. 방금 씻었는지 그녀의 머리카락이 물기에 젖어 있었다. 공단으로 만들어진 미색의 바지에 그물처럼 생긴 연보라빛의 성긴 니트를 입고 있는 진수는 마치 원래 자신의 집인 양 편안해 보였다. 단영이 창가에 가까이 다가가며 구시렁거렸다.

"야, 너무 비싸게 노는 거 아니야?"

"착각 마. 선제센터에서 제공한 거야."

"흐음, 어찌 됐든 너무 좋다."

단영이 창가 앞에 있는 의자에 앉아 살며시 눈을 감았다. 햇살이 쏟아져 들어오는 창가 앞에서 그녀가 곰처럼 풀어졌다.

"너 일있는데 시간 뺏은 건 아니지?"

그제야 단영이 눈을 퍼뜩 뜨고 친구를 바라본다.

"언제는 오라고 명령해 놓고 웬 어울리지 않는 눈치?"

진수가 커피 마시겠냐는 시선을 보내자 단영이 고개를 끄덕였다. 다른 유리잔에 커피가 따라졌는데 그 향이 참 온화했다.

"눈치가 아니라 이럴 땐 배려라고 하는 거야, 인마. 내가 좀 배려심이 깊잖니."

단영이 기가 막히다는 얼굴로 고개를 설레설레 저었다. 그리고 친구가 따라준 커피를 마시는데 문득 어젯밤 홀로 괴로워했던 일이 다 꿈처럼 느껴졌다. 진수는 말없이 커피를 마시며 창밖을 응시했다. 그러다 문득 무슨 생각이 났는지 커피 잔을 내려놓고는 침대 옆으로 걸어갔다. 그리곤 침대 아래에 있는 가방을 뒤적이더니 작은 상자 하나를 꺼냈다. 진수가 단영에게 상자를 내밀었다.

"뭐야?"

"저번에 네가 예쁘다고 했잖아. 그래서 하나 더 만들었어. 어제 준다는 걸 깜빡한 거 있지."

무슨 소린가 의아해하며 단영이 상자를 열었는데 그 안에 귀고리 한 쌍이 들어 있었다. 저번에 진수가 했던 귀고리와 비슷한 모양의 청동 귀고리였는데, 좀 작게 만들어져 있었다. 단영이 귀고리를 하나 꺼내 들어 올렸다.

"너무 예쁘다. 근데 왜 내 건 작냐?"

"넌 작은 스타일 좋아하잖아. 작게 만드는 게 더 힘든 거다. 그것만 알아둬라."

정말 그녀가 보기에도 만들기 쉽지 않았을 것같이 보였다. 동그란 공 모양의 청동 위엔 바늘로 하나하나 찍어 그려진 무늬가 새겨져 있었다. 작은 잎들이 그 공 아래 수십 개가 달려 찰랑거렸다. 단영이 귀에 하고 있는 귀고리를 빼고는 당장 그 귀고리를 달았다. 약간 무겁긴 하지만 찰랑이는 느낌이 싫지 않았다.

"괜찮니?"

"그런대로. 귀고리가 워낙 잘 만들어져서 누가 해도 예쁠걸."

그녀가 거울 앞에서 이리저리 고개를 돌려보다 거울 속의 진수와 눈이 마주쳤다. 이죽거리는 말을 내뱉고 있는 친구의 얼굴 표정이 말과는 다르게 진지했다. 뚫어지게 자신의 뒷모습을 응시하고 있는 진수의 눈동자와 마주친 순간 단영이 이상한 느낌에 당혹스러웠다. 이 귀고리는 죄책감 때문에 주는 건가? 아니면 할 말이 있는데 말하지 못하고 그녀를 빤히 쳐다보고만 있는 걸까. 단영의 머리속이 복잡했다. 그녀가 어색함에 다른 쪽으로 주위를 돌린다는 게 어제 이야기를 꺼냈다. 마음속에 담고 있던 말이 자신도 모르게 튀어나와 버린 것이다.

"재윤 씨 어떤 거 같아?"

진수는 무표정한 얼굴로 커피를 마시더니 짧게 대답했다.

"뭐, 그런대로."

그리곤 다시 커피를 마시는데, 친구의 얼굴 위에 드리워진 묘한 그늘이 단영을 괴롭혔다. 그녀가 천천히 테이블 있는 곳으로 다가가 무언가 말하려 입을 열다가 이내 주저하듯 입술을 깨물었다.

"뭐, 할 말 있어?"

단영이 고개를 저으며 웃었다.

"아니, 귀고리 고맙다고."

어디서부터 어떻게 말을 꺼내야 할지 막막한 단영이었다. 정말 진수가 그를 좋아한다면 재윤이 기다 아니다 결정할 문제인 것 같고, 그리고 정작 진수의 마음을 확인하려니 단영 자신이 어떻게 해야 할지 아무것도 결정 내린 게 없었다. 재윤과 결혼하겠다고 확실히 결정을 내린 것이 아닌 상태에서 진수에게 물러나라 그럴 수도 없고, 그렇다고 자신이 양보하마 그럴 수도 없는 문제였다.

단영은 복잡한 심경을 그대로 가슴속에 묻은 채 진수와 밥을 먹으러 아래층으로 내려갔다. 시야가 확 트인 식당 내부는 숨이 트일 정도로 전경이 좋았고 음식은 깔끔하고 맛있었다. 별다른 말 없이 묵묵히 음식을 먹던 단영이 뜬금없는 질문을 던졌다.

"진수야, 넌 두 사람을 사랑하는 게 가능하다고 보니? 그런 감정 느껴본 적 있어?"

진수는 물끄러미 단영의 얼굴을 바라보고는 고개를 끄덕였다.

"가능하다고 봐. 그런 감정 갖기 전까진 불가능한 줄 알았는데. 그런 거 가능하더라."

"흐음⋯⋯."

"왜? 두 사람을 사랑하고 있니?"

"아니, 그런 것까진 아니고."

진수의 눈빛이 뭔가를 추측하는 듯 깊어지자 단영이 화제를 돌렸다.

"근데 그 사람이랑 왜 헤어졌어? 너 고향으로 내려간다니까 싫어하던?"

진수는 잠시 주저하며 볼우물을 만들더니 가볍게 고개를 주억거렸다.

"그런 것도 있었고, 내가 다른 사람을 사랑한다는 걸 깨달았기도 했고."

단영의 눈빛이 어두워졌다.

"그래? 그게 누군데? 내가 아는 사람이야?"

젓가락질을 하던 진수의 손이 멈춰졌다. 그녀가 아주 한참을 말없이 단영을 응시했다.

"음."

단영의 입술이 경련하듯 떨렸다.

"그 사람하고 사귀기로 한 거야?"

그녀에게 고정되어 있는 진수의 눈빛을 단영은 재윤에 대한 이야기에서 오는 조심스러움이라고 생각하고 있었다. 진수가 엷은 웃음을 지었다.

"이제 슬슬 부딪쳐 보려고."

초저녁 즈음이 되어서야 단영이 멍한 얼굴로 호텔을 나섰다. 설마 하는 마음으로 추측했던 게 사실일지도 모른다는 생각에 그녀의 머리 속이 텅 비워져 버린 것이다. 어쩌면 진수를 만나기 전까진 현실을 받아들이지 않아 머리 속으로 이런 감정 저런 감정 계산할 수 있었던 것 같기도 했다. 지금 그녀는 아무 생각도 들지 않았고, 그저 멍했다. 어디서부터 어떻게 이 문제를 풀어내야 할지 아득하기만 했다. 게다가 진수가 재윤을 좋아한다는 사실에 왜 자신이 질투를 느끼는지 당황스럽고 어이없기도 했다. 예전에 진수가 사귀는 남자를 보여주었을 때도 두 사람이 육체관계 맺는 상상을 해보다 기분이 나빠진 그녀였는데, 지금 이 순간 그 감정이 느껴졌다. 동시에 재윤이 진수에게 매력을 느끼면 어떡하나 그런 생각도 들었다. 모순된 두 감정이 양갈래로 찢어질 것처럼 팽팽했다.

단영이 진수가 잡아준 택시에서 내려 호텔 아래로 이어져 있는 산책로를 터벅터벅 걸어 내려갔다. 지금 이 순간 시원한 바람이 필요했다. 그녀는 숲에서 불어오는 바람에 몸을 맡긴 채 깊게 닿을 수 없는 저 깊은 곳까지 깊게 바람이 들어갈 수 있도록 숨을 들이 내쉬었다. 주말이라 그런지 옆으로 빠르게 지나쳐 가는 차들이 많았다. 그 차들이 불러일으키는 바람까지 맞으며 단영이 그렇게 모든 것을 멈추고 가만히 서 있었다.

〈어찌해야 하는 걸까?〉

어느 정도 차분히 마음을 가라앉힌 그녀가 눈을 뜨고 다시 걸음을 옮겼다. 그리고 몇 걸음 걸었을까. 가방 안에 있는 핸드폰이 울렸다. 폴더를 보니 문재윤이었다.

[지금 어디예요?]

그녀가 미처 대답을 하기도 전에 재윤이 먼저 물었다. 단영이 숲에 가려져 있는 호텔 귀퉁이를 잠시 쳐다보며 생각에 잠겼다.

"그냥 일이 좀 있어서 시내에 나왔어요."

[그럼 저 좀 볼 수 있어요?]

'설마, 그 얘기를 하려는 걸까?'

그녀의 얼굴이 굳어졌다.

"어딘데요?"

잠시 후 단영이 근처에 있는 지하철역 앞에서 서성이는데 재윤이 차를 가지고 나타났다. 그녀가 그의 차를 알아보곤 다가오자 재윤이 휘적휘적 차에서 내려 문을 열어주었다. 조금 낯간지러운 일이었지만 단영은 기분이 좋은 건 어쩔 수 없었다.

"뭘 열어주기까지 해요? 어련히 알아서 타는데."

그녀가 무안함에 퉁명스럽게 말했지만 재윤은 말없이 운전을 할 뿐이었다.

"저녁 먹었어요?"

십여 분 정도 도로를 달리고 있는데 재윤이 대뜸 묻는다. 단영도 대뜸 대답했다.

"점심을 늦게 먹었어요."

다시 재윤이 말이 없었다. 이십여 분 정도를 더 달린 차는 인사동에 들어서고 있었다. 어디로 가는 건지 단영이 궁금한 듯 주위를 두리번거렸지만 재윤이 말없이 운전을 했다. 주차장에 차를 세우고 두 사람이 내렸는데, 재윤은 정한 곳이 있는 듯 망설임없이 걷기 시작했다.

"어디로 가는 거예요?"

"하늘에 있는 호수로 가는 겁니다."

"네에?"

그녀가 그게 뭔 소리냐는 듯 인상을 찌푸리다 별뜻없는 말로 대꾸했다.

"그럼 우리 죽으러 가는 거예요?"

"예에에?"

묵묵히 주위를 두리번거리며 걷던 그가 황당하다는 듯 그녀를 돌아보았다.

"하늘에 있는 호수면 죽는 거잖아요."

그가 입술을 한일 자를 그리며 그녀를 쳐다보더니 어이없다는 듯 웃었다.

"여하튼 단영 씨 머리는 속에 뭐가 들어 있는지 가끔씩 궁금해요."

'뭐야? 넌센스 퀴즈인가?'

그의 말이 뭘 비유했을까 그녀가 곰곰이 생각을 해보고 있는데, 재윤이 그녀의 손을 덥석 잡아끄는 게 아닌가. 그녀가 갑작스런 접촉에 눈을 휘둥그레 떴지만, 그는 개의치 않고 가고자 하는 방향으로 그녀를 끌어당길 뿐이었다. 사실 두어 달 정도 만나는 동안 별다른 육체적 접촉이 없는 사이였다. 딱 한 번 집 앞에서 헤어질 때 가벼운 입맞춤은 했지만 이렇게 손을 잡고 걸어본 적은 없었다. 물론 그녀가 경험이 없어서라든지 재윤이 보수적이라서 그런 것도 아니었다. 단지 선으로 만난 사이라 그런지 무의식적으로 경계가 있다고나 할까. 여하튼 단영이 재윤의 손에 잡힌 자신의 손을 의식하는 사이 재윤의 걸음이 멈춰졌다. 인사동 골목길 굽이굽이 걸어 좁다란 길목 안이었다. 단영이 다

닥다닥 붙어 있는 가게들을 구경하다 문득 〈하늘호수〉라는 간판을 보았다. 티벳 음식점이었다.

"그때 여기 못 왔던 게 마음에 걸렸거든요."

그의 목소리가 단영의 귓속에 파고들었고, 눈동자 안엔 가게 간판이 박혔다. 묘한 감정, 울컥하게 떨리는 격한 감정이 그녀를 뒤흔들었다. 별게 아닐 수 있는데 왜 이렇게 가슴 한구석을 흔드는 걸까. 알 수 없는 감정이었다. 그냥 지나쳐 버릴 수 있는, 두 사람이 이 가게를 찾아 헤맸던 그 시간을 그냥 한때의 시간으로 지나칠 수 있는 것인데 그걸 기억하고 이렇게 다시 그녀를 데려왔다는 게 참 가슴이 벅찼다. 단영은 설혹 그가 진수의 일을 꺼내더라도 이것만으로 그를 미워하지는 말아야겠다는 생각을 했다. 아마도 진수를 선택한다면 정말 진심이리라, 그런 생각이 들었다.

가게 안은 아늑하면서도 이상한 세계에 온 듯 생경했다. 구석구석 티벳을 찍은 사진들이 전시되어 있었다. 두 사람이 한쪽 테이블에 앉자 주인이 다가와 메뉴판을 내밀었다.

"아직도 배 안 고파요?"

"고파요."

두 사람은 티벳 국수와 티벳 볶음밥, 그리고 티벳 차를 시켰다. 주인이 주문을 받고 주방 안으로 들어가자 가게 안을 구경하던 단영이 빙그레 웃었다.

"여긴 못 데려온 게 그렇게 한이 됐어요?"

재윤이 의미심장한 얼굴로 고개를 끄덕였다.

"조금 있으면 이유를 알게 될 거예요."

단영이 궁금한 듯 그를 쳐다봤지만 그는 말해 주지 않았다. 잠시 후 티벳의 전통차인 수위자차라는 게 나왔다. 단영이 컵 안에 든 차를 뚫어지게 쳐다보았다. 약간 노란빛이 도는 우윳빛이었다. 재윤이 얼른 먹어보라는 듯 손짓을 하며 자신 앞에 놓인 차를 입으로 가져갔다. 단영이 아무 생각 없이 차를 한 모금 마시는 순간 이상한 신음 소리를 뱉어냈다. 그녀가 인상을 쓰며 꿀꺽 입 안에 있는 차를 넘겼다.

"이게 맛있어요?"

차 맛은 정말 독특했다. 기괴할 정도였다. 소금을 넣었는지 짭짜름한 것이, 버터인지 우유인지 뭔가 기름졌다. 우유도 아닌 것이, 그렇다고 차도 아닌 것이 이상한 맛이었다. 재윤은 정말 기다렸다는 듯 활짝 웃으며 자신의 찻잔을 내려놓았다.

"처음엔 이상해요. 근데 일단 먹어보면 점점 매료되죠."

단영이 의심스러운 눈초리를 보내며 다시 차를 한 모금 마셨다. 두 번째 들어간 차에선 뭔가 고소한 맛이 느껴지기도 했다. 그녀가 여전히 뭐라고 정확히 단정 지을 수 없는 차 맛을 음미하며 고개를 이리저리 돌려보다 눈을 빛내며 그녀를 쳐다보고 있는 재윤을 보고는 믿기지 않는 듯 물었다.

"여기 데려온 이유가 이거였던 거죠? 혼자만 이 괴기스런 맛을 느낀 게 억울해서? 그죠?"

재윤이 싱글벙글 웃으며 얄밉게 말했다.

"그런 것도 있죠."

"으휴……. 속이 시원해요?"

재윤이 천천히 고개를 끄덕이며 자신의 찻잔을 손으로 감싸 쥐었다.

"너무 난감하고 황당한 맛이라 뇌리에 남았었거든요. 나 혼자 간직하고 있던 이 느낌을 단영 씨도 느꼈으면 했어요. 그리고 단영 씨는 어떤 맛이라 여길까 궁금하기도 했고요."

그가 하는 말은 정말 별말 아니었다. 그래, 그냥 자연스런 말이었다. 그런데 왜 무언가가 그녀를 강타하는 느낌인 걸까? 말로 설명할 수 없는 중요한 뭔가가 단영의 가슴속을 스쳐 가는 느낌이었다. 이 순간, 결혼 대상으로서의 한 사람이 아닌 문재윤이라는 한 남자로 보인다고나 할까. 그녀가 입가에 웃음을 머금고 가만히 자신을 바라보고 있는 재윤을 뚫어지게 응시했다. 주위의 사물들이 그녀의 시야에 들어오지 않았다. 어느 순간 그의 얼굴이 무표정해졌다.

"결혼합시다."

암묵적으로 시간을 갖자는 분위기였기 때문에, 그리고 진수와의 일도 있어 단영은 결혼하자는 말이 나올 줄은 전혀 예상하지 못하고 있었다. 그는 미리 준비한 듯 주머니 안에서 작은 벨벳 상자를 꺼냈다. 단영이 상자를 주저주저 손으로 집어 들어 살며시 열었다. 상자 속에 심플하면서도 단아한 반지가 살짝 고개를 내밀고 있었다. 그가 단영의 반응을 기다리며 가만히 응시하고 있는데, 단영은 어떤 말을 해야 할지 몰라 자신도 모르게 목멘 신음을 내뱉었다.

"으으으으음……."

그 소리에 무표정했던 그의 얼굴이 단호하게 날카로워졌다.

"싫다는 말은 접수 안 할 겁니다."

"재윤 씨, 우리 서로에 대해 천천히 알아가자고 하지 않았었나요?"

어느새 정신을 차린 그녀가 차분히 말을 꺼내자 재윤이 긴장된 무언가를 풀려는 듯 차를 꿀꺽꿀꺽 마셨다. 그리곤 간결하게 대답했다.

"더 이상 기다리고 싶지 않아졌어요."

결국 결론은 생각해 볼 시간을 달라는 아주 진부한 걸로 맺어졌다. 반지를 들여다보는 단영의 얼굴이 심히 혼란스러워 보였다.

어둑어둑한 밤이 되어서야 두 사람을 태운 차가 그녀의 집 앞에 멈춰 섰다.

"갈게요."

단영이 중얼거리듯 작은 목소리로 인사를 건네곤 차 문을 열려는데, 재윤이 덥석 단영의 손목을 잡았다. 그녀가 화들짝 놀라 고개를 돌려 그를 쳐다보자 그가 무덤덤한 얼굴로 말했다.

"키스 좀 합시다."

키스 좀 하자는 게 어이없다기보단 그런 걸 말로 시작하고 한다는 게 어이가 없어 단영이 기막힌 듯 그를 쳐다보았다. 그녀가 낮게 중얼거렸다.

"아니, 뭐 그런 걸 말로 하고……."

그녀가 입술을 실룩이며 중얼거리는데, 재윤의 입술이 다가왔다. 그녀가 눈을 껌벅이며 당황스러워하다 입술에 느껴지는 부드러운 촉감에 자연스레 눈을 감았다. 그가 그녀의 입술을 부드럽게 쓸더니 입을 벌려 입 안 가득 그녀의 입술을 빨아들였다. 그 순간 단영이 눈을 퍼뜩 떴다. 저번에 한 번 했던 것처럼 당연히 부드러운 입맞춤 정도라고 생각했는데 예상과는 달리 거친 키스였다. 그가 작은 틈새로 벌어진 그녀의 입 안에 혀를 집어넣고 거친 키스를 퍼부었다. 그녀의 혀를 잡아채질 않나, 입 안 구석구석 그녀도 인식하지 못했던 곳을 핥아대질 않나, 숨 쉴 틈도 없이 몰아대질 않나. 단영이 놀란 얼굴로 입술을 떼려 하자 어랍쇼, 그가 단영의 머리 뒤를 손으로 움켜쥐고 정신없이 그녀의 입술을 탐하기 시작했다. 결국 그녀가 숨이 막혀 어깨를 밀어내자 재윤이 부드럽게 그녀의 아랫입술을 핥고는 얼굴을 들었다. 단영이 거친 숨을 내뱉으며 흐트러진 숨결을 가다듬었다. 그리곤 재윤을 빤히 응시하며 물었다.

"갑자기 왜 이래요? 어떤 심경의 변화가 있기에 이렇게 갑자기 몰아세우는 거죠? 진수 때문인가요? 진수한테 보여주려고 나한테 이러는 거예요?"

결국 심중에 묻어놨던 말이 튀어나오고야 말았다. 그녀가 아차 싶은 얼굴로 질끈 눈을 감았다. 재윤의 얼굴은 실로 딱딱하게 굳어져 갔다.

"알고 있었어요?"

단영이 눈을 감은 채 한숨을 내쉬었다.

"그래요, 알고 있었어요."

"그럼 결혼을 망설이는 게 진수 씨 때문인 거예요?"

그녀가 고개를 저었다. 재윤이 그녀의 부정에 안도의 한숨을 소리없이 내쉬었다.

"물론 진수 씨 때문에 내 맘이 급해진 건 인정해요. 하지만 처음부터 당신과 결혼하고 싶다고 했어요. 달라진 건 없지 않습니까? 단지 좀 앞당긴 것뿐이에요."

상황을 간단하게 정리해 버리는 재윤의 말에 단영이 성이 난 듯 거칠게 쏘아붙였다.

"당신이 진수를 떨궈내려고 나를 몰아세우는 게 맘에 안 들어요. 마치 진수한테 못할 짓을 하는 것 같단 말이에요."

재윤이 이를 갈며 거칠게 말을 뱉어냈다.

"어차피 선택을 해야 해요. 빨리 선택을 하는 게 서로에게 줄 상처를 그나마 줄이는 겁니다. 모르겠어요?"

단영이 무언가 답답하다는 얼굴로 그를 노려보다 이내 침묵해 버렸다. 그의 선택을 진수에게 보여주기 위해 아직 완전히 마음이 정해지지 않은 자신을 억지로 몰아세울 수는 없는 일 아닌가. 그녀가 말없이 앉아 있다 차에서 내렸다. 이렇게 감정적으로 다투었는데도 그는 밤길이 어두울까 그녀가 대문까지 걸어가는 동안 헤드라이트를 켜주었다. 단영이 발 아래를 환하게 비추어주는 헤드라이트 불빛을 보고는 차 안에 있을 재윤에게 시선을 보냈다. 밤이라 유리창 밖으로 그가 보이지 않았지만 그녀가 유리창 너머 그녀를 보고 있을 재윤을 향해 씁쓸하게라도 웃어주고는 손을 흔들었다. 그리곤 집으로 들어갔다. 서로 전혀 다른 이야기를 주고받았다는 것도 모른 채 그렇게 두 사람이 헤어졌다.

그 후 재윤이 건넨 반지는 일주일이 넘도록 단영의 책상서랍에 갇혀 있었다. 우연인지 필연인지 그는 국제세미나와 학회 준비로 바빴고, 단영은 보충수업과 연극시나리오를 마무리 짓느라 바빴다. 하루에 한 번 전화통화로 오늘은 뭘 먹었는지, 내일은 뭘 하는지 가벼운 대화가 오갔지만 정작 결혼에 대한 결정 여부는 두 사람 다 입 밖에도 꺼내지 않았다.

사실 그 자리에서 승낙하지 않은 단영의 태도는 내심 재윤의 자존심을 건드렸고, 한편으론 불안감이 생겨 재윤이 전략적으로 접근할 필요성이 있다는 것을 깨달은 것이다. 재윤은 자신이 외형적 조건으로 어느 정도 자만하고 그녀를 대했음을 인정했다. 특유의 결벽성과 외곬수적인 성격 때문에 결혼은 운명처럼 만나거나 그가 정말 사랑하는 여자와 할 것이다 그렇게 생각하고 있었다. 그러나 그런 생각 속에 선택하는 자의 자만도 함께 깔려 있었다. 어릴 때부터 신동 소리를 듣고 자랐고, 생긴 것도 남들에게 뒤처지지 않았으니 대학 본과를 졸업하자마자 선자리가 밀려들어 왔다. 그러니 지금까지 아쉬울 거 없는 그였다. 그 모든 과정이 그에게 스스로 잘났다는 인식을 심어줘 굳이 다른 사람 눈치를 볼 일이 없었고, 청혼을 거절당하는 것은 꿈에도 상상해 본 적 없던 것이다. 교사라는 평범한 직장에 그럭저럭 사는 평범한 집안의 단영이니 당연히 그와의 결혼을 받아들일 거라고 재윤은 무의식 중에 생각했었다. 그런 그가 진수의 출현과 단영의 생각해 보겠다는 미적지근한 반응을 마주하자 오랜 꿈에서 깨어나는 듯했다. 사람 마음이 간사한 것이 단영이 미적지근하게 나오자 재윤은 더 몸이 달았고, 진수라는 여자에게 지는 걸 용납할 수 없다는 묘한 오기도 발동됐다.

여하튼 재윤은 일주일이 넘는 시간 동안 단영이란 여자를 통해 스스로를 바라볼 수 있었고, 동시에 단영을 많이도 원하는구나 새삼 깨닫기도 했다. 그는 태풍의 눈처럼 단영의 결정을 기다리고만 있었다. 어쩌면 그가 원한 결과가 나오지 않으면 태풍은 사정없이 휘몰아칠는지도 모른다.

그런 재윤의 고요한 기다림의 시간 동안 단영은 하루하루 머리가 지끈거릴 정도의 혼란을 느끼고 있었다. 정말 모든 것이 머리 아팠다. 그렇게 열흘 넘게 속병을 앓으면서 방학 보충수업을 끝냈다. 그리고 마지막 보충수업이 끝나자마자 곧바로 진수에게 연락을 했다. 재윤을 가운데 두고 얽히고설킨 진수지만, 그럼에도 단영은 진수가 보고 싶었다. 더 이상 속에 묻어둔 채 힘들어하지 말고 진수와 모든 걸 이야기해야겠다, 그렇게 결심을 하고 그녀가 친구의 핸드폰 번호를 꾹꾹 눌렀다.

[어, 단영아. 그러잖아도 전화하려고 했는데.]

진수가 전화를 받자마자 반가운 듯 들뜬 반응을 보였다. 변함없는 친구의 다정함에 단영이 울컥 무언가가 북받쳐 자신도 모르게 목이 멨다.

"바쁘니?"

그녀의 목소리에서 뭔가를 느꼈는지 진수가 걱정스러운 듯 말했다.

[무슨 일 있어?]

"……어디야?"

[아, 여기 선제센터. 큐레이터랑 논의할 게 좀 있어서.]

"오래 걸려?"

[아니. 한 시간 정도면 돼. 넌 어딘데?]

"내가 그리로 갈게."

'나는 지금 내가 어디에 있는지 모르겠거든. 그러니 내가 너에게 갈게. 너를 만나면 내가 어디에 있는 건지 알 수 있을까?'

단영은 통화를 마치자마자 지하철역으로 향했다. 그녀가 센터에 도착해 로비에서 전화를 하니 진수가 아직 회의가 끝나지 않았다며 기다려 달라는 말을 했다. 단영은 이층 전시장으로 올라가 현재 전시되고 있는 현대추상미술 전시회를 천천히 돌아보았다. 의미를 정확히 알 수 없는 잭슨폴록의 작품들이 마치 그녀의 마음처럼 정신없어 보였다. 그러나 붓을 털어냈을 때 일정한 운동성을 갖고 천 위에 떨어진 물감들이 어떤 규칙을 갖는 것처럼 보이기도 했다. 혼란과 규칙은 그렇게 한 작품 안에 고스란히 표현되어 있었다. 무수히 흐트러져 뻗어나가는 감정처럼 검은 색과 갖가지 색깔이 흐드러지게 천 위에 떨어진 number-8이라는 작품 앞에서 그녀가 걸음을 멈추고 멍하니 바라보고 있는데 누군가 그녀의 어깨를 감싸 안았다. 놀랄 틈도 없이 진수의 목소리가 그녀의 귓가에 들려왔다.

"왔어, 베이비?"

마음은 복잡한데 일단 진수의 천연덕스런 태도를 마주하니 단영은 피식 웃음이 나왔다.

"나 때문에 일 방해된 거 아냐?"

진수는 여전히 그녀의 어깨를 감싸 안고 그녀의 목덜미에 얼굴을 묻고 한숨을 내쉬었다.

"후우, 말 마라. 큐레이터랑 의견이 안 맞아서 일주일 내내 시달렸다. 그것 때문에 너 보고 싶은 것도 꾹 참았다는 거 아니냐."

두 사람이 전시장을 가로질렀다.

"왜? 무슨 문제 있었어?"

"도자기를 무슨 고려유물처럼 전시하려고 하잖아. 할아버지나 나나 그런 거 딱 질색이거든. 죽은 시체처럼 전시해 놓는 거."

지난 열흘 동안 있었던 일을 진수가 이를 갈며 떠들어대는 동안 두 사람의 걸음이 일층에 있는 카페에 다다랐다. 카페는 한 작가의 그림으로 벽면 모두가 채워져 있었다. 한 사람이 만들어 낸 또 다른 세계였던 것이다. 아래로 떠다니는 구름, 거꾸로 서 있는 나무, 천장에서 걸어다니는 사람들이 벽면을 가득 채워 기묘했다. 말없이 진수의 말을 듣고만 있는 단영을 보며 진수가 그녀의 안색을 살폈다. 못 본 사이에 단영의 얼굴이 까칠해져 있었다. 진수가 그녀의 얼굴에 손을 가져가 만져 보며 이리저리 뜯어보았다.

"얼굴이 왜 이래? 너 요즘 술 먹고 다니냐?"

단영이 진수의 손을 피해 얼굴을 돌렸다.

"여름이라 그런가 봐. 영 입맛이 없네."

창밖으로 지글지글 타는 햇살에 사람들이 기진맥진한 얼굴로 걷고 있는 게 보였다. 두 사람이 팥빙수를 시키자 카페 안에 얼음 가는 소리가 울려 퍼졌다.

"근데 나한테 전화하려고 했던 이유가 뭐였어?"

"응?"

진수가 안경을 벗고 시원한 공기를 음미하고 있다 단영의 질문에 퍼뜩 눈을 떴다.

"그러잖아도 나한테 전화하려고 했었다며?"

"아……."

진수가 테이블 위에 있는 안경을 다시 집어 들었다. 조금은 날카롭고 사람을 빨아들일 듯한 짙은 눈빛이 안경을 쓰자 그나마 부드러워졌다.

"할 말이 있어서."

"뭔데?"

단영이 긴장된 얼굴로 되물었다. 그때 점원이 팥빙수와 커피를 가져왔다. 진수가 숟가락으로 팥빙수를 비볐다.

"이거 다 먹으면 얘기할게. 좀 무거운 거라서."

'드디어 올 게 온 건가.'

단영이 소리없이 큰 숨을 들이 내쉬었다. 그리곤 같이 숟가락으로 팥빙수를 비볐다. 서걱서걱, 얼음 소리가 청명했다. 진수는 골똘히 생각에 빠진 듯한 얼굴로 묵묵히 팥빙수를 비볐는데, 그 모습을 물끄러미 바라보던 단영이 어느 순간 숟가락을 내려놓고 불쑥 말을 꺼냈다. 진수가 말을 꺼내기 전에 먼저 이야기를 하는 게 나을 것 같기도 했다.

"재윤 씨가 청혼했어."

진수의 숟가락질이 멈췄다. 단영은 두방망이질하는 가슴을 진정하며 말을 이었다.

"더 이상 기다리고 싶지 않대."

단영의 얼굴에 고정되어 있던 진수의 눈빛이 예리하게 날카로워졌다.

'이 자식이, 선수 쳤군.'

진수가 속으로 재윤에게 욕을 해대며 굳은 얼굴로 침묵을 지키고 있자 단영이 더 이상 참을 수 없다는 듯 급하게 말을 쏟아냈다.

"어떻게 해야 할지 모르겠어. 네 마음을 알기 때문에 더 더욱……."

"내 맘?"

별다른 표정 변화 없이 눈썹만 찡그리고 반문하는 진수의 태도에 단영이 숨을 크게 쉬고 말해 버렸다.

"너 재윤 씨 좋아하는 거 알아."

팥빙수를 한입 떠먹으려 했던 진수가 입을 벌린 채 그대로 멈추었다. 속마음을 들킨 것에서 오는 당황이라 생각한 단영이 두서없이 자신의 속내를 털어놓기 시작했다.

"나도 어떻게, 어떻게 이런 식으로 셋이 엮이게 된 건지…… 정말 모르겠다. 난 너 잃고 싶지 않은데, 어떻게 해야 너에게 상처 주지 않는 건지 모르겠어. 진수야, 내가 어떻게 했으면 좋겠니?"

속에 있던 말을 미친 듯이 쏟아낸 단영이 축 늘어진 얼굴로 입을 다물었다. 벙찐 얼굴로 앉아 있던 진수가 툭 하니 수저를 내려놓았다. 단영이 괴로운 듯 일그러진 얼굴로 진수를 쳐다보았다.

"무슨 말 좀 해봐?"

진수는 수저를 놓은 손으로 자신의 이마와 얼굴을 부적부적 쓸어 내리더니 잔뜩 인상을 쓴 얼굴로 자리에서 일어났다. 단영은 친구가 이렇게 가는구나 싶어 그 순간 놀란 얼굴로 서 있는 진수를 응시했다. 그녀의 두 눈에 물기가 어른거리더니 눈물방울이 툭툭 떨어졌다. 그러나 진수는 가기는커녕 단영의 옆자리로 와 털썩 앉았다. 그리곤 단영의 얼굴을 두 손으로 감싸 쥐더니 입을 맞추었다. 단영이 어안이 벙벙한 얼굴로 굳어 있었지만 진수는 장난으로 하는 그런 입맞춤이 아닌 연인에게나 할 수 있는 농도 짙은 키스를 퍼붓기 시작했다. 단영의 입술을 혀로 핥고 거침없이 그녀의 입술을 탐했다. 진수가 그녀의 입 안으로 혀를 넣으려 하자 단영이 움찔하며 손으로 진수를 밀어냈다. 진수가 씩씩거리는 숨을 뱉어내며 손으로 자신의 입술에 묻은 타액을 스윽 닦았다. 그리곤 무뚝뚝하게 말을 뱉어냈다.

"이게 내 맘이야, 이 멍청아."

단영이 얼이 빠진 얼굴로 진수를 응시했다. 그러다 천천히 주위를 쳐다보는데, 카페 안에 있는 몇몇 사람들과 점원들이 모두 두 사람을 경악스런 얼굴로 쳐다보고 있었다. 물론 그중 한둘은 호기심 어린 표정이기도 했다. 단영이 지금 금방 무슨 일이 있었나 하는 얼굴로 눈을 껌벅이며 다시 진수를 응시했다. 그러자 진수가 또박또박 천천히 힘주어 말했다.

"내가 사랑하는 사람은 너야. 문재윤이 아니라 너!!"

소유욕 어린 진수의 눈빛을 마주한 단영은 그 순간 의자에서 일어났다. 그리곤 뚜벅뚜벅 넋 나간 얼굴로 카페를 나갔다. 진수가 괴로운 듯 어금니를 물고 힘을 주더니 테이블 위에 만 원짜리 지폐 한 장을 급하게 놓고 단영을 따라 나갔다. 그제야 정적이 흐르고 있던 카페 안이 무슨 허락을 받은 양 순식간에 웅성웅성 시끄러워졌다. 여기저기서 탄성과 충격 등, 다양한 반응이 쏟아져 나왔다. 떠들든 말든 진수가 성큼성큼 뛰듯이 카페를 나가니 단영이 일층 로비에서 멍하니 서서 바닥을 응시하고 있었다. 진수가 가까이 오자 단영이 고개를 들어 그녀를 믿을 수 없다는 시선으로 뚫어지게 바라보았다. 진수가 단영의 손목을 잡아채고는 건물 계단 쪽으로 걸어갔다. 카페 안에 있던 사람들이 창밖으로 고개를 기웃거리며 그들이 가는 걸 구경하고 있었다.

엘리베이터가 있는 건물이라 계단 쪽은 침침하니 조용했다. 단영이 진수가 끄는 대로 터벅터벅 계단을 걸어 내려가다 스르륵 주저앉았다. 그녀가 잡혀 있는 손목을 풀어내고는 힘없이 계단 모서리를 잡았다.

"언제부터?"

진수는 무언가 맘에 들지 않는다는 듯 굳은 얼굴로 서서 단영의 정수리를 뚫어지게 응시했다. 그리곤 고개를 돌려 반복적으로 이어져 있는 계단을 무심히 응시했다.

"몰라, 언제부터인지."

단영이 믿기지 않는 듯 눈을 가늘게 뜨고 되뇌듯 중얼거렸다.

"하지만 너 남자랑 사귀었잖아."

오랫동안 고민하고 고민했던 수많은 스펙트럼을 하나의 간단한 대답으로 하기가 어려워 진수가 잠시 침묵을 지켰다. 그러다 불쑥 대답했다.

"남자를 사귄 게 아니라 김동휘라는 사람을 사귄 거야. 그 사람이 소위 남자라는 범주에 들어갔던 것뿐이지."

단영이 외쳤다.

"그게 그거잖아! 뭐가 다르다는 거야?"

진수도 조금은 짜증스럽게 소리쳤다. 오랜 고민 속에 찾은 답을 이런 식으로 쉽게 왜곡되는 것에 대해 신물이 나 있던 그녀였다.

"달라! 그 사람이 남자라서 사귄 게 아니라 그 사람이니까 사귄 거야. 지금도 그래. 네가 여자라서 사랑하는 게 아니라 너를 사랑하는데 여자인 것뿐이야."

두 사람의 성마른 목소리가 계단이 있는 복도에 울렸다. 단영이 머리 속에 울리는 북소리에 눌려 차분히 목소리를 낮추었다.

"너무 의외라서 당황스러워. 뭐가 뭔지 하나도 모르겠어."

움츠러드는 아이처럼 행동하는 단영의 태도를 보며 어느 순간 진수의 얼굴이 성난 듯 일그러졌다. 그녀의 눈빛이 괴로움과 분노로 날카로웠다. 진수가 천천히 단영의 옆에 앉았다. 그리곤 그녀의 얼굴을 돌려 자신을 쳐다보게 만들었다. 단영이 시선을 피하려 하자 진수가 얼굴을 움켜쥔 손에 힘을 주었다.

"의외라고? 뭐가 뭔지 하나도 모르겠다고? 너 그렇게 숨고 싶니?"

"숨어?"

그녀가 멍하니 반문하자 진수가 그녀의 턱을 잡고 있던 손을 내려 단영의 손을 잡았다. 손가락 사이사이를 얽어 으스러질 정도로 힘 주어 잡았다.

"그동안 내가 남자였으면 좋겠다고 말한 게 누군데? 내가 만지면 깜짝깜짝 놀라던 게 누군데? 내가 장님인 줄 알아?"

단영이 잡힌 손을 빼내며 외쳤다.

"그래, 네 말대로 넌 다른 여자애들이 만지는 거랑 달라. 그래서? 그래서 뭐? 내가 예민한 걸 수도 있고, 네가 좀 특이한 사람이라 그런 걸 수 있잖아. 느낌이 좀 다르다고 그게 사랑인 건 아니잖아."

"지금까지 수많은 힌트를 줬어. 내가 다른 사람한테는 안 그러는 거 너도 알아. 근데 이제 와서 전혀 몰랐다는 식으로 나오니 나야말로 황당하다."

"힌트? 그럼 내가 먼저 알아차려야 했다는 거야?"

단영이 억울한 듯 소리치자 진수가 한숨을 내쉬었다.

"네 잘못이란 이야기가 아니야. 내가 스스로 결정을 못해서 미적대고 있었으니까. 하지만 난 우리 둘 사이에서 뭔가가 공유되고 있는 줄 알았어. 완전한 나의 착각이었단 말이니?"

진수가 말을 마치곤 어이없다는 얼굴로 고개를 돌렸다. 단영이 그런 진수를 말없이 바라보다가 어느 순간 부옇게 흐린 안개 속에서 사물의 윤곽을 찾는 듯한 얼굴이 되어 말했다.

"우리가 너무 친해서, 너무 서로에 대해 깊이 이해해서 생긴 감정적 착각 아닐까? 너랑 나랑 통하는 게 많으니까…… 특별하게 생각해서 그런 거 아닐까? 왜, 우리 고등학교 때도 남자 같은 애 좋아해서 따라다니는 여자애들 있잖아. 그런 것과 비슷한 거 아닐까? 남자가 없으니까 그 대체물로 그러는 거."

진수가 벌떡 일어나 계단을 몇 개 내려갔다. 앉아 있는 단영과 서 있는 그녀의 높이가 같아졌다. 두 사람이 서로를 응시했다. 진수가 씁쓸한 웃음을 입가에 배어 물었다.

"너는 지금부터 고민하는 거겠지만, 난 그런 거 이미 오 년 전에 끝냈어. 결국엔 자기감정을 인정하는 게 두려워서 뺑뺑이 도는 것뿐이라는 걸 이젠 잘 알아. 나는 네가 내 감정을 다른 식으로 왜곡하지 말고 있는 그대로 봐줬으면 좋겠다."

진수의 말에 두려움과 떨림으로 움츠러들어 있던 단영의 눈빛이 서서히 단단해졌다.

"진수야, 네 감정이 사랑인지 우정인지 그렇게 확신해?"

"널 잃을까 두려웠어. 그리고 내가 너에게 힘든 선택을 요구할 권리가 있을까 고민했고. 굳이 사랑이 아니어도 이렇게 만날 수 있는데 내가 욕심 부리는 게 아닐까, 그런 생각에 너에게 말하지 못했어."

단영이 진수의 눈을 똑바로 마주 보고 있었다. 진수 또한 흔들림없이 그녀를 마주 보았다. 진수의 눈빛이 짙어졌다.

"나는 단영아, 널 보면 안고 싶어."

단영의 눈이 커다래졌다. 진수가 말했다.

"널 보면 쓰다듬고 싶고, 어루만지고 싶고, 키스하고 싶어. 그리고 네가 다른 사람이랑 자는 거 생각만 해도 기분이 나빠져. 참을 수 없을 정도로 싫어. 그런데 이런 감정을 다른 여자들한텐 느끼지 않아."

진수가 계단을 올라와 단영 앞에 무릎을 꿇었다. 단영은 심장이 방망이질치는지 한 손을 가슴 부근에 대고 숨을 가쁘게 쉬고 있었다. 진수가 그녀의 두 손을 가져와 잡았다. 그리곤 자신의 가슴 근처에 단영의 두 손을 갖다 대었다. 진수의 심장이 터질 듯이 강하게 뛰고 있었다.

"이게 사랑 아니니? 이게 사랑이 아니면 뭐지? 우정이니? 아니면 내 변태적인 성욕인 거니? 매일매일 널 보고 싶고, 너와 있으면 행복하고, 널 보면 가슴이 두근거리고, 네가 다른 사람이랑 사귄다는 생각에 미친 사람처럼 질투하고, 널 보면 안고 싶은데 이게 사랑이 아니면 뭐지?"

괴로움이 가득 깃든 진수의 고백에 단영이 천천히 고개를 숙였다. 진수가 잡고 있는 자신의 두 손에 그녀가 이마를 대고 질끈 눈을 감았다.

'아…… 나는 어찌해야 좋을까. 어떻게 해야 하니, 진수야?'

진수가 단영의 머리를 어루만지듯 쓰다듬었다. 그녀의 손길이 애틋했다. 단영이 진수의 손길에서 전해지는 떨리는 감각에 더욱더 눈을 뜨지 못했다.

『1957년, 서울 명동.

　전쟁이 휩쓸고 지나간 땅 곳곳, 사람들은 먹을 것을 구하느라 여념이 없었지만 그 속에서도 현실을 잊게 해주는 꿈은 존재했다. 아니, 현실이 아프고 힘들수록 그 꿈은 더 필요한 것인지도 모른다. 밤이면 명멸하는 불빛처럼 사람들은 어둠 속에 빛을 찾았다. 그 당시 빛으로 존재하고 있는 이가 있었으니 여성국극을 전문으로 하는 〈모란城극단〉의 배우 최진숙이었다. 그녀가 명동에 뜨기라도 하면 길 가던 모든 여성이 걸음을 멈추고 그녀에게 달려들거나 흥분으로 실신할 정도였으니 그 인기가 가히 하늘의 별을 수백 번은 때리고도 남았으리라.

　작년, 가을 공연에서 진숙이 호동왕자 역을 한 후 아낙네나 아가씨 가릴 것 없이 모두들 진숙을 사모하고 상사병을 앓기에 이르렀다. 하루에도 날아들어 오는 팬레터가 수백 통이요, 진숙이 사는 집 대문 밖에는 프러포즈를 하는 여인들이 줄을 섰다. 타고나길 시원한 성격에, 창극으로 유명했던 황설화와 유명한 정치인 사이에서 사생아로 태어나 입가에 항상 냉랭함이 묻어 있으니 여인들은 평소의 그녀와 호동왕자의 그녀를 당체 구분할 수 없었다. 콧날은 오똑했고, 입가에는 인자함과 잔인함이 동시에 묻어나는 엷은 미소를 배어 문 최진숙은 호동왕자 역을 맡았을 때 그 매력을 유감없이 뿜어내어 그 자리에 왔던 대부분의 여인들을 까무러치게 만든 것이다. 낙랑공주와 사랑을 할 때의 뜨거운 눈빛과 거침없는 애정공세, 그리고 나라를 위해 낙랑공주를 회유하여 북을 찢게 할 때의 그 고뇌 어린 표정과 낙랑이 결국 죽음에 이르자 통한의 눈물을 흘리는 모습까지 여인들은 진숙의 행동 하나하나에 뜨겁게 반응했다. 그리하여 극단에서는 최진숙의 인기를 이용하기에 이르렀으니, 더욱더 진숙을 남자처럼 행동하게 하고 왕자의 이미지로 광고를 하였다. 서울이든 시골이든 거리 곳곳에 왕자로 분장한 최진숙의 포스터가 나붙었으니 조그만 여자아이들도 크면 진숙에게 시집을 가겠다는 소원을 빌기에 이르렀다.』

　책을 읽어 내려가던 단영이 무심결에 쓴웃음을 지었다. 과장되게 최진숙이란 주인공을 묘사하는 부분이 왠지 익살맞으면서 냉소 어린 진수의 말투가 느껴지는 듯했다. 대학시절에도 여자들에게 인기가 있었던 진수가 어느 정도 자신의 상태를 알고 있었구나 하는 얄궂은 마음과 그 인기를 스스로 냉소적으로 풀어내는 것 같아 사실 웃음을 유발하는 문체임에도 마음이 편하지 않았다. 단영은 오랜만에 찾아온 여유로운 주말에 진수가 낸 소설책 〈성〉을 읽어 내려갔다. 쓴다는 것은 말하는 것보단 좀 더 내밀한 고백이라서 진수의 새로운 일면을 보는 듯했다.
　진수의 고백이 있은 지 보름이 지났다. 단영은 단영대로 조계

종 연극 시나리오 일로 정신이 없었고, 진수는 전시회 준비로
바쁜 것 같았다. 어쨌든 사는 곳이 떨어져 있으니 굳이 연락을
하지 않는 이상 얼굴 볼 일이 없었다. 게다가 진수가 폭탄을 터
뜨리고 간 이후 그 자리에 서서 자신을 들여다보고 있는 단영으
로서는 진수에게 연락하는 게 꺼려졌다. 두어 번 정도 문경으로
내려간다는 진수의 전화가 있었고, 안부인사와 같은 전화가 있
었다. 두 사람 다 그때의 고백을 꺼내지 않았지만 진수가 대답
을 기다리고 있음을 단영은 느낄 수 있었다. 그리고 대답을 기
다리고 있는 건 문재윤도 마찬가지였다.

단영은 심난한 마음에 잠시 책을 덮고 창밖으로 보이는 하늘
을 올려다보았다. 며칠 비가 와서 그런지 여름인데도 바람이 쌀
쌀하니 좋았다. 그녀가 마음에 자리잡은 두 사람을 방에 그대로
남겨놓고 홀로 책을 들고 집을 나섰다. 그리곤 근처에 있는 공
원을 찾았다. 햇살은 뜨거웠지만 공원 나무숲은 시원했다. 샌드
위치와 커피를 사고 잠시 바람 냄새를 맡으며 마음을 비우던 그
녀가 가방 안에 챙겨온 책을 꺼내 들었다. 그리곤 읽던 부분을
접어놓은 책장을 펼쳤다.

모란城극단의 떠오르는 샛별 최진숙은 그 해 가을 정기공연
예정인 〈선화공주〉를 준비하기 위해 여름 내내 연습에 몰두한
다. 호동왕자를 연기해 냈던 진숙인지라 이미 걸음걸이와 웃음
소리, 말투 등이 중성적으로 변한 그녀였지만, 한 여자를 취하

기 위해 벌이는 집요함과 느물느물함은 부족했다. 호동왕자는 낙랑과 서로 사랑에 빠지는 혈기왕성한 젊은이의 이미지였다면 서동은 까다롭고 고집 센 선화공주를 기어코 제 것으로 만드는 지략가의 이미지였다. 진숙은 사랑과 야망 사이에서 고뇌하는 호동왕자가 아닌 겉으로는 인자하고 차분하나 속으로는 계략이 치밀하고 냉정한 서동왕자를 몸으로 재현하기 위해 고군분투했다. 그리하여 연습과 일상의 경계가 차츰 무너져 갔다. 평소 때의 걸음걸이, 밥 먹는 모습, 사소한 손짓과 목소리 등을 항상 의식하게 되었다.

극의 내용은 이러했다. 신라 진평왕의 셋째 딸 선화공주가 아름답다는 소문이 파다하자 백제의 왕자 서동은 진평왕의 생일에 축하 사절단으로 가게 된다. 혹여나 위해가 있을까 두려워한 신하들이 서동왕자를 수행하는 군사 중 하나로 숨겨두고 다른 이를 왕자로 내세운다. 그리하여 서동은 생일잔치 때 먼발치에서 선화공주를 보게 되는데 한눈에 반하여 마음을 빼앗긴다. 화려하게 차려입은 무희들이 춤을 추고, 군사들이 그 둘레를 지키는 가운데 서동은 오로지 선화공주만을 바라본다. 백제로 돌아가기 전, 서동이 추레한 행색으로 신분을 숨기고 신라 경주 곳곳을 누비며 아이들에게 노래를 시키는데 그 내용이 이러했다.

"선화공주님은 남몰래 사귀어두고 서동을 밤에 몰래 안고 가시네."

구걸하는 아이들이나 몰려다니며 노는 아이들이 뜻 모르고 그 노래를 흥얼거리고 크게 불러대는데 서동이 백제로 돌아갔을 때에는 이미 경주 곳곳에 그 노래가 퍼져 기정사실이 되어버린 것이다.

결국 소문을 두려워한 왕이 대노하여 선화공주를 추궁하니, 선화공주 어안이 벙벙하다. 이 모든 것을 알고 있는 서동은 백제의 성에서 달을 바라보며 능글맞은 웃음을 짓는다. 결국 진평왕이 소문을 잠재우기 위해 선화공주를 귀양 보내는데, 서동이 이를 알고 귀양길에 오른 선화공주에게 접근한다. 마치 그곳에 사는 사람인 양, 홀로 적적한 선화공주에게 다가가 이곳저곳 아름다운 절경을 보여주니 선화공주 마음이 흔들린다. 하여 선화공주 그를 사랑하게 되는데, 어느 날 갑자기 진평왕이 경주로 올라오라고 한다. 백제의 왕자와 혼인을 약속하였으니 준비를 하라는 명이었다. 선화공주 말은 못하고 서동 품에 안겨 마냥 소리없는 눈물을 흘린다. 사실을 말해 줄까 말까 서동은 울고 있는 선화공주를 품에 안고 망설이는데, 혹여나 그 소문을 낸 자가 자신인 걸 알고 공주가 도망을 갈까 입을 꾹 다문다. 진평왕은 소문도 잠재우고 이 기회에 백제와 동맹을 굳건히 하자는 마음에 선화공주를 재촉한다. 선화공주, 차마 귀양 땅에서 그와 도망가지 못하고 하염없이 눈물 쏟으며 경주로 올라간다.

그리하여 밤마다 눈물짓는 선화공주와는 상관없이 나라는 혼인 준비로 난리법석이다. 서동은 백제 땅에서 선화공주가 무사히 도착하기만을 학수고대한다. 선화공주가 딱 한 번 백제로 떠나기 전날 도망을 치려고 담을 넘는데, 공주를 막아 다시 전각 안으로 데려다 놓은 이들은 어이없게도 진평왕의 군사들이 아닌 공주를 주시하는 서동의 군사들이라. 물론 눈 가리고 칠흑 같은 밤에 겪은 일이라 선화공주는 알 길이 없다. 여하튼 어찌어찌하여 선화공주는 백제 땅에 도착했는데, 혼삿날 남편이라고 나온 인간이 바로 그이라. 선화공주 눈 흘기며 이를 박박 가는데 서동은 좋기만 하다. 벙싯벙싯 입을 다물지 못하는구나. 첫날 밤, 약이 올라 냉랭하게 굳은 얼굴의 선화공주를 서동이 어르고 달래는데 진땀을 뺀다.

여하튼 극의 내용이 이렇게 능청스러우니 진숙은 서동의 능청스러움과 남성다움을 몸에 익히기 위해 평소에도 남장을 하고 다니게 된다. 이미 모든 사람이 어느 정도 알고 있는 내용이기에 역할은 맡은 배우의 매력과 연기에 따라 그 극의 생사가 달린 것이다. 그리하여 진숙은 스스로의 움직임이나 말에 상관없이 사람들이 남자로 그녀를 인식했을 때 어떻게 행동하는지 타인을 통해 자신을 바라보는 거울이 필요했다.

결국 길을 다닐 때 여자들의 반응과 시선을 주시하며 자신의 행동을 비추어보기 위해 남장을 한다. 그 와중에 사귀고 있던 남자와 관계가 멀어지게 된다. 그 남자 또한 다른 극단의 배우였는데, 진숙이 서동 역을 맡은 지 얼마 안 되어 같은 극단의 여자와 바람을 피운다. 진숙은 처음엔 분노하여 속을 끓이다 얼마

안 가서는 끼리끼리 논다며 손사래를 쳐버린다. 남자는 진숙의 무관심한 행동에 다시 몸이 달아 그녀에게 매달리는데, 진숙은 그런 그를 보며 신물이 난다.

그런 어느 날이었다. 평일 내내 연습에 몰두하고 있던 그녀가 오랜만에 명동을 나왔다. 번듯하게 남자 양복을 입고, 중절모를 썼으니 사람들이 그녀를 알아보지 못했다. 오랜만에 옷을 맞추려고 단골 양장점에 들른 그녀가 치수를 재고 원하는 디자인을 고르고 있는데 여인 두어 명이 여자 양장점에 사내가 와 앉아 있으니 불편해하면서도 슬쩍슬쩍 곱상하게 생긴 사내를 훔쳐본다. 물론 경애는 진숙의 부탁으로 그녀가 배우 최진숙임을 비밀로 한다. 여인들은 이 사내가 자신의 여자에게 선물로 옷을 사러 온 것이다 생각하면서 도대체 저렇게 잘생긴 남자가 옷까지 해다 바치는 여자는 무슨 복을 받은 걸까, 가게를 나가면서 한탄한다. 그리고 다른 여인들은 경애에게 사귀는 남자냐며 슬쩍 떠보기까지 한다.

그런 여인들의 반응을 가만히 지켜보며 진숙이 옷을 고르고, 경애와 밥을 먹으려고 잠시 커피를 마신다. 그런데 장관댁 무남독녀 외동딸인 정단희가 양장점에 들어선다. 얼마 전 맞춰놓은 옷을 찾으러 온 것인데, 단희는 한쪽 소파에 나른하게 앉아 커피를 마시는 진숙을 보고 첫눈에 반하여 새침을 뗀다. 단희가 새로 맞춘 옷으로 갈아입고 거울 앞에 섰는데, 소파에 앉아 있는 진숙과 거울 안에서 눈이 마주친다. 진숙은 단희가 입고 있는 옷의 맵시가 괜찮아 유심히 뜯어보는데, 단희는 그걸 오해하고 어쩔 줄 모른다. 하기야 지금 진숙은 남자의 모습이니, 남자가 그녀를 뚫어지게 바라보는데 어느 여자가 마음이 평온하겠는가. 진숙은 무심코 눈이 마주친 단희에게 미소를 건넨다. 그러자 단희라는 여자가 눈을 동그랗게 뜨고, 얼굴은 온통 붉어진 채 당황해하는데, 진숙은 그 모습을 보니 장난을 치고 싶다.

진숙은 커피 잔을 들고 경애에게 다가가는 척하다가 다시 탈의실로 들어가려는 단희와 절묘하게 부딪친다. 두 사람, 살짝 몸이 부딪쳤을 뿐인데 커피는 어찌 된 일인지 단희의 옷에 흐드러지게 색을 입힌다. 소설은 이 부분을 꽤나 자세하게 묘사하고 있었다. 복숭아색 공단천 위에 진한 고동색의 커피가 스며들면서 한껏 멋들어진 얼룩을 그려냈는데, 그것이 꼭 일부러 그린 그림 같기도 하고, 있어서는 안 될 얼룩 같기도 하고, 또는 왠지 원래 있었던 것 같은 흔적같이 느껴지는 느낌이었다고 말이다. 여하튼 진숙이 사과를 하며 새 옷으로 보상을 하겠다고 하자, 단희는 그저 세탁을 하면 될 뿐이라고 부드럽게 거절한다. 진숙의 목소리는 오랜 훈련으로 저음까지는 아니더라도 중성적인 목소리를 내었는데, 말을 흘리지 않고 딱딱 끊는 말투이니 그 목소리가 부드러우면서 단호한 느낌의 남자 목소리였다.

진숙이 너무 미안하여 그냥 보낼 수 없다 하자, 단희는 대신

다방이란 곳에서 커피를 한 잔 마시게 해달라고 한다. 그 당시 명동의 다방은 작가와 기자들, 화가, 음악가들이 드나들던 곳인데 단희는 그 세계에 대한 동경 비슷한 감정을 가지고 있었다. 하지만 남자들이 대부분인 다방이니 단희가 그런 곳엘 들어가는 건 엄두가 나지 않는 일이었다. 물론 진숙도 다방이란 곳을 드나드는 성격은 아니었지만, 마치 항상 다니는 양 단희를 데리고 다방을 간다. 어차피 가을 공연이나 포스터를 자세히만 봐도 진숙이 누구임을 알게 될 일이기에 진숙은 자신이 최진성이라고 소개를 하며 끝까지 연극을 한다. 그러나 단희는 여성국극을 구경한 적도 없거니와 항상 자동차로 움직이니 길거리를 돌아다니며 포스터를 볼 일도 없어 최진성이 최진숙임을 알 일이 없었다.

여하튼 소설은 이 두 사람의 연애가 어떻게 깊어지나 짧은 에피소드로 보여준다. 진성이 여자인지 모른 채 단희는 점점 진숙을 사랑하게 되고, 그런 단희를 보며 진숙은 불안함과 동시에 헤어나올 수 없는 늪에 빠진 사람처럼 그녀를 사랑하게 된다. 마침내 공연 날이 다가오자 진숙은 스스로의 괴로움을 끊어내려는 듯 초대권을 단희에게 내민다. 하지만 단희는 그날 부모님이 준비한 맞선을 보게 된다. 맞선을 가기 전, 그녀는 공연을 할 진성을 위해 사람을 시켜 꽃을 보낸다. 진성이 공연이 끝난 후 단희에게 모든 걸 밝힐 생각으로 분장실에 앉아 있는데, 단희는 보이지 않고 도착해 있는 건 단희의 쪽지가 담긴 화분이다.

[꽃을 차마 꺾지 못했어요. 그래서 흙에 담은 그대로 보냅니다. 진성 씨, 사랑합니다.

—단희 드림.]

진숙은 분장을 채 지우지 못한 모습으로 쪽지를 읽는다. 그리곤 거울 속에 있는 자신을 바라본다. 거울 속에 서동이 있었다. 백제시대 왕자의 복장을 하고, 눈썹이 진하게 그려진 서동이 슬픔이 가득한 눈빛으로 거울을 바라보고 있었다. 선화공주는 데려올 수 있었으나, 단희는 데려올 수 없음을 잘 알고 있는 그런 눈빛이었다.

만약 단희가 알게 된다면 충격도 충격이겠지만, 영영 그녀를 보지 않을 것이다. 진숙은 이제 괴로움을 넘어 두려웠다. 그 두려움은 단희를 사랑하는 자신의 마음이 너무 깊음에 있었고, 사랑하는 사람이 큰 상처를 입을까 하는 마음이었다. 소설에서는 진숙이 이 시기에 겪는 심리적 분열을 자세하게 묘사하고 있다. 단희를 사랑하는 그녀 자신은 누구이고, 진성을 사랑한다는 단희는 누구를 사랑하는 걸까라는 어찌 보면 진부할 수 있는 문제의식을 나와 타인 사이에 존재하는 주체와 대상의 문제로 이끌어내고 있었다.

여하튼 긴 고뇌와 방황 끝에 진숙은 단희와 헤어지기로 결론을 내린다. 더 이상 관계를 지속시키는 건 진숙에게 고통이요, 사실을 밝히고 사랑해 달라는 요구를 하는 건 단희에게 고통이리라. 가을 공연이 거의 끝나갈 무렵, 공동으로 서동 역을 맡은 이민영이 공연을 하고 있는 날, 진숙은 마지막으로 양복을 입은 채 단희의 집 앞에서 기다린다. 사람을 시켜 단희에게 연락을 하였으나 단희는 어디에 갔는지 집에 없다. 그동안 단희의 연락을 피하고 있던 진숙인지라 혹여나 이렇게 끝난 건가 진숙은 새삼 고통스럽다. 늦은 밤, 단희가 집 앞에 나타났다. 알고 보니 〈선화공주〉를 보고 온 것이다. 맞선을 보고, 진성은 연락을 받지 않으니 단희가 몰래 집을 나가 극장을 간 것이다. 잠시 엇갈렸던 두 사람이 집 앞에서 조우한다. 자동차 안에 진숙과 단희만 앉아 있다. 운전기사는 저 멀리 어딘가에서 담배를 피우고 있다. 단희는 진숙에게 공연을 보러 갔었노라고, 당신을 만날 수 있을까 해서 그곳에서 기다렸다고 그렇게 말한다. 단희는 진숙이 여성국극의 단원임은 생각하지 못했다. 단지 초대권을 보냈으니 무작정 간 것이다. 그동안 왜 연락하지 않았냐고 다그치는 단희의 말을 조용히 듣고 있던 진숙이 짧게 헤어지자고 말한다. 단희는 얼어붙는다. 그리고 오랜 시간이 흐르고 나서야 왜냐고 묻는다. 진숙은 어떤 말이 가장 상처를 주지 않는 말일까 고민한다. 사랑하지 않았다거나 딴 여자가 생겼다거나 돈을 보고 접근했다거나 하는 말들이 떠올랐지만 단희에게 씻을 수 없는 상처로 남을 것 같았다. 그래서 차라리 비겁한 놈으로 남자고 결론짓는다. 진숙은 자신의 집안이 망해 빚쟁이에 쫓겨 도망을 가게 됐다고 말한다. 단희가 모든 걸 버리고 함께 가겠다고 하자, 진숙은 고개를 젓는다. 지금 자신에게는 당신이 짐이 된다고 그렇게 말한다. 단희는 울부짖는다. 이대로 떠나면 다시는 안 볼 거라고, 나중에 당신이 돈을 벌어 나를 찾으러 왔을 땐 이미 늦었을 거라고 그렇게 말한다. 진숙은 사랑했다는 말을 남기고 떠난다. 두 사람이 그렇게 헤어진다.

오 년 후, 진숙이 서른둘이 되었다. 여성국극은 텔레비전의 등장으로 급격한 쇠퇴를 하게 되면서 점점 설 자리를 잃어간다. 결국 다른 길을 모색하거나 여성국극의 활로를 모색하는 두 가지 길이 그녀 앞에 놓여 있는데 이미 단원들은 뿔뿔이 흩어지고 있다. 함께 공동으로 배역을 맡아 경쟁하던 동료 이민영은 더 이상 버틸 수 없다며 극단을 떠난다. 그리고 패션디자인을 배우겠다며 경애의 가게로 들어간다. 오랜 동료로, 자매처럼 지냈던 민영을 떠나보내면서 진숙은 단희를 떠올린다. 어떻게 살고 있을까. 그때 결혼해서 지금쯤은 아이를 낳아 한 아이의 엄마가 되어 있을까? 진숙은 씁쓸한 웃음을 배어 물고 부질없는 생각에 스스로를 괴롭히는 짓은 이제 그만 할 때라고 그렇게 자조한다. 그리고 스러져 가는 여성국극을 살리려고 백방으로 노력하나 허사가 된다. 소설에서는 진숙이 영상매체에 대해 공부를 하면서 여성국극에 이용하려 하나 점점 영상매체에 빠져드는 모습을 그린다.

결국 일 년 후엔 진숙이 여성국극에서의 인기와 명성을 끈으로 텔레비전에서 단역배우를 시작하게 된다. 옛 명성과 인기는 오간데 없고, 발성과 움직임이 전혀 다른 어린 배우들이 주인공을 맡는다. 그렇게 진숙은 담담히 현실을 받아들이고 자신의 일을 해나가고 있는데, 어느 날 민영으로부터 연락이 온다. 미국으로 패션디자인을 배우러 유학을 간다는 소식이었다.

며칠 후 진숙은 두 사람이 오붓이 환송회를 하기로 하고 술집에서 만나기로 하는데, 민영이 한 여인과 동반한 채 들어온다. 함께 온 여인은 단희였다. 스물일곱의 단희가 진숙을 알아보고 멈춰 선다. 하지만 이내 모른 척 민영이 소개하는 대로 인사를 건네고, 진숙도 그저 모르는 사이인 양 인사를 한다. 민영은 진숙에게 너에게만은 이야기하고 싶었다며 고백한다. 단희와 사랑하는 사이이고, 이번에 함께 미국으로 간다고 말이다. 한국에서는 배척받지만 미국은 좀 더 자유로운 나라라고 하니 두 사람이 그곳에서 둥지를 틀까 생각 중이라고 말이다. 진숙은 조용히 듣기만 한다. 민영이 술에 취해 잠든 사이, 진숙과 단희 사이에서 부질없는 이야기가 몇 번 오간다. 그리고 소설은 결말에 다다른다.

단희와 민영이 미국으로 떠나던 날, 다음 신을 기다리며 배우들의 연기를 지켜보고 있는 진숙의 모습을 멀리서 바라보듯 묘사하며 그렇게 끝이 난다. 소설은 더 이상 부연 설명이 없었다. 읽는 사람이 머리가 아파질 정도로 진숙의 심리묘사를 하던 소설은 끝은 냉정할 정도로 아무런 설명 없이 선을 그었다.

단영은 내용보다는 이야기를 구성하는 방식이 꼭 진수와 닮았다는 생각이 들었다. 그래서 진수가 고백 이후에 아무런 언급을 하지 않는 것일까? 단지 스스로의 감정을 토해낸 것만으로 만족한 걸까? 단영은 책장을 덮고 한참 후에 문득 그런 생각을 했다.

(4)

당신이 여자였다면 결혼했을까?

"**뭐**야, 외국 갔다 오면 좀 달라질 줄 알았는데, 그대로잖아."

늦더위가 공기를 지글지글 볶아대던 날, 단영이 대학원 다닐 때 알게 된 친구를 오랜만에 만났다. 정확히 일년 만이었다. 영화를 공부하고 오겠다며 늦은 나이에 다니고 있던 직장을 때려치우고 훌쩍 떠난 친구였다. 단영보다 세 살이 많았지만 거의 친구처럼 지내는 사이였다. 단영이 친구를 보자마자 달라진 거 없나 위아래를 훑으며 농을 건네자 친구는 예의 껄렁껄렁한 웃음을 배어 물었다. 나이 서른을 넘은 유정은 힙합 차림으로 다녔는데, 아담한 키와 마른 체구가 뭘 입어도 힙합소년처럼 보이게 했다. 캐나다에서는 영화수업을 어떤 식으로 하는지, 어떤 작품을 찍었는지 서로 그동안 했던 작업에 대해 할 말이 많았다.

"소스를 사는 것도 아니고, 그냥 달라고? 그 자식 뭐야?"

단영이 영화감독과 만났던 일을 이야기하자 친구가 어이없다는 듯 외쳤다. 단영이 씁쓸한 웃음을 흘리다 문득 친구가 영화제에 출품한다는 단편에 대해 물었다. 한 여자의 성 정체성을 둘러싼 어긋난 일상을 다룬 영화였다. 주인공은 고위층을 상대하는 매매춘 여성이다. 그런데 여자를 사랑하는 레즈비언이다. 주인공이 밤에는 몸을 팔고, 낮에는 여자 친구를 만나 사랑을 나누는 스토리였다. 단영은 친구에게서 스토리를 듣고, 친구의 내면에 있는 몸에 대한 어긋난 시선과 환경을 대강 짐작할 수 있었다. 유정은 레즈비언인데, 주변 친구들은 대부분은 그녀의 성 정체성을 알고 있지만 가족은 모르고 있었다. 단영이 스토리의 설정 안에 녹아 있는 친구의 마음을 헤아려 보며 곰곰이 생각에 빠져들었다. 진수의 고백이 있은 후 조금은 스토리에 그녀 자신이 투사되기도 했다.

"가족들이 보면 좀 난감해지겠다. 걱정 안 돼?"

"뭐, 어차피 가족들이 볼 리도 없고. 본다 해도 아마 이상한 영화네 그러면서 넘겨 버릴걸."

껄렁껄렁 언제나 흐느적거리며 부처님 가운데 토막 같은 얼굴로 다니는 친구는 이 순간 조금은 비틀린 어조로 말하고 있었다. 단영이 의외라는 얼굴을 하자 유정이 말했다.

"그런 거야, 사람 마음이라는 게. 대놓고 눈앞에 들이대기 전까지는 일단 인정하기 싫은 건 아무리 실마리가 보여도 모른 척하는 법이거든. 아예 수면 위로 나오지 못하게 분위기 조성을 하는 거지."

단영이 조금은 이해된다는 얼굴로 친구의 말을 듣다가 불쑥 자신의 이야기를 꺼냈다.

"나도 그랬던 걸까. 두려워서 모른 척하고 싶었던 걸까?"

"뭔 소리야?"

"아, 내 친구 진수 있잖아."

가장 친한 친구 진수 이야기를 유정에게 여러 번 한 적이 있었다. 그래서 얼굴은 본 적 없지만 유정은 진수에 대해 거의 구체적으로 알고 있었다. 그리고 두 사람의 관계가 다른 친구들보다 훨씬 더 가깝다는 것도.

"그 친구가 왜?"

단영이 잠시 망설이다 말했다.

"진수가 날 사랑한대."

유정은 별일도 아니라는 듯 밋밋한 얼굴을 하고 있었다.

"그 친구도 레즈였냐?"

단영이 그러잖아도 당황스럽다는 얼굴로 말했다.

"아니, 작년까지 남자를 사귄 애야. 그런데 지금은 날 사랑한대. 원래 이런 거냐? 레즈비언이면 여자만 사귀는 거 아냐? 아니면 게이들이 그러는 것처럼 위장하려고 이성을 사귄 걸까?"

오랫동안 정체성 문제로 내적갈등을 겪어왔던 유정은 누군가에게 개입당하는 것을 싫어하는 만큼 누군가에게 개입하는 것도 좋아하지 않았다. 대부분의 일은 네가 원하면 해라 하는 식이었다. 역시나 지금도 단영이 혼란이 가득한 얼굴로 자신의 이야기를 꺼내고 있는데 유정은 덤덤한 얼굴로 듣고만 있었다.

"하아, 모르겠어. 물론 진수가 남자였으면 참 좋겠다, 그런 생각을 했지만 그렇다고 섹스하는 상상 같은 건 해본 적 없단 말이야. 무, 물론 키스 정도는 상상해 봤지만."

"뭐가 고민이야? 그러면 거절하면 되겠네."

친구의 퉁명스런 반응에 단영이 무언가 풀리지 않는 미궁을 들여다보는 얼굴로 침묵을 지켰다. 그러자 보다 못한 유정이 자신의 생각을 피력했다.

"참고로 하나 말해 주면, 레즈비언이나 게이라고 해서 처음부터 동성 간의 섹스를 자연스럽게 하는 건 아니야. 그리고 섹스에 환장한 것도 아니고. 어릴 때부터 대부분은 이성 간의 섹스를 보고 듣고 자라기 때문에 처음 동성 섹스할 때 뻘쭘해하고 징그럽고 어색하고 그래."

"그래?"

"응, 나 같아도 처음엔 내 애인이랑 발가벗고 앉았는데 어찌나 난감하던지. 으, 그때 생각만 해도 낯간지럽다, 야."

유정이 잠시 옛날의 기억을 회상하며 부르르 몸을 떨었다.

"하지만 그 사람을 사랑하니까. 만지고 싶고, 나누고 싶고 그러니까 하게 되는 거지. 그러다 보니 자연스러워진 거고."

"하지만 진수는 남자랑 사귀었었는데?"

"그거야 뭐 늦게 자각해서 그런 걸 수도 있고, 네 생각대로 위장하느라 그런 걸 수도 있고, 아니면……."

"아니면 뭐?"

"바이섹슈얼인가 보지. 양성애자."

"아……."

단영이 멍하니 입을 벌리고 고개를 끄덕였다. 그리고 깊은 한숨을 내쉬며 말했다.

"솔직히 진수가 싫은 건 아니야. 그 고백 듣고 가슴이 떨리기까지 했어. 하지만 그렇다고 진수랑 사귀기에는 무서워. 지금 사귀는 남자가 괜찮은데 굳이 그런 선택을 해야 되나 싶고. 지금까지처럼 그냥 친구로 지냈으면 좋겠는데. 모든 게 헝클어진 느낌이야. ……내가 비겁한 걸까?"

조용히 단영의 말을 듣고 있던 유정이 피식 웃었다.

"자기가 감당할 수 있는 만큼 사는 거야. 그리고 선택할 수 있다면 나라도 헤테로(이성애자)로 살겠다. 누가 동성애를 선택으로 해서 사니? 숙명이니까 받아들이는 것뿐이지. 선택할 수 있는 거라면 편한 길 선택해. 괜히 사서 고생하지 말고."

단영이 의외라는 듯 친구를 응시했다.

"난 너만큼은 진수 편 들 줄 알았는데 의외다. 그게 동성애자 인권운동하는 애가 할 소리냐?"

"누구보다 지긋지긋하게 아니까 말할 수 있는 거야. 그리고 네가 선택사항이라고 생각하는 자체가 순수혈통 레즈인 나한테는 웃기게 들리고. 정말 네가 진수를 사랑했다면 버거운 현실에 괴로워했겠지. 누굴 선택할까 그런 고민하고 있겠냐? 안 그래?"

"내가 비겁해서 진수를 외면하는 건 아닌가 계속 의문이 들어. 그래서 쉽게 결정을 못하겠어. 진수가 고백을 했을 땐 이것보다 더 많은 시간을 고민했을 텐데 내가 너무 쉽게 대하는 건 아닌가 해서."

"여하튼 선택할 수만 있다면 냅다 도망가. 내가 이번에 캐나다에서 뼈저리게 느꼈다."

"왜? 캐나다 정도면 좀 다르지 않니?"

"그거야 백인들이고, 교포사회는 다르지. 거기서 언니네 있었는데 내 애인이 비디오로 녹화해서 편지를 보낸 거야."

"그래서 그걸 가족들이 본 거야?"

"으음, 나 없을 때 봤나 봐. 애인이 사랑한다 어쩐다 해놨거든."

"그래서 어떻게 됐어? 난리쳐?"

감정을 배제한 채 옛날이야기 들려주듯 청산유수처럼 말하던 유정이 잠시 침묵하며 테이블 위에 있는 자신의 찻잔을 응시했다. 아직도 그녀를 괴롭히는 일인지 친구의 얼굴은 쓰디썼다.

"언니가 조용히 부르더니 그러더라. 자기 가족이면 설령 살인을 해도 용서하는 거라고."

단영이 기막힌 듯 입을 벌렸다. 그러다 어이가 없어 웃었다. 유정도 고개를 설레설레 저으며 쓴웃음을 뱉어냈다.

"참 웃기지도 않는다. 뭐야? 살인 정도에 비유해야 받아들일 수 있다는 거야? 용서는 또 뭐야? 자기가 뭔데 용서하고 안 하고야? 웃겨, 진짜."

어느새 감정이입 해버린 단영이 점점 흥분하며 열받아했다. 그도 그렇거니 진수와의 일로 요즘 레즈비언일 경우의 자신을 헤아려 보며 지냈던지라 마치 자신이 모욕을 당한 느낌이 든 것이다.

유정은 씁쓸함과 슬픔이 묻어나는 얼굴로 작게 읊조렸다.

"내가 누군가를 사랑하는 게 살인하는 것과 같다니……."

두 사람은 오랜만에 밤새도록 술을 마셨다. 새벽이 되었을 땐 두 사람의 이야기가 다시 영화로 돌아가 두 사람이 공동으로 작품을 만들어보는 게 어떨까 하는 진지한 논의가 되어 있었다. 에로물이나 포르노에서 남자의 쾌락에 이용됐던 레즈비언 섹스가 요즘은 주류 영화에서도 관심을 가지고 있었다. 물론 그걸 겨냥해서 쓴 것은 아니지만 일단 두 사람이 구상하고 있던 시나리오가 현재 주류에서도 통할 수 있다는 희망에 이야기는 점점 무르익었다. 특히나 진수와의 일을 계기로 새 작품을 구상하고 있던 단영은 유정이 구상하고 있는 시나리오와 비슷한 설정과 심상이 맞닿아 있다는 것을 알고는 대화를 멈추지 못했다. 남자의 대상으로, 성적 도구로 인식되는 여성의 몸과 여성이 여성을 선택해서 관계를 할 때의 그 분열된 심리에 대해 두 사람 모두 천착하고 있었다. 레즈비언이라고 하면 능동적 주체로서 성적 관계를 맺는 여성의 이미지는 없어지고, 성적대상 두 사람이 엉키는 이미지를 상상하게 됨으로써 게이보다 더 성적인 이미지를 사람들이 상상한다는 것이다. 그것이 또 하나의 억압이고 폭력으로 작용되었다. 기존의 주류영화에서 레즈비언을 다루는 코드를 보면 남성이 없을 때 대체물로 성적 만족을 얻는 도구, 또는 남성과의 관계를 경험하면서 레즈비언 관계에 시큰둥해지는 어이없는 이야기가 전부였다.

두 사람의 이야기는 계속되었고, 다음날 동이 틀 때쯤 마무리되었다. 공동으로 시나리오를 써서 유정이 연을 맺고 있는 영화사에 가져가 보는 걸로 말이다.

여하튼 아침이 되자 누렇게 뜬 얼굴로 단영이 전철을 탔다. 첫차도 아니고 출근 시간이 거의 다 되어갈 무렵이라 대부분의 사람들이 말끔하게 화장을 하거나 물기 어린 머리를 하고 말쑥하게 옷을 입고 있었다. 누구나 생각으론, 그리고 경험으론 한 번쯤 밤을 새서 술 마시고 전철을 타보았겠지만 막상 출근하는 사람들 틈바구니에서 술 냄새 풍기며 얼굴 누렇게 떠 있는 모습으로 있으면 왠지 자신 혼자만 세상을 거꾸로 살아가는 느낌이 들게 마련이다. 그리고 마치 그녀 자신만 게으르고 인생 막사는 것 같은 느낌도 떨칠 수가 없다. 분명 밤새도록 일을 했거나 일에 관련된 대화를 나누었어도 말이다.

하나의 규칙이 보편적 대중성을 띠게 되면 규칙은 규율로 작용되고 규범으로 인식돼 다른 누군가를 평가하고 재단하는 기준이 되어버린다. 〈아침 일찍 일어나다〉라는 단순한 명제가 한 사회의 규범으로 작동해 버리는 것이다. 단영은 사람들 틈바구니에 섞여 밀려오는 잠을 떨치고 있었다. 만약 진수를 선택한다면 지금 느끼는 소외감이나 괴리감, 그리고 묘한 죄책감—아침까지 술 마시고 다니는 막돼먹은 인생, 부지런한 사람에게 빌붙어 사는 식충이라는 죄책감—보다 훨씬 더 크나큰 감정적 억압을 느끼게 될 거라는 생각이 그녀의 머리 속을 휘젓고 있었다. 지난 밤 들었던 친구 유정이의 말까지 함께 섞여 들어와 가슴 한구석을 섬뜩하게 만들었다. 만약 진수를 선택한다면 그녀의 가족들은 어떻게 나올까. 그동안 진수를 사랑하는지, 재윤을 사랑하는지, 자신의 진심이 뭔지 헤아리고 있던 단영은 친구의 말을 듣고서야 자신 주위에 있는 사람들을 인식하게 되었다. 그것도 한번 스치면 그만이라고 치부해 버릴 수 없는 가족, 피붙이, 가장 힘들 때 비빌 수 있는 그녀의 언덕 말이다. 가족 앞에서 커밍아웃을 하는 자신을 상상해 보던 단영이 두려운 듯 잡고 있던 전철 안의 봉을 더 세게 움켜쥐었다. 감정의 실체를 알아내느냐보다 자신이 잃어야 할 것과 얻을 수 있는 것에 대한 계산이 자리잡기 시작했다. 잃어야 할 게 너무나 많은 감정이라면 차라리 그 감정을 모른 척하고 싶다는 게 그녀의 솔직한 마음임을 그제야 비겁하지만 당당하게 인정해 버렸다.

그녀가 터덜터덜 간신히 집에 도착해 조용조용 자신의 방으로 올라갔다. 부모님은 아직 주무시는지 집 안이 고요했다. 군대 간 동생이 없으니 더할 나위 없이 편한 그녀였다. 아버지보다 더 그녀를 단속하려 드는 싸가지없는 남동생이 없으니 정말 살 것 같은 단영이다. 그녀가 살금살금 이층으로 올라가는 계단을 걸었다. 그리고 가방을 던지자마자 옷부터 벗어버렸다. 하루 넘게 입은 옷이 끈적끈적 미칠 것 같았다. 샤워를 하고 잘까, 그냥 잘까 잠시 망설이던 그녀가 문득 책상 위에 놓인 편지봉투 몇 개를 보곤 무심한 손길로 집어 들었다. 핸드폰 요금고지서, 아이들에게 숙제로 내준 영어편지 한 통, 그리고 선제센터에서 보낸 편지였다. 그녀가 영어편지 한 통과 핸드폰 요금고지서를 도로 내려놓고 선제센터에서 온 봉투를 열었다.

『한국현대도예전시회 ―현대미술로서의 도예의 의미는 무엇인가?』

초대장이었다. 전시회 첫날 여는 일종의 인사 나누기장에 초대하는 초대장. 날짜를 보니 내일 모레였다. 진수의 글씨인지 인쇄된 초대말 아래 손으로 직접 쓴 펜글씨가 있었다.

『너를 사랑하는 유진수가 살기로 선택한 세상이다. 꼭 와라.』

진수는 그동안 외면하며 도망가려 했던 세계를 이제 선택했다. 그리고 그 세계를 가장 사랑하는 그녀에게 보여주고 싶은 것이리라. 단영이 카드 안에 적혀 있는 진수의 글씨를 손끝으로 조심스레 쓰다듬었다. 그리곤 천천히 펼쳐져 있던 카드를 닫았다. 판도라의 상자처럼 카드는 그녀의 손 안에 놓여져 있었다. 단영이 카드를 내려놓고 침대로 갔다.

그날 오후, 느지막이 일어난 단영이 누군가에게로 전화를 걸었다. 잠시 후 오랜 신호음 끝에 상대방이 전화를 받았다.

"통화 가능해요?"

일을 하던 중간이었는지 그의 목소리가 약간 들떠 있었다.

[아, 예. 괜찮아요.]

"내일 모레 혹시 시간 비울 수 있어요? 한두 시간 정도."

[낮에요?]

"예."

그가 스케줄을 확인하는지 잠시 말이 없었다.

[예, 괜찮을 것 같은데요. 뭐, 안 돼도 비웠을 겁니다. 우리 단영 씨가 비우라는데. 근데 무슨 일로?]

"그날 진수 할아버지 전시회 있거든요. 초대를 받았는데 재윤 씨랑 같이 가고 싶어서요."

다시 재윤이 침묵했다.

"싫으시면 됐고요. 혼자 갔다 오죠 뭐."

[절 방패로 쓰시는 겁니까?]

불쑥 들려오는 재윤의 말에 이번엔 단영이 침묵했다. 짧은 순간 어색한 정적이 감돌다 단영이 대답했다.

"싫으세요?"

[아닙니다. 싫기보단, 단지 이게 제 청혼에 대한 대답으로 알아도 되는 건지 해서요. 그래도 되겠습니까?]

"예, 이게 제 대답이에요."

전시회장은 시끌벅적했다. 간혹 젊은 사람들이 보이긴 했지만 대부분 초로의 나이를 훨씬 넘은 사람들이었고, 유독 노인들이 많았다. 개중에는 외국에서 찾아온 손님들도 있어 도예가 묵전의 작품이 해외에도 알려졌음을 보여주었다.

단영은 선제센터 일층 로비에서 재윤을 기다리고 있었다. 그녀가 서 있는 바로 옆에는 얼마 전 진수와 만났던 카페가 있었다. 카페는 예전의 그 거꾸로 된 세상이 사라지고, 또 다른 작가가 그려낸 세계로 탈바꿈해 있었다. 재윤을 기다리는 동안 밖에서 카페 안을 둘러보니 카페의 벽면은 금속과 골동품이라는 어찌 보면 상반될 것 같은 두 가지 소재로 어우러져 있었다. 정교하게 그려진 엔틱 가구에 인간의 외양을 닮은 금속으로 만들어진 기계가 차를 마시고, 빵을 굽고, 씨앗을 뿌리고 있었다. 그 모습이 묘하게 어긋난 조화를 이루어 카페 안의 사람들이 차를 마시면서 주위를 두리번거렸다. 전시회를 보러 온 사람들인지, 아니면 묵전과 인연있는 사람들인지 나이 든 분들이 카페에서 전시회 책자를 보고 있었다. 새삼 이렇게 열린 공간에서 진수와 입맞춤을 했다는 게 믿겨지지 않는 단영이었다. 물론 세상 쪼개지고, 박살날 일은 아니지만 전혀 모르는 사람들이 공유하는 공간이란 게 묘하게 사람을 위축시켰다. 그리고 전혀 다른 모습으로 탈바꿈한 카페의 벽면 그림도 진수가 재윤을 좋아하는 걸로 알았던 그때와 지금 이 순간의 변화만큼이나 낯설었다. 단영이 카페에 머물러 있던 자신의 시선을 돌려 로비에 있는 정문 쪽으로 다가갔다. 그리고 유리문 너머 재윤이 오기를 기다렸다.

얼마쯤 시간이 지났을까. 그녀가 슬슬 따분함과 예민해진 신경으로 손목에 있는 시계를 확인하는데 유리문 밖으로 재윤이 걸어오고 있었다. 그는 한여름에 혼자 시원한 사람처럼 깔끔했다. 넥타이 없이 편하게 걸친 반팔 니트에 마로 만들어진 거친 듯한 질감의 바지가 멋스러웠다. 재윤이 차 열쇠를 손에 쥐고 주머니에 있던 핸드폰을 꺼내다 유리문 앞에 서 있는 단영을 발견하곤 이가 드러나도록 웃는다.

"오 분 늦었어요. 앞으론 늦은 시간만큼 벌금 받을 거예요. 일분에 만 원씩."

오랜만에 보는 어색함에 단영이 그의 지각을 꼬투리 삼아 떽떽거렸지만 재윤은 상관없다는 듯 계속 기분 좋은 얼굴이었다.

"예쁜데요, 오늘."

그가 단영의 차림새를 위아래로 훑으며 능글맞게 웃었다. 단영이 신경 써서 차려입고 나오긴 했다. 진수의 할아버지면 어른들이 많이 올 자리이고, 듣기로는 재윤의 아버지도 나올지 모른다는 말에 신경을 안 쓸 수가 없었다. 그녀는 단아하고 깔끔한 미색의 원피스를 입고, 진주목걸이를 하고 나왔다. 단영이 쑥스러운 듯 그의 지분거림을 받아쳤다.

"뭐, 언젠 안 예뻤나요? 하루 이틀도 아닌데 그걸 이제 알았어요?"

그런 단영의 대구를 재윤이 사랑스러운 듯 바라보다 슬며시 그녀의 손을 잡았다. 단영이 자신의 손을 잡고 있는 그의 커다랗고 두툼한 손을 바라보다 그를 응시했다. 이렇게까지 진수에게 못을 박아야 하는 걸까? 그녀의 눈에 짧은 순간 아픈 그늘이 드리워졌다. 그녀의 그런 기분을 알았는지 재윤이 단호한 얼굴로 말했다.

"세상 사는 데 어중간한 건 없어요. 미적거리다 더 복잡해질 뿐입니다."

그녀가 망설이듯 입술을 질근거리다 재윤의 손을 힘 주어 잡았다. 두 사람이 이층에 있는 전시회장이 있는 곳으로 가기 위해 가운데 있는 널찍한 계단을 올라갔다.

"의외예요, 재윤 씨가 진수의 마음 알고도 이렇게 나올 수 있다는 게. 난 당신이 이 일로 나와의 관계를 정리할 줄 알았어요."

계단을 올라가던 재윤의 발걸음이 멈춰졌다.

"단영 씨 마음이 그렇지 않다면 된 겁니다. 세상에는 여러 사람들이 있지만 나와 상관없으면 굳이 뭐라고 할 이유 없지 않습니까?"

'만약 나도 흔들렸다면 어쩔 건데요?'

묘한 반발심이 단영의 마음속에 떠올랐다. 너무나 확고하게 그녀를 아는 듯 말하는 그의 태도가 거슬렸다.

"그렇다고 진수와의 관계를 정리할 생각은 없어요. 결혼하든 안 하든 진수와는 쭉 친구로 만날 거예요."

잠시 그가 말없이 그녀를 응시했다. 무표정한 얼굴로 심기를 드러내지 않았지만 굳어 있는 눈빛이 꽤 불편한 심기임을 말해 주는 듯했다. 단영이 고집스럽게 재윤의 침묵을 내버려 두었다. 잠시 후 그가 한숨을 내쉬는 걸로 두 사람이 침묵 속에 협상을 맺었다.

이층에 다다르자 진수가 한쪽에 마련된 테이블에 서서 사람들의 방명록을 받고 있었다. 평소의 편하고 독특한 옷이 아닌 격식있는 정장을 입고 있었다. 물론 정장도 정장 나름이라 진수가 입고 있는 정장은 붉은 장미가 크게 그려진 겐조 풍의 화려하면서도 정갈한 옷이었다. 아무런 보석이나 치장없이 검은 머리와 검은 구두, 그리고 옷깃 사이로 보이는 검은 실크의 탑이 겐조 풍 정장과 어우러져 묘한 느낌을 불러일으켰다. 어느 노인분과 친한 듯 말을 건네며 방명록을 받고 있던 그녀가 멀리서 걸어오는 단영을 보곤 기쁜 듯 입가를 올렸다. 그러다 단영의 옆에서, 그것도 손 잡고 있는 재윤을 발견하곤 짧은 순간 냉담하고 서늘한 눈빛이 되었다.

단영이 애써 미소를 그리며 진수에게 말을 건넸다.

"재윤 씨도 전시회 보고 싶다고 해서 같이 왔어."

재윤이 단영의 손을 잡은 채 다른 손을 내밀어 악수를 청했다.

"축하합니다."

진수가 멀뚱한 시선으로 재윤의 내민 손을 쳐다보았다. 그리곤 단영의 뚫어지게 응시했다.

'이게 네 대답이니?

라고 묻는 듯한 진수의 시선에 단영이 〈그렇다〉라는 얼굴로 침묵을 지켰다. 진수가 재윤과 악수를 나누곤 테이블에 있는 펜을 툭 하니 그가 있는 쪽으로 던졌다. 펜이 도르르 구르며 바닥으로 떨어졌다.

"반갑진 않지만 왔으니 일단 써요."

그리곤 짜증난다는 얼굴로 귀를 후볐다. 단영이 멍하니 서 있었다. 승자의 여유로움으로 한껏 거만한 표정을 지어 보이고 있던 재윤이 순간 미간을 꿈틀거렸다. 그가 테이블 위에 있는 다른 펜을 쥐며 딱딱하게 말을 뱉어냈다.

"나야말로 반갑지 않은 사람이오. 단지 우.리.단.영.씨. 지키러 왔으니 신경 꺼요. 워낙 이 사람을 탐내는 불온한 인간들이 수두룩 박박이니 어찌하겠소. 내가 지켜야지."

단영이 시뻘게진 얼굴로 차마 말을 꺼내지 못하고 두 사람을 번갈아 쳐다보고 있는데, 애써 표정을 관리하고 있던 진수가 재윤의 말에 입가에 냉소적인 비웃음을 그렸다. 예의 사람을 개무시할 때 쓰는 그녀 특유의 거만함이 한껏 묻어나는 표정이었다.

"불안해서 어떻게 살아요? 지키지 않으면 여자가 도망을 가게 생겼으니."

재윤과 진수의 눈빛이 살얼음 같았다. 가운데서 단영은 진수가 상처받을까, 재윤이 기분 상할까 무슨 말도 못하고 난망한 얼굴이 되어 안절부절못하고 있었다. 세 사람이 냉랭하게 침묵을 지키고 있는데, 멀리서 재윤의 아버지가 다가오며 말을 건넸다.

"어, 재윤이 아니냐. 네가 여긴 웬일이냐?"

재윤이 아버지 문 박사를 보고는 어이없다는 듯 말했다.

"아직도 계셨어요? 아까 아침나절에 출발하셨잖아요."

"볼 게 얼마나 많은데, 그게 한두 시간으로 되나. 너처럼 관심 없는 놈이야 휙휙 오 분이면 되지만 나는 아니다. 특별히 묵전께서 초대장까지 챙겨주셨는데 내가 일찍 자리를 뜨면 섭섭해하시지. 안 그렇소, 유 선생?"

진수가 예의 바른 웃음으로 고개를 끄덕였다. 재윤이 입술을 일그러뜨리며 냉소했다.

"병원 망합니다, 그러다."

"네 병원 아니니 신경 꺼라, 이놈아."

문 박사가 심드렁한 얼굴로 아들을 노려보다 옆에 서 있는 단영을 보고 눈이 휘둥그레진다.

"이 예쁘장한 아가씨는 누구신가?"

그동안 결혼에 통 관심없던 아들이 여자와 대동하고, 그것도 그토록 잔소리 퍼붓던 도예전시회에 나타났으니 문 박사 눈빛이 반짝였다. 빠른 머리회전이 이 여자가 이 전시회에 오게 했음을 알려주고 있으니, 문 박사 자신의 편이 생기는구나 기대감에 더 반갑게 단영을 대했다. 단영이 문 박사의 집요한 시선을 느끼곤 주춤주춤 고개 숙여 인사를 건넸다.

"안녕하세요. 홍단영이라고 합니다."

문 박사가 단영을 빤히 응시하다 아들에게 의외라는 듯한 시선을 보낸다. 여자에게 전혀 관심없는 듯 행동하더니 떡하니 여자를 대동하고 나타났는데, 여자의 생김새나 분위기를 보아하니 그저 연애만 하고 놀 사람은 아니었던 것이다.

〈엉큼한 놈, 언제 또 여자는 만들었냐? 너 애랑 결혼할 생각이냐?〉

〈예.〉

부자간의 대화가 소리없이 오가는데, 진수가 그런 세 사람을 물끄러미 바라보다 자리를 떴다.

"그럼 대화들 나누세요. 저는 이만."

그녀가 가볍게 고개를 숙이고 다른 손님에게 다가갔다. 전시회 안내를 해주는 듯했지만 같이 있고 싶지 않은 듯했다. 단영이 그런 진수의 뒷모습을 바라보다 자신에게 말을 건네는 문 박사 때문에 고개를 돌려야 했다.

"그래, 도자기를 좋아하시는가 보우? 우리 재윤이가 이런 곳에 올 놈이 아니거든."

"예, 많이 아는 건 아니지만 관심은 조금 있는 편입니다."

단영의 대답에 문 박사의 입이 헤벌쭉 벌어졌다. 늘그막에 도자기 모은다고 아들놈이고 마누라고 어찌나 구박이 심했던지 그동안 외로웠는데, 때아닌 원군을 만난 느낌인 그였다. 게다가 아들 녀석을 여기에 데려올 정도의 힘을 발휘할 아이라면 자신에게 든든한 한편이 될 것 같았다. 그는 이 순간 다른 건 살펴볼 생각도 없이 단영을 며느리로 콕 찍어버린다.

한편 문 박사가 너무 기대하는 얼굴로 자신을 바라보자 단영이 방어적으로 말했다.

"저기, 오늘은 친구 때문에 온 것뿐입니다."

"친구?"

옆에 있는 재윤이 딱딱한 어조로 대꾸했다.

"유진수 씨가 단영 씨 친구예요."

문 박사의 입이 이젠 함지박만하게 커졌다. 얼씨구, 이 아이가 집안에 들어오면 묵전 선생과 더 가깝게 연을 맺을 수 있는 거 아닌가. 그럼 도자기도 싸게 사고, 작업하실 때 옆에서 지켜볼 수도 있지 않을까. 문 박사의 머리 속이 휘황찬란한 미래를 그리며 팽팽하게 돌아가고 있었다. 그 순간이었다. 문 박사의 상상에 쐐기를 박는 듯 기자들과 인터뷰를 하고 있던 묵전이 세 사람이 있는 곳으로 다가왔다.

"문 박사님, 와주셔서 감사합니다."

황토로 물들인 황색 한복을 입은 묵전이 문 박사에게 가벼이 인사를 건네다 단영을 보곤 반가운 듯 말을 건네는 것이 아닌가.

"단영이 아니냐?"

단영이 묵전을 보곤 예의 바르게 허리를 숙여 인사했다.

"안녕하셨어요, 할아버지?"

거의 표정 변화없이 날카로운 눈빛이었던 묵전이 손녀의 벗을 보곤 인자한 할아버지처럼 눈매가 서글서글해졌다.

"진수 보러 왔냐?"

"예. 진수도 보고 할아버지 작품도 보고 싶어서요."

정감있게 두루두루 살펴 대답하는 단영의 말에 묵전이 껄껄 웃는다.

"그래. 둘러보고 이따 밥이나 함께 먹자꾸나."

"예, 그럴게요."

묵전이 문 박사에게 고개 숙여 인사를 건네곤 다른 사람들과 인사를 나누기 위해 자리를 떴다. 문 박사의 눈빛이 이제 뿌듯함과 황홀경에 빠져 있기까지 했다.

"묵전 선생님이 자네를 많이 예뻐하시나 보네."

단영이 어색하게 미소를 지으며 대답했다.

"그런 건 아니고요. 진수랑 방학 때 놀러가고 그래서일 거예요."

아들 내외가 이혼하고 묵전이 하나 있는 손녀를 아끼는 건 아는 사람은 다 알고 있었다. 게다가 손녀의 가장 친한 친구이니 묵전이 예뻐하지 않을 이유가 없었다. 여하튼 문 박사는 그런 단영을 보고 거의 흥분상태 가까운 기쁨에 빠져 있었다. 작품이 담백하고 맑은 만큼 도예가 묵전은 접근하기 어려운 사람으로 정평이 나 있었다. 친한 두어 명의 지인 외에는 사람들과 잘 접촉하지 않았고, 판매나 전시 대부분도 직접 나서지 않았다. 오늘은 특별히 손녀 진수를 이 세계에 인사시키기 위해 나온 것일 뿐이었다.

어쨌든 문 박사와 함께 단영과 재윤이 전시회장을 둘러보았다. 외국손님에게 한 작품 한 작품 각 도자기의 기법과 역사, 그리고 의미를 설명하고 있던 진수가 가끔씩 문 박사와 재윤 사이에 있는 단영을 바라보았다.

단영이 묵전의 작품과 진수가 줬던 작품 사이에서의 연결고리를 파악하기 위해 도자기들을 유심히 살피고 있을 때 그 뒤를 따르며 걷고 있던 문 박사가 재윤에게 속삭였다.

"너, 저 아이 꼭 잡아라."

재윤이 어이없다는 얼굴로 아버지를 노려보곤 단영을 응시했다.

"잡지 말라고 해도 잡을 겁니다."

"아이고, 어디서 저런 복덩어리가 굴러들어 올 줄이야. 내가 늘그막에 복을 받는구나."

아버지의 계산을 훤히 들여다보고 있는 재윤이 심히 난감한 얼굴로 전시회장을 다녔다. 아버지의 저 반응을 기뻐해야 할지 싫어해야 할지 심히 혼란스러운 그였다. 누구들처럼 반대 안 하고 단박에 자기 여자 예뻐해 주는 부모를 가졌으니 기뻐해야 할 일인데, 그 목적이 단영 뒤에 있는 진수와 묵전이란 생각이 드니 그의 입 안이 시큼털털했다. 왠지 혹 떼려다가 혹을 왕창 붙인 느낌이었다. 그가 말없이 단영과 함께 도자기를 구경하다 문득 멀찍이에서 단영을 바라보고 있는 진수와 눈이 마주쳤다. 두 사람 다 이보다 더 기분 나쁠 수 없다는 얼굴로 상대를 노려보았다.

전시회 일정이 어느 정도 끝난 후 그들은 근처에 있는 어느 한식당으로 향했다. 문 박사가 잘하는 집을 안다며 앞장섰다. 묵전이 단영을 챙기니 재윤과 문 박사까지 굴비 엮이듯 함께 가게 됐다. 오후에 들어가기로 했던 재윤은 식사에 단영과 아버지가 가게 되자 차마 그냥 혼자 들어갈 수 없었다. 단영을 미끼 삼아 묵전과 가까워지려는 아버지가 있는 상태에서는 더 더욱 안심할 수가 없었다. 여하튼 도착한 곳은 한정식 집이었는데, 오래된 기와집이었다. 안으로 들어서니 마당 한가운데 연못이 있어 사람들이 마루에 앉거나 작은 방에서는 툇마루 쪽으로 나 있는 작은 문을 열고 바람을 쐬었다. 그들도 작은 방 하나에 모여 앉으니 툇마루로 연결된 마당을 통해 바람이 불어왔다.

"선생님, 뭐 좋아하십니까?"

"뭐, 아무거나 괜찮습니다. 생선만 아니면."

묵전 옆에 냉큼 자리를 잡은 문 박사가 다른 사람들은 눈에 들어오지 않는 듯이 행동했고, 갑자기 들러리가 된 나머지 세 사람은 어색한 침묵을 지키고 있었다. 문 박사는 자신이 묵전의 작품에서 느꼈던 기운을 묵전에게서 찾으려는 듯 단서를 찾는 관찰자처럼 눈을 반짝였다.

"생선을 안 드십니까?"

묵전이 손녀의 친구와 엮여 있는 사람들이란 생각에 문 박사를 대하는 태도가 한결 친근했다.

"예, 비린 걸 잘 못 먹습니다."

문 박사가 고개를 끄덕이며 멀뚱한 얼굴로 앉아 있는 재윤을 힐끗 쳐다본다.

"제 자식놈은 고기를 못 먹습니다. 체력이 떨어질까 싶어 어떻게든 먹이려고 애를 썼는데, 기어코 먹질 않더군요."

문 박사는 묵전 안에 내재되어 있는 재능이나 바탕이 자신에게도 깃들어 있다는 걸 말하고 싶은 듯했다. 묵전이 재윤을 멀거니 바라보곤 너도 참 까탈스러운 성질머리로구나 그런 시선으로 바라보았다. 전시회장에서 말을 걸지 않고 멀찍이 떨어져 있던 진수는 여전히 굳어 있는 얼굴로 앉아 있었고, 그 모습을 가만히 바라보고 있던 단영이 묵전과 문 박사의 대화에 끼어들었다.

"진수 입맛이 할아버지 닮았나 봐요. 진수도 생선 안 먹는데."

묵전이 껄껄거리며 맞장구를 쳐주었다.

"저 녀석이 입맛도 그렇고, 내 젊을 때 모습을 빼다 박았어. 내 아들 녀석은 날 안 닮았는데, 손녀가 날 닮더라구."

다른 때 같으면 성질 더러운 것도 똑같다 같은 말로 퉁명스럽게 할아버지의 팔불출 행동을 저지할 진수인데, 그저 입을 다물고 있었다. 단영이 그런 진수의 태도가 불편해 할아버지와 계속 대화를 이어나갔다.

"제 주변엔 유별나게 음식 가리는 분이 많은 것 같아요. 진수는 생선 못 먹고, 재윤 씨는 고기 못 먹고, 제 친구 중 하나는 새를 못 먹거든요."

문 박사가 물었다.

"새?"

"아, 닭이요. 오리도 그렇고."

평소 쫄깃쫄깃한 오리고기를 좋아하는 묵전과 문 박사가 동시에 말했다.

"아니, 그 맛있는 걸……."

그러자 대화는 문 박사와 묵전에게로 옮겨졌다.

"선생님, 오리 좋아하세요? 아이고, 그럴 줄 알았으면 오리집으로 갈 걸 그랬습니다."

"아닙니다. 이미 잡아서 가져온 걸로 만들면 맛이 없죠. 오리
는 그 자리에서 잡아야 노린내도 안 나고 쫄깃하거든요. 나중에
제 집에 한번 오십쇼. 제가 몇 마리 키우는데, 그 맛이 일품입니
다."

진수의 말을 끌어내리려고 했던 단영의 시도는 그렇게 막이 내
리고, 문 박사와 묵전의 대화는 술술 풀려 나가기 시작했다. 두
사람은 오리라는 공통된 입맛을 확인하곤, 오리에 관련된 별별
이야기를 다 하고 있었다. 옛날부터 땅과 하늘 두 공간에 사는
특성 때문에 오리가 하늘과 땅을 이어주는 신과 인간의 매개체
였다는 등, 죽은 자에게 오리 모양의 인형을 부장품으로 썼다는
등, 그래서 솟대에 오리가 사용된 거라는 등 말이다.

두 사람의 대화가 무르익을 즈음 식사가 나왔고, 반찬들과 구
수한 찌개가 한상 가득 채웠다. 상이 너무 커서 멀리 있는 반찬
에는 손이 가기가 힘들었다. 단영이 자신 앞에 놓여 있는 더덕
구이를 젓가락으로 집어 팔을 쭉 뻗었다. 그리곤 진수의 밥 위
에 올려주었다.

"이거 좋아하잖아. 전시회 준비하느라 힘들었을 텐데 몸보신
좀 해야겠다. 얼굴이 많이 상했어."

입 안에 밥과 반찬을 씹고 있던 진수가 묘한 눈빛으로 단영을
응시했다. 마치 단영이 어이없고 기막힌 행동을 한 것처럼 그녀
가 단영을 뚫어지게 쳐다보고는 별말없이 얼굴을 숙였다. 그리

곤 더덕구이를 입 안에 넣고 아작아작 씹어 먹었다. 상황을 관조하며 무심한 얼굴로 묵묵히 식사를 하고 있던 재윤이 단영의 행동에 그 순간 퍼뜩 그녀를 응시했다. 그의 눈빛이 굳어졌다. 세 사람의 관계를 전혀 모르는 묵전과 문 박사가 엉뚱한 말로 세 사람의 마음을 뒤집어놓았다. 묵전이 말했다.

"우리 진수 챙겨주는 건 단영이밖에 없구나. 그래서 그런가, 잔정없는 저 녀석이 네 생각은 각별해."

단영이 어색한 듯 웃었고, 진수는 무표정한 얼굴로 더덕을 씹었으며 재윤은 심기 불편한 듯 미간을 찌푸렸다. 그리고 문 박사가 묵전의 말을 이어받았다.

"아무래도 선생님과 인연이 깊은가 봅니다. 저 아이가 저희 집 새아기로 들어오거든요."

아직 상견례도 치르지 않았는데, 문 박사가 은근슬쩍 기정사실로 못을 박았다. 묵전은 무슨 생각을 하는지 단영을 한번 보더니 옆에 앉아 있는 진수를 쳐다본다. 손녀가 결혼할 나이가 되었음을 새삼 인식하는 눈빛이었다.

"그래요?"

"예, 저 녀석이 그렇게 시간을 끌더니 이렇게 불쑥 데려오네요."

"부럽소. 우리 진수도 얼른 연을 맺어야 하는데 저 녀석은 결혼에 통 관심이 없으니."

진수의 얼굴이 굳어졌고, 그런 진수를 보는 단영이 아픈 눈빛으로 변했다. 그리고 그런 단영을 지켜보던 재윤이 점점 화가 나는 듯 인상을 찡그렸다.

어찌 됐든 요상했던 식사가 끝나고 진수는 할아버지를 따라 곧장 경북으로 내려간다고 인사를 건넸다. 도착하면 연락하라는 단영의 말에 말없이 고개만 끄덕인 진수가 센터 주차장에 있는 자가용을 타고 사라졌다. 그리고 문 박사는 병원에 들러 미뤄둔 일을 해야 한다며 두 사람을 내버려 두고 가버렸다. 물론 단영에게 또 보자는 말을 건네며 어찌 이리 예쁜 것이 굴러들어 왔는가 하는 흐뭇한 미소를 지어 보이곤 말이다.

문 박사까지 배웅한 두 사람이 센터 근처 길을 걸었다. 초저녁의 시원한 바람이 불어왔다. 푹푹 쪘던 여름 햇살이 한풀 꺾여 있어 숨 쉬기가 편했다. 두 사람이 말없이 길을 걸었다. 어느 한 사람 이야기를 꺼내지 않았다.

"오늘은 이만 들어가야겠어요. 피곤하네요."

생각에 빠진 듯 멍하니 길을 걷던 단영이 대뜸 말을 꺼내자 두 사람이 다시 센터 주차장으로 발길을 돌렸다.

재윤이 차 문을 열어주자 단영이 다시 생각에 빠진 얼굴로 몸을 실었다.

곧이어 운전석에 앉은 재윤이 시동을 걸다가 이내 다시 시동을 꺼버렸다. 차가 부릉 소리를 내다 잠잠해졌다. 재윤이 운전대를 잡은 채 눈앞에 있는 유리창을 정면으로 노려보고 있었다.

"왜 그렇게 여지를 줍니까?"

"여지요?"

가뜩이나 냉랭했던 진수 때문에 신경이 곤두서 있던 단영이 재윤의 말에 조금은 신경질적으로 반문했다. 그러나 그녀만큼이나 불편한 심기 꾹꾹 누르고 있던 재윤이기에 그녀의 반응에 더 성질이 치밀었다.

"그럼 여지가 아니고 뭡니까? 그 친구가 좋아하는 거 뻔히 알면서 그렇게 하고 싶어요? 하루 종일 진수 씨 눈치만 보더군요. 혹시 지금 나랑 그 여자를 두고 재고 있는 겁니까?"

그는 기막히다는 얼굴로 거칠게 말을 뱉어내곤 이내 스스로 뱉어낸 말에 황당하다는 얼굴을 하고 있었다. 그가 고개를 돌려 다시 유리창을 노려보았다. 말을 뱉어내고 나니 마치 자신이 한 남자를 두고 질투하는 여자가 된 느낌이었다. 어이가 없었다. 그런 느낌을 받았다는 것도, 진수라는 사람과 자신이 비교된다는 것 자체가 기분이 나쁜데 이런 걸 자신이 말로 했다는 게 더 기분이 나빴다.

그런 재윤의 속을 읽었는지 단영이 맘에 들지 않는다는 얼굴로 불퉁하게 말했다.

"재윤 씨 눈엔 그게 여지를 주는 걸로 보일지 모르지만, 나한텐 십 년 된 친구예요. 그 친구가 날 좋아한다고 해서, 그리고 내가 그걸 거절한다고 해서 모든 관계를 다 엎어버리라는 거예요?"

재윤이 말없이 유리창만 노려보고 있자 단영이 점점 더 흥분했다.

"어떻게 내가 손바닥 뒤집듯 진수와의 관계를 끊을 거라고 생각하는 거죠? 재윤 씨는 친구와 그런 일 있으면 그전까지의 모든 관계가 다 물거품이 되나요? 그래요? 그럼 만약 내가 당신과 결혼하지 않으면 우린 그냥 그 자리에서 절대 안 보게 되겠네요. 설혹 재윤 씨랑 나랑 결혼하지 않더라도 친구로 지낼 수 있다고 난 생각하는데?"

그가 고개를 돌려 단영을 바라보았다.

"그런 거 자체가 여지라는 겁니다. 일단은 끊어야 나중에 다시 친구로 돌아가도 돌아갈 수 있는 겁니다. 지금 친구관계를 유지하고 싶다는 생각 자체가 그 친구에게 여지를 주는 거란 말입니다."

단영이 조용히 뇌까렸다.

"당신 얘기 듣고 있으면 마치 내가 사람들 꼬시고 다니는 여시 같은 느낌이네요. 그러니까 내가 거절을 했음에도 관계를 유지하는 자체가 여지를 주는 거란 말이에요?"

"그럼 단영 씨는 나랑 친구가 될 수 있다고 봅니까? 그것 자체가 나에게 마음이 있기 때문에 헤어져도 친구로 남으려는 거 아닌가요?"

일순 그의 말이 맞는 것 같아 단영이 침묵했다. 그러다 마음속에 따리진 의문이 남아 그녀가 덧붙였다.

"그래도 결혼까진 확신이 없고 친구로 지내면 좋겠다 그런 생각 들 수 있잖아요. 재윤 씨는 나랑 결혼 안 하면 나라는 사람하고 지냈던 관계가 다 소용없는 걸로 생각되나요? 나는 설혹 재윤 씨랑 결혼하지 않더라도 친구로 지내길 바라는데요."

그가 단영의 얼굴을 가만히 바라보았다. 그리곤 이내 고개를 저었다.

"나는 그렇게 못해요. 나는 단영 씨랑 결혼 안 하면 그걸로 끝낼 겁니다."

단영이 할 말을 잃은 듯 침묵했다. 그가 덧붙였다.

"당신이랑 결혼 안 하고 친구로 지내는 거 그런 건 애초부터 불가능했어요, 나에겐."

단영이 천천히 고개를 끄덕이며 한숨을 지었다.

"……그렇군요."

그녀의 눈빛이 뭔가를 인식한 듯 깊어졌다. 결혼이 아니면 전혀 만날 생각이 없다는 재윤의 말이 뭔가 서운하기도 하고 동시에 위기감 같은 게 들기도 했다. 이 사람을 영영 잃을지도 모른다는 절박함이랄까. 딱히 꼬집어서 정확히 설명할 수 없는 마음이었다.

대화가 잦아들자 재윤이 차를 출발시켰다. 그의 차가 어둠침침한 지하 주차장을 벗어나 도로로 나왔다. 단영이 창문을 열고 여름 밤의 시원한 바람이 안으로 불어오게 만들었다. 바람결에 얼굴을 맡기고 생각에 빠져 있던 그녀가 문득 생각난 것처럼 말을 건넸다.

"문득 당신에게 나는 결혼할 여자로서의 대상으로 생각되고 있는 거 아닌가 그런 생각이 드네요. 적당한 나이에 결혼은 해야겠고, 때마침 제가 나타났는데 그럭저럭 마음에 드니 결혼해야겠다 그런 거요. 만약 내가 남자로 태어났으면 당신은 제 옆에 얼씬도 안 했겠단 생각이 들어요."

그는 무슨 생각을 하는지 무뚝뚝한 대답을 할 뿐이었다.

"게이가 아니니 당신이 남자였으면 친구로 만났겠죠."

그의 대답에 그녀의 미간이 좁아졌다.

"그러니까요. 나라는 사람 자체를 사랑한다기보단 여자니까 사랑하는 게 아닌가 그런 생각이 들어요. 만약 당신이 여자로 태어났으면 나는 당신을 선택했을까요?"

도로를 달리던 차가 갑자기 갓길로 빠졌다. 그가 도로 가장자리에 차를 세우고 빠르게 지나쳐 가는 차들을 응시했다.

"좋습니다. 설혹 내가 남자고 단영 씨가 여자라서 이러는 거라 쳐요. 우리 둘 다 이성애자라 결혼하는 거라고 칩시다. 하지만 그것에 무슨 문제가 있는 겁니까? 그렇다고 내가 여자들 만날 때마다 결혼하고 싶어하는 것도 아니지 않습니까?"

"문제는 없어요. 단지……."

"단지 뭐요?"

"단지 내 자신이 당신이 남자라서 사랑한다고 생각하는 건 아닌가 의문이 들어요. 재윤 씨가 여자였다면 친구로 지냈을 텐데 남자니까 결혼이란 관계로 묶는 거 아닌가 그런 거요."

"……."

무심히 중얼거리고 있던 단영이 그의 침묵에 고개를 돌려 그를 응시했다. 그는 말문이 막힌 사람처럼 입을 다물고 있었다.

"그냥 그런 생각을 해본 것뿐이……."

그녀가 너무 무거워진 분위기에 가벼이 웃으며 입을 여는데 느닷없이 재윤이 고개를 숙였다. 그리곤 단영의 어깨에 팔을 두르고 끌어안았다. 그의 입술이 주저없이 단영의 입술에 닿았다. 그리고 거침없이 그녀의 입술 안으로 파고들었다. 그가 너무 거칠게 키스를 하는지라 단영이 속수무책으로 휘둘렸다. 두 사람의 타액이 입술 주위를 적시고, 입 안 구석구석까지 젖어들게 했다. 단영이 숨이 막혀 머리를 뒤로 빼려 하자 그제야 재윤이 고개를 들었다. 여전히 팔은 그녀의 어깨에 둘러 가까이 끌어당긴 채. 그의 눈빛이 뜨거우면서도 날카로웠다.

"정말 우리가 친구가 될 수 있다고 생각해요? 도대체 무슨 대답을 원하는 겁니까? 내가 여자로 태어나도 당신을 원할 거라는 말?"

"……."

그녀가 침묵하자 재윤이 화가 난 듯한 얼굴로 팔을 풀었다. 그리곤 조용히 정면을 노려보았다.

"왜 그런 가정을 해야 하는지 모르겠군요. 나에겐 너무나 명백하고 확실한 문젠데 왜 그런 가정으로 우리 관계를 흐릿하게 만드는지 이해 안 됩니다. 나는 단영 씨 보면 안고 싶어요. 두고 두고 평생 같이 살았으면 좋겠다, 그런 생각 듭니다. 단영 씨는 아닌가 보죠?"

"평생 같이 있으면 하는 마음까진 모르겠고, 같이 있으면 좋아요. 그리고 나도 재윤 씨 안고 싶어요. 단지 그냥…… 모든 게 혼란스러워서 그래요."

단영이 머리가 아픈 듯 손으로 이마 근처를 쥐었다. 그러자 한없이 날카로웠던 재윤의 표정이 차츰 부드러워졌다. 만약 자신이 그녀 입장이라면, 정말 만약 자신의 십년지기 친구가 어느 날 사랑한다고 고백했다면 그 세월의 신뢰만큼 고민하게 되지 않을까? 자신을 안고 싶다는 말을 들으니 그나마 마음이 풀리는 그였다. 그가 대뜸 말을 뱉어냈다.

"오늘 들어가지 말아요."

확실하게 굳히기를 들어가야 한다는 생각도 있었지만, 무엇보다 그는 단영을 안고 싶었다. 결혼하겠다는 말이 나온 이상 미루고 싶지도 않았고, 처음 그녀를 본 순간부터 이미 몸은 달뜬 상태였다. 느닷없이 그의 입에서 흘러나온 말에 단영이 머리를 움켜쥐고 있다 벙찐 얼굴로 그를 응시했다. 그녀가 입술을 벙긋거리며 주저하자 재윤이 조용히 되물었다.

"싫어요?"

"싫은 건 아니지만, 갑자기 그러니까 좀……."

"흐음……."

재윤이 유혹하듯 그녀를 빤히 응시했다. 금방이라도 잡아먹고 싶다는 시선이었다. 단영은 온몸이 따끔거리고 간질거렸다. 이 남자가 이런 눈빛으로 바라볼 줄 상상이나 했던가. 세상에서 가장 아름답고 오직 당신만을 원한다는 그런 느낌을 불러일으키다니. 그녀가 민망함과 멋쩍음에 눈을 질끈 감고 외쳤다.

"알았어요. 가요, 가. 오라이~!!"

호텔로 향하는 내내 두 사람 장난치며 웃었는데 막상 호텔에 도착해 객실을 잡으니 그렇게 어색할 수가 없었다. 사람이 다 그런 법이다. 멍석 깔면 잘하던 것도 주춤거리는 법인데, 소위 은밀하고 내밀하다고 할 수 있는 육체관계를 아무리 경험있는 성인이라 해도 대놓고 하자 그러고 왔으니 서로 어색한 게 당연했다. 그가 체크인할 때 주문한 와인과 간단한 요깃거리를 점원이 가져오자 단영은 멀뚱한 얼굴로 괜스레 객실 주위를 구경했다. 그녀가 침대에서 멀찍이 떨어진 곳에서 야경을 바라보고 있는데 등 뒤로 문 닫히는 소리가 들려왔다. 그리고 두 사람만 남았다.

"밖에 불났어요? 뭘 그렇게 봐요?"

문이 닫혔는데도 뚫어지게 창밖만 응시하고 있는 단영에게 재윤이 놀리듯 말했다. 그녀가 손가락으로 코를 비비적거리며 터덜터덜 그에게로 걸어갔다. 그가 투명한 유리잔에 붉은 와인을 조금 따라 그녀에게 내밀었다. 단영이 떨떠름한 얼굴로 와인을 바라보며 구시렁거렸다.

"와인은 시큼해서 별론데……."

"어련하시겠습니까. 홍단영 씨, 소주가 최고죠?"

그가 잘 알고 있다는 듯 비아냥거렸다. 단영이 꿍얼거리며 와인을 벌컥벌컥 마셨다. 마침 목이 말랐기도 했다. 그리곤 뭔가 맘에 들지 않는 듯 입을 쩝쩝 다셨다.

"역시 소주가 더 좋은 것 같아요. 신맛나는 술은 딱 질색이거든요."

그가 자신의 와인을 마시곤 덧붙였다.

"식성 까다롭지 않은 대신에 술에 까다롭군요. 남자가 무슨 고기를 못 먹냐고 하더니 단영 씬 무슨 여자가 그렇게 말술을 마셔요?"

술로 한번 거나하게 대작했던 일이 있었는데, 재윤이 비틀거려도 단영은 끄떡없던 것이다. 그녀의 아버지가 워낙 술을 좋아해 그 체질을 타고난 그녀였다. 재윤도 술을 웬만큼 하는 편이었는데 소주 네 병을 마시고도 끄떡없는 여잔 처음이었다. 게다가 거나하게 술을 먹은 그녀는 어찌나 귀여움을 떨던지 재윤이 그때 생각만 해도 웃음이 나왔다. 먹고 있던 과일안주를 그에게 먹여주겠다며 입술을 들이대는 통에 진땀 뺐던 그였다. 사람들 많은 곳에서, 그것도 자기 입 안에 씹고 있던 과일을 너무 맛있어서 주겠다니. 물론 단영은 기억하지 못했다. 여하튼 그때 일을 기억하지 못하는 단영은 당당한 얼굴로 말했다.

"말술 마셔도 나 술 취해서 실수 같은 거 안 해요. 예전엔 좀 했지만 지금은 그런 일 없으니 걱정 말아요."

재윤이 기가 차다는 얼굴로 그녀의 유리잔에 와인을 따랐다. 단영이 유리잔에 삼 분의 일 정도 채워진 와인으로는 부족한 듯 못마땅한 얼굴로 쳐다보다 또 벌컥벌컥 마셨다. 재윤이 손을 뻗어 제지하기도 전에 이미 그녀의 와인 잔이 말끔히 비워졌다.

"천천히 좀 마십시다, 분위기도 내면서. 이건 뭐 술꾼하고 온 건지 애인이랑 온 건지……."

단영이 빙글거리며 새치름하게 눈을 떴다.

"그래서 나 싫어요?"

그가 인상을 찡그린 채 웃었다. 객실 안의 조명이 은은해서 그런가, 아니면 와인의 효과인가. 오늘따라 단영이 너무 예뻐 보이는 그였다. 그가 단영의 손에 들려 있는 유리잔을 테이블에 내려놓고 덥석 그녀를 안아 들어 어깨에 멨다. 갑작스런 그의 행동에 깜짝 놀란 그녀가 어느 순간 감탄을 터뜨리며 외쳤다.

"우와, 힘 좋네요!"

그가 성큼성큼 욕실로 들어가 샤워꼭지를 순식간에 틀어버리자 물줄기가 쏟아져 내렸다. 옷을 입은 그대로 두 사람 다 물줄기에 젖었다. 적은 양이지만 그래도 술도 먹고, 호텔에 두 사람만 있자 단영이 밖에서는 보이지 않던 일면을 드러냈다. 그녀가 물세례를 맞으며 재윤의 어깨에 매달린 채 외쳤다. 한쪽 팔을 들어 빙빙 돌리며 말이다.

"달려, 문재윤!"

눈 깜짝할 새에 그녀가 바닥에 내려졌다. 그가 입술 한쪽만

올라간 채 그녀의 얼굴에 고개를 숙였다. 그리곤 천천히 입맞춤을 하며 속삭였다.

"홍단영, 이제 슬슬 말을 까네?"

그녀가 키스를 되돌리며 속삭였다.

"억울하면 재윤 씨도 까라."

그의 입술 사이로 쉰 웃음만 흘러나왔다. 단영이 위에서 쏟아지는 물을 피해 몸을 돌리려 했지만 그가 그녀의 얼굴을 양손으로 잡고 뜨거운 키스를 퍼부었다. 물줄기 아래서 키스하는 것만큼 짜릿한 게 없는 법이다. 차가운 물과 뜨거운 상대의 혀가 두 사람 모두를 흥분시켰다. 그러나 재윤의 어깨밖에 안 오는 단영이 까치발을 든 채 얼굴을 한껏 올려 키스를 하니 물줄기가 그녀의 얼굴 위로 사정없이 부딪쳤다. 재윤이야 고개를 숙이고 머리 위로 받으니 상관없지만, 정면으로 물세례 받으며 키스에 취하기가 어렵다. 어느 순간 단영이 콜록거리며 기침을 해댔다. 그녀의 콧속으로 물이 들어온 것이다. 그가 놓아주자 단영이 얼른 물이 쏟아지는 공간 밖으로 비켜서서 콧속에서 느껴지는 얼얼함에 킁킁거렸다. 그러나 한번 콧속을 강타한 그 얼얼하고 싸한 느낌이 쉽게 지워지겠는가. 그녀가 차마 손가락을 세워 콧속을 후비지는 못하고 주먹을 쥔 손으로 코 주위를 연신 문질렀다.

"괜찮아?"

주먹을 꼭 쥔 채 어쩔 줄 모르고 비벼대는 모습이 웃겨서 재윤이 웃음 띤 얼굴로 물었다. 그러자 단영이 손짓을 멈추고 그를 빤히 바라보았다. 그리곤 눈을 동그랗게 뜨고 경계하듯 고개를 끄덕였다.

"응."

그가 피식 웃는 걸로 두 사람 사이에 있었던 경어가 막을 내렸다.

'아이고, 저 예쁜 걸 어찌하나. 깨물어 먹을 수도 없고.'

그가 속으로 입맛을 다시며 물에 흠뻑 젖은 와이셔츠를 벗기 시작했다. 천이 물에 젖어 단추가 잘 끌러지지 않았다. 천천히 단추를 풀어내고 있는데, 단영이 멈칫 그를 쳐다보더니 자신도 원피스를 벗어야 하나 그런 얼굴을 하고 있었다. 아니면 샤워하라고 나가줘야 하는 건지. 재윤이 힘겹게 벗은 와이셔츠를 한쪽에 던져 놓고 그녀에게 가까이 오라는 시선을 보냈다. 단영이 주춤주춤 걸어가 앞에 서자 재윤이 뒤로 돌게 하더니 원피스 지퍼를 내려주었다. 지퍼를 내리는 동시에 그녀의 하얀 속살이 드러나자 그가 천천히 등선을 따라 입맞춤했다. 단영이 흠칫흠칫 몸을 떨었다. 그의 입맞춤이 끝나자 그녀가 돌아서서 소매에서 팔을 뺐다. 너무 어색하고 긴장돼서 그녀가 분위기를 풀어보려고 한다는 말이 이런 말이었다.

"생각보다 몸이 좋네. 의사라서 벗겨놓으면 비곗살일 줄 알았는데."

그녀가 눈앞에 있는 떡 벌어진 그의 어깨와 가슴을 훑으며 중얼거렸다. 가슴엔 털도 몇 가닥 나 있었다. 단영이 그 털을 신기하듯 쳐다봤다. 그가 단영의 머리에 꽂혀 있는 비녀와 핀을 빼내며 말했다.

"장시간 동안 수술하려면 체력이 중요하거든. 그래서 틈틈이 운동해."

그의 손은 물기에 젖은 그녀의 머리카락을 풀어내고 있었다. 그가 하는 대로 가만히 머리를 맡기고 있던 그녀가 물었다.

"무슨 운동?"

"이것저것. 골프도 하고, 자전거도 타고, 테니스도 치고, 수영도 하고."

"운동 좋아하나 보네."

"대개는 그냥 스포츠센터에서 죽자고 달려. 찌뿌드드할 때 한바탕 달리고 나면 몸이……."

그녀의 원피스가 바닥에 떨어졌다. 브래지어와 팬티만 입은 그녀의 몸이 드러나자 그의 말이 잠시 멈춰졌다. 짧은 순간 물끄러미 그녀의 몸을 응시하던 재윤이 말을 이었다.

"……몸이 개운하거든."

그녀가 좀 난감한 듯 미간을 좁히다가 중얼거리듯 말했다.

"속살이 좀 많죠?"

순간 그녀의 말투가 예전으로 돌아가자 그가 빙긋이 웃으며 그녀의 몸을 쳐다보았다. 어깨와 쇄골을 따라 가슴으로 이어지는 계곡과 완만한 배와 엉덩이를 모두.

"똥배가 좀 있긴 하지만…… 예쁜데."

단영이 살짝 빙글거리는 그의 얼굴을 노려봐 주곤 투덜거리 듯 말했다.

"이 정도면 똥배 아니야. 여자들은 원래 남자보다 뱃살이 더 많은 법이라고."

그녀가 세면대 근처에 있는 샴푸를 가져왔다. 그리곤 샤워기 를 틀고 머리를 감기 시작했다. 긴 머리라 감는데도 한참이나 걸렸는데, 재윤이 그러는 동안 바지와 팬티를 벗었다. 그리곤 비누에 묻힌 타월로 몸을 닦았다. 한편 머리를 다 감은 단영이 물기를 쪽쪽 짜내고 고개를 들다가 그의 벗은 모습에 흠칫 뒤로 물러났다.

"아유, 깜짝이야."

"놀라시긴."

그가 무안함에 몸을 돌려 마저 닦았다. 단영이 조심스레 팬티 와 브래지어를 벗고 자신도 거품으로 몸을 닦았다. 재윤이 샤워 기를 틀려고 몸을 돌리다 그녀의 손에 있는 타월을 가져갔다. 그리곤 그녀의 몸 구석구석을 닦아주기 시작했다. 미끌거리는 거품과 그의 손이 단영의 몸을 지나가자 묘한 느낌이 자리잡기 시작했다. 그녀가 멀뚱히 서 있기도 뭐해 불쑥 그의 아버지 얘 기를 꺼냈다.

"재윤 씨 아버지, 날 너무 좋아하시는 것 같아. 재윤 씨가 무 슨……."

그녀의 말이 순간 멈춰졌다. 그의 손이 그녀의 엉덩이와 여성 근처를 맴돌고 있었다. 그녀가 속삭이듯 말을 이었다.

"뇌물 썼어?"

"아니."

그의 손이 이제 허리와 배를 닦아 그녀의 온몸에 거품을 묻힌 후 샤워기를 틀었다. 그리고 단영을 끌어당겼다. 두 사람 다 거품으로 몸이 번들거렸다. 쏟아지는 물줄기에 거품이 씻겨져 내려갔다. 그가 쏟아져 내리는 물줄기 속에서 단영을 안고 그녀의 등허리와 어깨를 손으로 어루만졌다. 거품의 미끈거림을 씻어내는 듯하면서도 그녀를 애무하는 듯한 손길이었다.

"워낙 그 양반이 눈이 높지."

빈말이라도 기분 좋은 말이라 단영이 킥킥 웃었다. 웃음 속에 그의 손길이 가져다 주는 감각의 전율로 인한 흥분도 깃들어 있었다.

"진수 할아버지를 굉장히 좋아하시나 봐. 엄청 따르시더라."

"아버지가 원래 도예나 조각 쪽 하고 싶어하셨는데, 집안 반대 때문에 뜻을 꺾었거든. 아버지 어릴 때 줄줄이 동생들이 있어서 그랬기도 했고. 그게 지금 폭발하신 거지. 왜 그러시는지 이해는 되는데 한편으론 너무 과하니까 가끔 짜증나."

솔직히 짜증뿐이랴. 아버지 때문에 묵전이란 사람의 집안과 더 돈독해지게 생겼으니. 그런 속내를 드러내지 않은 채 재윤이 자신의 몸에 있는 거품기까지 말끔히 씻어내곤 샤워꼭지를 잠갔다. 단영이 수건을 가져와 건네자 재윤이 양손으로 수건을 펼쳐 그녀의 머리카락을 말려주었다. 그가 단영을 닦아주곤 자신의 몸에 있는 물기도 닦아냈다. 그녀가 목욕가운이 어디에 있나 주위를 둘러보는데, 그가 수건을 던져 두고 단영을 안아 올렸다.

"오늘 너무 힘쓰는 거 아닌가, 자네?"

그녀가 두 팔을 재윤의 목에 두르며 키득거렸다. 그가 단영을 안고 침대로 걸어가며 애써 힘든 표정을 지으며 대꾸했다.

"말시키지 마라. 힘들다."

그가 침대에 그녀를 눕혔다. 그리곤 바로 그녀 옆에 앉았다. 환한 조명 아래 벌거벗은 채 혼자만 누워 있는 게 어색한 단영이 침대 시트를 끌어당겼다. 그러자 재윤의 그녀의 손을 잡아 막았다.

"불 좀 껐으면 좋겠는데."

그가 잠시 환한 객실 안을 둘러보더니 휙하니 침대에서 내려가 객실 불을 껐다. 객실 안이 어둡게 가라앉고, 창밖으로 야경의 불빛이 흘러들어 왔다. 그가 침대 양 옆에 있는 전등을 켜자 은은하면서도 부드러운 분위기로 변했다. 그녀는 일어나 앉아 있었다. 재윤이 다시 침대로 올라와 앉자 단영이 손으로 자신의 젖은 머리카락을 매만지며 중얼거렸다.

"아, 머리 젖어 있으니까 찜찜해. 베개에 닿는 느낌도 싫고."

그가 몸 안에 소용돌이치는 열기를 지그시 참으며 드라이를 가져왔다. 그리곤 단영을 앞에 앉혀놓고 그녀의 머리카락을 말려주었다. 구불치는 검은 머리카락이 그의 손가락 사이에서 찰랑이며 그의 몸속에 불을 지폈다. 그가 얼굴을 묻은 채 그녀의 머리카락 내음을 맡고는 천천히 머리카락을 말렸다. 가만히 조는 아이처럼 앉아 있던 단영이 불쑥 말을 꺼냈다.

"여름 되니까 너무 거추장스러워. 말리는 데도 시간이 한참 걸리고. 단발로 자를까 생각 중이야."

그가 손으로 그녀의 머리카락을 쓸어 내리며 유심히 쳐다보았다. 그리곤 짧게 대답했다.

"안 돼."

그녀가 손가락 하나를 세워 자신의 뒷목을 콕콕 찌르며 말했다.

"여기 땀띠 안 보여?"

그가 그녀의 목 뒷덜미를 가만히 바라보고는 미간을 좁혔다.

"흠……."

단영이 돌아서 앉았다. 그리곤 그의 목에 팔을 두르고 두 다리를 그의 다리 위에 얹었다. 그가 드라이를 침대 아래 떨어뜨리곤 단영의 얼굴을 감쌌다. 그리곤 느리고 부드러운 입맞춤을 시작했다. 그의 입술이 그녀의 입술에서 맴돌다 천천히 그녀의 목덜미로 내려갔다. 귓불과 쇄골과 어깨를 따라 뜨겁지만 여유로운 애무를 했다. 반쯤은 눈이 감겨 있던 단영이 속삭였다.

"참, 내일 출근하려면 새벽에 나가야겠다."

"쉿!"

그녀가 더는 말을 할 수도 없었다. 그의 혀가 가슴 계곡을 따라 내려가더니 그녀의 가슴 한쪽을 덥석 베어 문 것이다. 발끝까지 짜릿한 느낌이 그녀의 몸속을 휘저어 단영이 더 이상 말을 잇지 못하고 가느다란 신음만 삼켰다.

"음……."

그녀가 움찔거리며 몸을 뒤로 빼자 그가 두 손으로 그녀를 끌어당겼다. 그리곤 부드럽게 움직였던 입술을 거칠게 움직여 그녀의 다른 가슴도 입 안에 넣어 빨았다. 미끈거리는 그의 타액이 그녀의 몸을 적셨다. 그가 젖꼭지를 입 안에 넣고 세게 빨아들이더니 이로 잘근잘근 깨물었다.

"아앗, 아파."

그의 입술이 다시 부드러워졌다. 그에게 안겨 있던 단영을 재윤이 천천히 침대에 눕혔다. 그리곤 그녀의 배꼽 근처를 혀로 핥으며 손으로 그녀의 허벅지를 어루만졌다. 단영이 그의 어깨에 있던 자신의 손을 올려 재윤의 머리카락을 어루만졌다. 그가 단영의 두 다리를 들어 올려 자신의 허리를 감싸게 만들었다. 매끄럽고 말랑말랑한 그녀의 살결이 손바닥 가득 느껴져 그를 흥분시켰다. 두 사람의 입술이 다시 만났다. 서로의 입술을 탐하며 이제 거침없이 서로에게 키스를 되돌렸다. 상대의 입술이 마치 자신의 일부인 것처럼 두 사람의 혀가 경계없이 어우러졌다. 어느 순간 재윤이 상체를 일으켜 결합을 준비했다. 그러자 그의 어깨에 팔을 두르고 있는 단영이 자연스레 상체가 올라갔다. 재윤이 그녀의 중심에 자리를 잡고 이미 팽팽하게 부풀어 단단해진 남성을 천천히 그녀의 여성에 갖다 대었다. 그가 두 사람의 몸이 틈새없이 밀착되게 만드는 동안 단영이 그의 가슴을 혀로 핥았다. 금방 샤워를 해서인지 물비린내와 살맛이 느껴졌다. 그녀가 콧속으로 스며들어 오는 물 냄새를 혀로 쓸어 맛보자 재윤의 입에서 잔뜩 잠긴 신음 소리가 터져 나왔다. 그가 참기 힘든 듯 미간을 찌푸리고 온몸을 긴장시키자 단영이 더 자극을 하려는 듯 그의 작은 젖꼭지를 입에 물고 핥았다. 순간 재윤이 그녀의 어깨를 잡고 눕혔다. 그의 눈빛이 새까맣게 짙어져 있었다.

"미치겠다, 정말."

그가 이를 갈며 쥐어짜는 듯한 목소리로 중얼거렸다. 단영이 〈난 아무것도 모르는 일이에요〉 하는 표정으로 장난을 치자 재윤이 얄미운 듯 그녀를 노려보았다. 그가 천천히 고개를 숙여 그녀의 목덜미를 이로 물었다. 그리곤 아프게 빨아들이고 잘근잘근 씹었다. 너무 자극이 거센지라 단영은 눈을 감고 몸속을 휘젓는 감각에 취해 있다 순간 두 눈을 퍼뜩 떴다.

"재윤 씨, 피임은?"

그가 목덜미를 여전히 애무하며 말했다.

"피임을 왜 해?"

"그럼 피임 안 해? 나 생리 끝난 지 별로 안 돼서 괜찮긴 한데 그래도 위험하잖아."

그가 몸이 맞닿은 채로 얼굴을 들었다. 그리곤 그녀의 허벅지와 허리 주위를 손으로 느긋하게 어루만졌다. 그녀의 어깨와 가슴 부근이 그의 입맞춤으로 붉게 멍울져 있었다. 그의 흔적이 고스란히 남은 것이다. 그가 그 붉은 흔적을 만족스럽게 응시하며 말했다.

"곧 있으면 결혼할 건데 피임을 왜 해?"

단영이 그의 머리카락을 손가락으로 매만지며 말했다.

"이러다 아이 가지면 어떡하라고?"

"그럼 더 좋고. 난 빨리 아이 가지고 싶거든."

몽롱하게 풀려 있던 단영의 눈동자가 그 순간 동그래졌다.

"난 아이는 천천히 낳고 싶은데. 시나리오 일 어느 정도 궤도에 오르면 그때 낳고 싶어."

그녀의 몸을 어루만지던 그의 손이 멈춰졌다. 그러잖아도 단영이 그에게 완전히 속해 있지 않은 느낌에 불안했던 재윤은 그 말이 다른 식으로 해석되었다. 어쩌면 그녀가 아직도 결혼에 대한 확신을 갖지 못한 채 도망갈 구석을 만들어놓는 건 아닌가 하고 말이다. 그가 단영의 아랫배를 손으로 쓰다듬으며 말했다.

"일은 아이를 가져도 할 수 있잖아. 산모가 서른 전에 아이를 낳아야 애가 건강하고 똑똑하다고."

부유한 집안이니 아이를 낳는다고 해서 그녀 혼자만 옴팡 집안에 묶일 일은 아니었지만, 갑자기 의사선생님처럼 말하는 재윤을 보며 단영이 멍해졌다. 물론 아이를 낳고 싶지 않다거나 하는 건 아니지만, 왠지 철저하게 유부녀로, 또 한 사람의 아내로 살아야 되는구나 하는 생각이 머리 속을 파고들었다. 고정불변의 바꿀 수 없는 어떤 상태로 완전히 스스로를 맞춰야 한다는 것, 그런 느낌이었다. 비록 상대방을 사랑하고 같이 있고 싶은 마음이 있더라도 단영의 마음이 가볍지 않았다.

재윤은 이미 방금 나눈 이야기를 잊은 듯 그녀의 몸에 열중하고 있었다. 그녀의 허벅지 안쪽의 예민한 속살을 애무하고 있었다. 단영이 그의 머리카락을 손으로 움켜쥐며 중얼거렸다.

"그래도 당장 아이를 갖는 건 좀……."

"쉿."

그가 그녀의 말을 막으며 입맞춤을 했다. 그리곤 천천히 맞닿은 몸을 움직여 그녀 안으로 들어가기 시작했다. 단단하게 부푼 그의 남성이 진입을 시작하자 단영이 아픈 듯 작은 비명을 질렀다.

"아, 앗."

그가 잠시 멈추고 그녀를 살폈다.

"아파?"

단영이 민망한 듯 애써 웃어 보였다.

"조금……."

그러나 조금 정도가 아니었는지 그의 허리를 두 손으로 잡고 움직이지 못하게 힘을 주었다. 잠시 후 그녀의 몸이 부드럽게 열리자 그가 다시 들어가기 시작했다. 완전히 결합될 수 있게 재윤이 그녀의 몸을 꽉 끌어안고 깊숙이 자신을 묻었다.

"으음……."

그의 입술 사이로 신음이 흘러나왔다. 재윤이 차마 욕구가 치미는 대로 움직이지 못하고 가만히 멈추었다. 그녀가 아파할까 기다려 주는 것이다. 그러나 자신을 옥죄고 있는 뜨거움에 그리 길게 기다릴 수는 없었다. 재윤이 그녀의 입술에 혀를 집어넣으며 몸을 움직이기 시작했다. 미칠 것 같은 쾌락의 전조가 몸을 휘저으며 전율을 일으켰다.

"아…… 단영아."

마침내 그녀의 몸 깊은 곳까지 거칠게 내달렸던 그가 단영이 절정에 이르러 몸을 떨자 자신의 참아왔던 욕구를 풀었다. 그의 몸이 거센 경련으로 부들부들 떨며 그녀의 몸속에 뜨거운 흔적을 쏟아 부었다.

잠시 후 격렬했던 육체관계로 지친 두 사람이 결합된 그 상태로 서로를 안고 있었다. 쾌락의 끝에 찾아오는 나른한 여운에 취해 그녀가 잠이 들자 재윤이 단영의 목덜미에 얼굴을 묻은 채 잠을 청했다. 부드러운 우유 같은 살내음이 그를 편안케 했다. 잠 속으로 빠져들면서도 재윤은 엷은 웃음을 머금고 있었다. 객실 안에 고요함이 찾아와 두 사람을 감쌌다.

동이 트는 새벽 다섯 시쯤에 잠들어 있던 재윤이 깨어났다. 여름이라 해가 일찍 뜨는지라 객실은 벌써 햇살이 들어오고 있었다. 워낙 일찍 일어나는 습관도 있었지만 집이 아닌 다른 곳에서 잠들어서 그런지 자연스레 눈이 떠지는 그였다. 오랜만에 맺은 육체관계로 몸이 찌뿌드드했지만 어젯밤에 지펴졌던 열기가 아직도 불씨로 남아 그의 몸을 자극했다.

재윤이 두 눈을 비비고 옆으로 고개를 돌려보니 단영이 멀찌감치 떨어져 등을 돌리고 자고 있었다. 혼자 자던 버릇 때문인지 잠결에 스스로 편한 자리를 찾아간 것 같았다. 그녀는 두 팔을 아래로 내린 채 베개도 베지 않고 새우처럼 몸을 구부리고 자고 있었다. 물론 그 자신도 잠잘 때는 옆에 누가 있는 것에 익숙지 않았고, 어릴 때부터 혼자 자던 버릇이 있어 몇 번 여자와 사귈 때도 자는 것만큼은 멀찍이 떨어져 잤다. 그러나 멀찍이 떨어져 등마저 돌리고 자고 있는 단영의 모습이 그리 마음에 들지는 않았다.

재윤이 몸을 움직여 단영에게 가까이 다가갔다. 그리곤 살며시 그녀의 몸을 돌려 자신을 바라보게 만들었다. 그녀가 잠결에 꿍얼거리며 인상을 썼다. 그녀의 머리카락이 베개 가득 펼쳐져 넘실거렸다. 햇살은 그녀의 몸 위로 떠다니며 솜털까지 미세하게 비추는 듯했다. 그가 조심스레 그녀의 머리카락을 손으로 쓸어주곤 빙긋이 웃었다. 서른이 될 때까지 그렇게 마음에 드는 여자도 없었거니와 그가 매달려 가지고 싶은 여자도 없었다. 그게 은근히 불안함으로 작용했다. 이러다 평생 그저 적적하고 무덤덤하게 살아가게 되는 건 아닐까 하는 그런 불안함. 누군가를 뜨겁게 사랑하고, 충만함을 느끼는 관계를 맺지 못한 채 말이다. 그런데 그녀가 나타났다. 그냥 착각이라고 생각했던 사진에서의 느낌이 틀리지 않고, 그에게 너무나 기쁘고 뿌듯한 충족감을 안겨주는 그런 여자가 지금 그의 곁에 잠들어 있었다.

그는 단영의 얼굴을 사랑스러운 듯 가만히 어루만졌다. 여전히 그녀의 얼굴에는 뾰루지 몇 개가 나 있었다. 뾰루지는 나타났다 사라졌다 이제 익숙한 그녀의 일부분으로 느껴졌다. 재윤이 그녀의 허리에 팔을 둘러 품 안으로 끌어당겼다. 그리곤 그녀의 등을 가만히 쓸어 내리며 그의 인생에 찾아온 충만감을 되새겼다. 그러다 문득 그녀의 팔을 보고는 혼자 키득거리며 웃었다. 여전히 그녀의 팔엔 긴 털이 곱게 눕혀져 있었다.

'아이고, 우리 단영이. 털도 참 많지.'

그가 단영의 팔을 손가락 끝으로 쓸어 내리고 매만졌다. 그리곤 팔꿈치 아래 있는 말랑한 살을 살짝 깨물었다. 보드랍고 말랑말랑한 살결이 기분 좋았다. 재윤이 점점 흥분하는 자신의 몸을 느끼며 그녀의 얼굴 위로 키스했다. 이미 그의 몸이 잔뜩 흥분해 다시 단단하게 부풀어 있었다. 그가 그녀의 목덜미에 얼굴을 묻고, 시트 안으로 천천히 손을 집어넣었다. 그리곤 조심스레 시트를 풀고 그녀의 몸을 어루만졌다. 그러자 잠들어 있던 단영이 서서히 깨어났다. 그녀가 눈을 감은 채 물었다.

"크흠…… 지금 몇 시야?"

"다섯 시."

아직 더 자도 된다고 생각했는지 단영이 다시 잠을 청하려는 듯 침묵했다. 재윤이 그녀의 귓불을 핥고 애무하자 그녀가 고개를 돌려 피했다.

"……졸려."

그러나 이미 그의 몸이 흥분한지라 재윤도 포기할 수가 없었다. 그가 잠들어 있는 단영을 끌어안고 그녀의 몸 구석구석을 애무했다. 단영이 몸을 비틀며 미약한 저항을 했다. 싫다기보단 자게 놔달라는 뜻으로 다른 쪽으로 몸을 슬금슬금 움직이려 했다. 잠에 취해 그녀가 말은 하지 못하고 그에게 떨어지려 했다. 그러나 재윤의 손이 이미 그녀의 몸을 잡고 놓아주지 않았다. 단영이 결국엔 잠 좀 자자는 말을 꺼낼 찰나, 그의 입술이 그녀의 여성 근처를 애무했다. 그녀가 급하게 숨을 들이켰다. 여전히 졸려 죽겠는데 몸이 깨어나 버린 것이다. 날카로운 전율이 그녀의 여성을 훑고 지나갔다. 그의 뜨거운 혀가 허벅지 안쪽을 애무하다 입술로 덥석 그녀의 여성을 덮었다.

단영이 발가락을 꼼지락거리며 요동쳤다. 그녀의 몸이 서서히 젖기 시작하더니 이내 충분히 그를 맞을 준비가 되어 있었다. 재윤이 씨익 웃으며 그녀의 위로 올라갔다. 그리곤 단번에 그녀 안으로 파고들었다. 그제야 눈을 감은 채 몸을 비틀며 떨던 그녀가 놀란 듯 두 눈을 퍼뜩 떴다. 그는 이미 그녀의 깊숙한 곳까지 들어와 거칠게 움직이고 있었다. 아침이라 겉은 젖어 있어도 그녀의 몸 안은 메말라 있었다. 잠들어 있던 몸이 놀랐는지 그녀의 몸이 그의 움직임에 아파했다. 단영이 인상을 찡그리며 그의 머리카락을 아프게 잡아당겼다.

"아아."

그가 아픈 듯 비명을 내지르면서도 움직임을 멈추지 못했다. 이미 온몸이 깨어나 이 절박한 욕구를 풀어달라 아우성이었다. 어느새 단영의 저항이 잦아들었다. 아픔과 동시에 짜릿짜릿하게 찾아오는 쾌락에 그녀가 서서히 신음을 흘리며 그의 움직임에 리듬을 맞추었다.

마침내 온몸이 뻣뻣해질 정도로 강렬한 전율이 두 사람의 몸을 휩쓸고 지나갔다. 정점에 오른 듯 두 사람이 서로를 끌어안고 거친 숨을 내뱉었다. 그가 어느 순간 숨을 멈추고 고통스러운 듯 얼굴이 일그러뜨렸다. 그리곤 객실을 가득 채울 정도로 억눌려 있던 신음을 내질렀다.

한참 후 그녀의 몸에 들어간 채 축 늘어져 있던 재윤이 상체를 일으켜 땀에 젖은 그녀의 머리카락을 어루만졌다. 그러자 눈을 감고 흐트러진 숨결을 토해내고 있던 단영이 꿍얼거렸다.

"아, 기운없어. 오늘 어떻게 수업하라고 이 아침에 사람을 잡아먹고 그래요?"

"너무 맛있어서…… 아침에도 먹고 싶은 걸 어떡하니."

능청스런 그의 대답에 단영이 실눈을 뜨고 흘겼다.

"고기 못 먹는다며? 너무 잘 먹는 거 아니야?"

그가 웃음을 터뜨리며 몸을 일으키는데 다시 잠을 청해보려고 몸을 구부리던 단영이 미약하게 신음을 내질렀다. 그녀의 얼굴이 일그러졌다.

"아……."

어젯밤에 있었던 관계로 가뜩이나 놀란 몸이 방금 전 있었던 관계로 이젠 욱신거리며 쑤셨다. 아랫배로 날카롭게 에이는 느낌이 들어 그녀가 손으로 아랫배를 매만졌다. 배가 차가웠다.

"아프니?"

그가 어리둥절한 얼굴로 그녀의 아랫배로 손을 가져갔다. 냉한 기운이 감돌았다. 그가 천천히 배를 쓰다듬으며 따뜻하게 해주자 싸하게 아팠던 배가 차츰 나아졌다.

"사실은 자궁이 약해서 몸이 냉한 편이야."

그가 이젠 의사로 돌아간 듯 진지한 얼굴로 그녀의 아랫배를 손가락으로 꾹꾹 눌러보고 살폈다.

"생리통 심하니?"

"응."

재윤이 그녀를 엎드리게 하고 허리와 등을 마사지했다. 단영이 기분 좋은 듯 눈을 감았다. 그러다 깜빡 그녀가 잠이 들었는데, 잠시 욕실에 갔다 온 재윤이 그녀를 안아 올렸다. 단영이 퍼뜩 눈을 뜨고 주위를 살피니 욕실 안이었다. 욕조에 뜨거운 물을 받아났는지 욕실 전체가 후텁지근했다.

"으아아, 한여름에 무슨."

재윤이 그녀를 안은 채 그대로 욕조 안으로 들어갔다. 욕조의

물은 그리 뜨겁지 않고 미지근했다. 그리고 허리 근처에서 찰랑일 정도였다. 에어컨 바람으로 서늘했던 그녀의 몸이 더운물에 따스해져 갔다. 재윤이 그녀의 어깨와 가슴에 물을 천천히 끼얹었다.

"나중에 병원에 들러. 검사 좀 해보자."

단영이 얼굴을 올려 그를 응시했다.

"왜? 애 못 낳을까 봐?"

"참내, 이 여자 못하는 말이 없네."

그가 꿀밤을 먹이고는 웃었다.

"관계 좀 했다고 그렇게 아랫배가 아플 정도면 그거 그대로 두면 안 돼. 여자는 자궁이 근원이라 만병의 원인이 되거든."

그는 어머니의 자궁암 일이 있어서 이제 더 이상 대충대충 넘어가질 않는 사람이었다. 그것도 그가 사랑하는 여자라면. 단영이 싱긋 웃으며 물속에서 그를 껴안았다.

"의사 선생을 애인으로 두니까 좋네. 직방으로 진찰 들어가고."

"이제 알았냐, 이 여자야. 나 놓치면 아까운 사람이야. 명심해."

"아, 예, 예."

5

우리 끝난 거니?

단영의 여름방학이 끝나갈 무렵 조계종에서 가을
맞이 어린이 연극제가 시작됐다. 처음으로 그녀가 쓴 시
나리오가 엄연히 돈―물론 많은 돈은 아니고 사례비 정도
였지만―을 받고 세상 밖에 선보이는 자리라 단영은 한
껏 부풀어 있었다. 매년 열리는 연극제이건만 그녀가 연
극을 보고 있는 사람들의 얼굴을 살피며 거의 매일 조계
종 안에 있는 소극장에서 살다시피 했다. 그러나 마음
한구석 마음이 편치 않았다. 연극제를 알리는 초대장을
진수에게 보냈지만 아무런 연락이 오질 않았다. 물론 각
자가 하는 일에 매번 찾아와 관심을 기울일 수는 없는
법이다. 그녀도 진수가 연극제에 오라는 뜻으로 초대장
을 보낸 건 아니었다. 단지 두 사람의 관계가 여전히 변

하지 않았음을, 그전과 다를 바 없는 친구로서 서로의 근황을 알리는 하나의 단서처럼 초대장을 보낸 것이다. 그런데 연락이 없었다. 전화도, 메일도 없었다. 물론 진수가 자신의 일이 바쁘고 힘들 땐 연락하지 않는 일이 다반사였지만 이건 그것과는 다른 뜻으로 읽혀 단영이 바쁜 와중에서 진수와의 애매모호한 관계를 마음에 계속 품고 있었다.

그렇게 여름이 지나가 버렸다. 가을 문턱에 다다르자 재윤은 상견례를 하자 말했고, 가을이 깊어질 즈음엔 약혼식을 올리자 말했다. 단영이 친구 유정과 하기로 한 영화 일에 뛰어들기로 하면서 결혼은 내년 봄에나 올리자 결론지어진 상태였다. 가을에 결혼하고 영화 일을 하라는 재윤의 말에 단영이 고집을 부렸다. 결혼 준비하며 시나리오 일에 매달리기란 사실 쉽지 않은 일이라고 단영이 마지막 선을 긋고 완강히 버티자 결국 재윤이 양보했다. 어쨌든 두 사람이 결혼 시기를 놓고 티격태격 말싸움을 했지만 한편으론 두 사람 사이가 예전보다 더 끈끈하게 묶어지는 영향을 미치기도 했다. 어느 정도 예의를 갖추며 친밀한 사이에서 이젠 다투고 화해하는 과정을 겪으며 서로에게 좀 더 깊이 익숙해져 갔다.

가을의 문턱을 막 넘어서려 하는 어느 날이었다. 상견례 날짜로 잡은 토요일 오후, 호텔에 있는 한 레스토랑에 단영이 부모님과 함께 들어섰다. 그리곤 재윤을 찾기 위해 주위를 둘러보다 교감선생이 한쪽 테이블에 앉아 있는 걸 보고 그녀의 눈이 동그랗게 커졌다. 그런데 더 당황스러운 건 교감선생 옆에 앉아 있는 중년의 남자가 재윤의 아버지인 문 박사였다. 그녀가 당황과 기막힘, 놀람 등이 뒤섞인 얼굴로 문 박사가 있는 곳으로 다가가는데 뒤에서 재윤이 다가왔다. 부모님과 따로 도착한 모양이었다.

"늦어서 죄송합니다."

재윤이 단영의 부모님께 인사를 건네자 단영의 어머니가 얼른 손으로 입을 가리며 웃었다.

"아니에요. 늦기는. 저희도 늦어서 죄송한걸요."

그저 눈 딱 감고 선보라고 기대없이 등을 떠밀었는데, 이렇게 의사 사위를 데려왔으니 단영의 어머니 기분 나쁠 게 없었다. 단영이 꿀 먹은 벙어리처럼 한쪽에 다소곳이 앉아 있자 문 박사가 먼저 말을 건넸다.

"잘 지냈는가?"

"예? 예. 아버님도 잘 지내셨어요?"

주위가 어리둥절한 얼굴로 단영과 문 박사를 응시했다.

"언제 한번 보셨어요?"

교감선생인 재윤의 어머니가 느긋하게 물어보자 문 박사가 예전에 만난 일을 기분 좋은 듯 말했다. 도자기와 관련해서 만났다는 말에 재윤의 어머니가 약간은 걱정스러운 듯한 표정으로 얼굴이 굳었다. 그게 며느리에 대한 주도권을 빼앗기는 단초라 여겼는지 온화한 얼굴을 하고 있던 재윤의 어머니가 풀어져 있던 표정을 수습했다.

"단영 씨, 많이 놀랐지?"

"예, 재윤 씨 어머님이 교감선생님인 줄은 전혀 모르고 있었어요."

"마음 같아선 알려주고 싶었는데, 그걸 알면 재윤이랑 만나는 거 부담스러워할 것 같아서 꾹 참았지."

"아, 예."

단영이 아직도 어리벙벙한 얼굴로 고개를 끄덕였다. 정말 그 말대로 미리 알았다면 이렇게 쉽게 재윤과 가까워지진 못했을 것이다. 상견례는 상대방의 자식을 칭찬하는 걸로 시작해, 자기 자식을 칭찬하는 걸로 고개를 넘더니 마지막엔 이렇게 잘나고 괜찮은 서로의 자식이 만났으니 얼마나 기쁜 일이냐 그렇게 마무리됐다.

"단영 씨가 학교에서 워낙 단정하고, 다소곳해서 제가 속으로 탐을 내고 있었는데 우리 재윤이가 떡하니 단영 씨를 보고 관심 있어하더라고요. 다 이렇게 인연이 되려고 단영 씨가 제가 있는 학교로 온 게 아닌가 싶어요."

재윤의 어머니와 단영의 어머니가 두 사람의 일을 이야기하며 이 혼사는 정말 하늘이 정해준 거다라는 듯 의미를 보태고 칠하고 끈으로 둘둘 싸고 있었다. 단영은 조용히 옆에서 식사를 하고 있는 재윤을 말없이 노려보는 앞에 놓인 음식이나 먹었다. 도대체 시어머니 될 분이 교감선생이 될 줄이야, 생각도 못

해봤던 일이니 단영은 갑작스런 일에 얼떨떨했다. 게다가 학교에서 보여준 자신의 모습이 다라고 생각하는 재윤의 어머니를 보면서 한숨이 터져 나올 것만 같았다. 학교에서 옷 입는 걸로 지적하는 분이니 몰래 영화시나리오 일을 하는 걸 알면 달가워하진 않을 분이었다. 교직사회에서 맴도는 어떤 분위기가 있는데, 아이들에게 온통 관심을 기울여야 할 선생이 딴짓을 하는 건 흉잡히는 일이었다. 게다가 경력도 그리 오래되지 않은 단영이 그런다는 건 욕 들어먹고 단박에 찍힐 일이었다. 갑자기 그녀가 걸어 들어가는 결혼생활이 재윤과 그녀 두 사람만의 것이 되지 않을 것 같은 불안함이 생기기 시작했다.

상견례가 끝난 후 각자 부모님을 모시고 집으로 들어갔다. 그리고 늦은 밤이 되어서야 단영이 재윤에게 전화를 걸었다.

"왜 말 안 했어?"

[알고 있는 줄 알았지.]

"전혀 몰랐단 말이야."

[어머니가 선자리 마련했던 거라 당연히 알고 있는 줄 알았어. 근데 무슨 문제 있는 거야? 어머니 때문에 기분 나쁜 거 있었니?]

"아니, 그런 건 아니고……."

단영의 말이 끝을 맺지 못하고 사그라졌다. 딱히 문제가 있는 건 없으니 뭐라고 불평을 늘어놓기가 그랬다. 그렇다고 속이 시원하고 말끔한 것도 아니니 그저 단영 혼자 멍한 얼굴로 허공을 응시하며 한숨을 지었다.

적당히 인사를 건네고 통화를 끝낸 단영이 답답한 마음에 창문을 열어젖혔다. 달밤이 고스란히 들어와 온 방 안을 비추어주는데, 마음은 까만 어둠처럼 먹먹했다. 아무런 문제가 없다. 그게 단영의 속을 갑갑하게 만들었다. 분명 아무런 문제가 없다. 예뻐해 주시는 시아버님과 예전부터 점찍었다며 좋아하시는 시어머니, 그리고 그녀를 아끼고 사랑하는 남자. 무엇을 더 바라고 무엇을 불평할 수 있단 말인가. 하지만 왜 가슴이 답답해져 오는 걸까. 그저 교수집안에서 잘 자란 아이로만 여기고 예뻐하는 시부모님들이 왠지 그녀의 목을 졸라맬 것만 같은 그런 답답하고 불편한 심사. 만약 진수가 남자였다면, 아니, 그런 것이 아니어도 진수와 사귄다면 온전히 서로를 자유롭게 해주지 않을까 하는 미련스런 가정을 해보는 단영이었다. 재윤은 사려 깊고 아껴주는 만큼 은근히 가정에 충실해야 한다는 생각이 있어 가끔씩은 답답했다. 만약 공부한다고 유학을 떠나겠다고 하면, 만약 영화 촬영 때문에 몇 달 동안 집에 들어오지 않는다면 과연 그는 어떻게 나올까. 괜스레 상념에 젖어든 단영이 창문 밖의 고적한 어둠을 응시하며 이리저리 생각에 빠져들었다.

'아무런 문제, 없다. 그런데 왜 이토록 한쪽 가슴이 무거운 돌로 내리누른 듯 답답한 걸까?

시나리오 작업 때문에 감정 상할 정도로 싸웠던 일이 새삼스레 그녀의 머리 속에 떠올랐다. 결혼을 못하는 한이 있어도 해야겠다는 그녀의 말에 재윤이 시릴 정도로 차가운 눈빛으로 그녀를 응시했었다. 그리고 당신이 그토록 원한다면 어쩔 수 없다는 얼굴로 그렇게 하자고 말하는데 그게 단영은 고맙다기보단 화가 났다. 당연히 그녀가 살아가며 하고자 하는 일을 어째서 일일이 그와 논의해서 결정해야 한단 말인가. 아니, 상의해서 결정 내리는 것보다 마치 허락을 받는 느낌이었다. 겉으론 이해해 주어 고맙다는 말로 어긋날 뻔했던 감정을 애써 다독여 놓았지만, 교감이 시어머니가 될 분이란 걸 안 오늘은 그때 느꼈던 알 수 없는 불쾌함과 답답함이 새록새록 수면 위로 나와 버리게 했다.

창밖을 응시하던 단영이 침대에 덩그러니 놓여 있는 핸드폰을 집어 들었다. 그리곤 진수의 전화번호를 꾹꾹 눌렀다. 폴더 화면에 찍힌 번호를 잠시 들여다보던 그녀가 마지막으로 통화 버튼을 꾹 눌렀다. 신호음이 몇 번 울려도 받지 않자 그녀가 전화를 끊으려 하는데 핸드폰 너머 진수의 목소리가 들려왔다.

[응.]

단영이 잠시 말을 못하다가 조물조물 목소리를 냈다.

"자니?"

[아니, 씻고 이제 자려고.]

진수의 목소리는 평이하고 담담했다. 무슨 일이냐고 물어주길 기다리고 있는데, 진수는 묻지 않았다.

"그냥, 생각나서 전화했어. 잘 지내고 있어?"

[그렇지 뭐. 만날 물레 돌리고, 그릇 구워서 깨고 그러다 보면 날이 밝고…… 연극은 잘했니?]

"응. 뭐, 시나리오만 넘겨주면 나머진 자기들이 알아서 하는 거니까. 그냥 구경만 했어."

[그랬구나.]

진수는 그 말 한마디를 대답하곤 더 이상 대꾸하지 않았다. 단영이 이 겉도는 대화를 어찌해야 할까 잠시 막막한 얼굴로 앉아 있는데 핸드폰 안에서 진수의 피곤한 듯한 목소리가 들려왔다.

[나, 자야 될 것 같아. 내일 일찍 흙 구하러 떠나거든.]

"아…… 그래, 알았어."

그렇게 통화가 끝났다. 단영이 핸드폰을 손에 쥐고 창밖을 응시했다. 가을바람이 얼핏 불어오는 것 같긴 한데 아직도 여름 냄새가 풍겼다. 지금 그녀에게 불어오는 밤바람이 가을인지 여름인지 알 수 없었다. 단영이 깊은 한숨을 내쉬며 미간을 찌푸렸다.

상견례가 치러지자, 그 이후부터는 가속도가 붙기 시작했다. 언덕배기 정점을 넘은 바퀴가 이제 가파른 경사면을 따라 굴러가는 것처럼 마치 기다렸다는 듯 다음 일이 착착 진행되었다. 약혼 날짜가 잡히고, 장소를 예약하고, 의상을 준비하고 그렇게 2학기 생활과 약혼 준비가 병행되었다. 은행나무 잎들이 노랗게 하나둘씩 물들어갈 즈음 두 사람의 약혼 초대장이 만들어졌다. 서로의 가족과 가장 친한 친구들을 부르기로 해서 자리가 크지는 않지만 식은 식인지라 격식을 갖추어야 했다.

단영이 맞추어놓은 약혼식 의복을 입어보러 오라는 가게의 연락을 받고 재윤에게 전화를 걸었다. 재윤보다 일찍 끝나는 그녀기에 차라리 재윤의 병원에서 만나자고 약속을 한 그녀가 수업이 끝나자마자 병원이 있는 강남으로 향했다.

"예복 나왔다는데, 보러 가는 거니?"

교문을 나서려는데 교감선생이 단영을 불렀다.

"예."

아직은 학교에 알리지 않은 상태라 단영이 조용히 대답했다. 재윤의 어머니가 이것저것 이야기를 늘어놓았다.

"입어보고 그냥 대충 넘기지 말고, 맘에 안 드는 거 있으면 고쳐 달라고 해. 약혼 예복 하는 거 보고 결혼식 예복 맡긴다고 그러면 잘해줄 거야."

"예, 그럴게요."

단영이 배시시 웃으며 대답하자 재윤의 어머니가 아쉬운 듯 한숨을 내쉬었다.

"아휴, 내가 같이 가서 봐야 하는 건데. 우리 단영인 마음이 약해서 맘에 안 들어도 말을 못 할 텐데 걱정이다. 여하튼 재윤이 것도 꼼꼼히 챙겨보고."

"예."

그녀가 뭐라고 말을 하기가 애매해 그저 공손하게 대답만 뿐이었다. 마침 퇴근하려던 선생들이 교감선생에게 인사를 건네자 재윤의 어머니가 단영에게 가보라는 듯 눈짓을 보냈다. 단영이 자신도 모르게 숨을 들이 내쉬었다. 아무리 친근하게 대해주어도 시어머니는 시어머니라 알게 모르게 긴장되는 단영이었다. 그것도 직장에서 벌어지는 여러 일들을 시어머니 될 분이 지켜본다는 생각에 단영, 긴장과 부담감에 짜증이 날 때가 여러 번이었다. 차라리 직장을 옮길까 심각하게 고민하는 요즘이었다.

그녀가 긴장으로 기운이 빠진 몸을 이끌고 털레털레 재윤의 병원에 도착했다. 거의 진료 시간이 끝나갈 무렵이라 단영이 산부인과가 있는 삼층을 두리번거리며 직접 진찰실을 찾았다. 그러다 어느 문 앞에 붙어 있는 〈문재윤〉이란 이름을 보곤 노크를 했다.

"예, 들어와요."

문 안에서 재윤의 목소리가 들려왔다. 단영이 문을 열고 안으로 들어서니 어느 여자 한 분이 검사를 마친 듯 남편과 함께 일어서고 있었다. 단영이 주뼛주뼛 안으로 들어가자 옆에 있던 간호사에게 차트를 넘겨준 재윤이 단영을 보곤 빙긋이 웃었다.

"왔어요?"

환자들 뒤를 따라 나가던 간호사가 호기심 어린 눈으로 단영을 구경했다. 단영이 고개 숙여 어색하게 인사를 건넸다. 재윤이 간호사를 부르며 말했다.

"황 간호사님, 여기 검사 준비 좀 해줘요."

"예?"

간호사가 의아한 듯 되묻자 재윤이 간단하게 설명하기 시작했다.

"아, 온 김에 검사 좀 하려고요."

간호사가 단영을 힐끗 쳐다보곤 알았다는 듯 고개를 끄덕였다. 단영이 어리둥절한 얼굴로 재윤을 바라보았다.

"검사요?"

"계속 생각만 하고 못했잖아요. 오늘 온 김에 합시다."

"아니, 그래도……."

간호사가 당황해하는 단영을 보곤 싱긋 웃는다.

"문 선생님, 결혼하신다고 소문이 파다하더니 이분이세요?"

무표정했던 황 간호사의 얼굴이 예의 오랫동안 알아온 재윤의 누님 되는 듯한 얼굴로 단영을 이리저리 뜯어보기 시작했다. 재윤은 빙그레 웃었다.

"예."

"아이고, 간호사들 한바탕 난리나겠네요."

단영이 머쓱한 얼굴로 서 있자, 재윤이 진찰실 한쪽에 있는 침대에 누우라고 시선을 보냈다. 그녀가 싫다는 듯 눈을 새치름하게 뜨자 재윤이 손목을 잡고는 침대로 끌어당겼다.

"겁먹지 말아요. 간단한 것만 할 거니까."

"그래도……."

단영이 황 간호사를 민망한 듯 쳐다보자 황 간호사가 씨익 웃으며 병실에서 나갔다. 결국 단영은 침대에 누워 초음파 검사를 받았다. 그저 까맣고 치직거리는 화면을 단영은 뭐가 뭔지 전혀 모르겠는데, 재윤은 그저 덤덤한 얼굴로 유심히 바라보고 있었다.

"무슨 문제 있어?"

병실 안에 두 사람만 있자 단영이 반말을 했다. 두 사람이 육체관계를 한 날부터 반말을 하게 됐는데, 그게 이상하게 다른 사람들 있을 때는 반말이 나오질 않았다. 그래서 언젠가부터 두 사람만 있을 때 반말을 하고 사람들이 있으면 경어를 썼다. 재윤이 화면 안에 보이는 단영의 자궁 속을 꼼꼼히 살펴보고는 고개를 저었다.

"아니, 아무 이상 없는데."

재윤이 휴지를 건네자 단영이 배 위에 찐득하게 칠해진 액체를 닦아냈다. 잠시 후 황 간호사가 주사기와 빈 컵을 하나 들고 오더니 단영의 팔에서 피를 뽑았다. 그리곤 빈 컵을 내밀었다.

"가서 소변 받아오세요."

단영이 입을 뻐끔거리며 빈 컵을 바라보다가 재윤을 쳐다보았다. 아무리 애인이 의사라지만, 애인 앞에서 소변 받아오는 건 정말 하고 싶지 않았다. 하지만 재윤이 눈을 시퍼렇게 부릅뜨고 압력을 주자 단영이 입술을 삐쭉 내밀고 화장실로 향했다.

다행히도 황 간호사가 진찰실 밖에 나와 그녀를 기다려 주었다. 단영이 노란 액체가 든 컵을 건네주며 어쩔 줄 몰라 하는 얼굴로 부스스 웃었지만 황 간호사는 언제나 하는 일인 양 아무렇지 않은 얼굴로 소변이 든 컵을 들고 검사실로 향했다. 단영이 다시 진찰실 안으로 들어가자 재윤은 손을 씻고 있었다. 뭔가 생각에 빠진 듯 굳어 있던 그의 얼굴이 이내 단영을 보고는 풀어졌다. 두 사람이 바로 예복을 맞춘 가게로 향했다.

예복은 잘 맞았다. 뭔가 꼬투리 하나 정도는 잡아줘야 할 것 같은데도 별 달리 잘못된 게 없었다. 하기야 유명한 의상실이니 몇 사람에 걸쳐 만들어진 옷이 실수가 날 리 없었다.

두 사람이 예복을 확인하고 근처에서 저녁을 먹고 있을 때 단영에게 전화가 걸려왔다. 같이 시나리오 작업을 하기로 했던 친구 유정이었다. 전화를 받고 있는 단영의 얼굴이 점점 상기되어 갔다. 재윤이 어느새 앞에 있는 음식을 다 비우고, 커피 한 잔을 마실까 하는데 여전히 그녀는 친구와 통화하느라 음식이 식어가고 있었다. 그녀의 얼굴이 기대에 부푼 듯 발갛게 상기되다가 어느 순간 눈을 반짝이며 즐거워하더니 진지하게 일정에 대해 논의하기 시작했다. 재윤이 그런 단영의 모습을 물끄러미 구경하고 있었다. 그는 단영을 만나고 혼란스러웠다. 거침없이 뻗어 나가 획하니 홀로 내달려 가버릴 것 같은 그런 느낌. 그가 보건대 저 여자는 가슴속에 불을 품고 있는 사람이었다. 집안 분위기와 공교육에 잡혀 그 불덩이가 아슬아슬하게 조절이 되고 있지만, 가끔씩 그 불덩이가 차고 올라오는 걸 알 수 있었다. 그녀는 더 이상 그 불덩이를 조절할 수 없을 때 폭발할 것이다. 그래서 재윤 그 자신도 제어하지 못할지 모른다는 그런 묘한 불안함이 있었다. 결혼을 하지 못하는 한이 있어도 시나리오를 쓰겠다는 말을 들었을 때 그가 건드려서는 어떤 부분을 본 느낌이었다. 물론 불덩이를 가슴속에 품고 있는 단영은 그에게 매력적이었다. 누구에게도 느낄 수 없었던 열기를, 생생함을 느낄 수 있었으니까. 하지만 저 불덩어리는 과연 계속 조절 가능할까. 그는 떠나고 싶지도 않았고, 그렇다고 막연한 불안감에 단영을 묶어 불덩이가 못 나오게 억압하고 싶지도 않았다. 이도저도 선택하지 않은 상태에서 그는 어찌 보면 그녀에게 끌려가고 있는 상황이었다. 그 상황을 지켜보고 있을 뿐이었다. 최대한 어느 날 어느 순간 불덩이가 터져 나와도 그를 떠나지 못하게 만들려 애쓸 뿐이다.

그는 점원이 갖다 준 커피를 식히려고 두어 번 찻잔을 빙빙 돌렸다. 그가 한 모금 마시려 할 때쯤 단영이 통화를 끝내고 흥분한 듯 이야기를 꺼냈다.

"나, 메이저 영화에 참여할 것 같아. 나랑 공동작업으로 단편 만들기로 했던 유정이 있잖아."

"응."

"유정이가 아는 기획사에 시놉시스를 보냈는데 관심있어한

대. 원래 단편으로 만들어서 어디 공모에 내보내려고 했던 건데, 이러다 크게 일이 만들어질 것 같아.”

단영이 비죽비죽 삐져 나오는 웃음을 참지 못하고 마치 꿈꾸는 사람처럼 눈을 반짝였다.

“아, 이것만 잘되면, 학교 일 그만두고 시나리오만 쓸 수 있어. 그러면…… 그러면 내가 쓰고 싶었던 거 몽땅…… 으흐흐.”

그녀가 말을 끝맺지 못할 만큼 기쁨에 겨운 웃음을 터뜨렸다. 재윤이 그저 옅은 웃음을 띠고 침묵하고 있자 단영이 그를 쳐다보았다.

“안 기뻐?”

“기뻐.”

“근데 표정이 왜 그래?”

그가 〈내가 뭘?〉이라는 얼굴로 눈을 크게 떴다. 단영이 조금 사그라진 얼굴로 말했다.

“물론 이 바닥이 워낙 말만 많은 곳이라 될지 안 될지 알 수 없긴 해.”

“잘될 거야.”

그가 덧붙이자 단영이 애써 사그라뜨린 웃음을 다시 배어 물었다. 그러나 이미 차분한 그의 태도로 그녀의 속에 있던 열기가 쏙 안으로 들어가 버렸다. 이 일이 어떤 의미인지, 왜 이렇게 기쁜 일인지 설명하기가 애매했다. 스텝으로 참여해서 감독까지 가려면 너무 많은 걸 감수해야 하기에, 단영은 시나리오를 통해 결국엔 감독까지 갈 생각을 하고 있던 참이었다. 그래서 시나리오가 발탁돼 스텝으로 참여하는 게 그녀에게 어떤 의미인지 그는 몰랐다. 그녀가 식어버린 자신의 음식을 몇 번 뒤적이다 점원에게 커피를 주문했다.

저녁을 먹은 두 사람이 헤어졌다. 그는 내일 장시간의 수술이 예약되어 있었고, 단영도 일찍 일어나야 했다. 그녀의 집 앞에 도착하자 두 사람이 느릿느릿한 키스를 주고받고 단영이 차에서 내렸다. 단영이 골목길 안쪽으로 사라지는 차 뒷모습을 지켜보고 있다가 터벅터벅 자신의 집 대문으로 걸어갔다. 그녀가 초인종을 누를까 말까 잠시 망설이다 가방 안에서 열쇠를 찾아 꺼냈다. 문을 열고 들어가니 마당이 고적했다. 그녀가 잠시 마당 한쪽에 있는 의자에 앉아 멍하니 하늘을 올려다보았다. 서늘한 바람이 멈춰 있는 듯한 고적한 마당에 살짝살짝 찾아왔다 가버렸다. 갑자기 단영이 숨을 크게 들이셨다. 저기 그녀가 알 수 없는 곳까지 닿을 수 있게 계속 숨을 들이켰다. 근데 시원하지 않았다. 가슴이 뻐근하도록 숨을 들이켰는데 시원하지 않았다. 무언가가 가슴에서 부글부글 끓고 있는데 그게 뭔지 모르겠다. 그녀가 땅이 꺼져라 숨을 내쉬고 어두운 밤하늘을 올려다보았다. 그러다 어느 순간 가방 안에 있는 핸드폰을 꺼냈다. 신호음은 두어 번 울리나 싶더니 숨이 찬 듯한 진수의 목소리를 들려주었다.

"잤니?"

피식 웃는 진수의 목소리가 새어나왔다.

[이 시간에?]

너무나 평화롭고 덤덤한 진수의 목소리에 단영은 갑자기 서운하다. 어째서 이토록 덤덤한 걸까. 어째서 이렇게 편할 수 있는 걸까. 아무렇지 않은 듯, 아무 일 없는 듯 말이다. 그녀 자신이 이렇게 되돌아가기를 바랐으면서도 막상 담담한 진수의 태도가 알 수 없이 서운하고 화가 난다. 진수는 뛰어왔는지 가쁜 숨을 몇 번 내쉬었다.

"뛰었어? 숨이 왜 그렇게 차?"

[흙 나르고 있었거든.]

"아⋯⋯."

단영이 고개를 끄덕이며 침묵했다. 다시 핸드폰 안에 있는 두 사람만의 세계가 조용해졌다. 마치 아득한 거리에 떨어져 있는 듯, 막막한 공간에 두 사람이 앉아 있는 듯한 느낌. 언젠가 그랬다, 우리 대화 중에 찾아오는 이 아득함과 고요를 즐기자고. 있는 그대로 내버려 두고 지켜보자고. 대화 사이사이에 찾아오는 아득한 거리감과 막막함에 쫓기며 거부하지 말고, 이것도 또 다른 우리 사이의 한 단면으로 인정하자고. 그래서 두 사람은 오랜만에 만나 떠들다가도 갑자기 대화가 중단되면 서로를 빤히 응시하곤 했다. 마치 또 다른 손님이 찾아와 함께 있는 것처럼 그 침묵을 즐기며 웃었다. 단영이 그 아득한 거리감을 가만히 내버려 두다 불쑥 말을 꺼냈다.

"진수야, 보고 싶어."

[……]

진수는 대답하지 않았다. 긴 정적이 흐르다 못해 돌덩이를 껴안고 바다 속으로 빠진 듯 두 사람 사이에 고요함이 찾아왔다. 고요함은 바람 한 점 없는 여름날의 땡볕처럼 묘하게 서늘했다. 단영이 정지된 공기에 바람을 일으켰다.

"보고 싶어."

핸드폰 속에서 진수가 깊게 숨을 들이키는 소리가 들려왔다. 그리고 까끌까끌하게 가라앉은 진수의 목소리가 뒤를 따랐다.

[……너는…… 참…….]

단영이 가만히 귀 기울이며 진수의 나머지 말을 기다렸다.

[……욕심이 많구나.]

씁쓸함이 묻어나는 진수의 목소리에 단영은 가슴 한구석이 후벼 파듯 에였다. 단영이 대답하지 않자 진수가 말을 이었다.

[가지고 싶지는 않으면서 놓지도 못하는구나.]

어떤 대답을 해야 할지 몰라 단영이 잠시 입술을 벙긋거리며 밤하늘을 올려다보았다. 내 것이 아닌 별들이 하늘 위에 가득했다.

"그런가?"

[흐음.]

진수는 한숨 섞인 대답을 했고, 단영은 눈을 감고 되뇌었다.

"근데 네가 보고 싶어."

[······.]

"내가 이상한 걸까?"

긴 침묵 끝에 진수가 대답했다.

[내가 널 어떻게······ 싫어할 수 있겠니.]

시원한 공기를 들이키듯 단영이 진수의 말을 가슴 깊이 들이켰다.

"나, 지금 그리로 갈게. 마중 나와줄래?"

통화가 끝나자마자 단영이 곧장 마당을 가로질러 골목길을 빠져나갔다. 그리고 서울역으로 향했다. 늦은 밤이긴 하지만 잘하면 막차가 있을 시간이었다. 삼십여 분 후 택시를 타고 서울역에 도착하니 부산까지 가는 새마을호가 남아 있었다. 그녀가 기차에 몸을 싣고 진수에게 전화를 걸었다.

세 시간 후 그녀가 기차역에 도착해 주위를 두리번거리는데 진수가 차를 가지고 이미 기다리고 있었다. 진수의 얼굴은 그을려 있었다. 서울에 있었던 때보다 훨씬 다부졌다. 편한 티셔츠에 흙과 물감으로 헤진 청바지를 입고 진수가 단영에게 걸어오자 단영이 무작정 뛰어갔다. 진수가 어이없다는 듯 웃었다.

"내일 수업있는 애가 이게 뭔 난리야?"

"보고 싶은 걸 어떡하니."

진수가 단영이 들고 있는 가방을 들더니 차가 주차된 곳으로 걸음을 옮겼다. 단영이 물 만난 고기처럼 떠들기 시작했다.

"나, 시나리오 될 것 같아. 영화사에서 한번 보재."

진수가 씨익 웃으며 고개를 끄덕였다.

"그쪽에선 시나리오만 사는 거야?"

"아니, 분위기 봐선 스텝으로 참여할 수 있을 것 같아."

"그렇게 속을 태우더니 드디어 길을 뚫었구나."

두 사람을 태운 차가 자정을 넘은 기차역 주변을 빠져나갔다. 아직도 불빛이 어른거리고, 밤늦게까지 일하는 사람들과 물건을 떼어오는 사람들이 기차역에 북적거렸다.

차는 한참을 달리더니 어둑어둑한 논밭 사이로 들어갔다. 그리고 옛 기와집 앞에서야 멈춰 섰다. 풀벌레 소리가 집 주위에 가득해 단영이 사박사박 흙길을 밟고 진수를 따라 집 안으로 들어갔다. 모두들 잠들었는지 온통 풀벌레 소리만 울려 퍼졌다. 마당을 지나 마루에 오르니 삐걱삐걱 나무 소리가 흘러나왔다. 잠자리에 들려 했던 아줌마가 걸음소리를 듣고 마당으로 나왔다. 기와집은 하도 넓어 여러 채가 서로 격자무늬처럼 배치되어 있었다. 그중 한쪽 기와집을 진수가 쓰고 있었다.

"아가씨, 손님 오신 거예요?"

"예. 간단하게 요기할 거 좀 만들어줄 수 있을까요?"

"알았어요. 들어가세요."

"죄송해요, 밤늦게 찾아와서."

단영이 우물거리며 사과하자 아줌마가 손사래를 치며 활짝 웃었다.

"아니에요. 우리 아가씨가 워낙 혼자만 계셔서 아무 때나 오셔도 전 기뻐요."

아줌마는 마당을 가로질러 주방이 있는 기와로 들어갔다. 진
수가 난감한 얼굴로 아줌마를 쳐다보다가 단영에게 물었다.

"씻을래?"

"응. 몸이 끈적인다."

단영이 욕실로 곧장 걸음을 옮겼다. 진수가 갈아입을 옷을 건
네주었다. 모시로 만든 넉넉한 반바지와 조끼가 풀을 먹여 다려
져 있었다. 서걱서걱 그녀가 움직일 때마다 몸에 들러붙지 않고
시원한 바람이 들어왔다. 두 사람이 모두 모시로 된 옷을 갈아
입고 뒷마당에서 서성이는데 아줌마가 간단한 음식과 과일을
가져다 주었다. 단영이 떡 몇 개를 오물거리는 동안 진수는 참
외를 먹었다.

"내일 수업 때문에 새벽에 올라가야겠다. 안 피곤하겠어?"

"정 힘들면 내일 하루 쉬지 뭐. 병났다고 하면 하루 정도는 괜
찮아."

단영이 입 안에 있는 떡을 씹으며 너른 마당을 응시했다.

"이러고 있으니까 갑자기 딴세상에 온 것 같다. 모시옷 입고
풀벌레 소리 듣고 있으니까……."

단영이 깊이 숨을 들이 내쉬었다. 진수는 수박 하나를 집어
우적우적 먹고는 담배를 하나 피워 물었다. 마당을 보고 있던
단영이 고개를 돌려 담배 연기를 뿜어내는 진수를 응시했다.

"한동안 끊더니 다시 피우는 거야?"

진수가 피식 웃으며 장난스럽게 말했다.

"예전에 네가 나 담배 피우는 거 멋있다고 해서 피우는 거야. 꼬셔보려고."

능청스런 진수의 대답에 단영이 따라 웃었다. 그러다 어느 순간 무표정해졌다. 물끄러미 담배 연기를 내뿜는 진수를 바라보던 그녀가 조용히 속삭이듯 말했다. 그러나 그녀의 목소리가 메마른 흙처럼 까칠했다.

"우리 끝난 거니?"

단영이 겉도는 물길을 단칼에 베어버리자 바닥에 있던 갈라진 땅바닥이 드러났다. 갈라진 틈 사이로 끝을 알 수 없는 암흑이 보이는 듯했다. 진수가 담배를 마저 피우고, 재떨이에 비벼 껐다.

"아마도……."

단영이 그 대답에 고개를 돌려 다시 너른 마당을 응시했다. 어둠 속에 가려진 마당의 나무와 수풀이 윤곽을 드러내지 않아 먹먹했다.

"네 사랑은 그런 거니? 네가 원하는 거 주지 않으면 그렇게 쉽게 사람을 끊어낼 수 있니?"

담담했던 진수의 눈빛이 삭막하게 변했다. 아픈 상처를 건드린 듯 그녀의 눈동자가 일순 흔들렸다.

"너는 주지 않겠다고 말한 적 없어."

단영이 무슨 소리냐는 듯 바라봤다.

"너는 주지 않겠다고 말한 게 아니라, 내가 가지려 해서는 안 된다고 암시했어."

"내가?"

"그럼, 아닌가? 재윤 씨랑 나란히 와서 그게 정상이고 보편적인 것처럼 굴었는데 그 속에서 내가 뭘 느껴야 하는 거지?"

단영이 미간을 좁힌 채 진수가 한 말을 곰곰이 생각하는데 막상 이야기를 꺼낸 진수는 그냥 귀찮은 듯한 얼굴로 고개를 저었다.

"아, 됐어. 이거든 저거든 여하튼 아니라고 말하니까. 된 거야. 나는 정리했어. 깔끔하고 단순하게 살고 싶어."

메마르고 간결한 진수의 말에 단영이 화가 난 듯 소리쳤다.

"정리? 뭐가 그렇게 쉬워? 사랑한다고 해놓고 이렇게 단박에 내가 정리된단 말이야? 그럴 거였으면 처음부터 말을 하지 말지 그랬어? 사람 들쑤셔 놓고 뭐? 깔끔하고 단순하게? 그럼 난? 난 어떡하라고? 난 너 여전히 좋아하고 잃고 싶지 않은데 너만 정리하고 끝내면 다야?"

단영이 치민 성질이 가라앉지 않는지 말을 할수록 씩씩거렸다. 결국 가만히 앉아 있어도 진정이 안 되자 맨발로 마당에 있는 풀밭을 이리저리 걸었다. 진수는 툇마루에 걸터앉아 거니는 단영을 응시했다.

"넌 정말……."

단영이 고개를 돌려 진수를 응시했다. 진수가 한숨을 내쉬었다.

"정말 욕심이 많구나."

"그래, 나 욕심 많아. 그걸 이제 알았어? 하지만 내가 볼 땐 너도 욕심 많아."

진수가 동의한다는 얼굴로 고개를 끄덕였다. 단영이 눈을 감고 마당에 피어 있는 나무와 꽃들의 향기를 맡았다. 그리고 속삭였다.

"그냥 이렇게 존재하면 안 되나? 꼭 서로를 소유하고 묶어야 하는 걸까? 우리가 서로 소유하려고 들면 나머진 다 잃게 될 거야. 게다가 아이도 가질 수 없을 거고……. 이미 세상에 약자로 태어났는데, 그나마 갖고 있는 기득권까지 다 뺏겨 버릴 거야. 왜 그런 삶을 살아야 하지? 내가 비겁한 거니?"

"아니."

단영의 눈이 붉게 충혈됐다.

"그런데 어째서 너는 나를 버리려고 하니?"

마루에 걸터앉아 있던 진수 역시 맨발로 풀밭을 걸었다. 그리곤 천천히 단영에게 다가가 눈물을 닦아주었다. 단영이 그렁그렁한 물기 어린 눈동자로 진수를 응시하며 속삭였다.

"재윤 씨도 그러더라. 결혼을 못하면 아예 끝내겠다고. 너도 그런 거니? 자기가 원하는 대로 되지 않으면 그 사람을 버릴 수 있는 거니?"

"버린다기보단, 괴로우니까 떠나는 거지."

"나는 괴로워도 못 떠나는데. 네가 다른 사람이랑 설혹 사랑에 빠져서 결혼을 해도 나는 너 못 떠날 텐데 어떡하니? 그렇게 쉽게 사람이 버려지니? 그게 사랑인 거야?"

마당이 고적했다. 풀벌레 소리가 시끄러웠다. 나무들은 바람결에 따라 어둠 속에서 춤을 추었고, 버선코처럼 위로 치켜진 전각 끝이 달빛에 잠겼다. 진수의 눈동자도 잠겼다.

방 안 가득 거문고 소리가 채워졌다. 새벽이 깊을 때까지 두 사람이 잠을 못 이루고 두런두런 이야기를 주고받았다. 낯선 곳에서 혼자 자게 하는 게 맘에 걸려서 진수가 자신의 침실을 내버려 두고 단영과 함께 별실에서 자리를 펴고 누웠다. 거문고 연주가 끝나자 단소 소리가 나오고, 가야금 소리도 흘러나왔다. 이번에 영화사에서 채택된 시나리오 이야기를 들려주던 단영이 어느 순간 눈썹을 찌그러뜨리며 흘러나오는 가야금 소리를 들었다.

"이런 것도 들어?"

"응, 몸에 우리 나라 리듬이 스며들게 하려고 듣는 거야."

"좀 난감한 음이다."

가야금 연주는 물 흐르듯 가는 게 아니라 폭이 깊게 연주를 했다. 찢어질 듯한 고음에서 저 북소리처럼 낮은 음을 정신없이 휘돌며 자유자재로 연주하고 있었다.

"물레 돌릴 때 뭐랄까, 할아버지랑 나랑 리듬감이 다르다고 할까. 그래서 자구책으로 고안한 거야."

심란하게 폭포처럼 떨어지던 가야금 연주는 어느새 흐르는 물처럼 변해 있었다. 단영이 끔벅끔벅 잠에 겨운 눈으로 가야금 소리를 듣다가 문득 재윤의 이야기를 꺼냈다.

"재윤 씨가 여자였다면 선택하지 않았겠지?"

"글쎄, 그건 알 수 없지."

"진수야."

"왜?"

"욕심이 많아서 미안하다."

단영이 눈을 감고 읊조렸다. 눈을 감고 가야금 소리를 듣고 있던 진수의 눈동자가 떠졌다. 이렇게 사랑스럽고 안고 싶은 단영이 옆에 누워 있는데 그저 가만히 바라만 보고 있어야 한다니, 진수가 괴로움이 가득한 눈으로 단영을 응시했다.

"참 못됐구나."

단영이 피식 웃으며 대꾸했다.

"미워하지도 못하게 만들어서?"

"아니, 예뻐서."

"……."

졸음에 겨웠던 단영이 가물거리는 눈을 하더니 어느새 잠이 들었다. 진수가 그런 단영을 바라보며 낮게 중얼거렸다.

"예뻐서…… 못됐어. 네가 너무 예쁘니까 나는……."

잠든 단영의 옆에서 읊조리듯 중얼거리던 진수가 말을 다 끝 맺지 못하고 침묵을 지켰다. 그녀가 팔로 자신의 얼굴을 가리고 두 눈을 감았다. 처음부터 단영에게서 긍정의 대답이 나오리라고 기대하지 않았다. 단영에게 사랑을 무기로 그런 삶을 살라고 요구할 권리도 없음을 잘 알고 있었다. 어찌 보면 스스로 편안해지고자 단영에게 짐을 떠넘긴 것인지도 모른다. 혼자 삭히면 그만인 사랑을 굳이 말로 꺼내어 확인하는 어리석은 자신을 비웃어준 적도 있다. 마르지 않는 샘물, 고여 있는 물을 이제 퍼내고 마르게 하리라, 그러나 진수에게 단영은 여전히 예뻤다. 그게 기뻤고, 슬펐고, 행복하고, 고통스러웠다.

새벽녘, 동이 트는지 창호지를 바른 문살 사이로 파란빛이 새어 들어왔다. 늦더위에 약하게 에어컨을 켜고 잤는데, 그게 으슬으슬 추웠다. 단영은 몸을 웅크리고 이불을 끌어당기다 잠에서 깨어났다. 정신을 차리고 보니 눈앞에 진수가 잠들어 있었다. 잘 때만큼은 냉소적인 웃음을 배어 물지도, 날카로운 눈빛도 사라져 곱고 아름다운 진수였다. 단영이 진수의 얼굴을 가만히 바라보다 목에 있는 상처로 시선을 가져갔다. 오래된 상처는 가까이에서 보지 않으면 알 수 없을 만큼 희미하게 도드라질 뿐이었다. 오래전에 이혼한 부모님이 진수를 가운데 두고 누구를 따라가겠냐고 싸움을 벌였단다. 진수가 아빠를 선택하자 역시나 지긋지긋한 유씨의 자식이라며 어린 아이의 목을 엄마가 긴 손톱으로 긁어놓았다지. 아주 간단하고 짤막하게 상처의 유래를 설명하던 진수를 보며 단영은 친구 안에 있는 영혼의 상처를 들여다본 느낌이었다.

'그래, 너는 상처를 줄 정도로 사랑하게 되면 스스로를 멈춰 세우지.'

단영의 거절에 한마디 말 없이 정리하는 진수를 어느 정도는 이해할 수 있기도 하다. 그러나 어째서 마음 한구석이 화가 나는 걸까. 들쑤시고, 흔들고, 그녀를 혼란스럽게 한 당사자는 이제 정리했다며 말간 얼굴로 그녀를 대한다.

단영은 잠들어 있는 진수를 보며 설명할 수 없는 충동을 느낀다. 그냥 순간에 충실해 내달려 버리고 싶은 충동, 앞뒤 재지 않고 갈 데까지 가버리고 싶은 마음. 자꾸만 누군가의 뜻대로 조절되고 만들어지는 듯한 모든 것에 대한 분노가 그녀를 충동질했다. 단영은 자신이 무얼 하는지도 모른 채 잠들어 있는 진수에게 고개를 숙였다. 그리곤 진수의 입술에 입맞춤을 했다. 진수가 그녀의 입술에 남겨놓은 열기 어린 흔적, 그때의 흔적이 따끔거리며 되살아나는 듯했다. 그녀가 머뭇머뭇 진수의 입술에 키스를 하곤 얼굴을 들려는데 순간 무언가가 단영의 허리를 꽉 죄어왔다. 단영이 고개를 돌려보니 진수의 팔이 단영의 허리를 감싸 쥐고 안고 있었다. 두 사람의 눈이 마주쳤다. 진수의 두 눈동자가 흔들림없이 단영을 응시하고 있었다. 단영이 당황한 얼굴로 우물쭈물 중얼거렸다.

"그냥…… 그냥…… 아무 생각 없이……."

진수의 눈빛은 단영이 하는 말 너머에 있는 마음을 들여다보는 듯했다. 단영이 몸을 일으켜 빠져나가려 하자 허리에 두르고 있던 진수의 팔에 더 힘이 들어갔다. 같은 여자지만, 도예를 하면서부터 진수는 체력적으로 단련이 된 터라 힘이 만만치가 않았다. 단영이 가만히 진수를 쳐다보자 석상처럼 눕혀져 있던 진수가 순식간에 몸을 움직여 단영을 몸 아래로 오게 만들었다.

"야, 유진수……."

단영의 입에서 터져 나오던 말이 멈춰졌다. 진수의 입술이 단영의 입술을 찾더니 입 안으로 혀를 집어넣어 정신이 나갈 정도로 열정적인 키스를 퍼붓기 시작했다. 단영이 멍한 정신으로 진수와 입맞춤을 하다 어느 순간부터는 갈 데까지 가보면 어떨까 호기심이 생겼다. 진수는 이제 단영의 귓불과 목덜미를 핥으며 손으로 그녀의 젖가슴 한쪽을 그러쥐고 애무하기 시작했다. 단영이 놀라면서도 동시에 전율이 일어나는 몸에 당황스러워 멍하니 누워 있었다. 젖가슴을 손바닥 가득 그러쥐고 있던 손은 이제 손가락 끝으로 살살 쓰다듬으며 흥분시키기 시작했다. 단영이 움찔거리며 굳어 있자 귓불을 핥고 있던 진수가 그녀의 귓가에 욕망으로 잔뜩 쉰 숨결을 불어넣었다. 진수의 손이 가슴에서 배로 내려가더니 단영의 바지 속으로 들어갔다. 단영이 휘둥그레진 눈으로 진수를 쳐다보며 거침없이 향하는 손을 막았다.

"진수야……."

단영의 젖가슴을 입 안에 넣고 핥고 있던 진수가 고개를 들었다. 그녀의 눈이 이미 까맣게 짙어져 욕망으로 날카로워져 있었다.

"네가 먼저 날 건드렸어. 간신히 참고 있는 사람을 건드려 놨으니 뒷감당을 해야지. 안 그래?"

진수의 입술이 배를 따라 내려갔다. 단영이 몸을 움찔거리며 이 난망한 상황을 어찌해야 하나 혼란스러워하고 있는데 자꾸만 몸속으로 야릇한 열기가 샘솟았다. 그게 더 당황스러웠다. 진수가 애무하는 것보다 그 애무에 반응하는 자신의 몸이 더 기겁할 일이었다. 진수의 손이 그녀의 여성을 쓰다듬더니 정신을 차릴 수 없게 쾌락을 선사했다. 단영이 진수의 품 안에서 정점에 오르며 요동쳤다. 단영의 몸이 물 밖으로 나온 물고기처럼 파닥이자 진수가 그녀의 입술에서 흘러나오는 신음 소리를 혀로 핥아 마셨다. 단영이 아찔한 감각에 전율하며 가쁜 숨을 들이 내쉬는 동안 진수가 윗옷을 벗고 그녀의 몸 위로 올라가 온몸을 밀착시켰다. 그리고 맞닿은 서로의 여성을 천천히 밀착시키고 단영의 허리와 엉덩이를 잡고 빈틈없이 끌어당겼다. 이미한 번의 정점을 올랐던 단영의 몸이 예민하게 부풀어 진수의 몸짓에 날카로운 전율을 맛보고 있었다. 어느 순간 진수의 숨결이 거칠어지며 느긋했던 몸짓이 사납게 돌변하자 부옇게 흐린 눈빛으로 가만히 있던 단영의 몸이 굳었다. 그녀가 진수의 어깨를 잡고는 밀어냈다.

"그만……."

진수의 움직임이 멈춰졌다. 단영이 두려움과 떨림으로 가득

한 눈빛으로 진수를 응시하자 그 눈빛을 조용히 내려다보던 진수가 단영을 놓아주곤 몸을 일으켰다. 그리곤 벗어놓은 옷을 입었다. 단영이 누운 그 상태로 팔을 들어 올려 얼굴을 가렸다. 얼굴은 붉어져 화끈거렸고, 온몸은 떨렸다. 단영의 귓가로 서늘한 진수의 목소리가 들려왔다.

"넌 절대 선을 넘지 못해. 네가 갖고 있는 금기, 그 안에서 살아야 편한 인간이야."

"······."

진수는 냉정했다. 단영을 사랑하지만 상황을 통찰하고 있었다. 어쩌면 그래서 그렇게 쉽게 단영을 놓아준지도 모른다.

"감당하지 못할 거면 건드리지 마. 네 안에 불덩이가 있어도 잘 누르고 살아. 안 그럼 네가 감당할 수 없는 일에 휘말릴 거야."

진수가 흐트러진 이불을 끌어다 단영을 덮어주었다. 단영이 이불을 부여잡고 일어나 앉자 진수가 일어나 방문이 있는 곳으로 걸어갔다. 그리곤 창호지 문을 열고 메마르게 덧붙였다.

"돌아가, 너의 세계로. 진수라는 사람은 너의 친구로 남아 있을 테니 안심하고 돌아가."

문이 닫혔다. 드르륵 닫히는 소리가 메마르고 공허했다. 건조한 부드러움, 진수는 그런 느낌을 단영에게 남겨두고 밖으로 나갔다. 방 안은 고요했고, 무감하게 정지되어 있었다.

서울역에 도착한 단영은 곧장 학교로 갔다.

피곤한 몸으로 간신히 수업을 마치고 집에 돌아와 보니 분위기가 서늘했다. 한동안 조용하다 싶더니 다시 발작하는 건가? 단영이 시큰둥한 얼굴로 조용히 문을 열어주고 거실로 들어가는 어머니를 바라보았다. 거실에서 신문을 보고 있던 아버지가 이층으로 올라가려는 단영을 불러 세웠다.

"어제 어디서 잤냐?"

하루 종일 수업으로 지쳐 있던 단영이라 예전처럼 말싸움하는 것도 귀찮았다. 자존심이 뭐라고 바락바락 거짓말을 하지 않고 버텼던 자신이 이젠 진절머리가 났다. 단영이 무감한 얼굴로 대답했다.

"재윤 씨랑 있었어요."

신문을 들고 있던 그녀의 아버지가 손에 쥔 신문을 거실 바닥에 내팽개치곤 단영이 있는 곳으로 성큼성큼 다가왔다. 그리곤 사정없이 따귀를 날렸다. 단영이 익숙한 일이라는 듯 한쪽으로 돌아간 고개를 원래대로 돌렸다. 뺨은 언제나처럼 어김없이 불에 덴 듯 화끈거렸고, 귀가 멍멍하니 웅웅거리는 소리가 들려왔다. 아버지 홍 박사의 이를 가는 듯한 목소리가 언제나처럼 뒤를 이었다.

"이제는 거짓부렁까지 해?"

무슨 말을 해도 이미 때리고 싶어 안달이 나 있다는 걸 알고 있는 단영이라 그녀는 그저 침묵으로 일관했다. 그리고 오늘은 어디까지 맞아야 끝이 나려나 상황을 살폈다. 평화롭고 안정된 교수집안의 내부는 이러할지니, 일이 안 풀리거나 무언가 심사 뒤틀린 일이 있으면 바로 단영에게 손찌검이 날아오기 부지기 수였다. 워낙 어릴 때부터 익숙한 일이라 단영은 이제 이런 상황에 적응해 가는 자신이 더 무섭다. 그녀가 침묵하자 아버지 뒤에 서서 방관하고 있던 어머니가 단서를 들이대듯 말을 꺼냈다.

"오늘 낮에 문재윤 그 사람이 전화를 했는데 네가 전화 안 받는다고 핸드폰 두고 나갔냐고 묻더라."

단영이 그저 입술만 꼭 깨물었다. 아버지 홍 박사의 눈은 붉게 충혈돼 핏발이 서 있었다. 아무리 생각해도 화가 난다는 듯 씩씩거리며 때릴 만한 무언가가 있나 주위를 둘러보았다. 아무래도 이번 2학기 강의 개편 때 불이익을 당한 건지, 아니면 뒤로 물러나게 된 건지 단영이 학교 돌아가는 상황을 떠올려 보다 조절할 수 없는 한계로 다다르고 있는 자신의 신경을 느끼며 인상을 찌푸렸다. 홍 박사가 거실을 가로질러 늦더위에 켜놓고 있던 선풍기를 들고 걸어왔다.

'때리려면 불편하겠군.'

단영이 그 모습을 보며 속으로 냉소했다. 스물여덟, 번듯한 직장을 가지고 시나리오를 쓰겠다며 아등바등대는 그녀. 어째서 이런 부당한 폭력을 당하며 살고 있는 걸까. 스스로도 의아하다. 맞선 보고 문재윤과 좀 잘되어 상견례까지 하자 이 기괴

하고 덤덤한 폭력은 잠시 소강상태였다. 그 소강상태에 어느덧 적응해 단영은 자신이 왜 이렇게 잘 풀리는 상황에서 갑갑해하는지 이해할 수 없었는데, 부모님은 그 물음에 답해주듯 행동한다. 이런 상황에 맞을 걸 기다리고 있는 자신에게 어처구니가 없어 단영이 피식피식 웃자 홍 박사는 마치 자신을 무시한다는 듯 그나마 참아준 아량을 거둬들이겠다는 얼굴로 선풍기를 잡고 그녀에게 휘둘렀다. 단영이 이층으로 올라가는 계단에 풀썩 주저앉았다. 지긋지긋한 현실이여, 아름답고 반짝이는 시간은 모두 거짓인가.

"아아아아아아아아아아악—!!"

그녀가 미쳐 버릴 것 같은 심정으로, 끊어지고 부서질 것 같은 무언가에 저항하듯 발악을 하며 소리를 내질렀다.

"날짜 받아놓은 년이 얌전히 있다가 시집갈 생각은 안 하고, 연극이니 영화니 왜 설치고 다녀? 응!"

딸의 괴성에 홍 박사는 잠시 주춤거리더니 못마땅한 심기가 아직도 풀리지 않았는지 끝없이 욕설과 협박 어린 말들을 내뱉었다.

"넌 절대 선을 넘지 못해. 네가 갖고 있는 금기, 그 안에서 살아야 편한 인간이야."

뿌옇게 들려오는 아버지의 목소리와 진수의 목소리가 그녀를 휘저었다.

'그래, 나는 이 선을 못 넘어. 나는 이 사슬을 끊고 싶으면서도 나를 구해줄 누군가를 기다려. 그래, 나는 한심한 년이야.'

마음껏 선풍기를 휘두르던 홍 박사는 때릴 가치도 없다는 듯 선풍기를 바닥에 내쳐 두고 주방으로 들어가 버렸다. 옆에서 구경하고 있던 그녀의 어머니는 주방으로 따라 들어가더니 남편에게 물을 따라주었다. 단영은 물을 마시면서도 씩씩거리는 아버지의 중얼거림을 듣고 피식 웃음을 배어 물었다. 그리곤 천천히 계단바닥에서 몸을 일으켜 이층으로 향하는데 거실 한가운데 있는 전화기가 소리를 내며 이곳이 어느 평범한 가정의 집이라고 말해 주는 듯했다. 그녀의 어머니가 전화를 받더니 이내 사근사근한 목소리를 자아낸다.

"어머, 문 선생 아닌가?"

그녀의 어머니가 단영에게 시선을 보내더니 홍 박사와 함께 안방으로 들어가 버렸다. 마치 이제는 더 이상 너를 단속하기도 귀찮으니 이 남자에게 맡긴다는 눈빛이다. 단영이 터벅터벅 거실을 가로질러 전화를 받았다. 입가에 맺힌 피를 스윽 닦아내곤 그녀가 소리 지르느라 컬컬해진 목을 가다듬었다.

"예, 저예요."

거실바닥에 있는 선풍기 날개가 햇살을 받아 반짝인다. 홍 박사가 바닥에 내던질 때 선풍기 망과 날개가 분해되어 거실바닥에 흩어졌다. 투명한 날개는 외따로 떨어져 햇살을 받고 있었

다. 단영이 물끄러미 선풍기 날개를 바라보는데, 수화기 너머로
재윤의 목소리가 들려왔다.

[아, 약혼 예물 때문에 전화했어. 오늘 찾으러 가려고 하는데
같이 갈까 해서. 수업은 끝났니?]

"예."

[목소리가 왜 그래? 어디 아픈 거야?]

단영이 얼얼한 입 안이 쓰라려 작게 대답했다.

"아뇨. 그냥 좀 피곤해서 그래요."

[근데 왜 갑자기 존댓말이야?]

단영이 피식 웃었다. 아까 맞은 뺨이 퉁퉁 부어 뻑뻑했다.

"그냥, 옆에 부모님이 계시니까 존대를 하게 되네요."

수화기 안에서 재윤의 껄껄거리는 웃음이 흘러나왔다.

[아이구, 이 내숭아.]

단영이 피식 쓴웃음을 지었다.

"그럼 이따 저녁때 만나요."

[그래. 근데 오늘 하루 종일 연락이 안 되던데 어떻게 된 거
야? 무슨 일 있나 싶어서 집에 전화를 했더니 핸드폰은 가지고
나갔다고 하더라고.]

"충전을 안 하고 나갔나 봐요. 꺼져 있는 줄도 몰랐네."

재윤의 목소리가 무언가 깃들어 있었다.

[그래. 그럼 됐고.]

"그럼 이따 봐요."

단영이 수화기를 내려놓고 이층으로 올라갔다. 화장대 위에 있는 티슈로 터진 입술 사이로 흐르는 피를 닦아내고는 벌겋게 부풀어 있는 볼을 응시했다. 내일쯤이면 퍼렇게 멍이 들겠지.

"돌아가. 너의 세계로. 진수라는 사람은 너의 친구가 남아 있을 테니 안심하고 돌아가."

단영이 입 안에 고인 쓴물을 넘기곤 진수에게 전화를 걸었다.
[응.]
진수의 무덤덤한 대답이 들려왔다.
"뭐 해?"
[가마에 불 떼고 있어. 더워 미치겠다.]
"……덥겠다, 진짜. 아직도 장작 떼니?"
[응, 할아버지가 고집이잖아. 수업은 잘 들어갔니?]
"수업 갔다 와서 맞았어."
진수가 날카롭게 숨을 들이켰다. 이내 냉소적인 친구의 목소리가 뒤를 이었다.
[한동안 잠잠하더니 또 지랄이군.]
"그러게."
[괜찮아? 많이 맞았어?]
단영이 부푼 볼을 손으로 쓸어 내리며 대답했다.
"그럭저럭, 대충 맞았어. 오늘은 선풍기 들고 굿을 하더라."

진수가 어이없다는 듯 웃음을 흘렸다.

[그 자식도 참 가지가지한다.]

"그나마 재윤 씨 전화 와서 멈췄어."

진수가 한숨을 뱉어냈다. 친구는 무언가를 꾹 내리누르듯 숨을 들이켜고 내쉬더니 담담하니 말했다.

[단영아, 재윤 씨를 선택했으면 네가 쉴 수 있는 곳으로 만들어. 그 인간이 모르고 있으면 너만 힘들다. 그 사람이 그릇이 안 되면 어쩔 수 없는 거고.]

"응. 차차 말해야지. 근데 맞고 사는 거 알고 날 때려도 된다고 생각하면 어떡하니?"

[그땐 버려야지.]

가차없는 진수의 대답에 단영이 피식 웃는다. 그녀가 화장대 한쪽에 곱게 놓여 있는 귀고리를 매만졌다. 진수가 만들어준 귀고리였다. 귀고리는 누구도 건드릴 수 없을 만큼의 위엄과 고귀함을 두르고 고고했다. 불에 녹으면 그만인 청동인데 형태를 갖추면 어그러뜨리기가 쉽지 않다. 단영이 예쁘고 고운 귀고리를 대롱대롱 손가락 끝으로 잡고 돌리며 한숨을 내쉬었다.

"나한테 화나지? 이 꼴란 세계를 못 버리고 있는 내가 한심하지?"

[아니.]

"나는 내가 한심해. 여전히 어떡하든 기대를 갖고 있다는 게. 사는 거 우습다. 재윤 씨랑 결혼한다고 하니까 한동안 안 건드리더라. 아마 내가 그 사람이랑 헤어지면 날 죽이려고 들걸.”

[네가 편한 대로 가. 그게 정답인 것 같다. 재윤 씨가 편하고 좋으면 그게 정답인 거야. 나는 네가 편해졌으면 좋겠어.]

“그런 말 하지 마. 외로워진다. 너무 멀리 있는 것처럼 느껴져.”

단영이 귀고리를 내려놓고 흐르는 눈물을 손등으로 닦아냈다. 그녀가 울먹이자 진수가 말했다.

[언제든 나는 너를 기다려. 네가 정 버티기 힘들고 견딜 수 없을 땐 나에게 와.]

“웃기네. 버리려고 했던 게 누군데? 네 세계로 돌아가라며?”

진수가 씁쓸함이 감도는 웃음을 나지막이 뱉어냈다.

[그거야, 내가 재윤이 그 자식한테 질투가 나서 잠시 정신이 돈 거지.]

단영이 키득거리며 울고 웃다가 입 안이 아픈 듯 신음을 내질렀다.

“재윤 씨랑 약혼 예물 보러 가기로 했어. 나중에 또 전화할게.”

[그래, 얼음찜질 잊지 말고.]

“응.”

한편 슬슬 퇴근을 하려고 책상을 정리한 재윤이 양복상의를 걸치고 있는데, 황 간호사가 들어왔다. 그가 무슨 일이냐고 묻는 듯 쳐다보자 황 간호사는 잠시 난감한 얼굴로 말을 꺼내지 못하더니 손에 들고 있던 서류를 그에게 건넸다. 재윤이 서류 내용을 대충 보니 그저께 단영이 검사한 결과가 나온 것 같았다. 그가 서류를 책상에 내려놓고 입고 있던 양복을 마저 걸치는데 무표정한 얼굴로 그를 살피던 황 간호사가 말을 건넸다.

"자세하게 한 번 더 검사를 해야 할 것 같던데요."

재윤이 한쪽 눈썹을 의아한 듯 찡그리며 책상 위에 놓인 서류를 읽기 시작했다. 호르몬 수치가 다른 사람과 달랐다. 전형적인 불임여성의 호르몬 수치를 하고 있었다. 그가 말없이 그래프를 쳐다보고 있는데, 황 간호사가 조심스레 덧붙였다.

"아무래도 배란 장애 쪽 같던데, 생리는 일정하대요?"

재윤이 무표정하게 중얼거렸다.

"아뇨. 몇 달에 한 번씩 하는 것 같더라고요."

그가 이 병원에서 수습으로 있을 때부터 함께 일해온 황 간호사라 재윤이 멍하니 정신을 차리지 못하자 하나씩 현실을 깨우쳐 주기 시작했다. 지금 이 순간 황 간호사의 눈빛이 누님과 같았다.

"초음파 때 아무 이상 없었나요? 이런 증상이면 난소에 낭보가 보였을 것 같은데."

재윤이 자신이 초음파 화면에서 보았던 일을 떠올리려 미간을 좁혔다. 그리곤 확신할 수 없다는 얼굴로 씁쓸하게 말했다.

"그게…… 있던 것 같기도 하고, 내가 놓친 것 같아요."

재윤이 괴로워하자 황 간호사가 다독였다.

"그럴 수 있어요, 충분히. 아직 자세하게 검사한 게 아니니까 이걸로 단정 지을 수도 없는 거고요."

그녀의 위로에도 재윤의 낯빛이 서서히 어두워져 갔다.

"예. 수일 내에 다시 검사해 봐야죠. 일단 모른 척해주십쇼."

"알았어요."

황 간호사가 힘내라는 듯 표정을 지어 보이곤 자리를 떴다. 재윤이 손에 쥐고 있는 서류를 다시 꼼꼼하게 읽어 내려갔다. 그가 마음을 진정시키려고 깊게 숨을 들이켰다. 진정하자. 별거 아니다. 그렇게 그가 스스로에게 말했다. 사실 불임 원인 중에 치료책이 그나마 성공률이 높은 쪽이고, 불임 중에서도 가장 흔한 것이라 그리 크게 놀랄 일은 아니었다. 단지 이런 일이 그가 사랑하는 여자에게 일어났다는 게 잠시 정신이 알딸딸할 뿐이었다. 또 그가 미처 알아채지 못하고 여러 증상들을 그냥 대수롭지 않게 넘겨 버렸다는 게 그로서는 꽤 인정하기 힘든 일이었다. 다낭성 난소라고 불리는 이 병은 남성호르몬 과다가 주원인이었다. 그래서 배란이 일정치 않고, 여드름과 다모증이 있다. 재윤이 단영의 팔을 보고 털이 많다고 놀려대던 일이 떠올랐다. 그리고 얼굴에 항상 달고 다니는 그 뾰루지도. 어째서 그런 걸 보고도 헬레레 웃기만 했을까. 재윤이 자신에게 멍청한 자식이라고 욕을 퍼부었다. 이 일을 어떻게 말해야 하나, 재윤이 가만히 서류를 내려놓고 의자에 앉았다. 자칫 부모님이 아시고 결혼을 물려라 난리라도 치면 골치 아파질 일이었다. 지금도 집안이 기울어서 은근히 불만인 부모님들이 그나마 조신하고 단정한 단영을 보고 아무 말 하지 않는 거라는 걸 알고 있기에 그의 마음이 혼란스럽다. 혹시나 어머니가 알면 당장 결혼을 미루자고 할 것이다. 의사로 일한 감으로 보건대 이건 다시 검사해 보나 마나이다. 거의 여러 정황들이 다낭성 난소증이었다. 초음파에서 본 걸 설마 하는 마음으로 애써 마음 한쪽에 묻어두고 있었는데, 검사 결과를 보니 그때의 짐작이 맞았다는 확신이 드는 재윤이었다. 그가 난감한 얼굴로 종이뭉치들을 바라보다 책상 서랍 안에 넣었다. 그리곤 단영과 만나기로 한 가게로 향했다.

"영화 볼 기운 없는데. 그냥 차 한 잔 하면서 쉬고 싶어."
"그래, 그럼."
예물을 보고 나온 두 사람이 차에 올랐다. 단영이 안전벨트를 매더니 피곤한 듯 좌석에 머리를 기대었다. 재윤은 차에 시동을 걸면서 슬쩍 단영을 살폈다. 무슨 일이 있는 건지 그녀의 안색이 좋지 않았다. 어디가 아픈 걸까? 얼굴이 부은 것 같기도 하고, 오늘따라 짙게 화장을 한 게 오히려 마음에 걸렸다. 왠지 기분이 우울해 보이는 그녀인지라 그는 조용히 차를 몰아 인사동으로 향했다. 청혼을 받아들인 순간부터 두 사람만의 아지트가 되어버린 〈하늘호수〉였다. 시간이 어긋나 먼저 기다려야 할 땐 자연스레 이곳에서 기다렸고, 시내를 돌아다니거나 영화를 보고 나면 이곳에서 휴식을 취했다.

황톳빛 조명이 마음을 가라앉혔고, 가느다란 선율의 오카리나 연주가 사람의 마음을 쓰다듬는 듯했다. 평일이라 사람은 많지 않고, 손님 두어 명이 차를 마시고 있을 뿐이었다. 음식과 차를 주문받은 가게 주인이 주방으로 가자 재윤이 나지막이 물었다.

"무슨 일 있는 거야?"

피곤한 듯 소파에 기대어 있던 단영이 그를 바라보았다. 혼자 삭이고 있는 감정을 풀어내어 그에게 이해받고 싶은 마음과 왠지 비참하고 구질구질한 상황의 자신을 있는 그대로 내보이는 게 싫은 마음이 그녀 안에서 충돌했다. 잠시 입을 열지 않고 그를 바라보던 그녀가 그저 휙 지나가는 바람처럼 오늘 일을 말했다.

"아빠랑 싸워서 그래."

"왜?"

가볍게 묻는 그의 질문에 어떤 대답을 해야 할지 단영이 잠시 대답을 못했다. 지금은 시나리오 때문이라지만, 사실 어릴 때부터 각종 일을 매개로 삼아 때리고 혼내는 사람이었으니 시나리오 일 때문이라고 말하기도 뭣했다. 겪는 사람이야 지긋지긋한 폭력적 관계에서의 애증이지만, 이럴 땐 엄격한 집안에서 자란 딸의 이미지로 보인다는 것도 잘 알고 있는 단영이었다. 그녀가 그 이미지에 맞춰 대답했다.

"어제 말없이 외박했거든."

"외박?"

무슨 일이었냐는 듯 그는 궁금해했다. 괜히 신경 쓸 것 같아 그냥 일 때문이라고 둘러칠까 하다가 그를 속이는 것 같아 단영이 마음을 돌렸다.

"진수 만났어."

그의 얼굴이 잠시 무감하게 멈춰지는가 싶더니 다시 가벼워지려는 듯 의아한 얼굴을 했다.

"진수 씨한테 무슨 일 있었니?"

그 말이 왠지 진수와 적정한 선을 유지하는 게 당연하다는 의미인 것 같아 단영이 엇나가는 마음으로 고개를 저었다.

"아니, 그냥 내가 갑자기 보고 싶어서."

그의 얼굴이 약간 굳어졌다. 그러나 유진수라는 사람을 상대로 단영을 두고 신경전하는 자체가 못마땅한 듯 재윤이 살짝 미간을 찡그리며 웃는 표정을 지었다.

"그랬구나."

음식이 나오자 두 사람의 대화가 멈춰졌다. 두 사람 다 배가 고팠던 참이어서 일단은 말없이 음식을 먹는데, 재윤은 가만히 단영을 살피며 이런저런 생각을 하고 있었다. 부은 얼굴이며, 화장으로 감췄지만 헐어서 피가 배어나오는 입술이며 이상했다. 유진수와 우격다짐을 했을 리 만무한데 말이다. 아버지와 심하게 싸웠나? 혹시 단영이를 때린 걸까? 재윤은 곰곰이 생각을 되짚어보다가 병원을 나서기 전에 받아 들었던 서류 생각이 떠올랐다. 상황 봐서 차분히 말하려고 했는데, 아무래도 오늘은 좀 아닌 것 같았다. 어차피 그 자신이 생각이 바뀐 것도 아니고, 아이 낳는 게 당장 급한 일도 아닌데 천천히 시간을 갖고 해나가면 될 문제다. 뭔가 딴생각에 빠진 듯 가라앉아 있는 단영을 보며 그는 그가 알지 못하는 다른 일이 있는 건가 그게 더 신경 쓰였다. 누군가를 보고 싶었다는 건 상대가 너무 좋거나 스스로 힘들거나 외로울 때인데 왜 그가 아니고 진수인지 마음이 좋지 않았다. 하지만 어쨌거나 이렇게 솔직하게 말하는 단영이니 한편으론 이걸로 됐다는 생각도 든다. 재윤의 마음이 복잡했지만, 복잡해지지 않으려고 애썼다.

그는 무언가를 확인해 보듯 밥을 먹다 말고 테이블 위에 있는 그녀의 손을 잡았다. 단영이 국물을 떠먹다 문득 고개를 들어 그를 쳐다보더니 빙긋이 웃음을 지었다.

6

도대체 널 어떻게 해야 하니?

가을이 깊어져 온통 거리가 노란빛 은행나무 잎으로 뒤덮여 있을 때 재윤과 단영의 약혼식이 치러졌다. 하늘은 꽤나 청아하고, 맑았다. 호텔에서 치러진 약혼식은 양가 식구들과 친한 지인들이 모인 자리에서 평범하고 수더분하게 진행되었다. 오랫동안 연구소에 틀어박혀 자동차 엔진을 연구하고 있던 재윤의 친구가 오랜만에 세상구경 하는 셈치고 약혼식 사회를 맡았다. 식이 진행된 지 삼십여 분이 지났는데도 진수가 보이질 않아 단영이 진수의 자리로 내정된 좌석을 계속 살폈다. 사회자가 분위기를 풀어보겠다고 재윤에 대해 농을 던졌다.

"우리 문재윤이 이렇게 예쁜 아가씨랑 결혼하게 될 줄 누가 알았겠습니까? 저는 이 친구가 목석인 줄 알았습니다. 예전에 고등학교 때도 다들 여선생님 좋아해서 쫓아다 녔을 때 혼자만 고고한 척 내숭을 떨더니, 어이없군요. 자기 혼 자만 참한 여선생님과 결혼하다니. 친구들 모두 이 친구 결혼식 을 벼르고……."

사회자의 계속되는 수다에 사람들이 의례적으로 헐헐 웃음을 짓다 마침내는 저 수다 언제 끝나나 속으로들 야리고 있는데, 순간 문이 삐걱 열리면서 진수가 들어왔다. 진수는 모두에게 늦 어서 죄송하다는 듯 예의 바른 미소를 짓고는 빈자리에 앉았다. 진수의 등장에 지칠 줄 모르고 이어지던 사회자의 말이 끊어졌 다. 단영과 시선이 마주친 진수가 씨익 웃어 보였다. 진수를 따 라서 살짝 웃어 보이려던 단영이 핼쑥하게 마른 진수를 보곤 걱 정스러운 시선을 보냈다. 그러나 진수는 고개를 돌려 사회자에 게 계속하라는 뜻으로 시선을 보내는데, 그녀의 눈이 사회자의 얼굴을 확인한 순간 커다래졌다. 예전에 사귀던 김동휘가 사회 를 보고 있던 것이다. 동휘는 진수를 보곤 반가움에 눈이 반짝 였다. 그가 하던 수다를 마무리 짓고 자리로 돌아갔다.

슬슬 식사가 시작되었다. 양쪽으로 나뉘어진 자리에서 동휘 가 맞은편에 앉아 있는 진수에게서 시선을 떼지 않았고, 진수는 밥이나 먹어라 그런 표정으로 동휘를 응시하곤 앞에 있는 샴페 인을 마셨다. 물론 그런 두 사람의 시선을 눈치챈 단영과 재윤 이 궁금한 듯 두 사람을 구경했다.

약혼식이 끝나고 재윤과 단영이 서로의 식구들과 인사를 하고 옷을 갈아입는 동안 진수는 조용히 식장을 빠져나와 호텔 로비를 서성였다. 아무리 친구로 남겠다고 말은 했지만, 드레스 입고 곱게 화장한 단영이 재윤 옆에 앉아 있는 게 그리 보기 편하지는 않았다. 게다가 오늘따라 더 예뻤다. 복숭아색 드레스가 단영의 피부에 잘 맞아 화사하고 고왔다. 그녀로서는 모르는 두 사람 사이의 친밀함이 보기 괴로워 진수가 로비에서 지나가는 사람들을 물끄러미 구경하고 있었다. 사람들이 지나가면서 그런 그녀를 힐끔힐끔 쳐다보았다. 특히나 여자들이 눈을 빛내며 그녀를 훔쳐보았다. 그렇기도 한 것이 170㎝가 다 되는 키에 정장을 입은 모습이 중성적인 매력이 풀풀 풍겨서 한 번쯤은 돌아보게끔 만들었다. 사실 단영이 잃은 게 무엇인가 아쉬워하게 만들고 싶다는 치기 어린 마음에 진수가 있는 멋, 없는 멋 다 내고 온 것도 있었다. 그러나 오히려 그런 자신이 더 유치하게 느껴졌다.

그녀가 기다랗게 흔들거리는 귀고리를 짜증스러운 듯 잡아 빼고는 주머니에 넣고 있는데, 동휘가 재윤의 부모님과 인사를 나누고 그녀에게 걸어왔다. 이번엔 지나가는 남자들이 동휘를 빤히 응시했다. 그는 호리호리한 몸매에 가는 체격이었는데, 정장 안에 그물 같은 니트를 걸치고 있었다. 머리를 길어서 뒤에서 하나로 묶었는데, 그 길이가 등 아래까지 흘러내리고 있었다. 두 사람이 함께 서자 사람들이 신기한 듯 눈을 가늘게 뜨고 두 사람을 힐끔거리며 지나갔다. 동휘는 그런 시선에 아랑곳없이 단영에게 흐느적흐느적 다가와 진수를 껴안았다.

"오, 달링. 널 여기서 보게 되다니."

진수가 두 팔로 껴안는 동휘에게서 몸을 빼고는 그가 입고 있는 니트를 손가락으로 꾹꾹 눌렀다.

"이건 뭐니, 이건?"

동휘가 자신의 옷을 내려다보곤 어깨를 으쓱였다.

"이게 어때서? 나름대로 오늘은 예의를 갖춘 건데."

진수가 신음 섞인 한숨을 내뱉으며 고개를 저었다.

"그래, 예쁘다. 예뻐."

진수가 피식 웃음을 흘리자 동휘의 눈빛이 깊어졌다.

"담배 한 대 피우자."

진수가 잠시 약혼식장이 있는 곳을 바라보다 아직 문 앞에서 인사를 나누고 있는 사람들을 보곤 호텔 뒤에 있는 산책로로 나갔다. 동휘가 담배를 물고 불을 붙이는 동안 진수는 무심히 연못에 있는 잉어들을 구경했다. 잉어들은 먹을 게 연못에 던져진 것도 아닌데, 사람 발자국 소리만 듣고도 모여들었다. 햇살 아래 잉어들의 비늘이 반짝였다. 첨벙첨벙, 유유히 모였다 유유히 흩어져 가는 잉어들의 움직임을 진수가 가만히 바라보며 침묵했다. 단영을 향한 자신의 발걸음은 이제 멈춰져야 하는데, 어째서 그녀의 흔적만 보고도 이렇게 상처가 될 일인 줄 알면서도 여기에 왔을까. 진수는 갑자기 잉어들을 모두 밖으로 끌어내 비늘을 다 뽑아버리고 싶어진다. 스스로 자유롭게 존재해야 할 본

성을 잃고 사람에게 길들여져 한갓 애완용으로 살아가는 잉어들이 끊임없이 단영의 근처를 맴도는 그녀 자신을 보는 것 같아 화가 치민다. 진수가 여러 심상들을 가만히 내버려 두고 그냥 음미하고 있는 동안, 동휘는 담배 한 대를 다 피우고 근처에 있는 쓰레기통에 담배를 비벼 껐다.

"어떻게 지냈어?"

헤어질 때 시원하고 깔끔하게 헤어졌다. 그래도 떨쳐지지 않는 그리움. 그토록 오래 품고 있었던 너의 사랑을 찾아서 꼭 이루고 살라고 말했지만 동휘, 진수를 떠나보내고 열흘 밤낮을 술독에 빠져 살았다. 동휘가 의미심장하게 물었지만, 진수는 심드렁하게 대답했다.

"그냥 저냥. 어느 정도 예상한 대로. 그리고 어느 정도 예상치 못한 대로. 당신은?"

"나는 철저히 예상한 대로 살아버렸어. 엔진 하나 성능 올려놓고, 수술비도 마련했고. 수술하러 가기 전에 널 꼭 한 번 보고 싶었는데, 그것까지 이뤄졌고."

"날 왜 봐?"

동휘가 벤치에 앉아 있는 진수 앞에 무릎을 꿇고 두 팔을 그녀의 허벅지에 기댔다. 그리곤 그윽한 눈길로 그녀를 마주 보았다.

"네가 사랑한다는 사람이랑 됐나 안 됐나 알고 싶으니까."

진수가 싱긋 장난기 어린 웃음을 배어 물었다.

"안 됐으면 어쩔 건데? 다시 옛날로 돌아가자고?"

동휘가 손을 뻗어 그녀의 얼굴을 움켜쥐었다. 그리고 느릿느릿 감미로운 키스를 퍼부었다. 진수는 오랜만에 하는 육체적 접촉에 부드러운 동휘의 입술을 음미하며 즐겼다. 여유로운 진수의 태도에 동휘가 고개를 들었다.

"돌아갈 수만 있다면 돌아가자. 너는 나의 낭군님이거든. 낭군께서 잠시 한눈판 건 여인네가 한 번쯤은 눈감아줄 수 있어."

진수가 입술을 일그러뜨리며 주위를 둘러보며 말했다.

"낭군? 당신 낭군이 여기에 있었단 말이야?"

두 사람이 진지함 반 장난 반, 뼈와 살이 녹아 있는 농을 주고받다 멀찍이에서 서 있는 단영을 보곤 멈추었다. 단영이 진수와 눈이 마주치자 어색하게 웃으며 말했다. 꽤 오랫동안 그 자리에 서 있었는지 그녀의 얼굴이 가을 햇살을 받아 붉어져 있었다.

"사람들 다 돌아가면, 우리끼리 술 한잔하러 갈까 하는데. 어때?"

"나쁠 거 없어."

진수가 벤치에서 일어나 동휘와 함께 단영에게 다가갔다.

"안녕하세요. 말씀 많이 들었어요. 재윤 씨 친구인 건 전혀 몰랐네요."

단영이 동휘의 얼굴을 뚫어지게 응시하며 물었다. 동휘가 진수와 단영의 사이를 모르고 예의 장난 반 진담 반 대답했다.

"그러게요. 이곳에서 저도 낭군을 다시 만나게 될 줄 정말 저도 몰랐어요."

"아…… 예."

진수는 좀 난감한 얼굴로 침묵을 지키더니 애교를 뚝뚝 흘리며 싱글거리는 동휘를 이끌고 호텔 로비로 들어갔다.

"그 낭군이란 말 좀 하지 마라. 아주 소름이 돋는다."

"네 몸에 소름 돋은 거 보고 싶다. 멋있을 텐데."

뒤에서 따라오던 단영이 컥 억눌린 소리를 뱉어냈다. 진수는 온통 동휘에게 시선이 가 있었다. 어이없다는 얼굴로 동휘를 바라보며 눈을 부라리는데, 그 눈빛에 애정이 깃들어 있었다. 그런 모습의 진수가 단영은 낯설었다. 그녀에게는 잘 보이지 않던, 풀어지고 헐렁한 얼굴로 웃고 있는 진수가 어색했다. 단영이 뭔가 못마땅해하는 자신의 마음이 정당하지 않다는 생각에 조용히 표정을 드러내지 않고 걸음을 옮겼다. 마지막 손님까지 배웅하고 인사를 건넨 재윤이 세 사람이 있는 로비로 왔다.

"야, 인마. 그동안 어디에 숨어 있었냐. 어떻게 연락 한번 없이 있다가 내 약혼식에 딱 연락을 하냐?"

재윤이 오랜만에 나타난 친구를 보고 타박을 하자 동휘가 어깨를 으쓱이며 웃었다.

"내가 실연의 아픔 때문에 잠시 도를 좀 닦았지."

네 사람이 모인 분위기가 묘했다. 진수는 모른 척 눈을 껌벅였고, 단영은 그런 진수를 물끄러미 바라봤고, 재윤은 그런 단영을 보고 잠시 미간을 찡그렸다. 동휘 혼자만 우연찮게 벼락처럼 내리꽂힌 진수와의 만남에 연신 싱글거렸다. 네 사람이 호텔 위에 있는 바로 이동할 때까지 그 묘한 분위기는 계속되었다.

주말 저녁, 호텔 바는 사람들로 북적였고 외국인 연주자들이 직접 악기를 연주했다. 재윤이 안주와 술을 시키는 동안 진수와 단영이 서로의 안부를 물었다. 그사이 가방을 가지고 화장실에 간 동휘가 자리로 돌아왔는데, 검은색 긴 치마로 갈아입고 나타났다. 위에 걸치고 있던 양복 상의를 벗으니, 검은색 망사 니트와 치마가 제짝을 찾은 듯 조화를 이루었다. 그동안 지냈던 이야기를 자근자근 진수에게 하고 있던 단영이 동휘의 모습을 보고 멍하니 입을 뻐끔거렸다. 재윤이 그런 동휘를 보곤 익숙한 듯 술을 마셨다. 동휘는 얼음처럼 차가운 맥주 한 잔을 들이키더니 시원하게 이마에 있는 땀을 닦아냈다. 하나로 묶여져 있던 머리채가 풀어져 동휘의 어깨 위를 넘실거렸다.

"문재윤, 오늘 너 때문에 내가 남자인 척하느라 힘들었어. 그것만 알아둬라."

재윤이 고개를 끄덕이며 오징어를 씹었다.

"그래, 알았다. 고생했다."

자연스럽게 대꾸하는 재윤을 진수가 의외라는 듯 쳐다보았다. 동휘와 친구일 줄은 꿈에도 몰랐고, 동휘와 친구로 지내는 성격인지도 전혀 예상치 못했다. 동휘는 조용히 술을 마시고 있는 진수에게 땅콩을 하나 먹여주고는 애교 섞인 얼굴로 말했다.

"이 치마 어때? 괜찮니?"

입 안에 들어온 땅콩을 우적우적 씹어먹던 진수가 내리깐 눈
으로 동휘의 치마를 쭈욱 훑더니 간결하게 대답했다.

"안 어울려."

그게 동휘의 성 정체성을 부정하는 것으로 들은 단영이 진수
에게 곤혹스런 시선을 보냈다.

"야……."

진수가 〈뭐?〉 이런 표정으로 단영을 힐끗 쳐다보고는 다시
동휘에게 시선을 가져갔다.

"내가 당신 긴치마 안 어울린다고 말했지? 둔해 보인다니까."

단영이 뻐끔뻐끔 물고기처럼 입을 벙긋거리다 합죽이처럼 입
을 다물었다. 동휘는 미간을 찌푸리며 난감한 듯 자신의 다리를
응시했다.

"아직 짧은 치마는 적응이 안 돼. 각선미가 안 나와."

진수가 불퉁하게 오징어를 씹으며 중얼거렸다.

"각선미는 무슨 얼어죽을. 입고 싶으면 입는 거지. 그렇게 따
지면 당신 그 긴 머리도 웃겨. 여자는 다 긴 생머리에 치마 입는
줄 아니?"

동휘가 진수의 위아래를 훑으며 속삭였다.

"그래, 너 보면 그건 아니야. 그치?"

진수에게 한방 먹이는 동휘의 말에 옆에 있던 재윤이 큭큭거
리며 웃었다. 단영이 동휘라는 사람에게 적응하려고 애를 쓰며
투닥투닥 동휘의 말에 일일이 대꾸하며 은근히 즐기는 듯한 진

수를 응시했다. 친구로 돌아가자고 했던 건 자신인데, 동휘를 바라보는 애정 어린 진수의 표정을 보는 게 그리 기분 좋진 않았다. 그러나 옆에 있는 재윤이 그런 자신의 마음을 눈치챌까봐 단영은 무표정한 얼굴로 홀짝홀짝 술이나 마셨다. 그녀가 조용히 있자 동휘가 장난스런 눈빛으로 단영에게 말을 걸었다.

"단영 씨, 그거 알아요? 재윤이가 제 첫사랑이었던 거."

단영이 소처럼 눈을 끔벅거리며 재윤과 동휘를 번갈아 쳐다보았다.

"그럼 게이……?"

동휘가 고개를 저었다.

"무슨 소리. 내가 여자니까 헤테로죠. 뭐, 진수 만나서 레즈비언이 되었지만."

진수가 옆에서 구시렁거렸다.

"레즈비언은 얼어죽을. 그냥 사랑하면 사랑하는 거지, 밥풀도 아니고 그때마다 정체성 갖다 붙이기는."

곧 죽어도 자신은 레즈비언이라고 소개하는 동휘가 진수를 흘겼다. 그런 동휘에게 조용히 술을 마시던 재윤이 퉁명스럽게 덧붙였다.

"첫사랑이 아니라 짝사랑이지. 난 너하고 아무 짓도 안 했다."

단영이 의심스럽다는 눈길로 재윤을 응시하자 그가 어이없다는 표정을 지어 보였다. 동휘가 싱거운 웃음을 배어 물곤 옆에 있는 진수를 바라보았다.

"재윤이 너한테 아무 감정 없으니 안심해라. 옛날엔 네가 꽤 땡겼는데 어째 커갈수록 넌 내 스타일이 아니더라. 지금은 유진수가 훨씬 맛있어 보여."

재윤이 마시고 있던 술이 사레들려 기침을 했고, 진수는 이 녀석 여전하네 그런 눈길로 동휘를 바라보았다. 단영이 궁금한 눈빛으로 동휘에게 말을 건넸다.

"의외예요. 헤어지고 나면 대개 서로 사이 안 좋은데……."

동휘가 어깨를 으쓱였다.

"헤어질 때 다시 만나면 친구로 지내자고 했거든요. 그리고 진수가 사랑한다는 사람이랑 안 되면 다시 나에게로 와달라고 했는데 들어보니까 안 됐대요. 그러니 뭐 이젠 나에게 되돌아올 일만 남은 거죠."

시끄러운 음악이 바에 가득했는데, 네 사람 앉은 곳은 그 순간 조용했다. 이상하게 긴장된 분위기에 동휘가 세 사람을 지켜보며 무언가를 감지하려는데, 진수가 벌떡 일어나 동휘에게 손을 내밀었다.

"춤이나 춥시다, 아가씨."

어느새 연주가들이 부드러운 선율의 음악을 연주하고 있었다. 사람들이 춤을 출까 말까 하나둘씩 서로의 눈치를 보고 있는데, 진수와 동휘가 라운지로 나갔다. 엇비슷한 키에 비슷한 체격인 두 사람이 은근히 괴리되면서도 잘 어울렸다. 진수가 동휘의 허리를 안자 동휘가 그녀의 어깨에 머리를 기대고 음악에 맞춰 너울너울 몸을 움직였다.

단영이 그런 두 사람을 가만히 바라보다 재윤의 시선을 느끼곤 맥주 잔을 부딪치며 그냥 웃었다. 어떤 감정인지 설명이 되질 않았다. 질투? 섭섭함? 아니면 갑자기 나타난 진수의 또 다른 사람에 대한 거부감? 알 수 없었다. 진수의 옆 가장 가까운 자리에 그녀가 있다고 생각했는데, 그게 아닐지도 모른다는 알 수 없는 불쾌함. 괜히 마음이 허전하고 무언가가 떨어져 나간 듯 상실감 같은 게 밀려왔다. 이렇게 내가 못된 사람이었나? 단영은 스스로에게 자꾸만 묻게 된다. 진수 앞에서 뻔히 약혼식을 올린 주제에 어떻게 이런 감정을 느낄 수 있는 걸까. 단영이 얼굴을 찌푸리며 맥주를 마셨다.

재윤이 그런 단영의 표정을 지켜보다 그녀에게 얼굴을 기울였다. 그리곤 그녀의 귓가에 서늘함이 가득 묻어나는 목소리로 속삭였다.

"홍단영, 누굴 그렇게 넋 놓고 쳐다보니?"

단영이 깜짝 놀란 듯 그를 쳐다보다 미안한 듯한 표정을 지었다.

"미안. 동휘 씨 보고 있었어. 진수랑 사귀었을 때 얼굴을 못 봤었거든. 조금…… 신기해서."

"그래?"

의미심장하게 반문하던 그가 모르는 척 넘어가자 단영이 살며시 사람들 모르게 재윤의 입술에 입맞춤을 했다. 재윤이 누군가에게 과시하듯 얼른 입술을 떼려는 단영을 잡아 깊은 키스를 퍼부었다. 어둑한 조명이고, 시끄러운 음악 소리에 사람들이 모두 정신이 팔려 있는지라 신경 쓰지 않았다. 그녀가 약간 저항을 하며 빠져나가려 하자 그의 키스가 더 거칠어졌다. 한참 후에야 두 사람의 키스가 끝났는데, 단영의 이 민망한 듯 어쩔 줄 몰라 했다. 마치 아무 일 없었던 듯 재윤은 맥주를 마셨다.

스테이지에서 춤을 추고 있던 진수가 키스를 나누고 있는 단영과 재윤을 문득 바라보고는 깊게 가라앉은 눈빛으로 고개를 돌리자 조용히 리듬에 취해 있던 동휘가 진수의 귓가에 속삭였다.

"너, 사랑한다는 사람이 재윤이었니?"

진수가 순간 짜증난다는 얼굴로 말을 씹어뱉었다.

"어디서 다들 썩은 곱창을 먹고 왔나. 왜 저 자식한테 찍어 붙이는 거야? 짜증나게."

그녀의 말에 동휘가 춤을 멈췄다. 그리곤 기가 막힌다는 듯 얼굴을 찌푸렸다.

"그럼, 단영 씨?"

진수가 아무 말 없이 이마에 나는 식은땀을 훔쳐 냈다. 냉방이 잘돼서 오히려 추운 실내인데 자꾸만 식은땀이 흐르고 위가 요동쳤다. 요즘 들어먹는 족족 체해서 고생이었는데, 오늘따라 심하게 위가 아팠다. 원래부터 위가 안 좋아서 어릴 때부터 음식을 가려먹긴 했지만 별 탈 없이 지냈는데 요즘 이상했다. 진수가 말없이 미식거리는 속을 가라앉히려고 호흡을 가다듬는데 동휘는 그런 줄도 모르고 계속 말을 붙였다.

"네가 사랑한다는 사람이 여자였단 말이야?"

진수가 기운이 없어 조용히 중얼거렸다.

"그래. 뭐가 잘못됐어?"

"이건 말도 안 돼. 난 네가 남자 찾아서 간 건 줄 알았단 말이야. 너 때문에 수술도 미루고 있었는데 여잘 사랑했단 말이야?"

진수가 억울하고 분하다는 듯 소리치는 동휘를 바라보며 힘없이 대꾸했다.

"당신, 그럼 내가 당신이 트랜스라서 헤어지자 그런 건 줄 알았어?"

"그럼 아니니? 내가 커밍아웃하고 얼마 안 돼서 헤어지자고 했잖아."

진수가 자꾸만 흐르는 식은땀을 손등으로 훔쳐 내며 씁쓸하게 말을 이었다.

"맞아. 당신이 트랜스라고 말해 버려서 헤어질 수밖에 없었어. 적당히 사랑하고 적당히 살아가고 싶었는데 당신 보면서 나도 한 번쯤은 정말 원하는 거 찾아야겠다 싶더라고. 하지만 뭐? 결국 아무것도 얻지 못했는데……. 결국 두 눈 뜨고 단영이를 놓쳐 버렸는데."

진수의 목소리가 조금씩 잦아들더니 동휘에게 몸을 기댔다.

동휘는 그녀가 눈물을 흘리는 건 줄 알고 가만히 안아주려고 팔을 둘렀는데 그녀의 몸이 점점 더 무거워지더니 바닥으로 쓰러졌다.

"진수야아아!!"

동휘가 당황함이 가득한 얼굴로 쓰러진 진수에게 몸을 숙이는데, 멀리서 재윤과 이야기를 나누고 있던 단영이 순식간에 라운지로 달려나왔다.

"진수야, 진수야!"

단영이 진수의 어깨를 손으로 흔들며 소리쳤지만 진수는 깨어나질 않았다.

약혼여행으로 제주도에 가기로 한 재윤은 이쯤에서 일어나자는 말을 단영에게 하고 있다가 총알처럼 뛰쳐나가는 그녀를 보고 순간 멍한 얼굴로 라운지를 바라보았다. 사람들이 주위에 웅성웅성 빙 둘러 있고, 바닥에 유진수가 쓰러져 있었다. 아픈 사람 두고, 이런 맘 가지면 안 되는 걸 알면서도 재윤은 자신의 약혼에 재를 뿌리는 유진수가 정말 마음에 들지 않았다. 어떻게든 잘 지내보려고 애를 썼는데, 정말 협조 안 하는 여자였다. 앞으로 단영의 친구 중 이런 사람이 한 명 더 나타나면 정말 그는 돌 것 같다. 그리고 무슨 스프링 달린 방석에 앉았던 사람처럼 후다닥 냅다 뛰어나가는 단영은 뭐란 말이냐. 재윤이 오만인상을 다 쓰며 쓰러진 진수에게 어슬렁어슬렁 걸어가는데, 진수를 부여안고 있던 단영이 무슨 벼락 맞은 사람처럼 그를 불러댔다.

"재윤 씨, 빨리 좀 와요. 빨리!"

재윤이 꿍한 얼굴로 다가가 진수를 진찰했다. 감긴 눈도 치켜올려보고, 안색도 살피고, 맥박도 체크했다. 그의 얼굴이 차츰 굳어졌다.

"김동휘, 차 좀 빨리 빼와."

"차? 무슨 차? 물 말고 차?"

당황한 동휘가 말귀를 못 알아듣고 횡설수설하자 옆에 있던 단영이 어이없다는 듯 동휘를 노려보더니 짜증스럽게 소리쳤다.

"아뇨!! 바퀴 달린 차요!!"

"아!"

단영의 일갈에 그제야 정신을 차린 동휘가 얼른 지하주차장으로 내달렸다. 재윤이 진수를 업고는 호텔 밖으로 나가며 속으로 욕을 중얼거렸다.

'으이그, 진짜. 내가 왜 당신을 업어야 하냐고? 유진수, 몸이 안 좋으면 알아서 좀 쉬든지. 뭐냐고, 이게. 누가 약혼식에 와달랬냐? 응? 하나도 안 반갑구면, 왜 기어코 와서 쓰러지고 난리야, 이 인간아!'

재윤이 꿍한 얼굴로 입술을 일그러뜨리는데, 단영이 그를 재촉하며 뛰었다. 호텔 밖에 동휘가 자신의 자가용을 대기시키고 있었다.

"뛰어요, 뛰어."

아무리 진수가 여자라지만 170㎝가 다 되는 여자를 업고 뛴다는 게 말처럼 쉬운 일이 아니다. 재윤이 있는 힘, 없는 힘 다 끌어올려 헐레벌떡 차까지 뛰었다. 단영은 이미 뒷좌석을 열고 안으로 들어가 진수를 받아낼 준비를 하고 있었다. 재윤이 뒷좌석에 진수를 내려놓자 단영이 진수를 끌어안고, 두 다리가 차 문에 걸리지 않게 안으로 모았다. 그가 숨을 몰아쉬며 뒷좌석 문을 닫아주고는 운전석 옆자리로 가려고 걸음을 떼는데, 어랍쇼, 차가 쌩하니 출발하는 게 아닌가. 재윤이 정말 어이없다는 듯 바람처럼 사라지는 차 뒤꽁무니를 멍하니 노려보았다.

"우리 재윤 씨는요?"

단영이 우두커니 서 있는 재윤을 뒤돌아보곤 동휘에게 소리쳤다. 동휘가 급하게 말을 쏟아내며 차를 몰았다.

"아, 자기 차 타고 오겠죠."

하나밖에 없는 낭군이 쓰러졌는데 지금 동휘 눈에 그런 게 보이겠는가.

'당신한테는 진수가 재윤이 다음이겠지만 나한테는 하나밖에 없는 낭군이란 말이야!'

쓸쓸한 얼굴을 하고 있던 진수의 얼굴이 떠올라 동휘가 속으로 그렇게 단영을 향해 이죽거렸다. 동휘는 재윤이 근무하는 병원을 향해 어두운 밤길을 미친 듯이 달렸고 차 안에서의 이런 대화를 전혀 알 바 없는 재윤은 정말 기막히다는 얼굴로 씩씩거렸다. 잠시 후 그의 주머니 안에 있는 핸드폰이 울렸다. 그가 단영의 번호를 보고는 바로 뭐라고 성질을 내려는 찰나 단영의 다

급한 소리가 나오더니 전화는 툭 끊어졌다.

[재윤 씨, 우리 곧장 당신 병원으로 간다. 그러니까 빨리 뒤따라와. 알았지?]

좋다. 사람이 아픈 거니까. 사람이 쓰러진 거니까. 모르는 사람이라고 해도 쓰러진 거 보면 일단은 마음 다급해지는 게 인지상정이다. 재윤이 묘하게 부글거리는 속을 지그시 내리누르며 지하주차장으로 내려갔다. 그리곤 자신의 차를 타고 곧장 뒤를 따랐다.

두어 시간 후 간단하게 진찰을 받고 입원실로 옮긴 진수가 깨어났다. 재윤이 의사와 상의를 한 결과 진수의 몸이 피곤함과 예민한 신경으로 쓰러진 것으로 이야기가 되었다. 그래서 의사가 진수에게 간단하게 몇 가지를 묻는데, 진수의 대답에 재윤과 동료 의사의 표정이 차츰 진지해졌다.

"이런 일 자주 있나요?"

"아뇨, 처음입니다. 요즘 속이 계속 안 좋았는데 그거 때문인 것 같아요."

"속이 안 좋아요?"

"예. 계속 체하고 잘 먹지를 못했어요."

"혹시 위장병 있습니까?"

"어릴 때부터 위가 안 좋았어요. 그래서 음식도 가려먹었고요."

옆에 있던 재윤이 설마 하는 시선으로 동료 의사를 쳐다보았다. 동료 의사는 그래도 확인하는 차원이라는 뜻의 표정을 지으며 진수에게 또 다른 질문을 건넸다.

"혹시 가족 분 중에 위 안 좋은 분 있습니까?"

술술 대답을 하던 진수가 그 질문에 조용해졌다. 옆에서 놀란 가슴 쓸어 내리고 있던 단영이 조용한 진수의 태도에 긴장한 얼굴로 대답을 기다렸다. 진수가 눈을 내리깔더니 조용히 읊조리듯 말했다.

"아버지가 위암이에요. 얼마 전에 수술 받았죠."

단영이 놀란 숨을 들이키며 재윤을 응시했다. 재윤의 얼굴도 잔뜩 굳어져 있었다. 그 옆에 있던 동휘는 얼굴이 흙빛이 되어 진수를 응시했다. 의사는 너무 긴장하는 주위의 반응을 의식하며 가볍게 말을 건넸다.

"일단은 유진수 씨, 오늘은 쉬고 모레부터 검사 좀 해봅시다."

진수가 의사의 표정을 가만히 바라보더니 싱긋 웃으며 고개를 끄덕였다.

"그러죠."

의사는 응급실로 내려갔다. 그나마 재윤이 아는 사람이라 밤 늦게 입원실에 찾아와 이야기를 나눈 것이다. 재윤이 함께 밖으로 나갔다. 이인용 병실에 덩그러니 누워 있는 진수를 사이에 두고 양 옆에 앉은 동휘와 단영이 놀란 눈으로 서로를 응시했다. 진수가 허공에 매달린 링거를 한번 쳐다보더니 옆에 있는 단영에게 말했다.

"들어가, 늦었는데. 하루 종일 움직이느라 피곤하겠다."

단영이 진수의 손을 잡고는 고개를 저었다.

"괜찮아. 내일 일요일이라 어차피 쉬는데 뭐."

동휘가 나섰다.

"들어가요, 단영 씨. 여긴 제가 있을 테니."

단영이 머뭇거리며 창백한 진수의 얼굴을 살피며 가도 괜찮겠냐고 눈빛으로 다시 한 번 물었다. 그때 재윤이 병실 안으로 들어왔다. 재윤이 문 앞에 떡하니 서서는 단영에게 나오라는 뜻의 시선을 보냈다.

"그럼 우리는 들어갈게. 부탁한다, 동휘야."

"그래, 들어가."

단영이 재윤을 한번 보더니 진수의 손을 꼭 잡아주고는 내일 오겠다는 말을 남기곤 함께 병실을 나갔다. 문이 닫히자 조용하고 어두운 병실에 정적이 감돌았다. 진수가 닫힌 병실 문을 물끄러미 응시하곤 옆에 있는 동휘에게 자조 어린 목소리로 말했다.

"가란다고 가는 것 좀 봐. 내가 저걸 좋다고 모든 걸 버리려했다니…… 놀라워. 놀라운 일이야."

애정이 담뿍 묻어나는 진수의 퉁명스런 말에 동휘가 입술을 비죽거렸다.

"그래, 잘됐어. 이 김에 깨끗이 정리하고 나한테 와. 내가 열 여자 안 부럽게 해줄 테니.”

그녀가 뜨악한 눈빛으로 동휘를 응시하며 한숨을 내뱉었다.

“뭘 해줄 건데?”

“뭐, 이것저것. 네가 원하는 건 다. 원하는 체위 있으면 말해 봐.”

진수가 기가 막힌 듯 웃음을 터뜨렸다.

사랑했다, 이 사람을. 한 사람만 사랑하는 게 가능한 줄 알았는데 살아보니 그건 아니었다. 가까이 있었던 동휘와 사랑을 하면서도 언제나 마음 한구석 단영을 그리워하고 보고 싶어했다. 그게 어떤 마음인지 아직도 알 수 없고, 어느 한쪽이 진짜 사랑인가 헤아려도 봤지만 이젠 이 모든 마음이 다 그냥 그 자체의 진실이라고 받아들였다.

그녀가 싱거운 웃음을 터뜨리자 가뜩이나 놀란 마음으로 긴장하고 있던 동휘가 이제야 깊은 한숨을 내쉬며 누워 있는 진수를 살며시 안았다.

“사랑한다, 유진수. 내가 여자이든 남자이든 너를 사랑해. 알지?”

수많은 부정 속에서 끊임없이 자신을 긍정하고자 몸부림을 쳐야 했던 동휘는 처음 그녀를 만나고 깊은 울음을 삼켰었다. 있는 그대로 자신을 받아주었던 맑은 눈빛에, 치마를 입어보고 싶다고 했을 때 군말없이 치마를 입어보라며 권하던 때 묻지 않은 마음에 그는 신께 감사드렸다. 그래서 커밍아웃했을 때 헤어지자는 진수의 말이 더 더욱 받아들여지지 않았다. 그 자신을 온전히 받아들이고 사랑한다고 생각했는데 그 모든 것이 혼자만의 착각이었던가, 배신감과 허탈함에 미칠 듯이 괴로워도 했다. 그러나 온전히 맑은 눈으로 가슴 아프게 차마 꺼내지 못했던 사람에게 한 번 부딪쳐는 봐야겠다고 말하는 그녀를 보며 동휘는 속에 있는 그런 의문을 말하지 못했다. 마음은 온전히 자신을 받아들여 준 사람을 놓치고 싶어하지 않았다. 그게 진수와 적당하게라도 관계를 유지하는 방법이라면 쓰디쓰더라도 이별을 감수해야 했다.

동휘가 진수의 귀밑머리를 쓸어 올려주고는 그녀의 이마와 콧등에 부드러운 입맞춤을 했다. 진수가 그런 동휘를 상념이 깊은 눈으로 바라보는가 싶더니 속에 있는 말을 꺼냈다.

"김동휘, 그러지 마. 내가 당신을 여자니 남자니 구분 지어 생각지 않는다는 걸로 충분하다고 생각하지 마. 더 욕심 내고 더 바라. 다른 사람이 나쁜 거지, 내가 좋은 게 아니야. 그냥 당연한 거야. 사실 당신은 나보다 더 잘나고 좋은 사람을 만날 자격을 가진 사람인데…… 항상 그게 마음에 걸렸어. 항상 그게 안타까웠어."

그녀가 소중하고 고운 사람이라는 듯 손으로 동휘의 얼굴을 쓰다듬었다. 언제나 상대방이 자신을 받아들여 줄까 말까 예민하게 관찰해야 하는 마음, 그동안 지치고 외로웠던 동휘가 진수의 말에 눈을 붉혔다. 하지만 오래전 울기도 많이 하던 김동휘는 가슴이 아릿하게 아프고 묵직한데 눈물은 나오지 않았다. 다만 진수의 손을 꼭 잡았다. 진수는 약 기운인지 서서히 잠이 들었다.

자정이 되어서야 병원을 나선 재윤과 단영은 잠시 차 안에서 다음 일정 때문에 머뭇거렸다. 사실 가볍게 술 한잔하고 저녁에 제주도로 가서 내일 밤에 올 예정이었는데, 진수의 일로 이미 비행기 시간을 놓친 것이다. 재윤이 지금이라도 가자고 말하자 단영이 피곤한 듯 고개를 가로저었다.

"재윤 씨, 그냥 어디 조용한 데서 쉬자."

단영의 얼굴은 온통 병원에 누워 있는 진수 생각으로 이미 여행이고, 뭐고 생각이 없는 듯했다. 물론 진수의 병이 심각한 것일 수도 있어 이해는 하면서도 한편으론 진수라는 사람이 단영과 그의 삶에 깊숙이 개입되어 있는 것 같아 재윤은 기분이 그리 좋지 않았다. 하지만 어쩌랴. 이미 비행기는 놓쳤고, 자신도 피곤했다. 각자 집으로 돌아가자니 부모님께 설명을 하기도 귀찮았다. 결국 두 사람이 가기로 한 곳은 재윤이 단영을 처음에 안았던 호텔이었다. 두 사람이 침묵을 지킨 채 어두운 밤길을 달렸다. 단영은 가는 내내 멍한 얼굴이었다. 일어나지 않은 일, 확인되지 않은 일을 갖고 상상의 나래를 펴며 괴로워하는 것만큼 어리석은 게 없다는 걸 알면서도 단영은 정말 진수가 위암이면 어떡하나 안 좋은 예감에 숨이 막혔다. 언제까지나 그 자리에서 멀찍이에서라도 단영을 지켜볼 것이라는 생각이었는데, 어느 날 어느 순간 훌쩍 그녀 곁을 떠날지도 모른다는 생각은 해본 적이 없었다. 단영은 진수의 아버지가 위암이라는 말을 다시금 떠올리며 두려움에 몸을 떨었다.

"괜찮겠지?"

묵묵히 운전을 하던 재윤이 감정이 깃들지 않은 무감한 목소리로 대답했다.

"검사해 봐야 알지."

얼핏 차가움이 감도는 그의 말에 단영이 말없이 그를 응시하다 고개를 돌렸다. 그리곤 속으로 되뇌었다.

'괜찮아, 괜찮을 거야.'

재윤은 부글부글 끓는 마음을 지그시 내리누르며 운전대를 꽉 잡았다. 이런 상황에서 당연한 거라고, 충분히 그럴 수 있는 거라고 스스로 그렇게 생각하면서도 마음 한구석이 이상하게 싸늘해져 갔다. 유진수가 쓰러진 그 순간부터 그는 안중에도 없는 듯 행동하는 단영을 보며 재윤은 애써 외면하려 했던 어떤 것을 눈앞에서 확인한 느낌이었다. 쓰러진 진수를 안은 채 그를 내버려 두고 쌩하니 가버린 그 순간이 머리 속에 박힌 돌처럼 꿈쩍도 하지 않고 버티고 있었다. 그는 자신이 느끼는 불쾌감이 너무 치사하고 유치한 것 같아 차마 표현하지 못하고 지그시 지켜볼 뿐이었다.

두 사람의 사랑을 확인한 곳, 서로 거리를 두고 예의 바르게 경어를 쓰던 두 사람이 처음으로 반말을 하고 장난을 치던 그 방에 왔지만 호텔방은 왠지 휑하니 고적해 보였다. 확실히 타인들까지 드나드는 곳이라 그런가, 말끔하게 단장한 호텔임에도 마음이 편하지 못한 단영이었다.

그녀가 다른 생각에 빠진 듯 멍한 얼굴로 가방을 내려놓고 곧장 욕실로 향했다. 그런 단영을 보며 재윤은 이상하게 불쾌해지는 자신의 마음을 가라앉히고 있었다. 십 년이 다 되어가는 친한 친구관계인데 진수의 감정 때문에 끊어내라고 하는 건 자신이 생각해도 좀 무리다 싶었고, 또 그 자신이 동휘와 여전히 친한 관계로 잘 지내고 있기에 그리 문제가 될 거라고 생각하지 않았다. 하지만 막상 이런 일이 닥치니 그의 생각만큼 그들의 관계가 그리 단순하지만은 않다는 생각이 들었다. 생각보다 단영의 마음속에 있는 진수의 자리가 큰 게 아닐까? 재윤은 어떻게 이 꼬인 실을 풀어내야 하나, 어디서부터 풀어내야 하나 머리가 아팠다. 그가 가볍게 술 한 잔을 마시는데, 욕실에서 그녀가 나왔다. 단영이 가운을 걸친 채 터덜터덜 침대로 다가가더니 꾸물꾸물 이불 속을 파고들었다.

"안 잘 거야?"

"음, 이것만 마시고."

"나 먼저 잔다."

그녀가 피곤한 듯 하품을 하며 베개를 찾아 자리를 잡았다. 그 모습을 재윤이 가만히 응시했다. 단영이로서는 어느 정도 편한 관계라 피곤한 몸이 이끄는 대로 행동한 것이지만, 재윤으로서는 그 모습이 진수의 일로 그의 존재를 잊은 것처럼 보이니 그의 마음은 꼬여만 갔다.

그가 잔에 남아 있는 한 모금을 입 안에 털어 넣고 단영이 있는 침대로 다가갔다. 그리곤 잠에 빠진 듯 조용한 그녀의 옆에 누워 허리를 끌어당겨 안았다. 끌어당기는 대로 순순히 품에 안기는 단영을 보며 재윤은 그나마 꼬인 마음이 가라앉혀져 그녀의 머리카락을 손으로 살며시 매만졌다. 은은한 조명에 고즈넉하니 그녀를 끌어안고 가만히 얼굴을 들여다본다. 참 곱고 예쁘다. 그는 불임이니, 진수니 그 모든 복잡한 일들을 한쪽에 밀어버리고 그녀의 머리에 턱을 괴고 눈을 감았다. 그는 품 안에 있는 단영이 그에게 속한다는 걸 스스로 확인하듯 그녀의 머리에 얼굴을 묻고 향기를 맡았다. 그리곤 그녀의 보드랍고 따스한 살결을 어루만졌다. 그의 손이 단영의 허벅지를 따라 매만지더니 이내 그녀의 젖가슴을 어루만졌다. 그렇게 단영의 존재를 느끼며 재윤이 잠을 청을 하는데, 가만히 눈을 감고 있던 단영이 슬쩍 그의 손을 밀어냈다. 잠에 빠진 줄 알았던 단영은 눈을 감고 다른 생각을 하고 있었던 것이다. 그가 멈칫 눈을 뜨고 그녀를 바라보니 단영이 어색한 웃음을 지어 보이며 속삭였다.

"자자, 피곤한데."

그리곤 단영이 몸을 돌려 그에게 등을 보였다. 그녀로서는 위암일지도 모를 진수 생각에 암흑으로 빠져들어 가는 듯한 충격이 가시질 않은 상태였다. 그러나 재윤으로서는 기름에 불씨를 던진 느낌이었다. 아무리 당연한 일이다, 그럴 수 있다 생각하려 애쓰면서도 온통 유진수에게 가 있는 단영에 대한 불쾌함과 그리고 거부당했다는 분노가 그를 휩쓸었다. 육체관계를 할 생각도 아니었는데, 마치 방해하지 말라는 듯한 단영의 태도에 그는 어깃장 같은 마음이 샘솟았다. 재윤의 표정이 서늘해졌다. 그가 다소 거칠게 그녀의 몸을 다시 되돌려 놓곤 그녀의 허리에 팔을 둘러 품 안으로 끌어당기고 그녀의 목덜미를 애무했다. 그의 눈빛이 날카로운 것도 모르고 단영은 한숨을 내쉬며 그를 밀어냈다.

"……이 와중에 하고 싶니?"

그의 입맞춤이 멈추었다. 그는 여전히 그녀의 목덜미에 얼굴을 묻은 채 숨을 깊게 들이내쉬었다. 그리곤 무미건조한 목소리로 대꾸했다.

"이 와중이 어떤 와중인데?"

단영이 어이없다는 얼굴로 그의 옆얼굴을 노려보았다. 아무리 진수가 못마땅하고, 그녀가 진수에게 조금 남다른 감정을 가지고 있다고 쳐도 친한 친구가 병실에 누워 있는데 이렇게 관계를 요구할 수 있는 거냔 말이다. 그녀가 치미는 짜증을 애써 내리누르며 차분하게 말했다.

"자자, 재윤 씨. 나 머리가 지끈거려."

단영이 다시 몸을 빼내며 등을 돌리자 재윤의 눈빛이 방금 전보다 더 날카로워졌다. 어느 순간 그의 얼굴이 무감하게 가라앉는가 싶더니 그가 단영의 몸을 순식간에 끌어당기곤 거칠게 그녀의 얼굴을 움켜쥐었다.

"재윤 씨!!"

그녀가 짜증스러운 듯 그를 제지했지만, 이미 난폭한 충동이 그를 뒤덮었다. 재윤이 단영의 입술을 손가락을 집어넣어 벌리게 만들더니 사나운 키스를 퍼부었다. 쓰라리고 아플 정도로 거친 키스였다. 그제야 재윤이 화가 났음을 알아챈 단영이 거부하려던 몸짓을 멈추고 한숨을 내쉬었다. 자신의 행동이 이렇게 화를 낼 정도란 말인가. 그녀가 이해할 수 없다는 얼굴로 그를 응시했지만, 그는 멈출 기색이 아니었다. 설혹 화가 났다고 해도 그렇지, 어떻게 이렇게 무지막지하게 함부로 대할 수 있는 건지. 단영이 화가 나서 입 안으로 파고드는 그의 입술을 깨물어버렸다. 재윤이 흠칫 아픈 비명을 내지르며 얼굴을 들었다. 그러나 그녀가 침대에서 벗어나려 하자 그의 손이 더 빨랐다. 이젠 더 이상 인정사정 볼 것 없다는 듯 재윤이 더 냉혹한 얼굴로 그녀를 잡아채더니 그녀의 위로 올라가 빠져나가지 못하게 만들었다. 그리곤 단영이 입고 있는 목욕가운을 벗겨냈다. 단영이 너무 기막히고 어이없다는 얼굴로 그를 노려보며 입을 다물지 못했다.

"정말…… 이럴 거야?"

그녀가 놀란 듯한 얼굴로 속삭이자 끈을 풀어내던 그의 손길이 멈추었다. 그가 잔뜩 굳어진 얼굴로 그녀를 응시했다. 목구멍까지 치밀어 오르는 말이 있는데 죽어도 뱉어내고 싶지 않았다. 도대체 네가 사랑하는 게 누구냐고, 나는 너에게 뭐냐고 마음 같아선 바락바락 소리 지르고 싶었다. 어째서 사람을 이렇게 힘들게 하냐고, 어째서 내 사랑에 만족하지 못하고 끊임없이 불안하고 공허하게 만드냐고 그는 묻고 싶었다. 그런데 자존심이 상했다. 죽어도 속에 있는 말을 꺼내기 싫었다. 그가 이를 갈며 기막혀하는 단영의 얼굴을 뚫어지게 노려보았다.

'젠장, 내가 너를 얻기 위해서, 너라는 여자를 갖고 싶어서 불임인 것도 감수하고, 욕이란 욕은 다 들어먹고 너를 지키려 하는데 어째서 넌 끊임없이 다른 사람을 생각하니? 왜 네 옆에 있는 나는 소중한 줄 모르는 거야?'

재윤이 속으로 생각을 씹으며 어금니를 물었다. 애써 마음속에 묻어둔 일들이 이 순간 하나씩 다 떠오르며 그를 더 부채질했다. 그가 씹어뱉듯이 말했다.

"그래, 오늘만큼은 이래야겠어."

그의 대답에 단영이 지친 듯 눈을 감았다. 그 표정이 사람을 무시하는 것만 같아 재윤이 더 오기를 부리며 그녀의 몸 위로 자신의 몸을 밀착시켰다. 그리곤 서걱서걱 메마른 손길로 자신의 바지를 끌어 내리고 그녀의 몸 안으로 사정없이 파고들었다. 아무런 준비도 되어 있지 않은 단영의 몸이 그를 버거워하며 아픈 비명을 내질렀다. 그럴수록 그는 더 거칠어졌다. 화가 난 남자의 몸은 칼과 같아서 육체관계는 폭력의 경계에 다다르고 있었다. 항상 부드럽게 감싸고 어루만지던 그의 몸짓이 이렇게 아픔을 가져올 줄이야, 단영이 질끈 눈을 감은 채 고개를 돌려 버렸다. 분노는 열정과 닮아 있어 서로를 부추긴다. 말로 토해내지 못한 그의 분노가 그녀의 몸에 쏟아졌는데, 그 모습이 욕망에 사로잡힌 남자의 모습과도 같았다.

결국 배설하듯 탁한 감정으로 뒤범벅된 자신을 가득 쏟아낸 재윤이 그녀를 내버려 두고 욕실로 들어가 버렸다. 그제야 눈을 감고 이 모든 상황에 기막혀하고 있던 단영이 부스스 침대에서 일어나 앉았다. 그가 폭력적이었든 아니면 조금 거친 행동이었든 그녀가 비참한 건 이런 상황에 다다르면 오랜 습관대로 아무런 반항이나 표현을 하지 않은 채 고스란히 받아들인다는 거였다. 몸 구석구석 박혀 있는 폭력에의 순응, 도대체 무엇이 잘못된 걸까. 단영이 부들부들 몸을 떨며 냉기 어린 시선으로 객실을 둘러보았다. 온통 낯선 것뿐이다. 마치 문재윤처럼. 욕실에서 샤워하는 물소리가 흘러나왔다. 마치 빗소리처럼 휑하고 적막한 방 안을 두드리며 그녀를 깨우는 듯했다.

'성급했던 걸까? 너무 성급하게 이 사람을 받아들인 건가.'

두 사람이 처음 사랑을 나누었던 이곳이 갑자기 그녀와 전혀 상관없는 낯선 곳으로 느껴졌다. 위험하고 불안한 세계에서 간신히 빠져나와 이제 안식을 찾은 건가 싶은 찰나에 단영은 이 순간 두 세계 모두 그녀가 있을 곳이 아닌 것처럼 느껴져 불안한 시선으로 자신이 앉아 있는 침대를 응시했다.

'도대체 뭐가 잘못된 건지? 왜 이런 일이 일어난 거지?'

가슴속에 떠오르는 의문들을 멍하니 들여다보며 방금 전 있었던 어이없는 육체관계를 그녀가 찬찬히 떠올리고 있었다. 그렇게 미동없이 침대에 앉아 있던 단영이 피곤한 듯 지친 한숨을 내쉬며 다시 침대에 누웠다. 욕실에서 들려오던 물소리는 어느새 멈추어지는가 싶더니 재윤이 욕실가운을 걸치고 방으로 들어왔다. 건장하고 탄탄한 육체가 서먹한 공기 속에 멈추어 있었다. 단영은 눈을 감고 그가 다가오든 말든 신경 쓰지 않았다.

재윤은 자신이 거침없이 쏟아내 버린 분노의 흔적을 바라보며 이제 난감한 얼굴로 단영을 살폈다. 침대 위는 사정없이 뜯겨져 나간 속옷에, 바닥으로 미끄러져 내려간 시트로 어질러져 있었다. 그가 당혹스러움과 민망함, 부끄러움이 한데 뒤섞인 얼굴로 누워 있는 단영을 응시하곤 손으로 자신의 턱을 만지작거리며 조심스레 침대로 다가갔다. 가까이 다가가고 나서야 그녀의 몸 여기저기에 그가 남겨놓은 흔적이 시퍼런 멍으로 남겨졌음을 알았다. 그가 묵묵한 얼굴로 조심스레 그녀 옆에 누웠다. 객실 안에 감도는 정적이 날 서린 칼날처럼 예민했다. 재윤이 가만히 침대에 걸터앉아 눈을 감고 시선을 외면하는 단영을 바라보았다.

"잘못했다."

"……."

그녀가 침묵했다. 그러자 재윤이 짜증과 미안함이 섞인 얼굴로 그녀를 끌어당겨 안았다. 차라리 한바탕 싸움이라도 하면 속이 시원할 것 같았다. 그러나 눈을 감고 있던 단영이 그냥 당겨지는 대로 몸을 움직여 그의 품에 안겼다.

"단영아."

재윤이 조용히 그녀의 이름을 부르자 그녀가 등을 돌리고 누워 있는 그 상태로 말했다. 부드럽지만 메마르고 서걱한 목소리였다.

"됐어, 내가 끝까지 거부를 안 했으니 된 거야."

그녀의 말이 적당한 타협과 화해인 줄 알고 재윤이 손을 뻗어 그녀의 멍든 곳을 어루만지며 사과의 뜻을 전했다. 그러나 등을 지고 누워 있는 단영은 텅 빈 눈빛으로 눈앞에 있는 휑한 공간을 응시하고 있었다. 그에게 기대를 많이 했던 걸까. 단영의 얼굴이 시무룩했다.

다음날, 일요일이라 늦게까지 잠들어 있던 재윤이 객실 안으로 햇빛이 쏟아져 들어올 때쯤 눈을 떴다. 시계를 확인하니 아침 열 시가 다 되어가고 있었다. 꿈지럭 꿈지럭 잠의 여운을 음미하며 그가 옆자리를 손으로 쓸며 단영의 존재를 확인했는데, 손끝에 아무것도 만져지지 않았다. 그가 퍼뜩 눈을 떴다. 벌써 일어난 건가? 그가 어젯밤 일도 있어 벌떡 일어나 단영을 찾았다. 그런데 객실 안엔 그 혼자만 있었다. 욕실에 들어간 건가?

재윤이 그녀의 가방이 없다는 걸 깨닫곤 그녀에게 전화를 걸려는데 탁자 위에 작은 쪽지가 놓여 있었다.

『먼저 갈게. 피곤한 것 같아서 깨우지 않았어. 저녁에 전화할게.』

재윤의 입에서 한숨이 새어나왔다. 아마도 병원으로 간 것이 틀림없었다. 입 안이 텁텁했다.

"재윤 씨 화 안 내? 아무리 그래도 약혼하고 첫날인데."

옆에서 과일을 깎고 있던 단영이 진수의 말에 퉁명스럽게 대답했다.

"화내라지."

"왜 그래? 싸웠냐?"

장난 섞인 목소리로 진수가 다시 물어보자 단영의 얼굴이 짧은 순간 굳어졌다 풀렸다.

"아니, 싸운 건 아니고. 그냥 좀 짜증이 나서."

진수가 눈을 게슴츠레 뜨고 단영을 노려보았다.

"이젠 사랑싸움하는 꼴까지 봐야 하냐?"

"사랑싸움은 무슨……."

단영이 쓸쓸한 웃음을 그리며 중얼대는데 잠시 화장실 간다고 나가 있던 동휘가 들어왔다.

"나 집에서 옷이랑 칫솔이랑 좀 챙겨 올게."

동휘는 병원에서 자서 그런지 쌈박했던 옷차림이 구겨져 있었다. 동휘가 양복 상의를 챙기며 갔다 오겠다는 말을 하자 진수가 고개를 저었다.

"됐어. 출근할 사람이 무슨. 나중에 그냥 한번 들러. 아니면 퇴원하고 보든지."

동휘가 고집을 부렸다.

"아냐, 휴가 내면 돼. 이번에 워낙 회사에서 사람을 부려먹어서 어차피 휴가 줄 태세였어. 여름에 휴가 안 갔다 왔으니까 그거 지금 챙겨먹으면 돼. 그리고 더 이상 다른 사람한테 너 맡기는 것도 싫고."

그렇게 말하면서 진수 옆에 있는 단영을 슬쩍 쳐다보자 단영이 어이없다는 듯 눈을 동그랗게 뜨고 동휘를 응시했다.

"동휘 씨보단 내가 옆에 있는 게 진수가 훨씬 편할걸요. 옷 갈아입는 것도 그렇고, 샤워하는 것도 그렇고."

은근히 같은 여자끼리라는 뜻을 내포한 단영의 말에 동휘가 기분 나쁘다는 얼굴로 단영을 노려보았다.

"아니, 진수랑 나랑 같은 여자끼리 뭐가 불편해요? 남의 여자 돼서 가버린 사람보단 훨씬 편하지."

동휘가 단영의 신경을 박박 긁어대니 단영의 눈빛이 점점 더 가늘어졌다.

"남의 여자?"

"그럼 남의 여자지, 진수 여잔가?"

단영이 어이없다는 듯 입을 벌린 채 동휘를 노려보자 동휘가 〈그럼 아닌가?〉 그런 얼굴로 약을 올렸다. 두 사람의 대화를 조용히 듣고 있던 진수가 어느 순간 짜증스러운 듯 일갈했다.

"아, 됐어. 시골에 있는 아줌마 올라오라고 부탁할 거야. 그러니까 두 사람 다 자기 일이나 챙겨."

진수 입장에서 짜증이 안 나겠는가? 한 년은 사랑하는데 다른 사람한테 가버리더니 이제 와서 잘해주며 사람 약 올리고, 한 년은 쿨하게 헤어진 줄 알았는데 여전히 사랑한다 매달리며 다른 년을 밀어내려고 안달이니. 진수가 인상을 쓰며 두 사람을 쳐다보자 두 사람이 싸움을 멈췄다.

'내가 네들 스페어 타이어냐? 옴팡 내버려 뒀다가 생각나면 굴리게.'

진수가 찌푸린 얼굴로 옆에 있는 전화기를 가져왔다. 그리곤 시골집으로 전화를 걸었다.

해가 어스름해질 무렵, 진수의 할아버지와 일하는 아주머니가 부리나케 올라왔다. 아직 검사도 들어가지 않은 상황이었지만 가뜩이나 아들 녀석이 위암 수술을 받고 시름시름 말라가는 걸 보고 있는 진수의 할아버지는 그냥 속이 좀 안 좋다는 한마디에 모든 일을 제쳐 두고 달려왔다. 단영이 포함될 수 없는 또 다른 세계, 진수의 가족이라는 세계를 그녀가 가만히 지켜보다가 묵전과 몇 마디 대화를 주고받은 후 병원을 나왔다. 오후나절 내내 재윤과 있었던 일을 말하고 싶었지만 단영은 왠지 말을 꺼낼 수 없었다. 애써 덤덤한 척 그녀의 약혼식에 왔다가 쓰러지기까지 했으니 단영의 마음이 가벼울 수가 없었다. 괜찮으려니 그렇게 진수에 대한 걱정을 한쪽에 묻어두고 단영이 집으로 향했다. 그러자 하루 종일 묻어두었던 어제의 일이 떠올랐다. 기분이 좋지 않았다. 어제는 혼란스러움에 거부하지 않았으니 되었다고 그렇게 상황을 정리해 버렸지만 불쾌함은 아직 가시지 않았다.

아침에 말없이 먼저 나온 게 마음에 걸려 그녀가 재윤에게 전화를 걸까 하다가 핸드폰을 다시 가방 안에 넣었다. 기분 좋은 목소리로 그와 이야기할 기분이 아니었다. 진수는 진수대로 아무 일 없는 듯 자기의 세계로 돌아간 느낌이었고, 그녀가 선택한 재윤은 낯설고 불안했다.

그녀가 집에 다 도착할 때쯤 핸드폰이 울렸다. 재윤이었다. 애써 밝은 목소리를 내며 단영이 전화를 받았다.

"응, 재윤 씨."

[어디야?]

그의 목소리는 평온했다. 그녀도 어젯밤 있었던 찜찜했던 일을 애써 묻어두고 밝게 대답했다.

"집이야."

핸드폰 안에서 아무런 소리도 들려오지 않았다. 그는 무슨 할 말이 있는 듯 주저하다가 이내 담담하니 인사를 건넸다.

　[그래, 그럼 쉬어. 밖에서 저녁이나 먹을까 했는데 피곤하지?]

　"음, 좀 피곤하네. 내일 출근도 해야 하고."

　고3을 가르치기 때문에 그녀의 출근 시간은 새벽이었다. 재윤은 전화를 끊고 물끄러미 핸드폰을 응시했다. 핸드폰 폴더 안에 단영과 자신이 웃고 있었다. 그녀가 까만 눈동자를 빛내며 그를 바라보는 듯했다. 재윤이 폴더화면 안에 있는 단영의 얼굴을 손끝으로 한번 매만지다 이내 폴더를 닫았다.

　'도대체 널 어떻게 해야 하니?'

　『─쿠라이아 총리는 16일 가자지구에서 발생한 잇따른 납치 사건 이후 아라파트에게 사표를 제출했었다. 아라파트는 사표를 반려했으나 쿠라이아 총리는 사퇴의사를 고수함으로써 팔레스타인 정국이 혼미를 거듭하고 있다.

　─현재 국내 인터넷 포털 시장은 다음─NHN 네이버─SK 네이트닷컴─야후코리아─엠파스─드림위즈─하나포스닷컴─CJ 마이엠 등이 서로 경쟁을 벌이고 있다. 경쟁구도는 다음과 네이버의 2강 체제 속에 싸이월드를 합병한 SK커뮤니케이션즈의 네이트닷컴이 위협적으로 급부상, 이 구도를 깨뜨리려고 하고 있다. 네이트닷컴은 이미 지난 6월 중순 주간 페이지뷰 기준으로 38억 페이지뷰를 돌

파, 다음을 제치고 국내 전체 웹사이트 중 1위를 차지하면서 포털 신3강 시대의 가능성을 조심스레 제기했다. 또한 글로벌 강자 야후를 모기업으로 둔 야후코리아가 선두그룹 진입을 위한 일대 반격에 나선 상황이며 엠파스와 드림위즈, 하나포스닷컴 등은 선두권을 좇아가기엔 힘에 부쳐하고 있는 모습이다. 올 초 플래너스를 인수해 인터넷 사업에 뛰어든 CJ인터넷은 최근 검색포털 마이엠을 축소하고 게임포털 넷마블에 주력할 뜻을 비추면서 경쟁구도에서 자발적으로 한 발 물러섰다. 한 치 앞도 내다볼 수 없는 혼미한 정국이다.

_카디로프 전 체첸 대통령이 폭탄 테러로 숨진 지 두 달여 만에 아브라모프 체첸 대통령 권한 대행까지 폭탄 공격을 받았습니다. 대통령 대행은 무사했지만 체첸 정국은 혼미를 더해 가고 있습니다.

_무엇보다 큰 문제는 국론 분열로 이어질 개연성이 크다는 점이다. 이미 파병 일정과 지역이 확정된 가운데 파병 찬반 논쟁이 가열될 경우 신행정수도 이전 논란으로 가뜩이나 혼미한 정국이 다시 소용돌이칠 수 있다. 여기에 유가와 원재료 상승과 물가 인상, 내수 침체 등 경제난국이 맞물릴 때 정부의 입지가 좁아져 정책추진력이 약해지고 결국 경기 침체에서 벗어나는 동력이 차츰 소멸될 가능성도 우려되는 상황이다.』

병원에 출근한 재윤이 신문을 읽다 골치가 아픈 듯 이마를 주물렀다. 지난 보름 동안의 시간을 가만히 떠올리며 그가 한숨을 내쉬었다.

유진수가 입원하던 날 미묘한 경계에 다다른 두 사람이 암묵적으로 서로의 관계를 잘 해나가 보자 그렇게 약속을 했지만, 일은 생각처럼 풀리지 않았다. 단영이 재윤과의 아슬아슬한 부딪침에 마주한 후 그에게 신경 쓰려고 했지만, 일은 어째서 그렇게 사정없이 한꺼번에 몰아치는지 수업이 끝나면 영화사와의 일에, 시놉시스 수정에 정신을 차릴 수 없을 정도로 바쁘게 돌아가는 날들이 계속되었다. 게다가 진수의 검사 결과가 위암으로 나온 것이다. 말기는 아니었지만 거의 목숨이 위험한 지경까지 다다른 것은 사실이었다.

위 절제수술을 하던 날 단영이 수술실 앞에서 초조하게 진수를 기다렸다. 재윤도 진료 중간중간 내려와 단영과 함께 있었지만 그녀가 받은 충격은 생각보다 깊었다. 단영이 초조한 기색으로 진수의 수술을 지켜보다 어느 순간 울음을 터뜨렸고, 그 울음을 재윤이 미묘한 표정으로 바라보며 곁을 지켰다. 진수의 할아버지는 속을 태우다 며칠 전 더 이상 가마를 비울 수 없다고 경북으로 내려가 진수 옆에는 아주머니와 동휘가 있을 뿐이었다. 수술이 끝나고 마취에 정신을 차리지 못하는 진수를 두고 단영이 하염없이 곁을 지키며 앉아 있었다. 재윤이 퇴근 시간이 넘도록 그녀 옆에 있다가 밤 열 시가 다 되자 그만 일어나자고 말했다. 단영이 오늘은 진수 옆에 있겠다며 혼자 들어가라고 하자 재윤이 말없이 병실을 나갔다. 수술은 성공적이었다. 회복시기를 거쳐 앞으로 음식만 잘 조절한다면 크게 위험하진 않았다. 재윤은 설명할 수 없는 짜증을 느끼며 홀로 집으로 차를 몰다 어느 순간 방향을 틀어 술집으로 갔다. 그리곤 떡이 되도록 술을 퍼마셨다. 그가 술집에서 밤새도록 술을 마시고 만날 피곤에 지쳐 있는 단영 대신 술집에 있는 아가씨와 오랜만에 대화란 걸 했다. 물론 대화는 띄엄띄엄 이어지지 못했고, 결국 재윤 혼자서 침묵을 지키며 아가씨의 수다를 들어주는 것으로 끝이 났다. 재윤은 새벽 즈음 술집을 나와 찜질방에서 한숨 자고 땀을 뺀 후 출근을 했다.

곧장 자신의 진료실로 올라가던 재윤이 엘리베이터 안에서 동휘와 마주쳤다. 저녁에 일 끝나고 오는 동휘는 진수의 수술 즈음에 맞혀 휴가를 낸 모양이었다. 두 사람이 어색하게 서로를 쳐다보다 휴게실에서 서로 담배를 피우고 커피를 마셨다.

"단영 씨 좀 챙겨. 얼굴이 말이 아니더만."

재윤이 딱딱하게 대꾸했다.

"남 걱정 말고 네 유진수나 챙기지 그래."

동휘가 자신의 커피 잔을 못마땅한 얼굴로 응시하며 맞받아쳤다.

"단영 씨 때문에 옆엘 갈 수가 없다. 진수 몸 약한 판에 괜히 그러다 단영 씨를 다시 붙잡을까 무섭다."

재윤이 입에 물고 있던 담배를 거칠게 비벼 껐다.

"놔둬, 지치면 관두겠지."

그리곤 동휘를 내버려 두고 자신의 진료실이 있는 곳으로 휑하니 가버렸다. 그가 진료실에 도착해서 신문을 보려고 할 찰나에 아버지 문 박사의 전화가 걸려왔다. 통 집에 들르지 않는 두 사람 때문에 그의 어머니가 화가 잔뜩 났다는 이야기였다. 재윤이 이러저러해서 정신이 없었다 이유를 설명하면서도 인상이 찌푸려졌다. 어쨌든 단영을 예쁘게 봤던 문 박사는 진수의 일을 알고 있기에 어느 정도 이해는 하고 있었다. 문 박사는 진수의 수술로 묵전에게 좋은 다기를 하나 받았다고 이야기를 꺼냈고, 재윤은 이 질기고도 질긴 인연에 지긋지긋해하며 전화를 끊었다. 그가 술기운에 지끈거리는 이마를 부여잡고 머리를 꾹꾹 눌렀다.

'그래, 수술해서 그런 거야. 어쨌든 오랜 친구가 위암이니 안 놀랄 수 있나. 너무 놀라서 아무것도 눈에 안 들어올 수 있어.'

그가 애써 부글부글 끓는 마음을 다독거렸다. 머리 속에 있는 핏줄 하나가 툭 하고 터질 것만 같아 그가 읽고 있던 신문을 책상 저 멀리 던져 놓았다. 재윤이 씩씩거리며 자신이 던진 신문을 노려보고 있는데 누군가 노크를 했다. 재윤이 들어오라고 하자 황 간호사가 들어왔다.

"예약 환자 들여보낼게요."

"예, 그러세요."

나가려던 황 간호사 잠시 멈춰 서더니 단영에 대해 물었다.

"그런데 단영 씨 검사는 언제쯤 하실 거예요? 시간을 비워놓든지 일정을 잡아야 할 텐데."

"아…… 곧 잡아야죠."

황 간호사가 넉넉한 웃음을 입가에 배어 물며 걱정스레 덧붙였다.

"치료받으면 괜찮다고 잘 설명해 주셨죠? 많이 놀란 거 아닌가 모르겠네요."

재윤이 억지스레 미소를 지으며 대답했다.

"뭐, 이야기 잘됐습니다."

황 간호사는 자신이 다 흐뭇하다는 얼굴로 재윤을 바라보며 흡족한 듯 고개를 끄덕였다.

"예, 그래야죠. 괜히 이런 일로 서로 사이 멀어지는 부부들 보면 안타까웠는데, 우리 문 선생님 다시 봐야겠어요."

그는 어떤 표정을 지어야 할지 몰라 시큼털털한 미소를 지을 뿐이었다. 불임이 아니라 불안과 불신이 문제였다. 황 간호사가 나가고, 그의 얼굴이 급속도로 무표정해졌다. 그가 단영을 못 믿어서 이러는 건지, 아니면 정말 그가 느끼는 대로 단영의 행동이 무언가를 암시하는 건지 혼란스러웠다.

새벽까지 진수 곁을 지켰던 단영은 마취에서 깨어난 걸 확인하곤 병실에서 쪽잠을 잤다. 중간중간 그녀 곁을 맴돌다 가는 재윤을 보고 마음이 무거웠지만 차마 진수를 내버려 두고 집으로 들어갈 수는 없었다. 누구보다 진수가 외로움을 많이 타는 성격이란 걸 잘 알고 있는 단영이었다. 그래서 더욱더 사람들에게 곁을 주지 않고 자신의 성을 만든 친구였는데, 그 성에 초대한 몇 안 되는 친구 중 하나가 그녀라는 것도 잘 알고 있다. 그런 진수를 차마 내버려 두고 갈 수 없었다. 단영이 새벽잠을 청하려 소파에 누웠다가 가만히 재윤을 떠올리며 조금만, 조금만 더 그녀를 기다려 달라 그렇게 속으로 되뇌었다.

병원에서 곧장 학교로 출근한 단영이 수업이 끝난 후 집으로 향했다. 동휘와 아줌마가 진수를 살필 테니 이제 조금은 여유를 갖고 자신의 생활을 살피자 그렇게 생각하며 그녀가 집에 도착하자마자 청소를 했다. 요즘 들어 잠만 자고 나가는지라 그녀의 방은 그야말로 난지도였다. 여기저기 걸쳐진 옷과 책상이고 침대 옆이고 흩어져 있는 원고와 책들이 한가득이었다. 어스름한 저녁이지만 창문을 활짝 열어젖히고 청소기를 돌렸다.

오랜만에 재윤 씨와 외식을 할까. 맞다! 시부모님 댁에도 찾아뵈어야 하는데. 아, 아이들 중간고사 문제도 내야 하는데. 그녀의 머리 속이 해야 할 일들을 하나씩 정리하기 시작했다. 어느 정도 청소를 마치고 좀 쉬려는 찰나에 그녀의 핸드폰이 울렸다. 재윤이었다.

"응, 어디예요?"

[퇴근했니?]

"집이야. 청소 좀 하고 있었어."

[그랬구나.]

재윤이 잠시 멈칫하는가 싶더니 예의 평소의 목소리대로 부드러웠다. 단영이 오랜만에 외식할까 그렇게 묻자 재윤이 자신의 집에 가서 먹자고 말했다. 그로서는 부모님한테 그녀가 찍히는 게 싫어 당장 가자는 거였지만, 오랜만에 좀 쉬어보려고 했던 그녀로서는 조금 망설여졌다. 하지만 자신이 소홀했던 건 알고 있는지라 차마 싫다고 말하지 못했다.

"새아기, 요즘 많이 바쁘니? 어째 얼굴을 통 볼 수가 없어. 학교에서도 수업 끝나면 바로 달려나가기가 무섭고."

낮에 보았던 교감선생님이 시어머니의 눈빛을 한 채 단영에게 눈치를 줬다. 아주머니를 도와 식사를 차리고 있던 단영이 조심조심 반찬을 담아 식탁에 올려놓고는 죄송하다는 표정을 지었다. 교직원 분위기상 어린 교사가 딴짓하는 걸 건방지게 생각하는 법이라 단영이 시나리오 일을 빼놓고 말했다.

"죄송해요. 친구가 이번에 위암 수술을 해서 정신이 좀 사나웠어요."

주방으로 들어오던 문 박사가 단영을 거들었다.

"그래, 그럴 만도 하지. 내 말했지? 묵전의 손녀가 이번에 수술을 했거든. 서울에 아는 사람이 별로 없어서 단영이가 신경

써줘야 할 것 같더라고."

교감선생이 찌릿 문 박사를 노려보고는 단영에게 넌지시 못을 박았다.

"여하튼 이젠 내식구인데 왕래가 있어야지. 처녀 때처럼 자기 일만 챙기면 되나."

단영이 다소곳하게 대답했다.

"예, 죄송해요."

어찌어찌 아슬아슬하게 시어른의 눈초리가 딴곳으로 넘어갔다. 처음부터 미워하지 않은 며느리니 초장에 좀 엄하게 나가야겠다는 생각에 재윤의 어머니도 일부러 걸고넘어진 것이다. 젊은 사람이 바쁘면 그럴 수 있는 법이고, 자신도 일하며 양육하며 힘들었기에 단영의 힘겨움을 어느 정도 이해할 수는 있었다. 물론 자기 아들이 밥 하고 청소하는 거 알면 달가워하진 않겠지만 말이다. 옆에서 거들던 아주머니와 아주머니의 아이도 함께 식사를 해 내심 정이 깊은 집이구나 단영이 느낄 수 있었다. 친정집 같으면 여지없이 격 따지고 위아래 따지며 은근히 사람을 무시했을 텐데 이런 모습을 보니 어렵게만 보이던 시어른이 가깝게 느껴졌다. 재윤은 괜히 단영의 편을 들었다가 부모님이 약 올라 하실까 봐 묵묵하니 없는 사람처럼 굴었다. 문 박사가 아주머니의 아이에게 반찬을 집어주며 지나가는 말처럼 단영에게 말했다.

"근데 언제쯤이면 나도 내 손자 녀석한테 수염 좀 뜯겨볼라나."

재윤이 물끄러미 단영과 아버지를 바라보고는 퉁명스럽게 대답했다.

"우물에서 숭늉 찾소? 아직 결혼식도 안 올렸는데 욕심은."

재윤이 타박하자 옆에 있던 시어머니가 남편을 거들었다.

"무슨 소리야. 나이가 몇인데. 젊을 때 하루라도 빨리 낳아야 키우기가 수월해. 나이 먹어 애 키울래봐라 그거 감당 안 된다."

늦게 재윤을 가져 고생했던 교감선생은 빨리 낳는 게 좋다는 의견이었다. 단영은 재윤이 웬일인가 싶어 쳐다봤다. 시부모님과 같은 생각이라고 알고 있었는데, 갑자기 아이에 대해 별생각 없다는 듯 행동하니 말이다. 재윤이 묵묵히 밥을 먹으며 지나가는 말처럼 상황을 정리시켰다.

"천천히 낳죠 뭐."

그의 어머니는 나중에 다시 이야기하자는 표정으로 단영에게 눈빛을 보내더니 더 이상 그 이야기는 꺼내지 않았다. 아이에 관한 대화는 어느새 사그라지고, 식사가 끝났다. 과일과 차를 준비하는 동안 진수에 대한 병세와 묵전에 대한 이야기가 조금 나오더니 두 사람의 결혼식 준비에 관한 이야기가 오갔다. 그의 집 근처에 있는 빌라로 알아보자는 말이 오가면서 단영이 차마 싫은 내색은 하지 못하고 얌전히 과일을 먹었다. 아무래도 옆에 두고 드나들 생각인 것 같았다. 굳이 그의 부모님이 싫은 건 아니었지만, 같은 직장에 있는 시어머니라 단영의 마음이 무거웠다. 왠지 갑갑했다. 시댁에서의 식사는 그렇게 화기애애한 듯 갑갑한 마음 속에서 끝났다.

병실에서 새벽까지 깨어 있다 수업하고, 청소하고, 시댁까지 갔다 오니 단영 온몸이 금방이라도 잠에 빠질 듯 녹초가 되었다. 재윤이 그녀의 집까지 운전을 하는 동안 단영은 깜빡 잠이 들었다. 그러다 집 주위에 거의 다 와서 깨어났는데, 하품을 하며 어디에 왔나 주위를 둘러보니 서점이 보였다.

"재윤 씨, 서점 좀 들렀다 가자."

"왜, 살 거 있어?"

"겸사겸사. 진수가 보고 싶다는 책이 있어서 사다 줄 것도 있고, 나도 좀 보고."

"피곤하지도 않니?"

"응?"

재윤의 목소리에 짜증이 배어 있는 것 같아 단영이 눈을 크게 뜨고 그를 응시했다. 그는 더 이상 대답이 없었다.

잠시 후 차는 골목 근처에 세워지고, 두 사람이 서점엘 들어갔다. 그가 각 주간지를 훑어보며 기다리는 동안 단영은 책장에서 하나씩 책을 빼내더니 한아름을 들고 있었다.

"뭘 이렇게 많이 사?"

"진수 심심한 거 못 참거든. 뭐든 계속 움직여야 직성이 풀리는 앤데 누워만 있으려니까 미치겠나 봐."

"너하고 동휘까지 있는데 심심할 틈이나 있나?"

그의 말속에 가시가 박혀 있는 걸 미처 눈치 채지 못한 단영이 키득거리며 동의했다.

"그렇긴 해. 동휘 씨 오면 정신이 없거든. 동휘 씨는 내가 정말 적으로 보이나 봐. 끊임없이 날 갈군다."

열 권이 넘는 책을 종이 가방에 넣은 두 사람은 차 있는 곳으로 걸어갔다. 차에 오른 단영은 잠깐 졸았다 깨어나서 그런지 무거웠던 머리가 개운해졌다. 가을바람이 산들산들 유리창 안으로 들어와 코끝이 시원하고 산뜻했다.

"어느새 가을이 깊어졌다. 그치?"

"음, 그러네."

창을 열고 가로수 길 사이로 부는 바람결을 음미하던 단영이 갑자기 생각난 듯 말했다.

"바람 쐴 겸 진수한테 갔다 올까? 새벽까지 잠이 안 와서 고생이던데 책 주고 오자. 오는 길에 우리 포장마차 들러서 소주 한잔하고 산책도 좀 하고. 어때?"

그녀로서는 내일 책을 주기 위해 또 발걸음을 하자니 번거로울 것 같아 차 타고 나온 김에 들렀다 오자는 뜻이었지만 계속 꾹꾹 누르고 참아왔던 재윤은 다른 식으로 해석되었다.

"……."

그가 대답하지 않고 차를 몰더니 빌라 앞에 차를 세웠다. 시동을 끄고 재윤이 가만히 침묵을 지키며 정면을 응시하다 어느 순간 이를 갈며 말을 뱉어냈다.

"작작 좀 해, 홍단영."

"뭐?"

단영이 멍하니 반문하자 재윤이 성질이 치민다는 듯 거칠게 말을 이었다.

"네 머리 속엔 유진수밖에 없니? 참는 것도 한계가 있어. 알아?"

"이년, 참는 것도 한계가 있지, 이 썩을년. 뭐가 그리 잘났다고 네 마음대로야?"

갑자기 그녀의 머리 속으로 아버지의 말들이 떠올랐다. 진수가 아프니까, 서울에 달랑 친구 하나 마음 기댈 데가 단영이니까 그가 설혹 못마땅해도 이해해 줄 거라고 생각한 그녀였다. 그러나 오해를 풀거나 서로 이야기를 해야 한다거나 그런 이성적 사고보다는 언제나 들어왔던 아버지의 말투가 머리 속을 스쳤다. 단영이 서늘한 얼굴로 그를 응시했다.

"참은 거였어? 지금까지 이해해 준 게 아니라 참은 거였어?"

자신의 감정이 유치하고 치사한 건 아닌가 하는 생각에 감정을 표현하지 못했던 재윤은 단영의 말에 더 화가 나서 소리 질렀다.

"그래, 참은 거였어. 아무리 사람이 아프다고 해도 그렇지 적당해야 되는 거 아니야? 웬만해야 말이지. 너 결혼은 나랑 하고, 마음은 그쪽에 가 있는 거 아냐?"

단영이 두 눈을 감았다가 천천히 떴다. 약혼식 날 있었던 그 육체관계에서 받은 암시를 애써 외면했는데, 그게 진실이었던 걸까. 사실은 어긋나 있었던 걸까.

"정말, 그렇게 생각해?"

조용한 그녀의 물음에 재윤이 냉정해졌다.

"그렇게 생각하게 네가 만들고 있어. 그게 아니라면 발길 끊어. 더 이상은 못 참아."

단영이 눈가를 찡그렸다. 서로 마음을 터놓고 합의점을 찾는 게 올바른 대화법이라는 건 차치하자. 지금 이 순간 그녀가 느끼는 건 재윤의 말투가 고압적이고 명령투라는 것이다.

"뭐? 영화 대학원? 이년이 미쳤나. 돈 벌 생각 안 하고 뭐? 영화? 이게 맞아야 정신을 차리지. 당장 그만둬!!"

어딘가에서 그녀의 신경을 긁는 목소리가 들려오는 듯했다. 그녀가 그 목소리에 저항하듯 재윤에게 따졌다.

"못 참으면 어쩔 건데? 그럼 난 당신 말 안 듣는 게 되는 건가? 그래?"

재윤의 눈빛이 어느 때보다 차갑고 날카로웠다.

"그만 해. 유진수도 수술 잘됐으니까 더 이상 갈 필요도 없잖아. 나중에 퇴원하고 시간 좀 지나고 보든지 그렇게 해."

멍하다, 이럴 땐. 그녀가 한 번 두 번 눈을 끔벅이곤 긴 한숨을 뱉어냈다. 그리고 유리창 쪽으로 고개를 돌려 시선을 외면했다.

"아예 일정을 짜주지 그래. 그럼 서로 편하겠네."

쌓여 있던 감정은 서로를 어긋나게 만들고 있었다. 그는 자신이 이렇게 싫어하는 걸 말했는데도 개의치 않는 듯 행동하는 단영에게 화가 났고, 단영은 아버지의 고압적인 태도를 보는 것 같아 불안하고 불쾌했다. 재윤은 결국 가장 깊숙한 곳에 자리잡고 있던 마음을 꺼냈다. 차마 유치하고 속 좁은 짓인 것 같아 꺼낼 수 없던 말이 그의 입에서 흘러나왔다.

"유진수랑 만나지 마. 날 선택했으면 깨끗하게 정리해. 너 저울질하는 것도 더 이상 보기 싫고, 유진수가 기회만 되면 너 넘보는 것도 싫어."

단영은 아득한 눈빛으로 창밖에 있는 어두운 풍경을 응시하고 있었다. 대학원을 다니지 말라던 아버지가 영화과 친구들과 어울리고 다닌다며 그녀를 때리던 기억들이 하나씩 스쳐 지나갔다.

"만약에 직장에서 날 좋아하는 남자가 나타나면 난 직장도 그만둬야겠네."

재윤이 더 이상은 참을 수 없다는 듯 말을 씹어뱉었다.

"다른 데로 말 돌리지 마. 더 이상 유진수 만나고 다니면 나랑은 끝이야. 그것만 알아둬."

단영이 기가 막혀 입을 뻐끔거렸다. 결혼으로 더욱더 가족과 멀어지고, 이젠 마음 기댈 데가 진수와 재윤 두 사람인데, 그중 한 사람이 선을 그어놓고 그 선에서 나가면 끝이라고 말하니 할 말이 없었다. 이렇게 쉽게 선을 그어놓을 수 있는 사람을, 이렇게 쉽게 끝이라고 말하는 사람을 어떻게 안심하고 믿을까. 시댁에서 긴장하며 먹었던 밥이 체한 것처럼 속이 울렁거렸다.

"뭐? 시나리오를 써? 이젠 별짓을 다 하네, 이년이. 조용히 일하다 시집갈 생각은 않고 어디 계집년이 집안 말아먹으려고 딴따라 짓이야. 너 그거 하기만 해라. 아주 대갈통을 박살 낼 테니. 그땐 너 내 손에 죽을 줄 알아. 하기만 해!"

몸 안에 박힌 듯 아버지의 협박 어린 괴성이 되살아나 그녀가 얼굴을 일그러뜨렸다. 구역질이 치밀었다. 그것이 사랑이든 무어든 어떤 이유였든 간에 그녀를 옥죄이는 모든 것에 대해 구역질이 치밀었다.

단영은 더 이상 차 안에 재윤과 있기 싫다는 듯 책이 든 종이 가방을 들고 밖으로 나갔다. 그녀는 숨이 막힌 듯 크게 호흡을 했다. 속이 매슥거렸다. 무언가가 가슴을 누르는 듯 답답하고 숨이 막혔다. 단영은 집으로 향하는 골목길을 걷고 있었지만 집도 들어가고 싶지 않았다.

재윤이 차를 몰고 그녀 옆을 따라왔다. 그녀는 모르는 척 계속 걸었다. 결국 집 앞에 다 도착할 때까지 그녀는 걷고 그녀 뒤로 그의 차가 천천히 따라왔다. 단영이 끝까지 모르는 척 쌩하니 집으로 들어갈까 하다가 뒤를 돌아보니 차는 여전히 그 자리에 서 있었다. 어둠 속에서도 재윤이 차 안에서 그녀가 집에 들어가는 걸 지켜보는 게 느껴졌다. 싸웠지만 그래도 밤길 위험할까 싶어 안 가고 지켜보고 있는 그를 보면서 단영이 작은 한숨을 내쉬었다.

7

사랑은 아무것도 남지 않네

"**당**분간 못 볼 것 같아. 퇴원 잘하고, 가서 몸 추
스르는 것만 신경 써. 일하지 말고."

"뭐야? 어디 보내 버리는 분위기네."

며칠 동안 얼굴을 보이지 않던 단영이 진수의 퇴원을
며칠 앞두고 찾아왔다. 아이들 중간고사 기간이라 점심
시간 즈음이었다. 홀가분한 인사를 건네는 단영의 얼굴
은 착잡하고 뭔가 근심이 있는 듯 어두운 기색이었고,
오히려 진수의 얼굴이 무감하게 정지되어 있었다. 단영
은 진수에게 여지를 주는 건가 싶어 속에 있는 근심을
털어놓지 못한 채 친구의 손을 잡고 침묵했다. 이제 고
향으로 내려가면 당분간은 꽤 오랫동안 못 볼 것이다.
몸 좋을 땐 그냥 소식이 없어도 잘살고 있겠지 그렇게

생각했지만 진수의 몸이 수술 후 아슬아슬한 상태라 안심이 되질 않았다. 평생 적게 먹어야 하고, 위암 수술 후 재발하는 경우도 많아 단영이 쉽게 자리를 뜨지 못하고 진수를 바라보았다. 진수는 무언가를 감지한 듯 단영을 유심히 살폈다.

"잘 가라고 그러면서 얼굴은 왜 똥 씹은 얼굴이야? 내려가서 어디 맘 편히 쉬겠냐?"

진수의 말에 단영이 작은 한숨을 내쉬더니 소파에 앉아 있는 동휘를 슬쩍 쳐다본다. 그러자 진수가 동휘에게 잠시만 나가 있어달라고 부탁을 했다. 동휘는 단영이 사 온 책 꾸러미를 풀어 이리저리 구경하다 선선히 고개를 끄덕이며 병실을 나갔다. 아주머니는 동휘가 온 김에 간만에 필요한 것을 사겠다고 밖을 나가 병실에 단영과 진수만 남았다. 그제야 단영이 이야기를 하기 시작했다.

"재윤 씨가 알게 모르게 신경이 많이 쓰였나 봐, 너랑 내 사이."

단영이 이해해 달라는 표정을 지으며 씁쓸한 미소를 지었다. 진수가 선뜻 고개를 끄덕였다.

"그래, 그럴 수 있어. 이해해."

잠시 뜸을 들이며 말을 꺼내지 못하던 단영이 어느 정도 마음을 정리한 듯 차분하게 말을 이어나갔다.

"우리가 다시 친구로 돌아갔다고 해도 그 사람은 계속 스트레스를 받나 봐. 나중에 시간 좀 지나서 재윤 씨도, 나도 좀 편해지면 그때 보러 갈게."

"솔직히 내 몸 아프니까 사랑이고 뭐고 다 귀찮아. 재윤 씨한테 걱정 말라고 해라."

단영을 편하게 해주려고 진수가 냉소적으로 투덜거렸다. 단영이 피식 웃음을 터뜨리다 다시 쓴 잎사귀 하나 입에 문 사람처럼 미간을 찡그렸다.

"뭐, 시간 지나면 다 편해지겠지. 지금은 서로 신경이 날카로워서 그런 걸 거야. 그치?"

"아마도 그렇겠지."

〈내가 널 사랑한 게 괴롭힌 꼴이 된 거니?〉

진수는 속으로 단영에게 묻고 있었다. 단영은 아직은 정리가 안 된 듯 볼을 긁적이며 띄엄띄엄 말했다.

"그냥…… 좀, 그 사람 방식이 맘에 안 들어서. 너무 성급하게 그 사람하고 결혼한다고 했나 회의도 들고. 여하튼 좀 복잡하다, 마음이."

진수가 게슴츠레한 눈빛으로 농을 던졌다.

"그 말 들으니까 기다리고 싶어지네."

단영이 피식 기운 빠진 웃음을 흘리곤 지난 시간을 되돌아보며 말했다.

"모르겠다, 정말. 시간이 갈수록 모르겠어. 정말 네가 나에게 어떤 존재인지. 너 위암이라는 말 들었을 땐 세상이 무너지는 줄 알았어. 발밑이 다 꺼지는 기분이더라."

진수가 단영의 손을 잡았다.

"여전히 널 변함없이 사랑해. 아마도 시간이 흘러도 꽤 오랫동안 널 사랑할 것 같아. 네가 결혼을 하고 다른 남자의 아이를 낳아도."

조용히 진수의 말을 듣고 있던 단영이 괴로운 듯 얼굴을 일그러뜨렸다. 스스로를 보여주기 싫은 듯 그녀가 두 손으로 얼굴을 가렸다.

"그래, 어쩌면 정말 내가 도망가는 건지도 몰라. 널 선택하는 게 무서워서 이러는 건지도 몰라. 근데 진수야. 진수야, 나는……."

단영이 괴로워하자 진수가 안타까운 눈빛으로 그녀를 바라보았다. 그리곤 단영의 머리를 가만히 쓰다듬었다. 단영은 그동안의 혼란과 괴로움이 북받치는 듯 흐르는 눈물을 닦아내며 말을 잇지 못했다. 단영의 눈물이 다 멈춰질 때까지 진수는 그녀를 안아주었다. 가슴이 많이 아픈 진수였다. 부모님과의 갈등으로 어릴 때부터 마음고생을 한 이 친구가 하고 싶은 영화 일 때문에 얼마나 속을 끓이고 애태웠는지도 잘 알고 있었다. 그런데 그녀의 사랑이 다시 이 친구를 힘들게 하는구나 싶어 가슴 한구석이 에인다.

한참의 시간이 흐르고, 눈물을 거둔 단영이 차분히 훌쩍이던 코를 휴지로 닦아내고는 말했다.

"나는 진수야, 재윤 씨가 예뻐. 그래, 웃기는 계집애라고 욕해도 좋아. 너 생각하면 애틋하고 너무 좋은데, 그러면서 재윤 씨를 놓치고 싶지가 않아. 그 사람은 나랑 싸워도 나 집에 들어갈 때까지 환하게 불 켜놓고 기다리는 사람이야."

슬픈 일이라기보단, 괴롭다기보단, 재윤과 진수를 두고 가운데서 미묘하게 속을 끓였던 단영인지라 그동안 쌓여왔던 마음고생이 눈물을 흘리게 만들었다. 그걸 잘 알기에 진수가 별다른 말 없이 그녀의 말을 받아주었다. 어쨌든 선택한 건 재윤이니까, 설혹 단영이 진수를 사랑하면서도 선택하지 못하는 것일지라도 그 모든 것이 그냥 다 선택의 한부분이 아닐까 그렇게 말이다. 그래도 가슴 쓰리고 아픈 건 사실이었다. 한때는 그녀를 두고 재혼해서 외국으로 가버린 어머니를 보며 정말 그녀를 사랑하기는 했을까 이런저런 생각도 해보았지만, 지금은 그냥 사랑이면 사랑이고 사랑이 아니면 사랑이 아닐 뿐 그게 뭐 그렇게 중요한가 싶다. 중요한 건 어머니는 딸을 다시는 찾지 않고 재혼한 남편과 새 아이를 낳고 잘산다는 거였다. 어쨌든 단영이 누구를 더 사랑하냐 아니냐 따지고 싶지 않았다. 단영이 선택한 건 문재윤이니까.

한편 병실을 나와 커피 한 잔 뽑아 들고 병원 앞에 있는 잔디밭을 서성이고 있던 동휘가 재윤과 마주쳤다. 재윤은 수술을 끝냈는지 기진맥진한 얼굴로 벤치에 앉아 눈을 감고 있었다. 동휘가 설렁설렁 느긋한 걸음으로 재윤의 옆에 앉았다.

"지쳐 보이네."

여전히 눈을 감은 채 재윤이 대답했다.

"음."

간단한 그의 대답에 동휘는 친구 녀석이 별로 말을 하고 싶지 않은 건가 싶어 손에 들고 있는 커피를 마시며 가을하늘이나 구경했다. 하늘이 시퍼렇게 두 눈 부릅뜨고 사람들 위에 버티고 있었다. 한때는 자연스럽지 못한 인간인가, 하늘을 거스르는 인간인가 시간만 나면 하늘을 올려다보고 또 올려다보던 동휘였다. 그러나 삶은, 사랑은, 인간은 어떠한 형태든 다 자연스러운 것, 이제 하늘이 예쁘고 아름답다. 저 하늘이 구름이 끼든 폭우를 내리든 모두 하늘이듯 그도 여자든 남자든, 또는 게이든 레즈비언이든 트랜스든 그저 자연스럽게 태어나 존재하는 자연스러운 인간일 뿐이다. 동휘가 공기 중에 스며 있는 가을 냄새를 맡으며 내리쬐는 가을 햇살에 몸을 맡기고 재윤처럼 벤치 등받이에 머리를 기대고 눈을 감았다. 불쑥 재윤이 말을 꺼냈다.

"오늘 태어난 아이가 어지자지였어."

"그래?"

"성기 하나를 선택해야 하는데 애 아버지는 멍해 있더라."

동휘가 말없이 고개를 끄덕였다. 재윤의 말이 이어졌다.

"그 집은 큰 애가 아들이어서 딸을 원했으니까 남자 성기를 자르겠지?"

"그렇겠지, 큰 애가 아들이면."

"근데 그 애가 나중에 커서 남자가 되고 싶어하면 어쩌냐?"

동휘는 그저 덤덤하니 어깨를 으쓱였다.

"뭐, 지 팔자지."

등받이에 머리를 기대고 앉아 있던 재윤이 벌떡 몸을 일으키더니 동휘를 응시했다.

"그 애가 커서 결정할 수 있게 해줘야 하는 거 아닐까?"

그거 좋은 생각이네 그런 표정으로 동휘가 고개를 끄덕였다. 재윤은 말을 말아야지 하는 얼굴로 이미 식어버린 자신의 커피를 마셨다. 그러자 동휘가 퍼뜩 그에게 고개를 돌리며 말했다.

"그런 생각을 하는 애가 진수 씨한테 왜 그러냐? 너 진수한테 하는 거 보면 거의 호모포비아야."

재윤이 떫은 표정을 지었다.

"야, 그게 남의 일이라 생각하면 나도 꽤 쿨하게 생각해. 근데 단영 씨랑 엮이니까 마음대로 안 되더라."

"왜? 너까지 정상이 아닌 것처럼 느껴져서?"

"그런 걸 수도 있고, 왠지 여자랑 경쟁해서 진다는 생각에 더 자존심도 상하는 것 같아."

동휘는 샐쭉한 웃음을 지으며 그를 흘겼다.

"자식이 대범한 척 뒷짐지고 있는 줄 알았더니 은근히 신경 쓰셨구만."

"너는 질투도 안 나냐? 뭐가 그리 태평해?"

재윤이 혼자만 망신살 뻗친 것 같은 느낌에 슬슬 동휘를 긁었다. 그러나 동휘는 흘러가는 구름 쳐다보는 눈빛으로 태평하게 말했다.

"헤테로 새끼들은 그래서 재수가 없어. 지 몫이 당연한 줄 알고 자기 거 건드리면 못 참는다고 날뛰거든. 아주 배타적이야."

재윤이 눈썹을 찡그리며 동휘를 노려보았다.

"배타적인 게 아니라 관계가 깔끔한 걸 좋아하는 거야."

재윤이 뭐라고 씨부렁거려도 상관없다는 얼굴로 동휘가 말했다.

"……나는 단영 씨도 예뻐. 진수가 걸쩍지근한 눈빛으로 단영 씨 보고 있는 거 보면 좀 약이 올라서 갈구기도 하지만 그래도 예뻐. 진수가 사랑하는 사람이니까."

재윤이 기가 막힌다는 듯 콧방귀를 끼었다.

"여기 부처 하나 나셨군."

"넌 인마, 몰라. 날 사랑해 주는 사람이나 있을까 기대도 안 하다가 그런 사람이 나타났을 때의 그 마음을 모르는 거야. 그 사람이 설혹 다른 사람 사랑해도 미워하지 못해. 그 사람은 내 인생의 축복이니까. 하늘이 나한테 내려준 축복이니까."

동휘가 눈을 감고 진수에 대해 음미하자 재윤이 입술을 일그 러뜨렸다.

"축복은 무슨. 난 유진수가 우리 단영이한테 껄떡대는 것만 보면 아주 소름이 돋는다."

사실 소름까지는 아닌데도 재윤은 격한 마음에 아무렇게나

지껄여졌다. 한편으론 끊임없이 유진수를 의식하는 자신에게
화가 나서 그의 마음이 더 격해지는 것도 있었다. 무시하고 쿨
하고 싶은데 마음대로 안 되니 말이다. 동휘가 큭큭 웃으며 씩
씩거리는 재윤을 위로했다.

"그래도 너 이제 좀 인간답다. 만날 뭘 생각 하고 사는지 도통
알 수가 없었는데. 너도 인간이구나. 새삼 달라 보인다, 야."

"됐다. 인간 되려고 이 지랄 하는 거 아니니 구경하는 것처럼
말하지 마라."

"네가 안심할 수 있는 얘기 하나 해줄까?"

재윤이 한쪽 눈썹을 치켜 올리며 비밀스러운 표정을 짓고 있
는 동휘를 쳐다보았다.

"나도 그저께 들은 건데 진수가 단영 씨 꼬셔보려고 갈 데까
지 가봤대. 근데도 안 넘어오더란다."

재윤이 멍한 얼굴로 말을 하지 못했다. 솔직히 육체관계까지
했을까 상상도 안 해봤던 일이라 그는 동휘의 말이 충격이었다.
게이면 육체관계 하고, 레즈비언들은 남성 성기가 없는 존재이
니 정신적 사랑이 주를 이룰 것이다 하는 헤테로적 편견이 그의
머리 속에 박혀 있기도 했다. 남자 성기가 있어야 섹스가 가능
하다고 보는 이 우매한 헤테로 인간을 보아라. 재윤은 눈을 껌
뻑껌뻑 소처럼 감았다 뜨며 동휘를 응시했다. 그러나 동휘는 재
윤이 충격먹은 것도 모르고 말을 이었다.

"그러니까 걱정 마. 솔직히 진수 테크닉이 장난이 아니거든.

내가 진수 품에서 몇 번이나 혼절을 했을 정도니까. 근데 그걸 거부했다는 건 단영 씨 마음이 너한테 있다는 증거지. 안 그래?"

"⋯⋯."

단영이 진수에게 작별인사 하는 걸 보고 굳히기 한판을 들어가려 했던 동휘는 자신의 말이 재윤에게 충격적이라는 것도 모르고 들떠 있었다. 며칠 전 질투가 나서 단영이와 자기 중 누가 더 맛있었냐고 진수를 어지간히도 달달 볶은 동휘가 그냥 대충 간략하게 말한 진수의 말을 이렇게 옮기고 있었다. 옆에서 묵묵히 이야기를 듣고 있던 재윤이 말없이 벤치에서 일어나더니 건물 안으로 걸어갔다.

"어디 가?"

"일해야지."

재윤이 띵한 얼굴로 중얼거렸다.

"갈 데까지 갔다고?"

또 한편 단영에게도 재윤이 받은 충격과 비슷할 정도의 타격이 기다리고 있었다. 단영이 진수와 헤어지고 재윤과 점심이나 같이 먹을까 그의 진료실을 찾아갔는데, 재윤이 없었다. 그녀가 그냥 돌아갈까, 재윤이 올 때까지 기다릴까 복도에서 망설이며 서성이는데 지나가던 황 간호사가 단영을 알아보곤 다가왔다.

"검사받으시러 오신 거예요?"

"예?"

"아유, 문 선생님도 참. 미리 좀 알려달라고 했건만. 오늘 스케줄 빡빡한데."

단영이 어리둥절한 얼굴로 쳐다보자 황 간호사가 하나씩 상황을 체크해 보며 말했다.

"아무래도 오늘은 힘들 것 같고, 제가 시간 잡아놓고 연락 드릴게요. 호르몬 검사하려면 배란일 계산해야 되니까 생리 주기 저에게 좀 알려주시고요."

단영이 멀뚱하게 이게 뭔 소리인가 싶어 황 간호사를 빤히 쳐다보자 황 간호사가 넉넉한 웃음을 지으며 말했다.

"너무 걱정 마세요. 불임이라고 해도 이 증상은 노력하면 돼요. 전혀 방법이 없는 건 아니에요."

〈불임?〉

단영의 얼굴이 멍해졌다. 황 간호사는 점심 식사를 하러 가는 다른 간호사들을 보곤 인사를 건네고 사라졌다.

"그럼 연락 드릴게요, 단영 씨."

단영이 재윤의 진료실을 한번 쳐다보고는 천천히 병원 복도를 가로질러 엘리베이터를 기다렸다.

〈불임?〉

엘리베이터 문에 어스름하니 그녀의 모습이 어른거렸다. 단영이 문에 비추는 자신을 멍하니 응시했다. 잠시 후 그녀가 엘리베이터를 타고 일층에 도착했는데, 문이 열리자 재윤이 서 있었다. 재윤은 엘리베이터 안에 서 있는 단영을 보곤 그녀가 진수를 만나러 왔구나, 그런 생각 먼저 들었다. 그가 그토록 난리를 쳤음에도 기어코 진수를 만나러 왔구나. 재윤이 굳어진 얼굴로 단영을 응시했다.

"식사했어요? 같이 점심 먹으려고 금방 당신 진료실에 들렀었는데."

"아, 먹었어."

그가 무감하게 대답하는가 싶더니 손목에 있던 시계를 확인하고 말했다.

"올라가야 될 것 같아."

"그래요, 그럼. 일 봐요."

그가 일층 로비에 단영을 내버려 두고 올라가 버렸다.

며칠 후 진수가 퇴원했다. 병원장인 문 박사가 직접 내려와 진수를 살폈고, 묵전은 그동안 고맙다며 직접 만든 화병을 선물했다. 식이요법과 항암치료로 진수의 얼굴이 핼쑥했고, 수술을 견딘 몸은 어느 때보다 약해져 있었다. 단영은 그때의 작별을 끝으로 오지 않았고, 오랜 휴가를 내고 진수 곁을 지켰던 동휘가 퇴원하는 날까지 진수를 챙겼다. 묵전은 여자 같기도 하고 남자 같기도 한 동휘를 빤히 쳐다보며 요상한 옷을 입었다는 듯 위아래를 훑었다. 처음엔 밝은 얼굴로 묵전을 대했던 동휘가 차츰 움츠러들어 침묵을 지켰다.

어쨌든 가을이 깊어지고, 쌀쌀하고 차가운 공기에 하늘이 시
릴 때 진수가 퇴원했다. 사람들이 짐을 싸서 차에서 오르는데
진수가 잠시 화장실 좀 갔다 오겠다며 홀로 병원 안으로 들어갔
다. 그리곤 엘리베이터에 오르더니 산부인과 층으로 올라갔다.
문재윤이란 명패가 붙어 있는 진료실을 찾은 그녀가 노크를 두
어 번 하니 안에서 들어오라는 목소리가 들려왔다. 문을 여니
재윤은 문 앞에 서 있는 진수를 스윽 한번 보더니 앞에 있는 여
성에게 임신 사실을 알려주고, 몇 가지 조심해야 할 것과 출산
예정일 등을 말했다.

잠시 후 여성이 나가고, 두 사람만 남게 되자 진수와 재윤이
말없이 서로를 응시했다. 닭 소 보듯 소 닭 보듯 상대가 참 마음
에 들지 않는다는 시선으로 노려보는데, 어느 순간 진수가 바람
빠지는 듯한 한숨을 토해내며 가볍게 말을 건넸다.

"퇴원하는 길에 잠시 들렀습니다, 문재윤 씨."

재윤이 말없이 아까 여성이 앉아 있던 의자에 앉으라며 시선
을 보내자 진수가 고개를 저으며 거절했다. 그리곤 문 앞에 선
채로 말을 이었다.

"조언 하나 해주고 가려고요."

진수의 말에 재윤의 눈빛이 날카로워졌다.

"그래도 당신보단 내가 단영이를 본 게 오래되었으니까 조언
하나 할게요."

"하십쇼."

"단영이를 당신 뜻대로 조종하려고 들지 말아요."

"내가 조종을 한다고?"

재윤이 조용히 반문했지만 진수는 천천히 고개를 끄덕이며 다음 말을 꺼냈다.

"누가 자기 조종하려 드는 거 사람들 누구나 싫어하겠지만, 단영인 좀 심하게 싫어해요. 그것도 폭력적 방식이나 위압적인 방식이면 더 더욱 학을 떼지. 그나마 갖고 있는 끈도 다 잘라내 버릴걸요."

"초치러 온 거면 나가주시지."

"초치러 온 게 아니라 단영이가 위태위태해 보여 걱정이 되어서 온 겁니다. 당신 배려한다고 나하고도 안 만나겠다고 하니, 두고 가기가 영 마음이 안 놓여서."

재윤이 불쾌한 듯 주먹으로 책상을 내려쳤다.

"신경 끄쇼, 유진수 씨. 단영 씨하고 내 문제니까 당신 상관할 바 아닙니다."

진수가 그런 재윤의 반응을 말없이 응시하더니 뜬금없는 이야기를 꺼냈다.

"당신, 뭐 하나에 빠지면 아무것도 눈에 안 들어오는 성격이지? 분명 학생 때도 공부만 하고 놀 줄을 몰랐을 거야. 별다른 취미 없이 공부하고 일하는 게 그냥 생활이고, 심심한 것도 모르겠고. 안 그래?"

"뭔 소릴 하고 싶은 거지?"

"아니, 뭐. 단영이가 꽤 시달리겠다는 생각이 들어서."

그녀의 비아냥거리는 말투에 재윤이 입술을 일그러뜨렸다. 그러자 진수가 피식 웃었다.

"나랑 비슷한 성격이라서, 당신이. 단지 당신은 그걸 꺾일 만큼 골 때리는 사람이 주위에 없었을 뿐이고."

"신세한탄인가?"

재윤이 날을 세워 빈정거리자 진수가 딱딱하게 굳은 얼굴로 그를 노려보았다. 그러더니 손을 내저으며 하고 싶었던 말을 내뱉고 가버렸다.

"여하튼 잘하슈. 단영이는 일단 조용히 맞춰주는 것 같지만 속은 그렇게 물렁물렁 애가 아니거든. 괜히 나중에 도와달라고 하지 말고 있을 때 잘하슈."

뚜벅뚜벅 걸어나가는 진수의 등 뒤에 대고 재윤이 씩씩거리며 소리 질렀다.

"남의 마누라 걱정 말고 당신 몸이나 챙기시지, 유진수!"

"자넨 우리 진수하고 어떤 사이인가?"

진수가 없는 동안 묵전이 동휘에게 이것저것 꼬치꼬치 묻기 시작했다. 동휘가 습관처럼 나오는 배시시한 웃음과 가는 목소리를 애써 자제하며 조심스레 대답했다.

"친구 사이입니다."

"그래? 결혼은 했나?"

묵전은 상대를 꿰뚫어 버릴 것 같은 집요한 시선으로 동휘를 바라보고 있었다. 동휘의 등에 진땀이 좔좔 흐를 판이었다.

"아직, 안 했습니다."

"흐음, 어째 꽤 거시기하게 입고 다니는구먼. 서울 사람이라 그런가, 요즘 남자아들은 이게 유행인가? 머리도 아주 길구먼."

묵전이 퇴원 날 오실 줄 모르고, 동휘는 그냥 평상시 입던 대로 편하게 입고 온 것이다. 가을이 깊을 때라 바지 위에 상의는 허벅지까지 늘어지는 원피스를 입고 있었다. 사선으로 컷팅된 아랫단이 펄럭이며 유니크한 멋을 자아냈다. 목에는 화려한 물방울 무늬가 그려진 스카프를 두르고 있었다. 동휘가 싱긋 웃으며 대답했다.

"요즘엔 남녀가 따로 없어요, 할아버지. 머리 기르는 남자도 많고요."

서울에 살아본 적 없고, 만날 가마 근처에서만 사는 노인네니 묵전은 일단 호기심부터 든다. 남자애가 이렇게 입고 다니는 게 좀 보기에 어색하긴 하다만, 어쨌든 심심하지 않은 옷차림과 행동의 동휘가 묵전은 신기하다. 그래서 이것저것 계속 묻는데, 동휘가 하고 있는 회사 일을 간략하게 설명하고 있을 때 진수가 내려왔다.

"먼저 출발하시지 그랬어요. 저는 동휘 차 타고 가면 되는데."

"그래, 알았다."

묵전은 다시 한 번 동휘를 스윽하니 훑어보고는 휑하니 아줌마와 함께 차에 올랐다. 운전기사가 쌩하니 주차장을 빠져나갔고, 진수가 동휘의 차를 타고 뒤를 따랐다.

"뭔 놈의 화장실을 그렇게 오래 갔다 와? 할아버지 앞에서 진땀 뺐잖아."

"싸던 똥이 안 끊겨져서 그거 좀 끊어내느라고."

진수가 멀뚱하니 대답하곤 창밖으로 시선을 돌렸다. 동휘가 말속에 숨은 뜻을 알아듣고 단영 이야기를 꺼냈다.

"재윤이가 순순히 네 얘기 듣던? 그 자식 거의 미치겠다는 얼굴이던데."

"몰라. 지들이 알아서 하겠지."

"알아서 할 거라면서 표정이 왜 그래?"

진수가 오랜만에 보는 바깥풍경을 바라보며 한층 깊어진 하늘을 올려다보았다. 구름이 두둥실 서서히 흘러 다니고 있었다.

"허무해서 그런다."

"뭐가?"

"……사랑이, 사랑이 너무 허무한 것 같아."

"그걸 이제 알았냐? 허무하니까 다들 사랑한다고 난리 부르스를 치는 거지."

진수가 씁쓸한 눈빛으로 지나쳐 가는 가로수들을 응시하며 곱씹듯 말했다.

"정말 허무한 것 같아, 사랑이란 게. 흙은 구우면 그릇이 되고, 글은 쓰면 소설이 되고, 공부는 하면 성적표라도 나오는데, 사랑은 정말 아무것도 남질 않네."

가만히 그녀의 말을 들으며 운전을 하고 있던 동휘가 불쑥 말했다.

"음악 틀어줄까?"

동휘는 이미 CD가 들어 있는지 play 버튼만 눌렀다. CD가 쉥쉥 빠르게 회전하는 소리가 들리는가 싶더니 양희은의 허스키하고 부드러운 목소리가 흘러나왔다.

너의 침묵에 메마른 나의 입술
차가운 네 눈길에 얼어붙은 내 발자국
돌아서는 나에게 사랑한단 말 대신에
안녕, 안녕 목 메인 그 한마디
이루어질 수 없는 사랑이었기에

무슨 노래인가 싶어 멍하니 듣고 있던 진수가 짜증이 확 치민다는 얼굴로 동휘를 쳐다보았다.

"아, 뭐야?"

"목이 멘다잖아, 이루어질 수 없는 사랑이라서."

진수가 이맛살을 찌푸리며 유리창 밖으로 시선을 돌렸다. 노래는 계속되었다.

밤새워 하얀 길을 나 홀로 걸었었다
부드러운 네 모습은 지금은 어디에
가랑비야, 내 얼굴을 더 세게 때려다오
슬픈 내 얼굴을 더 세게 때려다오
슬픈 내 눈물이 감춰질 수 있도록

진수가 기막힌 듯 웃음을 터뜨리며 자신의 이마를 주물럭거렸다.
"미치겠다, 진짜. 세게 때려달래."
진수의 코웃음에도 노래는 끝까지 가사를 전달했다.

이루어질 수 없는 사랑이었기에
미워하며 돌아선 너를 기다리며
쌓다가 부수고 또 쌓은 너의 성
부서지는 파도가 삼켜 버린 그 한마디
정말, 정말 너를 사랑했었다고
이루어질 수 없는 사랑이었기에

진수가 자신의 팔을 벅벅 긁으며 씨부렁거렸다.
"파도가 지 말을 왜 삼켜? 구라치고 있네, 진짜."
그러더니 눈물을 글썽이는 게 아닌가. 눈물이 나오는 게 짜증
난다는 듯 그녀가 인상을 쓰며 코를 훌쩍였다. 동휘가 힐끔 그

녀의 얼굴을 보더니 어이없어했다.

"뭐야? 그러면서 왜 울어?"

흐르는 눈물을 그녀가 손바닥으로 한 번에 스윽 닦아내더니
중얼거렸다.

"정말 너를 사랑했다잖아."

〈썩을 년, 재윤 씨가 싫다고 하니까 당장에 날 안 보겠다고?
나쁜년. 그러면서 사랑한다고 말은 잘하지.〉

진수가 누군가를 향해 욕을 삼키며 붉게 충혈된 두 눈을 손으
로 비볐다.

〈그래, 잘 먹고 잘살아라. 홍단영, 너 재윤 씨랑 못살기만
해.〉

옆에 있던 동휘가 안쓰러운 듯 그녀를 쳐다보더니 위로랍시
고 이런 말을 건넸다.

"내가 있잖아, 내가."

진수가 깊은 한숨을 내쉬며 그를 물끄러미 응시하더니 불쑥
요즘 들어 준비하고 있던 폭탄을 꺼냈다.

"동휘, 당신 수술하기 전에 나 애 하나만 만들어주고 가라."

"……"

시종일관 느물느물 여유롭던 동휘의 얼굴이 순간 굳어졌다.
차는 서울을 벗어나 이제 고속도로에 진입했다. 통행증을 끊기
위해 속도를 줄이고 천천히 다른 차들 뒤를 따르고 있을 때, 뚫
어지게 정면을 응시하던 동휘가 말을 꺼냈다.

"나 남자 아니야. 여자야."

"그걸 누가 모르니?"

"근데 왜 나한테 애 갖게 해달래?"

"싫음 말아."

"싫다는 게 아니라 너 은근히 날 남자 취급하잖아."

"됐어. 당신 정자 갖고 있다고 그 정자 좀 달라는데, 그게 남자 취급하는 거냐?"

"그럼 이게 여자 취급이냐?"

진수가 발끈 소리쳤다.

"내가 딱 두 사람 사랑해서, 그중 한 사람한테 차이고, 나머지 한 사람이랑 애 갖고 싶다는데, 그럼 내가 정자 찾아서 딴 놈이랑 자야겠어?"

"……."

"싫으면 됐어. 딴 놈 찾아보지 뭐."

"시간 좀 줘. 생각 좀 해보고."

"당장 하자는 거 아니니까 너무 비장할 거 없어."

다시 차 안에 침묵이 찾아왔다. 통행증을 끊은 차는 고속도로를 냅다 달리고 있었다. 지나가는 차들의 속도 때문에 귀가 멍멍했다. 동휘가 소음을 뚫고 소리쳤다.

"엄마는 내가 할 거야!"

불임 사실을 알았지만 단영은 그걸 흡수하고 정리하느라 말로 꺼내지 않고 있었다. 평온한 듯 냉랭한 듯 또는 서먹한 듯 시간은 그냥 잘 흐르고 있었다. 웬일인지 일주일에 한 번은 무슨 일이 있어도 그녀를 안던 그는 요즘 들어 관계를 요구하지 않았고, 늦게 들어오는 일도 잦았다. 시나리오가 계약되고, 곧 있으면 촬영에 들어가 스텝으로 뛰어야 하기에 학교 문제를 어떻게 해야 하나 고민인 그녀였다. 이래저래 정말 생각할 게 많은 날들이었다.

단영이 점심을 먹고 심란한 속을 감추며 교무실로 들어왔다. 커피나 한 잔 마실까 그녀가 머그컵을 집어 드는데, 멀찍이 앉아 있는 교감선생이 그녀를 불렀다.

"홍 선생님, 저랑 이야기 좀 합시다."

그녀의 시어머니가 교무실을 나갔다. 단영이 뒤를 따랐다. 그녀가 여선생 휴게실 안으로 들어서자 교감이 한 손에 들고 있던 신문을 테이블에 툭 하니 던져 놓으며 말을 꺼냈다.

"단영아, 이거 어찌 된 거니?"

"예?"

시어머니가 신문을 들추더니 문화 쪽 연예 부분을 펼쳤다. 그리곤 어느 한곳을 손가락으로 가리켰다.

"이거…… 새아기 맞지?"

단영이 손가락이 가리킨 곳을 보니 그녀의 이름이 기사에 나 있었다. 화제를 불러모았던 신예감독이 이번에 두 여성작가와 공동 집필을 한다는 내용이었다. 초기작으로 남성성이 강한 폭력물을 그렸던 감독이 이 두 여성작가의 감수성을 어떻게 버무릴 것인가가 기사의 초점이었다. 얼마 전 계약을 하고, 감독과 함께 취재 나온 기자와 이야기를 잠시 나누긴 했었다. 사진을 찍는다길래 앵글에서 살짝 비켜섰는데 흑백으로 나온 사진 안에 그녀의 옆얼굴이 어렴풋이 나와 있었다.

단영이 어떻게 말을 해야 하나 잠시 머뭇거렸다. 그러다 부끄러운 일도 아니고 해서 그냥 솔직하게 인정했다.

"예, 저예요."

시어머니는 그녀를 쳐다보며 미간을 좁혔다.

"전혀 몰랐구나, 이런 일을 벌이고 있는 줄은."

단영이 드문드문 상황을 설명했다.

"오랫동안 하고 싶었던 일이라 준비를 하고 있었어요. 이번에 갑자기 계약이 되어서 겸직금지인 걸 알면서도 욕심을 부렸어요. 일단은 담임을 맡고 있으니까 바로 그만두기도 그래서……."

시어머니가 혀를 차며 고개를 저었다.

"그래서 계속하겠다는 거냐?"

단영이 멈칫 말을 멈추고 시어머니를 응시했다.

"예. 하고 싶었던 일이에요."

시어머니는 못마땅하다는 얼굴로 단영을 쳐다보더니 신문에 난 사진을 지그시 바라보았다.

"뭐, 재윤이가 반대하는 게 아니라면 내 입장에서 뭐라고 가타부타 할 일은 아니지만, 안정된 좋은 직장 놔두고 왜 이런 일을 해야 하는지 이해할 수가 없구나."

시어머니의 말에 단영은 겨울방학 들어가자마자 스텝으로 참여한다는 말은 더 더욱 꺼낼 수 없었다. 시어머니는 아량을 베푸는 듯한 얼굴로 한마디를 더 건넸다.

"재주가 있어 이런 일도 하고 좋긴 한데, 가정에 소홀하지는 마라. 알겠지?"

재주? 이럴 때 뭐라고 할 수 있단 말인가. 가정에 좀 소홀해도 내 일에 올인할래요, 라고 할 수는 없지 않은가. 단영은 그저 〈네〉라고 대답할 뿐이었다. 어느새 점심 시간이 끝나가고 있다는 벨소리가 학교에 울려 퍼졌다.

단영이 수업에 들어가기 위해 책을 들고는 터벅터벅 교실로 향했다. 계단을 오르던 그녀가 창문 사이로 붉게 물들어 있는 단풍나무들을 무심히 구경했다. 짙고 붉은색이 푸른 나무들 사이에서 홀로 방점을 찍고 있었다.

그녀가 퇴근할 즈음엔 심란했던 마음이 서서히 가라앉아 오늘은 불임 문제를 재윤과 상의해야겠다고 결정을 내렸다. 언제까지 모른 척할 수도 없는 일이거니와 알게 모르게 냉랭해진 그의 태도가 불임 때문인가 싶어 속으로 스트레스를 받고 있는 요즘이었다. 확인하기 두려워 말은 못했지만 더 이상 질질 끌다간 그녀의 상처가 깊어질 것 같았다.

단영은 퇴근하자마자 재윤에게 전화를 걸었다. 그는 아직 더 정리해야 할 일이 있어 그녀가 병원으로 가기로 했다. 단영이 병원 건물 앞에 있는 벤치에 앉아 가만히 가을 하늘을 올려다보았다. 일순 평온하고 화사한 가을 하늘이 그녀의 마음속에 자리 잡는 듯했다. 고개를 내리니 멀찍이에서 그가 걸어오고 있었다. 요즘 들어 서로 신경이 팽팽하게 맞섰지만, 문득 이렇게 거리를 놓고 바라보니 멋있긴 멋있는 그였다. 그는 무표정한 얼굴이었지만 그녀를 바라보는 눈빛까지 차갑진 않았다. 무언가 고민이 있는 듯 그의 눈빛이 가라앉아 있었다.

"어디로 갈까?"

햇살을 뒤로하고 서 있는 그가 눈이 부셔 단영이 살짝 눈가를 찡그렸다.

"바람 쐬고 싶어."

"바람?"

"응."

잠시 후 두 사람이 서울과 경기도의 경계로 향했다. 아무래도 단영이 할 말이 있는 것 같아 재윤이 조금은 고즈넉하고 조용한 카페가 있는 곳으로 운전을 했다. 서울을 벗어날 즈음엔 서서히 하늘이 어두워지더니 이내 어둠이 깔렸다. 가을이라 해가 일찍 떨어졌다. 교통상황 때문에 재윤이 라디오를 켰다. 퇴근 시간이라 차가 조금 막혔다. 이 길 저 길, 막힌지 안 막힌지 거의 랩 수준의 말을 읊어대는 기자의 안내를 듣고만 있던 단영이 문득 생각난 듯 말을 꺼냈다.

"어머니 나 영화 일 하는 거 아시게 됐어."

재윤의 반응은 무덤덤했다.

"그래?"

"저번에 감독이랑 인터뷰한 게 신문 귀퉁이에 실렸는데, 그걸 보셨더라고."

그는 말없이 고개를 끄덕였다. 재윤이 그녀의 든든한 지원자까지는 아니더라도 방패막이가 되어줄라나 어느 정도는 가늠해볼 요량으로 그녀가 말을 이었다.

"겨울방학 되면 곧바로 스텝으로 들어간다는 이야기는 꺼내지도 못하겠더라. 알게 되시면 난리치실까?"

그녀가 슬쩍 말을 돌려 재윤에게 자신의 계획을 알렸다.

"글쎄, 난리까지는 안 날 것 같은데."

그녀의 일이고, 오랜 꿈이었다고 하니 재윤은 그냥 받아들인다. 돈 못 버는 집도 아니고, 살림이야 아줌마 쓰면 될 일이다. 그리고 혼자서도 잘해먹는 그이다. 어찌 됐든 지금 재윤에게 있어서 그 문제는 문제도 아니었다. 머리 속은 얼마 전 동휘에게 들었던 말이 맴돌 뿐이었다. 그러나 그의 시큰둥한 반응이 단영은 계속 마음에 걸린다.

"아마 스텝으로 일하면 외박도 자주 하게 될 거야. 지방에서 촬영할 때는 일주일 넘게 집에 못 올지도 몰라."

무심히 라디오 주파수를 돌리고 있던 재윤이 단영에게로 시선을 돌렸다.

"그래?"

"당신도 세미나 같은 거 있으면 일주일 넘게 해외 나갔다 오잖아."

단영이 약간 뾰루퉁하게 말하자 재윤이 생각해 보니 〈그것도 그러네〉 하는 얼굴로 고개를 끄덕였다. 라디오에서는 여섯 시 정각을 알린다며 째깍째깍 소리를 자아내더니 뉴스를 들려주겠다며 아나운서가 오늘 있었던 일들을 기계적으로 전하기 시작했다. 아나운서는 국회파행을 조금 전해주더니, 경제 문제를 당연한 듯 거론했고, 그 다음엔 이런저런 뉴스거리를 계속 말했다.

[남자와 남자, 여자와 여자끼리의 이른바 〈동성 결혼〉을 인정하느냐, 마느냐 하는 것은 전 세계적인 논란거리지요. 동성 결혼은 인정할 수 없다는 국내 법원의 첫 판결이 나왔습니다. 김상우 기자의 보도입니다.]

이상하게 두 사람에게 침묵이 찾아왔다. 그냥 귀를 기울이게 되는 그런 것, 재윤은 그저 운전을 했고, 단영은 그저 창밖으로 지나가는 인가의 불빛을 바라보았다. 조금 열어놓은 창문 사이로 바람이 들어왔다.

[45세 김 모씨는 지난 1980년부터 같은 여성인 이 모씨와 함께 동거를 시작했습니다. 같은 여성끼리지만 사실상 부부 관계를 유지해 온 것입니다. 하지만 지난 2001년부터 이씨가 폭력을 휘두르기 시작하면서 두 사람의 관계에 금이 가기 시작했습니다. 결국 김씨는 이씨를 상대로 함께 일궈온 재산과 위자료를

요구하는 소송을 냈습니다. 하지만 인천 지방 법원은 김씨의 소송을 기각했습니다. 재판부는 판결문에서 〈우리 사회에서 결혼은 일부일처제를 전제로 하는 남녀 사이의 정신적·육체적 결합〉이라고 지적했습니다. 재판부는 〈따라서 동성인 두 사람이 사실혼 관계를 유지했더라도 법적 효력이 없으므로 김씨가 소송을 제기할 권한이 없다〉고 판결했습니다.]

그녀가 문득 밤하늘을 올려다보더니 무심코 중얼거렸다.

"내일 비 온다고 했나? 하늘이 좀 꾸물거린다."

그가 가볍게 대꾸했다.

"글쎄, 온다는 말 못 들었는데."

[동성간의 사실혼을 법률에 준하는 보호를 해줄 수 없다는 내용으로 실정법과 사회 관념, 가족 질서 면에서 동성간의 결혼을 인정할 수 없다는 첫 판결로 이해됩니다. 재판부는 아울러 동성끼리 사실혼 관계를 유지했더라도 사회 통념상 가족으로 볼 수 없다고 못 박았습니다. 이번 판결을 계기로 사실혼 관계를 유지해 온 동성 부부 사이의 권리 분쟁이 새로운 쟁점으로 떠오를 것으로 보입니다.]

뉴스는 두 사람의 분위기를 예민하게 만들어놓은 것도 모르고, 넉살 좋게 다른 소식을 전하기 시작했다. 하루에 한 번씩은 꼭 끼는 살인이나 사기가 한 꼭지 마무리되더니 라디오는 이내 음악을 들려주었다. 요즘 유행하는 젊은 가수의 랩이 차 안을 가득 채울 때쯤 카페 불빛이 보였다. 두 사람을 태운 차가 카페

앞마당으로 들어서니 자갈길이 뚜각뚜각 소리를 자아냈다. 재윤이 시동을 끄고 안전벨트를 풀었다. 카페 안에서 불빛이 새어 나왔지만 주변이 모두 숲과 도로뿐이라 칠흑같이 어두웠다. 몇 대의 차들이 가끔씩 쌩하니 지나칠 뿐, 차 안은 말 그대로 고요했다. 멀리서 풀벌레 소리가 들리는 듯도 했다. 두 사람 다 내릴 생각을 안 하고, 앞에 있는 유리창을 응시했다. 단영은 밥이라도 먹고 이야기를 꺼내려 했는데, 두 사람 사이에 찾아온 고요함이 더 이상 그녀를 기다리지 못하게 만들었다. 그의 침묵이 버거웠다.

"나 불임인 거 왜 말 안 했어?"

순간 재윤이 퍼뜩 고개를 돌려 그녀를 쳐다보았다. 그녀의 눈을 마주 보는 그의 눈동자가 무감하게 정지되어 있었다. 혹여나 부모님이 아시게 되면 일이 복잡해질까 두렵고, 단영이 상처받을까 봐 싫어 결혼할 때까지 말 안 하려고 했던 건데, 이 순간 재윤은 단영이 진수에게 마음이 기울어져 있는 건 아닌가 의심스럽다. 불임 사실을 알고 진수를 선택하지 않은 걸 통탄스러워하지는 않았을까. 갈 데까지 갔다는 그 말이 재윤의 머리 속을 떠나지 않고 휘돌았다. 오늘따라 흘러나온 뉴스가 더욱더 그를 들쑤셨다.

그의 비틀린 마음을 알 바 없는 단영이 재윤의 침묵에 어색하게 웃었다.

"우연히 알게 됐어. 저번에 진수 만나러 간 날, 황 간호사가 검사받으러 왔냐고 묻더라고."

알게 된 경위를 설명하다 보니 이제는 두 사람 사이에 금기처럼 되어버린 진수의 이름이 튀어나왔다. 두 사람 사이에 애써 만들어놓은 편안함이 사라지고 아슬아슬한 긴장감이 찾아오더니 양반다리를 하고 떡하니 버티고 앉았다.

"천천히 말하려고 했지. 그냥 어쩌다 보니까 때를 놓쳤어."

그냥 흐리멍덩 넘어가는 듯한 그의 대답이 답답하다는 듯 단영이 깊은 숨을 들이 내쉬었다. 그리곤 속에 담아놓은 말을 토해냈다.

"재고 있는 거라면 우리 다시 생각해 볼 시간을 갖는 건 어때?"

단영의 말이 떨어지자마자 그가 급히 숨을 들이켰다. 그리곤 무언가를 참는 듯 천천히 숨을 내쉬었다. 유리창 너머에 있는 어둠을 응시하는 그의 눈빛이 냉랭했다. 그러나 그의 목소리는 부드러웠다.

"뭘 재고 있다는 거야?"

단영이 짧은 한숨을 토해내며 가볍게 말하려 애썼다.

"아닐 수도 있는데, 내가 불임이란 거 알게 되니까 괜히 눈치가 보이고, 당신이 그동안 짜증 부리고 신경질 낸 게 다 그거 때문인 것 같고 그래. 그리고 당신은 아이 갖고 싶어했잖아. 그것도 여럿 두고 싶어했잖아. 나랑 이대로 결혼하다가 정말 아이가 안 생기면 어떡하니."

그녀의 말이 계속될수록 그의 얼굴이 굳어졌다. 있는 그대로 들으면 될 일인데 자꾸만 그녀가 불임을 이유로 그를 밀어내고 선을 긋는 것같이 해석되니 말이다. 재윤은 어떻게든 잊으려고 했던 부분을 더 이상 숨기지 못하고 꺼냈다.

"너 이러는 거 나한테는 유진수한테 마음있어서 그러는 걸로 느껴져."

"뭐?"

그녀가 갑자기 왜 불똥이 유진수한테 튀는지 이해할 수 없다는 얼굴로 되물었다.

"이게 진수랑 무슨 상관이야?"

그의 비틀린 마음이 서서히 드러나기 시작했다.

"모르지, 이런 상황 닥치니까 너야말로 나랑 관계 끊고 싶은 건지도. 언제나처럼 네가 가장 의지하고 좋아하는 유진수한테 가고 싶은 건지도 모르지."

"말 다 했어?"

"아니, 아직 멀었어. 나는 네 옆에서 가끔씩 들러리같이 느껴졌어. 마음은 온통 유진수한테 가 있는데 세상이 인정해 주질 않으니까 몸은 나한테 있는 그런 거."

단영이 어이없다는 듯 외쳤다.

"당신이 싫다고 해서 진수 퇴원할 때도 안 갔어! 당신 편해질 때까지 안 만나기로 했고. 뭘 더 바라? 유진수를 죽일까? 아니면 진수한테 애틋한 내가 없어져 줄까?"

그녀가 더 이상 참을 수 없다는 듯 격하게 감정을 폭발시키자 재윤이 화가 난 듯 운전대를 주먹으로 내려쳤다. 그리곤 이를 갈며 소리쳤다.

"유진수랑 잔 게 누군데!"

그의 말이 허공에 뱉어지는 순간 차 안은 깨어지기 힘든 벽 속에 갇힌 양 숨이 막혔다. 재윤은 정말 참을 수 없는지 거친 숨결로 그녀를 노려보았고, 단영은 입을 벙긋거리며 얼어 있었다.

"누가 그래, 내가 진수랑 잤다고?"

"왜? 알면 그 사람이 거짓말한 거라고 말하고 싶니? 아니면 내가 오해한 건가?"

단영이 침묵했다. 그때 어쩌다 보니 그렇게 된 건데, 그때의 일이 말로 옮겨지니 남자 몰래 여자 애인과 바람 피운 게 되는구나. 새삼 그녀가 느낀 현실과 그가 느끼는 현실의 괴리가 크게 느껴졌다. 뭐라고 설명을 한단 말인가. 강제로 그런 것도 아닌 그녀가 먼저 키스해서 벌어진 일이었고, 또 진수 품 안에서 희열도 느꼈었는데. 남들은 어떻게 봐도 경험한 당사자는 그 기억이 추하거나 더럽다고 느껴지지 않는데. 단영이 말을 꺼내지 못하고 잠잠히 기억을 떠올렸다. 그리곤 무표정한 얼굴로 차분히 말했다.

"그래, 잤어. 하지만 약혼식 전에 일어난 일이야. 어쩌다 보니 그렇게 됐어."

현실을 마주하면 끔찍할 것 같아, 아니, 내심 인정하고 싶지 않아 그동안 이 문제를 입 밖에 꺼내지 않던 재윤이었다. 그는 우습게도 좌절감을 느꼈다. 재윤이 눈을 질끈 감고 분노를 눌렀다.

"할 말이 없다. 그러니까 유진수랑 잤단 말이지?"

자기 혼자 모든 걸 판단 내리고 자기 혼자 심판하려는 재윤의 태도가 맘에 들지 않았다. 영화 일을 둘러싸고 눈치를 보게 만드는 그나 시어머니도 마음에 들지 않았다. 아버지의 폭력에서 탈출하기 위해 그를 선택한 건 아닌가 하는 불안함도 마음에 들지 않았다. 그의 집에 가면 느껴지는 위축감도 맘에 들지 않았다. 불임인 걸 알면서도 그녀와 전혀 상의없이 혼자 판단하고 결정하는 그 오만함도 마음에 들지 않았다. 아픈 진수를 두고 단영의 마음을 헤아리지 않는 그의 몰이해도 마음에 들지 않았다. 단영이 그동안 쌓였던 부글부글 끓는 감정을 잔뜩 실어 비꼬았다.

"왜? 뭐든지 당신 뜻대로 될 거라 생각했는데 아니라서? 그런데 어떡하지? 나는 진수랑 잔 거 후회 안 하는데. 잘못됐다고 생각하지도 않고. 아니, 아주 솔직히 말하면 진수 품에서 아주 좋았어. 너무너무 좋아서 돌 뻔했어. 당신이 마치 날 간택해서 당신 마음대로 할 수 있다고 생각하는 거 같은데, 그거 아주 역겨워! 알아아아?"

그냥 모나지 않게 어떻게 세상에 맞춰서 살아가 보려고 애를 쓰지만 단영의 가슴속에 타고 있는 불길은 멈춰지지 않았다. 처음부터 기우는 조건에 감지덕지 좋아라 하는 부모님을 보는 것도 역겨웠고, 그런 상황을 보며 그녀를 마음대로 할 수 있다고 생각하는 그에게도 분노가 일었다.

단영이 내뱉는 가시 돋친 독설을 멍하니 듣고 있던 재윤이 뭔가가 욱하고 올라오는 듯 얼굴을 일그러뜨렸다. 그리곤 순간적인 충동을 이기지 못하고 그녀의 뺨을 때렸다. 어쩌면 그의 마음속에 단영이를 자기 마음대로 해도 된다고 생각하는 비열함이 숨어 있었는지도 모른다. 차 안은 날카로운 마찰음으로 채워지더니 이내 싸늘한 정적이 감돌았다. 재윤이 소리와 동시에 얼어붙었다. 그리곤 화끈거리는 자신의 손바닥을 응시했다. 이런 폭력성이 자신 안에 숨어 있는지 여태 몰랐던 그였다. 그냥, 처음으로 가슴이 떨리도록 사랑하는 여자가 생겨서 곱고 예쁘게 자신의 품에 안고 싶었던 것뿐인데 어쩌다가 이런 꼴이 되었을까. 그의 마음을 몰라주고 자꾸만 딴곳을 응시하는 그녀 옆에서 불안하고 화나고 속이 탔다. 재윤이 미안이란 말을 차마 건네지 못하고 그녀를 바라보았지만 단영은 자신의 뺨을 손으로 감싸며 시선을 외면했다. 그녀의 얼굴이 차가운 물속처럼 서늘하게 가라앉아 있었다. 마치 현실을 직시한 듯 그녀의 눈동자가 간결하게 정지되어 있었다.

"당신도 날 때리는구나."

재윤이 손을 가져가 그녀의 얼굴을 만지려 하자 단영이 고개를 돌려 피했다.

"만지지 마."

냉정하게 그 한마디를 뱉어내곤 그녀가 차에서 나왔다. 그녀가 뒤돌아보지 않고 자갈길을 가로질렀다. 재윤은 차마 그녀를 붙잡지 못했다. 까득까득, 자갈을 밟는 소리가 멀어져 갔다. 그는 자신의 오른손을 쳐다보며 스스로에게 기가 막힌 듯 멍한 얼굴이었다.

집으로 돌아온 그는 새벽까지 잠을 이루지 못했다. 밤늦게 핸드폰을 걸었지만 단영은 받지 않았다. 재윤은 거실 소파에 누워 멍하니 허공을 응시했다. 창밖으로 다른 건물의 불빛이 반짝였고, 어둠이 스며 나왔다. 고적한 어둠 속에 그가 자신의 오른손을 들어 가만히 허공에 멈춰 세웠다. 얼얼함은 가라앉았지만 손은 낯설었다. 왠지 자신의 손이 아닌 것만 같았다. 남자들과 우격다짐 주먹질이야 해봤지만, 한 번도 여자를 때려본 적은 없는 손이었다. 어둠 속에 손의 윤곽이 모습을 드러낼 듯 말 듯 자신을 감추었다. 재윤은 손을 천천히 움직이며 손의 윤곽을 살폈다. 그는 단영을 때리던 순간을 찬찬히 떠올린다. 욱하는 감정에 휩쓸린 인간이 보였다가, 찰나의 순간 자신의 감정을 조절하지 못하고 모든 것을 상대에게 쏟아 붓는 멍청하고 어리석은 한 인간이 보였다. 재윤이 눈을 감았다. 한 번도 만나본 적 없는 폭력적인 자신과 그는 조우했다. 어느새 잠든 그가 꿈속에서 그 자아와 마주 보며 서 있었다. 제동없이 흐르는 대로 내달리며 상황에 매몰되던 자아는 오늘 마주하게 된 낯선 자신의 모습을 보고 걸음을 멈췄다. 다시는 만나고 싶지 않은 한 남자가 하나도 마음에 드는 게 없다는 듯 불만스런 얼굴로 그를 노려보았다. 재윤은 그 어리석은 남자를 가만히 응시했다.

소파에서 그대로 잠이 들었던 재윤이 동이 틀 무렵 옆으로 누우려 몸을 굴렸다가 바닥으로 떨어졌다. 쿵 소리가 울렸지만 집안은 원래의 침묵대로 잠잠했고, 어두웠다. 어찌해야 하나 우왕좌왕 예민해졌던 마음이 이상하게 평온해졌다. 그는 새벽처럼 침묵하는 핸드폰을 물끄러미 쳐다보고는 욕실로 들어가 때 이른 샤워를 했다. 참 이상하고 기묘하게도 폭력까지 다다른 후에야 부글부글 내달리던 감정이 가라앉고 냉정하게 스스로를 들여다볼 수 있었다. 그가 욕실에서 나왔을 땐 푸른빛으로 동이 트던 하늘이 좀 더 밝아져 있었다. 연한 파란색을 담은 회색 빛이 거실 창 가득 펼쳐져 있었다.

재윤은 주방으로 가 커피를 끓였다. 집안은 금세 커피 향으로 가득 찼고, 서늘한 정적은 보글보글 끓는 커피물 소리로 채워졌다. 커피가 다 내려지니 원래부터 존재했던 양 시끄러웠던 끓는 소리가 사라지고 다시 고요함이 찾아왔다. 소리의 흔적은 향기로 남아 그의 옷깃에 베었다. 그가 커피 한 잔을 하고 옷을 갈아입었을 땐 이미 동이 텄다. 일층에서 부모님이 깨어났는지 아줌마의 부산거리는 소리도 들려왔다.

출근 준비를 마친 재윤이 조용히 아래층으로 내려가려는데 그의 핸드폰이 울렸다. 단영의 번호였다.

"음."

아침이기도 했지만, 무슨 말을 해야 할지 딱히 떠오르는 말이 없었다. 그녀도 마찬가지인지 핸드폰 안에서 잠시 침묵이 흘렀다. 한참 후에야 그녀의 차분한 목소리가 들려왔다.

[당분간 시간을 좀 갖고 싶어.]

재윤이 듣고 싶지 않았던 말을 듣는 양 질끈 눈을 감았다. 그의 침묵에 단영의 목소리만 이어졌다.

[나도, 당신도 서로를 힘들게 하는 것 같아. 거리를 두고 생각 좀 해볼래.]

"그래."

재윤이 무언가를 받아들이듯 그저 담담히 대답을 했다.

그로서는 이제 정말 단영이 진수에게 가는구나 싶어 마음이 쓰디썼는데, 단영으로서는 이렇게 쉽게 그녀를 놔주는 그가 어이없었다. 사람 들들 볶다 막판에 손을 놔버리는 느낌에 그녀가 울컥 분노 어린 시선으로 핸드폰을 노려보았다. 잘못했다고 싹싹 빌며 그녀를 붙잡을 줄 알았다. 그러나 감정적으로 끝간데없이 얽히며 서로에게 집착하고 서로의 감정에 반응하며 널을 뛰는 게 지겨워 그녀가 방금 떠오른 감정을 비워냈다.

[부모님께는 결정나면 말씀드리자.]

그는 짧은 한숨을 토해내곤 고개를 끄덕였다.

"그래."

[나 학교 그만두고 영화 촬영하는 데 가 있을 거야. 그러니까 어머님이 혹시 뭐라고 하시면 잘 말씀드려 줘.]

"그래."

너무나 순순히 대답하는 그의 태도에 단영이 울컥 화가 치밀었다. 그가 뭐라고 가타부타 말해 주기를 기다렸지만 그는 전화를 끊어주기를 기다리는 양 조용했다. 하지만 재윤은 단영이 원래 마음 향하던 곳으로 가는구나 싶어 무기력해져 있었다. 처음부터 이렇게 될 일을 혼자만 그녀를 잡기 위해서 속을 태웠구나 허탈하기도 했다. 그러나 그의 그런 마음을 모르는 단영은 쉽게 놓아버리는 재윤을 보며 더 이상 할 말이 없다는 듯 전화를 끊었다.

⟨8⟩

네가 난 떠나는 것보단 나아

[정국 대치국면, 내일 본회의 파행 가능성. 열린
우리당과 한나라당은 오늘 오후 양당 원내대표회담을
갖고 국회 예결특위의 일반 상임위 전환 문제에 대해 절
충에 나섰으나 입장차를 좁히지 못했다.]

출근길에 틀어놓은 라디오를 재윤이 꺼버렸다. 파행
이니 대치국면이니 그저 언제나 들려오는 단어인데, 괜
히 귀에 거슬렸다. 도로는 올해 처음 내린 눈으로 새하
얗게 반짝였고, 차들로 일대 마비였다. 가을 날씨에 익
숙해 있던 사람들이 미처 자동차 바퀴에 체인을 준비하
지 않아 차들이 슬금슬금 도로 위를 기어다녔다. 그의
마음도 미처 체인을 준비하지 않았던 건지, 단영이 없는
시간이 괴로워 느린 걸음을 하고 있었다. 단영이는 지금

무얼 하고 있을까? 촬영을 하며 부산하게 뛰어다니고 있을까? 아니면 유진수와 만나 오랜만에 즐거워하고 있을까? 머리 속은 다시 단영에 대한 생각으로 가득 차 오르기 시작했다. 연락을 하지 않은 지 벌써 두어 달이 지났다. 그새 깊어가던 가을은 겨울로 바뀌었고, 대학 입시로 나라가 다시금 몸살을 앓더니 이내 첫눈이 내렸다. 곧 있으면 크리스마스다. 단영이 있을 땐 크리스마스가 인식되지 않았지만, 이렇게 관계가 멀어지고 나니 왠지 모든 축제와 행사가 속을 후빈다. 재윤의 얼굴은 단영을 때렸던 날 그 이후로 무감하게 정지되어 있었다. 스스로에게도 놀랐던 그날, 그녀가 처음으로 싸늘한 눈빛이 되었다. 분명 유진수에게 갔을 거라고, 뒤도 돌아보지 않고 그 친구에게 가서 위로받았을 거라고 비틀린 생각에 스스로를 조소하기도 했지만, 문득문득 끈질기게 달라붙어 떨어지지 않는 한마디, 그게 그를 아프게 했다.

"당신도 나를 때리는구나."

마지막 끈을 놓은 듯, 그녀의 얼굴이 슬퍼 보였다. 그는 그녀의 상처가 무언지 조금은 들여다본 느낌이었다. 예전의 어느 날 아버지와 싸웠다며 얼굴이 부어 있고, 입술 한쪽이 터져 있었던 단영을 떠올리며 이제야 그게 어떤 일이었는지 알 것도 같았다.

아……. 하지만 그에게는 그런 속내를 보여주지 않던 그녀 아닌가. 분명 유진수는 다 알고 있었겠지. 안타까우면서도 한편으론 질투 어린 생각들이 그를 휘저었다. 연락하지 않는 단영을 아직도 사랑하고 있음을 그가 새삼 깨달았다. 그러나 동시에 그녀가 그를 떠나 유진수에게로 갔음을 다시금 각인했다.

차는 어느새 병원 앞에 다다랐고, 그가 생각을 멈추고 자신의 진료실이 있는 곳으로 올라갔다. 황 간호사가 어느 때처럼 출근하는 그에게 인사를 건네며 오늘 예약 환자를 알려주었다. 재윤이 차트를 넘기며 환자들의 상황을 살피는데, 황 간호사가 문득 생각난 게 있는 듯 말을 건넸다.

"근데 단영 씨는 검사 안 할 거예요? 일정 잡아놓은 지가 언젠데."

그의 손이 멈춰졌다. 그러나 목소리는 무감했다.

"아…… 요즘 너무 바빠서요."

"단영 씨가요?"

"예."

황 간호사가 잠시 이해가 안 된다는 얼굴로 재윤을 응시했다. 시간이 없어도 검사라도 먼저 확실히 해야 하는 게 우선인데 눈치를 보아하니 그 이유가 다는 아닌 것 같았다.

"무슨 일…… 있는 거예요?"

오랫동안 알고 지내온 사이라 황 간호사가 조금은 친근한 태도로 묻는다. 그는 잠시 말을 할까 말까 망설이다, 그 다음엔 어디서부터 어떻게 말해야 할지 몰라 입을 다물었다. 단영이 다른 사람과 바람을 피웠던 게 문제인 건지, 아니면 그 상대가 여자라서 자신이 더 날뛰었던 건지, 그것도 아니면 그가 때려서인지 스스로도 정확한 이유를 찾을 수 없었다. 그의 얼굴이 점점 더 복잡한 빛을 띠며 별일 아니라는 듯 고래를 젓자 황 간호사가 조용히 알았다는 듯 진료실을 나갔다. 재윤은 책상 한쪽에 놓여 있는 자신의 핸드폰을 쳐다보다가 폴더를 열고 단영의 번호를 눌렀다. 두어 번 번호만 누른 적이 있었는데, 뭐라고 말을 해야 할지 몰라 결국 전화를 걸지 않았었다. 그가 검사를 핑계로 전화를 걸까 하다가 스스로가 한심해 폴더를 닫아버렸다.

한편 재윤이 핸드폰을 붙잡고 여러 번이나 망설였다는 걸 모르는 단영으로서는 시간이 날 때마다 조용히 침묵을 지키고 있는 자신의 핸드폰을 노려보고 있었다. 촬영 장소가 산꼭대기라 안 울리는 건가 잠시 현실을 부정해 보기도 하고, 배터리가 나가 있으면 그래서 그런 건가 혼자서 머리를 싸매기도 했다.

하지만 끝내 그녀는 밥을 먹다 말고 숟가락을 쥔 손을 허공에 대고 휘둘렀다.

"나쁜 노오오옴!!"

식판그릇 잡고 산 여기저기서 식사를 하던 사람들이 단영의 발악에 심드렁한 눈빛으로 잠시 시선을 주다 다시 식사를 했다. 모두들 며칠 동안 밤샘으로 촬영을 하고 있어 지칠 대로 지친지라 다른 사람이 무슨 짓을 하든 관심을 기울일 여력이 없는 터였다. 옆에서 밥을 먹고 있던 유정만 단영에게 물었다.

"왜 그래?"

"아니야."

입술이 저 멀리 산꼭대기에 닿을 만큼 나온 단영이 꿍얼거리며 다시 밥을 먹었다.

'나쁜 자식, 그렇다고 연락도 안 해? 씨이, 지가 싹싹 빌어도 시원찮을 판에. 지금 누구한테 엉까는 거야?'

물론 진수에 대한 감정이 남달라 약간 찔리기는 하지만 그래도 단영이 사랑해서 결혼하겠다고 한 사람은 재윤이었다. 진수와의 관계가 현실적으로 고생이 되든 안 되든 만약 정말 진수에 대한 감정이 넘쳐흘렀으면 진수를 선택했을 것이다. 그런 마음을 몰라주고 사람을 달달 볶더니 이젠 연락 한 번 없는 재윤을 보며 단영이 이를 박박 갈며 욕을 퍼부었다. 두어 달 동안의 촬영만으로 그녀의 모습이 선머슴처럼 되어 있었다. 아무리 시나리오 작가라지만 일단 현장에서는 생 초보 스텝인지라 사람들의 시선이 날카로웠다. 그래서 화장이고 뭐고 단영이 조명을 들고 산을 헤매고 다녔다. 서울에서 교사 생활을 했던 때의 그 단아하고, 고운 여선생은 어디 갔는지 흔적을 찾을 수 없을 정도로 단영의 얼굴은 새까맸다.

늦은 밤이 되어서야 다음 촬영 장소에 도착했다. 그곳은 영화의 마지막 장면을 찍는 곳으로 경북의 문경세재였다. 가마터는 이천 쪽에서 찍을 예정이었지만, 문경이 경치가 좋은 곳으로 촬영기사들 사이에서는 소문난 곳이었다. 단영이 문경에 있는 진수를 잠시 생각하다 고개를 저었다. 촬영 끝나고 가보는 건 모를까, 지금은 연락하고 자시고 할 시간이 없었다.

모두들 자신들에게 배당된 방 열쇠를 받고 흩어졌다. 단영이 샤워를 하고 나오자, 유경이 맥주 한잔하자며 병맥주 하나를 내밀었다. 산에서 무슨 노숙자처럼 지내다가 문명의 혜택 안으로 들어오니 살 것 같은 단영이었다. 두 사람이 개입하면 안 된다는 생각에 꾹꾹 눌러왔던 느낌들을 주고받으며 배우들의 연기와 감독의 연출에 대해서 구시렁거렸다.

"아, 맞다. 근데 너 이쪽에 혹시 가마터 아는 데 있냐?"

유경이 갑자기 생각난 듯 물었다.

"왜? 이천 쪽에 잡혔다며?"

"아까 보니까 얘기 됐던 게 틀어졌나 봐. 그쪽에서 작업 때문에 안 된다고 갑자기 말 바꾸었대. 사용료도 갑자기 더 달라고 하고."

시나리오를 쓴 당사자이니 가마터가 나오는 건 알고 있었고, 영화사에서 알아서 할 일이라 단영이 신경 쓰지 않은 참이었다. 문경이 도예가들이 모여 있는 곳이라 영화사에서 문경새재에서 곧바로 가마터로 촬영장을 옮기면 더 좋은 일이기는 했다. 하지만 문경은 개인 소유의 소규모의 가마가 있는 곳이라 오히려 섭외하기가 까다로웠다.

"아는 데가 있긴 한데……."

진수에게 필요할 때만 연락하는 것 같아 단영이 말을 흐렸다. 그러나 유정은 좋아라 눈을 빛냈다.

"그래? 그러면 얼른 연락해 봐라. 응? 이곳에서 촬영 끝내면 좋잖아."

"봐서. 섭외하는 거 지켜보고."

단영이 진수에게 전화를 걸까 말까 핸드폰을 들었다 났다 하고 있을 때 재윤은 늦은 점심을 먹고 건물 안으로 들어가고 있었다. 오후에 있을 수술 일정 때문에 기운을 비축해 두어야 했다. 오늘도 인공수정에 실패한 한 부부가 우울한 얼굴로 돌아갔고, 젊은 여성 한 사람에겐 자궁암 진단을 내려야 했다. 여자는 미혼이었는데, 아이를 가지고 싶다는 말을 하며 자궁적출 수술 말고 다른 방법이 없겠냐며 물어왔다. 재윤은 딱히 무슨 말을 해야 할지 알 수가 없어서 일단은 항암치료를 들어가자고 했다. 생각은 끝없이 이어지다 또다시 단영에게로 이어졌는데, 몸이 차가운 그녀가 영화 촬영하면서 혹사당하고 있는 건 아닌가, 차가운 곳에서 그냥 앉는 건 아닐까 별별 생각이 오갔다. 그가 엘리베이터를 기다리며 멍하니 서 있는데, 옆에서 낯익은 목소리가 들려왔다.

"문재윤 씨, 오랜만이네요."

그가 고개를 돌려 소리가 난 곳을 쳐다보니 유진수가 서 있었다. 그녀의 얼굴이 심드렁하니 무표정했다. 재윤은 뭐랄까, 순간 숨고 싶었다. 왠지 자신을 보여주고 싶지 않았다. 한마디로 비참했다.

"네, 오랜만입니다."

별로 달가워하지 않는 그의 표정을 가만히 바라보던 진수가 빙그레 쓴웃음을 짓는다. 그게 재윤으로서는 비웃음으로 느껴졌다. 허세 비슷한 것이 툭 하니 그의 마음속에서 생겨났다.

"단영이는 잘 있나요?"

아무렇지 않다는 걸 보여주기 위해 그가 기를 쓰고 평온한 얼굴 표정을 짓고 있는데, 진수는 이 인간이 뭘 잘못 먹었나 하는 얼굴로 그를 노려본다.

"그걸 왜 나한테 물어요?"

삐직, 그의 평온했던 얼굴이 일그러진다. 그의 입에서 퉁명스러운 목소리가 흘러나왔다.

"그럼 누구한테 묻습니까?"

진수의 눈썹이 찌그러졌다.

"밥 잘못 먹었어요?"

"……."

그는 무언가 더 말하려는 듯 입을 벌리다가 이내 꾹 다물었다. 더 이상 말하는 건 괴로운 일인 것처럼 그가 침묵을 지키는데 엘리베이터가 도착했다. 두 사람이 다른 사람들과 같이 작은 공간 안으로 꾸역꾸역 들어갔다. 재윤이 산부인과가 있는 오층을 눌렀고, 진수는 내과가 있는 육층을 눌렀다. 사람들이 침묵을 지키는 이 한가운데에 진수는 이제야 무언가를 감지한 듯 갑자기 소리쳤다.

"설마, 단영이랑 헤어졌어요?"

사람들이 순식간에 두 사람을 쳐다보았다. 재윤이 사람들의 시선을 의식하며 잠시 침묵을 지키다 자기도 열이 받는지 진수에게 받아쳤다.

"다 알면서 왜 그럽니까, 유.진.수. 씨?"

마지막에 이를 갈듯 그녀의 이름을 한 자 한 자 씹어뱉었다. 진수는 그의 비꼼은 관심없다는 듯 그를 유심히 쳐다보더니 이해가 안 된다는 얼굴로 고개를 저었다.

"왜 헤어졌지? 뭐가 또 문제야. 내가 그렇게 조용히 물러나 줬는데."

재윤은 진수가 정말 뻔뻔해 보였다. 그런데 진수의 반응을 보니 문득 단영이 그녀에게 가지 않았다는 걸 깨달았다.

"단영이, 당신에게 안 갔습니까?"

진수가 그를 노려보았다.

"헤어졌다면서 그건 왜 물어요?"

그는 망치로 머리를 맞은 사람처럼 멍하니 중얼거렸다.

"안 갔군요."

엘리베이터가 어느새 오층에 도착했는데, 그가 내리지 않고 멍하니 허공을 응시했다.

"안 내려요?"

진수가 불퉁하게 그를 노려보는 동안 엘리베이터는 이미 닫혔다. 재윤이 진수를 쳐다보며 이제야 정신이 든 사람처럼 살갑게 말을 건넸다.

"참, 몸은 좀 어때요? 괜찮아요?"

진수가 대답하지 않고 눈을 가늘게 뜬 채 그를 응시했다. 똥씹은 사람처럼 우거지상이었던 재윤이 싱긋 웃으며 말을 건넸다.

"검사 받으러 온 것 같은데 잘 받고 가세요, 진수 씨."

엘리베이터가 육층에 도착하자 진수가 쌩하니 뒤도 안 돌아보고 밖으로 나가 버렸다. 열린 문 사이로 재윤이 소리쳤다.

"진수 씨, 다음에 만나면 술 한잔해요!"

내과 진료실로 걸어가는 진수의 걸음이 더 빨라졌다. 그가 유진수의 뒷모습을 끝까지 지켜보다가 아래층으로 내려갔다. 유진수는 건강이 많이 회복되었던지 얼굴이 좋아 보였다. 핼쑥했던 언굴은 어느 정도 살이 붙었고, 피부도 적당히 그을려 활기차 보였다. 갑자기 재윤은 유진수에 대한 적대감이 사라지고, 동지애 비슷한 감정이 생겨났다. 어찌 됐든 오랫동안 사랑해 온 사람에게 실연을 당하고 혼자 추스르는 게 요즘의 그와 닮아 있었다. 시간이 지나면 유진수와 친구로 지낼 수 있을까? 좋고 싫은 거 확실한 성격에 타인과 선 긋고 자기 사람만 챙기는 버릇이 닮아 있어 더 으르렁댔던 건 아니었을까, 문득 그런 생각이

들었다.

　그가 유진수에 대한 상념을 털어버리고 진료실로 도착하자마자 핸드폰을 찾았다. 그러나 막상 번호를 누르자니 왠지 망설여졌다. 그를 반가워할까? 다시금 헤어지기 직전 그가 했던 행동이 떠올랐고, 실망과 슬픔으로 가득했던 그녀의 눈빛이 머리 속을 파고들었다. 재윤이 핸드폰을 내려놓고 커피 한 잔을 마시는데, 예약 환자가 들어왔다. 오랫동안 인공수정을 시도했던 여자였는데, 드디어 임신이 된 경우라 그가 조금은 편안한 마음으로 환자를 맞이했다. 결혼한 지 삼 년 동안 아이가 없자 시댁의 등살에 못 이겨 병원을 온 경우였는데, 단영과 똑같은 증상을 가지고 있었다. 남편의 정자를 채취해야 했기에 항상 함께 왔다. 그런데 남편은 오지 않았고, 여자 혼자였다. 곱상하니 고생 모르고 자란 것 같은 여자는 수년 동안 계속되어 온 속병으로 얼굴이 많이 상해 있었다. 재윤이 이제 고생은 다 끝났다는 말을 해주는 게 기뻐 환한 얼굴로 환자를 응시했다.

　"축하합니다, 이숙완 씨."

　여자는 잠시 어리둥절한 얼굴로 그를 바라보더니 이내 입술을 꽉 문다. 여자의 눈에 눈물이 차 올랐다. 그게 단지 임신에 대한 기쁨이라고 생각해서 재윤이 옆에 있는 휴지를 하나 뽑아 건네주었다.

　"그동안 고생 많이 하셨습니다. 임신이에요."

　"……."

여자는 목 안에 치미는 무언가를 삼키며 떨어지는 눈물을 휴지로 닦았다. 그는 좀 더 기쁜 소식을 전한다는 생각에 밝은 목소리로 말을 이었다.

"쌍둥이일 가능성이 크니까 마음의 준비를 해두세요. 그리고 임신 초기니까 아이가 자리 잡을 때까지는 조심하시고요."

"……네."

여자는 간신히 목 안의 울음을 참고 대답했다. 그러나 눈물이 멈추지 않는지 손으로 얼굴을 가렸다. 얼굴을 가린 두 손 사이로 목 메인 여자의 목소리가 새어나왔다.

"사실은 안 되기를 바랐어요, 선생님."

재윤이 의아한 얼굴로 여자를 쳐다보자 여자는 이미 젖은 휴지로 눈물을 닦아내고는 피식 씁쓸한 웃음을 입가에 배어 물었다.

"그이랑 헤어졌거든요."

"예?"

그가 멍하니 반문하자 여자가 담담히 그동안의 사정을 간단하게 말했다.

"그동안 서로 많이 지쳤거든요. 그러다 보니 서로 많이 괴롭혔어요."

"남편 분께 지금이라도 알리면……."

여자는 소용없다는 듯 고개를 가로저었다. 마음을 이미 굳힌 듯 말하는 그녀의 얼굴이 말갛다.

"아뇨. 이미 서로를 미워하게 된걸요. 보는 것만으로 이젠 숨이 막히고 괴로워요. 그이나 나나 이런 기쁨을 누릴 사람이 안 된 거죠. 품속에 아이가 있는지도 모르고, 그렇게 싸웠으니……."

잠시 후 여자가 진료실을 나가고, 재윤은 멍한 얼굴로 그녀가 나간 문을 응시했다.

부부가 참 고운 사람들이었다. 아이만 있으면 남 부러울 게 없는 그런 사람들, 서로 참 많이 위해주어 병원 안에서도 칭찬이 컸다. 언젠가부터 두 사람의 안색이 좋지 않더니 결국은 이혼을 했구나. 밖에서 바라볼 땐 아이가 안 생겨서 헤어졌다는 말이 되겠지. 그가 작은 한숨을 내쉬었다. 품 안에 들어온 행복을 소중한 줄도 모르고 들들 볶아 내쫓았구나. 그가 자신에게 되뇌듯 생각했다. 단영이가 자신을 선택했다는 것보다 진수에게 향하는 그녀의 마음을 잘라내려고 그렇게 들들 볶고, 질투를 했다. 그리고 결국엔 때리기까지 했다. 바보같이 그녀를 놓친 거구나. 그가 침묵하는 핸드폰을 응시했다.

〈아…… 이런 거구나. 이런 거였구나. 내가 내 손으로 그녀를 쫓아냈구나. 내 감정에 못 이겨 그녀를 괴롭혔구나.〉

한편 단영은 감독까지 그녀에게 촬영 장소를 부탁하자 더 이상 뒤로 뺄 수가 없었다. 그동안 연락 한 번 없다가 필요에 의해 연락을 하는 쪽팔림을 무릅쓰고 그녀가 전화를 걸었다.

[웬일이냐?]

전화 받는 진수의 목소리가 기운찼다. 건강을 되찾은 것 같은 진수의 목소리에 단영이 한결 편안한 마음으로 대답했다.

"몸은 괜찮니?"

[응, 많이 좋아졌어. 너는?]

"나 영화 촬영하고 있어."

[학교는?]

"사표."

[오호, 대단한데.]

"미친 거지."

냉소적인 단영의 자조에 진수의 웃음소리가 들려왔다. 단영이 잠시 망설이다 본론을 꺼냈다.

"근데, 사실은 부탁할 거 있어서 전화했어."

[뭔데?]

단영이 머뭇머뭇 영화사 이야기를 하고, 가마터에서 이틀만 촬영할 수 있겠냐고 물었다. 진수는 일단 할아버지께 물어보고 다시 전화해 주겠다며 대답했다. 어차피 만나면 들을 수 있는 이야기라 진수는 재윤과의 일을 굳이 아는 척하지 않았다. 진수가 위암 재발의 여지가 있는지 검사를 받고 그날 오후 문경으로 내려갔다.

다음날 문경새재에서 촬영을 끝내고, 곧장 관광버스를 타고 모든 사람들이 진수의 집으로 향했다. 진수가 어떻게 이야기를 했는지 완고한 묵전이 허락을 했고, 사람들은 오랜만에 시골집에 놀러온 듯 거나하게 바비큐를 해먹었다. 친구 단영의 첫 촬영을 축하하는 의미로 진수가 크게 대접을 해 스텝들 사이에서 단영의 인기가 잠시나마 하늘을 찔렀다.

가마터에서 마지막 촬영을 하고 모두 진수네 집 마당에서 술판을 벌이고 있는 동안 단영이 진수와 함께 숲길을 거닐었다. 말 많고 탈 많았던 지난 몇 달간의 일들이 모두 꿈처럼만 느껴지는 단영이었다. 홀쭉하게 야위었던 진수는 많이 건강해져 다시 다부져 보였고, 단영은 시골 아이처럼 새까맸다. 두 사람이 흙길을 걷자 나뭇잎이 바스락거렸다.

"벌을 받은 걸까?"

밤하늘에 무수한 별들을 올려다보던 단영이 뜬금없이 중얼거렸다. 진수가 가만히 쳐다보자 단영이 피식 쓸쓸한 웃음을 배어 물었다.

"너랑 사귀면 아이 못 낳는다고 치사하게 굴었잖아. 그냥 네 마음에 충실하게 대답하면 될 일이었는데."

진수는 조용히 듣기만 했다. 그런 진수를 마주 보는 단영의 눈빛이 아팠다.

"나 아기 가지기 힘들대."

진수의 얼굴이 조금은 놀란 듯 멍해져 있었다. 불임이 약점은 아니다, 불임이 한 사람의 인격을 구성하는 요소가 아니다, 불임이 내가 뭔가 잘못된 불완전성을 말하는 건 아니다, 수도 없이 스스로에게 되뇌었던 단영이지만 가슴 아프고, 힘든 건 사실이었다. 게다가 연락조차 않는 재윤을 보며 단영은 사실 무너지기 직전이었다. 정말, 그때 싸운 게 아니라 버림받은 거였을까. 서로 힘들고 서운한 거 내뱉느라 부딪친 게 아니고, 끝을 냈던 걸까. 시무룩한 얼굴로 재윤을 생각하던 단영이 그동안 참아왔던 눈물을 흘리기 시작했다. 두 손으로 얼굴을 가린 채 그녀가 꺽꺽거리며 아픈 울음을 뱉어내자 진수가 단영을 안아주었다. 그리곤 한숨을 뱉어내며 단영의 머리를 쓰다듬었다. 단영이 울음이 뒤섞인 말을 띄엄띄엄 뱉어냈다.

"벌을…… 받나 봐. 너처럼 좋은 사람을 두고…… 다른 남자 좋다고 가버리더니 애도 못 낳고. 너한테 매정하게 굴더니 벌을 받나 봐."

당연히 이성적이고 논리적인 마음에서 나온 말은 아니었지만, 그냥 모순적이고 말도 안 되는 감정이 느껴질 때가 있는 법이다. 단영도 그냥 감정에 북받쳐 나오는 대로 뱉어내고 있었다. 가만히 그녀의 울음을 받아주며 안아주던 진수가 휘영청 밝은 달을 올려다본다. 그리곤 무심히 중얼거렸다.

"아이 낳아줄까?"

어느 정도 울음을 추스른 단영이 벙벙하니 부푼 눈으로 고개를 들었다.

"재윤 씨 애를 네가 낳겠다고?"

우주처럼 넓고 깊은 사랑의 마음으로 말을 꺼냈던 진수가 단영의 반문에 일순 얼굴을 구겼다.

"돌았냐, 내가?"

"그럼?"

단영이 멍하니 눈을 끔벅이자 진수가 〈됐다〉 하는 말로 고개를 저었다. 멀리서 유정이 두 사람을 불렀다. 늦게까지 바비큐를 구워먹은 사람들이 이제 술판을 벌이고 있었다. 두 사람이 술판에 가세했다. 물론 내일 있을 일정 때문에 밤새도록 마시면 안 되지만 그래도 그동안 쌓여 있던 스트레스를 좀 풀긴 풀어야 했다. 가뜩이나 말술을 마시는 단영인지라 한 시간도 안 돼 그녀가 뱃속에 물을 비워내기 위해 화장실을 찾았다. 그런데 참 우연인지 필연인지 그때 단영이 놓고 간 핸드폰이 울렸다. 옆에서 술은 못 마시고 그냥 사람들 노는 거 구경하고, 감독과 이런저런 말을 주고받던 진수가 핸드폰을 집어 들었다. 폴더를 보니 이렇게 찍혀 있었다.

『신랑님.』

문재윤의 전화였던 것이다. 진수가 폴더에 찍힌 명칭을 노려보곤 핸드폰을 제자리에 내려놓는데 이놈의 전화가 계속 울렸다. 결국 진수가 전화를 받았다.

"네, 문재윤 씨."

핸드폰 너머에 있을 문재윤이 순간 침묵했다.

"단영이 지금 화장실 갔어요. 오면 전화 왔다고 알려줄게요."

[예.]

"그럼 끊습니다."

재윤이 잠시 진수를 멈춰 세웠다.

[저기……]

"네?"

[단영이 잘 있나요?]

의미심장한 말이었으나 〈신랑님〉이란 명칭에 배알이 뒤틀린 진수가 그 의미심장을 모른 척했다.

"네, 잘 있던데요."

잠시 정적이 이어지는가 싶더니 잔뜩 잠긴 목소리의 대답이 흘러나왔다.

[그렇군요.]

그러더니 전화를 끊었다. 촬영 때문에 온 거라고 말해 줄 걸 그랬나? 아니면 문재윤 이야기를 하며 울었다는 말을 해줬어야 했나? 진수가 핸드폰을 들고 잠시 후회를 하는가 싶더니 어느 순간 얼굴을 구겼다.

'도대체 왜 네가 니들 연결까지 시켜줘야 하냐?'

배알이 뒤틀렸다, 진수는. 악역까지는 아니더라도 이 정도 심술은 부려도 돼, 그렇게 스스로의 행동을 추켜세웠다. 여하튼 찜찜한 기분에 진수가 핸드폰을 들고 오도카니 서 있는데, 단영이 돌아왔다. 그러나 잔뜩 술에 취한 단영은 진수가 내미는 핸드폰을 쥐고 전화가 왔다는 말을 할 새도 없이 잠잘 방으로 들어가 버렸다. 진수가 말을 할까 말까 하다가 내일 말해야겠다 생각하며 비척비척 방으로 들어가는 단영을 내버려 두었다.

아침이 되자 모두들 일정을 챙기고 짐을 쌌다. 이제 다시 서울로 올라가 나머지 장면을 찍어야 하는 거라 사람들이 서울로 돌아갈 채비를 했다. 단영이 조명을 들었던 팔과 어깨를 주물럭거리며 자신의 짐을 챙기기 위해 가옥으로 돌아왔다. 옷가지와 세면도구를 챙기다 핸드폰을 놓고 나갔다는 것을 깨닫곤 괜스레 폴더를 열어 확인을 했다. 그녀의 눈동자가 잠시 커졌다. 부재중 전화가 일곱 통이 온 것이다. 번호는 재윤의 것이었다. 단영이 잠시 고개를 갸웃거리며 이 표시가 무슨 의미인가 헤아려보다 문을 열고 들어오는 진수 때문에 폴더를 닫았다.

"오늘 가는 거야?"

"응."

진수는 뭔가 아쉬운 듯 그녀를 바라보다 손에 들고 있던 작은 상자를 내밀었다.

"이거 가져가."

단영이 어리둥절한 얼굴로 상자를 받았다. 뚜껑을 여니 두 개의 사발이 쌍을 이루어 담겨져 있었다. 녹둣빛을 머금은 사발은 그릇 테두리에서 유약이 흘러내리는 모양이 그대로 살려져 운치가 있었다. 두 개의 사발은 닮은 듯하면서도 다르고, 다르면서도 닮았다. 하나의 존재로 각기 개별적이면서도 동시에 두 존재가 어울렸다. 단영이 두 개의 사발과 진수의 얼굴을 번갈아보았다.

"뭐야?"

진수가 시큰둥하니 대답했다.

"그냥, 맛있게 살라고."

굳이 별다른 말을 하지 않아도 두 개의 사발이 무엇을 뜻하는지 알 수 있어 단영이 엷은 웃음을 입가에 그렸다. 그 모습이 얄미웠던지 진수가 어깃장을 놓았다.

"네 밥그릇하고 국그릇이야. 착각 마."

오목한 사발이 두 개인데 굳이 어깃장을 부리는 진수를 보며 단영이 씨익 웃었다. 그리곤 사발을 받아 들고 진수의 손을 잡았다.

"나한텐 네가 내 가족 같아."

무슨 사랑고백처럼 단영의 말이 애틋했지만 진수는 애써 떨떠름한 얼굴로 퉁명스럽게 대꾸했다.

"됐어. 나는 너랑 사랑하고 싶었지, 가족놀이 하고 싶은 거 아니었어."

"알아."

단영이 피식 웃으며 고개를 끄덕이는데 어디에선가 동휘의 목소리가 들려왔다.

"진수야, 나 왔다."

무슨 이웃동네 사는 아이처럼 같이 놀자 하는 목소리였다. 동
휘가 주말이라 오랜만에 내려온 것인데, 단영은 자기가 재윤에
게 간 사이 이 두 사람이 다시 관계를 회복했구나 하는 묘한 시
기가 생겼다. 여하튼 욕심 많은 단영이다. 남동생에게 엄마를
빼앗긴 누나의 마음이랄까?

"짐 챙겨 가지고 나와."

진수가 그 말 한마디 던져 놓고 밖으로 나갔다. 단영이 사발
을 다시 상자에 넣고, 가방에 챙겼다. 그리곤 진수의 뒤를 따라
밖으로 나왔다. 동휘는 진수를 얼싸안고 얼굴을 부비적 부비적
애교를 떨고 있었다.

"자기야, 보고 싶었어."

"그래, 그래. 보고 싶었다."

동휘는 토끼털로 만든 붉은 코트를 입고 있었는데, 긴 머리와
부츠가 아주 휘황찬란했다. 진수를 안고 볼에 쪽쪽 입맞춤을 하
던 동휘가 댓돌에서 신발을 신고 있는 단영을 보고 어리둥절해
진다.

"단영 씨가 여긴 웬일이야?"

단영이 발끈한 얼굴로 대답했다.

"올 만하니까 오죠."

들릴락 말락 동휘가 중얼거렸다.

"애인 있는 사람이 주말 여행이나 가지, 여기까지 웬 걸음일
까."

단영이 못마땅한 눈빛으로 동휘를 노려보는데, 멀리서 짐을 챙기고 사람들과 장비를 체크하던 유정이 다가왔다.

"단영아, 가자."

그렇게 말은 하면서 유정의 시선이 동휘에게 고정되어 있었다. 흡사 세상에서 너무 예쁜 사람을 봤다는 듯한 표정이었다. 동휘는 자신에게 머무르는 묘한 눈길에 무의식적으로 반응하며 새침을 떨었는데, 그걸 지켜보고 있던 진수가 〈이건 또 뭐냐〉하는 얼굴로 미간을 좁혔다. 여하튼 기와 밖에서는 사람들이 짐을 챙겨 버스와 자가용에 오르느라 부산한데, 가옥 안의 마당은 한적하니 고요했다. 유정이 미끼를 던지는 낚시꾼처럼 영화배우들 구경시켜 주겠다며 꼬시자 동휘가 파닥파닥 유정을 따라갔다. 연구소에서는 엔진 쪽으로 알아주는 박사께서 진수가 있는 근처에만 오면 저렇게 행동하니 사람을 정말 알다가도 모를 일이다. 여하튼 영화 촬영을 처음 본 동휘가 유정을 따라가며 배우들을 구경하느라 여념이 없었다. 단영이 진수의 손을 한번 꽉 쥐더니 가겠다는 말을 하고 가방을 들었다. 단영의 어깨 너머에 있는 저 멀찍이에서 재윤이 주위를 급하게 둘러보며 걸어오는 게 진수에게 보였다. 그냥 살포시 장난기가 발동한 진수가 가려는 단영의 손을 잡았다.

"단영아."

"응?"

멀리서 걸어오던 재윤이 단영과 진수를 발견하곤 서둘러 다가오고 있었다. 진수가 씨익 가벼운 웃음을 지으며 말했다.

"키스 한번 해주고 가라."

단영이 하늘 한번 땅 한번 쳐다보고 진수를 말간 눈으로 바라보더니 주춤주춤 진수의 입술에 입맞춤을 했다. 그러자 진수가 단영의 얼굴을 움켜쥐고 진한 키스를 되돌렸다.

"아아아아아아악—!!"

널찍한 가옥과 마당 한가운데를 뚫고 재윤의 발악 같은 외침이 허공을 갈랐다. 그가 미친 듯이 뛰어오더니 단영을 잡아챘다. 이래저래 정신없는 단영이 눈을 끔벅이며 갑자기 나타난 재윤을 쳐다보는데, 재윤은 숨이 찬 듯 씩씩거리며 진수를 죽일 듯이 노려보았다. 진수가 재윤의 시선에 아랑곳없이 느물거리는 웃음을 지으며 재윤에게 인사를 건넸다.

"오랜만이네요, 재윤 씨."

사랑스러운 이름을 부르듯 재윤 씨라고 하는 진수의 인사에 재윤이 어이없다는 듯 입을 벙긋거렸다. 그런데 옆에 서 있던 단영이 정신을 차리고 멀뚱하니 재윤을 응시했다.

"갑자기 웬일이에요? 그동안 연락 한 번 없더니."

불을 내뿜고 있던 재윤의 눈동자가 단영의 목소리에 조금은 차분해졌다. 그러나 방금 전 두 눈으로 목격한 현장에 그의 눈빛이 거칠었다.

"연락이 없기는, 줄창 연락해도 받지 않은 게 누군데."

"연락했었어?"

"당연하지. 그럼 내 여자가 밖에서 고생하는데 연락도 안 하겠니?"

은근슬쩍 재윤이 지 여자라고 못을 박았다. 두 사람 냉랭하게 헤어지고 떨어져 있는 동안 가슴속에 일던 꿍한 마음은 사라지고, 일단 얼굴 보니까 좋기만 하다. 단영이 새치름한 얼굴로 재윤을 빤히 쳐다보며 그동안 섭섭했던 마음을 드러내고 있는데, 재윤은 못을 박고 이번엔 저쪽에서 하는 망치질을 그만 하게 하려는 듯 진수를 노려보았다.

"왜 우리 단영 씨한테 키스합니까?"

진수는 대답없이 피식 웃으며 그의 성질을 돋우는데, 옆에 있던 단영이 진절머리난다는 듯 소리쳤다.

"그냥 우정의 키스야, 우정의 키스. 잘 가라고 인사한 거야."

재윤이 어이없다는 듯 해괴한 표정을 지었다.

"어느 천지에 우정으로 키스를 하냐?"

"우리 우정은 키스를 해."

단영이 싹둑 재윤의 불만을 잘라 버리며 결론을 내려주자 재윤이 억울하고 분한 듯 꿍얼거렸다.

"뻔히 내가 두 눈 시퍼렇게 뜨고 있는데 어떻게 내 앞에서 그런 말을 하냐?"

끈질기게 물고늘어지는 재윤을 단영이 말없이 노려보았다. 그러더니 한겨울의 싸늘한 바람을 몰고 오는 듯한 냉기 어린 목소리로 말했다.

"그래서 때릴 거야?"

보노보노의 너부리라면 더 심하게 때렸겠지만 재윤은 그 말이 떨어지자마자 얼어붙었다. 그가 모든 감정분출을 멈추고 굳은 채 서 있었다. 다시는 보고 싶지 않은 자신의 또 다른 모습을 단영이 일깨우자 그의 감정이 차분해졌다. 그러나 옆에서 심드렁한 얼굴로 두 사람의 널뛰는 모습을 기막히다는 듯 보고 있던 진수가 그 말에 경악한 듯 입을 벌렸다.

"이 자식이 너 때렸어?"

"이 자식?"

재윤이 작은 목소리로 진수에게 저항했지만, 진수의 표정이 험상궂게 일그러져 있었다.

"야, 홍단영. 저런 자식 갖다 버려. 뭐가 아쉬워서 때리는 놈이랑 사니?"

단영이 곰곰이 생각하는 얼굴로 재윤을 힐끗 바라보니 재윤이 눈을 껌벅이며 애절하게 단영을 응시했다. 단영이 눈을 가늘게 뜨고 재윤을 위아래로 훑으며 말했다.

"버리긴 좀 아깝고, 또 그러면……."

단영이 잠시 말을 끊고 생각에 잠기자 재윤이 다신 안 한다는 굳은 결심을 보여주는 눈빛으로 그녀를 응시했다. 단영이 그의 눈빛을 마주 보며 씨익 웃었다.

"또 그러면 죽여 버리지 뭐."

재윤은 농담인 줄 알고 허허 웃었으나 바로 들려오는 진수의 말에 표정이 굳었다.

"그래, 시체 치울 일 있으면 연락해. 가마 비워놓을게."

재윤이 진수를 노려보았다. 그런데 단영이 가뿐한 얼굴로 진수의 말에 맞장구를 치는 게 아닌가.

"그러지 뭐."

재윤이 단영을 응시하며 조용히 속삭였다.

"뭐, 네가 죽여주는 거면 괜찮아."

진수가 세상에서 제일 짜증나는 말을 들은 사람처럼 인상을 구기더니 팔을 벅벅 긁었다.

"넌 저런 말 하는 남자랑 살고 싶니?"

단영이 키득키득 웃음을 터뜨리며 대답했다.

"응."

잠시 후 사람들이 버스에 다 오르고, 단영이도 떠나기 위해 밖으로 나왔다. 어차피 서울에서 다시 집결할 때까지 이틀 정도 휴식을 취하기로 했기에 단영은 재윤의 차를 타고 서울로 올라가기로 했다. 단영이 떠나기 전에 진수를 다시 한 번 안자 재윤이 못마땅하지만 참는다는 얼굴로 가만히 있었다. 그러나 유정을 따라 배우들을 구경하고 돌아온 동휘가 그 모습을 보고 달려왔다. 그리곤 진수를 잡아채 안으며 소리쳤다.

"뭐야, 나랑 애 낳자며 그새 딴 년이랑 바람을 피워?"

농담 겸 진담 겸 질투를 보이는 동휘 때문에 진수가 한숨을 내쉬는데, 단영이 발끈한 얼굴로 따졌다.

"유진수, 너 나 사랑한다면서 저 인간이랑 애를 낳아?"

진수가 더 깊은 한숨을 내쉬며 유구무언했다. 그런데 버스에 오르려던 유정이 동휘에게 외쳤다.

"동휘 씨, 서울 가면 연락할게요. 술 한잔해요."

동휘가 생긋 웃으며 유정에게 손을 흔들었다.

"네에, 유정 씨."

몸에서 우러나오는 애교를 마구 흩뿌리는 동휘를 보며 진수가 인상을 찡그렸고, 단영은 그런 진수를 보며 뭔가 아쉽고 서운한 듯한 얼굴이 되었고, 또 그런 단영을 보며 재윤은 어이없었다.

"자, 이제 그만."

재윤이 이를 갈며 한마디를 내뱉고는 단영의 손을 잡아끌고 자신의 차가 있는 곳으로 향했다. 두 사람을 태운 차가 버스의 뒤를 따라 고속도로를 달리는가 싶더니 두 갈래 길에서 헤어졌다. 계속되는 강행군으로 단영의 몸이 지치기도 했고, 어제 먹은 술 때문인지 두어 시간 후엔 멀미를 했다.

차는 한쪽 길로 빠져 어디인지 정확히 알 수 없는 어느 숲길에 멈춰 섰다. 날씨가 쌀쌀해 두 사람이 창문을 열어놓고 잠시 쉬었다. 짧은 길인데 왠지 먼 길을 돌아온 듯한 피곤함이 두 사람을 감쌌다. 두 사람이 좌석을 뒤로 눕혀 나란히 누워 눈을 감았다. 숲에서 불어오는 맑은 공기가 정신을 개운하게 하고, 미식거리는 속을 말끔히 잠재웠다.

"나 애기 못 낳을 수 있는데 괜찮겠어?"

눈을 감고 잠을 청하던 단영이 문득 물었다. 그리고 재윤이 문득 대답했다.

"음."

"진수 여전히 나한테 애틋한데 그래도 괜찮겠어?"

"으음."

"나 영화 한다고 돈 못 벌어오고, 만날 이렇게 밖으로 나돌 텐데 괜찮아?"

"……으음."

"나 때린 거 평생 우려먹으면서 당신 갈굴 텐데 그것도 괜찮아?"

"……으으으음."

갈수록 느리게 나오던 재윤의 대답은 이 말을 남기고 조용해졌다.

"네가 날 떠나는 것보단 나아."

두 사람이 노곤하니 낮잠에 빠져들었다. 숲에서 불어오는 바람이 시원했다.

재윤과 단영이 그렇게 서로의 존재를 감사하며 아늑한 잠의 손길에 취해 있을 때 진수는 동휘와 함께 마루에 앉아 차를 마셨다. 우윳빛 백자 다기가 고왔다. 씁쓰레한 녹차 향이 선명한 겨울 공기에 구수하게 녹아들었고, 그 옆에 놓인 곶감이 참 정갈했다.

"곶감, 집에서 말렸나 보네."

"음. 가을에 할아버지랑 나랑 깎았어."

동휘가 곶감 하나를 집어 한입 베어 먹었다.

"맛있다."

맛있게 먹는 동휘의 모습을 진수가 어여쁘다는 듯 바라보았다. 그러다 앞에 놓인 녹차를 마시곤, 휘이하니 마당을 둘러본다. 아련하다, 사랑이. 고적하게 비워진 마당처럼 사랑은 그녀를 채우고 흔들어놓다 가버렸다. 방금 전까지 사람들로 득실거렸던 마당은 언제 그랬냐는 듯 조용하고 휑했다. 바스락거리는 나뭇잎과 까마귀가 쪼아먹다 떨어뜨린 감 두어 개가 마당을 굴러다녔다. 포근하게 감싸주던 눈조차 어느새 녹아버려 흔적이 없었다. 가만히 마당을 바라보던 진수가 스스로에게 되뇌듯 읊조렸다.

"때가 있나 봐. 나는 곶감이 바람과 햇살에 익기를 바랐을 뿐인데."

"……?"

동휘가 곶감을 마저 먹으며 진수를 응시했다. 그녀가 피식 쓸쓸한 웃음을 입가에 그렸다.

"내가 당신을 사귀었을 땐 단영이가 혼자였는데, 내가 혼자가 되니까 단영이가 짝을 만나네. 그게 십 년 동안 여러 번 반복되더라."

동휘는 아무 말 없이 한숨을 내쉬더니 두 번째 곶감을 먹었다. 그리곤 우물거리며 중얼거렸다.

"두 번째 곶감이 있겠지. 너만을 위해 익고 있을지도 모르잖아."

"그래, 있겠지. 저 마당에도 다시 사람들이 들어차고 또 비워지겠지."

진수가 빙그레 웃으며 곶감 하나를 집으려 하자 동휘가 곶감 꼭지를 떼어내 그녀에게 내밀었다. 바람과 햇살에 익은 곶감이 맛났다. 곶감을 둘러싸고 있는 하얀 분은 햇살의 결정체 같았다. 달디단 속살을 보듬고, 바람에 스스로를 하얀 분으로 승화시킨 곶감 하나가 왠지 눈물겹다. 감사하지 않은 것이 어디 있을까. 아름답지 않은 것은 또 어디 있을까. 모든 것이 아름답고 예쁘다. 너무 예뻐서 가슴 아프다.

진수가 곶감 하나를 맛있게 먹었다. 한 번에 많이 먹지 못하기에 더욱더 적은 양의 음식이 소중하고 맛있다. 그런 진수를 애틋하게 바라보던 동휘가 크게 숨을 들이켜고 내쉬었다. 그의 목소리가 정갈했다.

"나, 내일 수술하러 일본 간다."

꼭 수술까지 해야 하는 거냐는 말이 문득 진수의 머리 속에 떠올랐지만 그 말을 입 밖에 내지 않았다. 남들이 뭐라 하기 전에 스스로 그 질문을 수 없이 던졌을 테고, 수없이 자신에 대한 부정으로 괴로워했을 테니까. 그건 왜 굳이 단영에게 고백을 했냐는 말과 똑같다는 걸 알기에 진수는 그저 고개를 끄덕일 뿐이었다.

"잘하고 와. 무사히 돌아오기만 하면 돼."

"응."

"그리고 아이 일은 잊어버려. 내가 좀 정신이 돌았어."

"세상에 돈 일이 어디에 있어? 남한테 상처 주고 해 입히는 일 아니면 자기감정에 충실한 게 다 옳은 일 아닌가?"

오랜 방황을 끝낸 동휘의 말은 간결하고 산뜻했다. 진수가 그런 동휘를 사랑스러운 듯 응시하며 웃었다.

"마음이 헛헛해서 그랬던 거야. 사랑이 너무 공허해서. 당신을 이용하는 것밖에 안 돼."

동휘는 눈을 몇 번 껌벅이더니 가벼이 대꾸했다.

"그게 어때서? 난 네가 날 이용하는 상대로 점찍었다는 게 기쁘던데. 너 결벽증있어서 이용하는 것도 가리면서 하잖아."

"내가 그런가?"

"음, 너 그래."

진수가 피식 웃음을 흘렸다. 동휘의 얼굴이 진지해졌다. 남자와 여자의 얼굴 그 너머에 있는 한 인간의 맑은 기운이 스며 나오는 듯하다.

"네가 마음 동하면 나는 좋아. 다만 한 번뿐이야. 생기면 그 아이는 우리한테 찾아온 축복인 거고 아니면 마는 거고."

진수가 조용히 고개를 끄덕였다. 두 사람 사이에 곶감처럼 달고 맛있는 침묵이 찾아왔다. 하나씩 떼어먹을 때마다 아까워서 소중한 곶감처럼, 인생에 떼어먹을 수 있는 곶감 몇 개가 있을까? 네 곶감 맛없는 거다, 네 곶감 나쁜 거다라고 말하는 사람 많지만, 자기에게 부여된 곶감이 소중하고 애틋하기는 마찬가지 아닐까?

두 사람이 고즈넉한 침묵을 즐기며 마저 차를 마시는데, 마당 한쪽에 있는 작은 문이 삐꺽 열리면서 한 여자애가 들어왔다.

"선생님, 저 왔어요."

문 앞에서 살짝 고개만 내밀고 진수를 쳐다보는 여자애는 이제 갓 스무 살이 될까 말까 한 애기였다. 동휘는 처음 보는 얼굴이라 궁금한 듯 물었다.

"누구야?"

그 여자애를 쳐다보는 진수의 얼굴이 온화했다.

"할아버지 제자 딸. 가끔씩 놀러와."

여자애가 마당으로 살금살금 걸어왔다.

"저 껴도 돼요?"

"음."

진수가 빙그레 웃으며 고개를 끄덕이자 여자애가 조심스럽게 마루에 걸터앉았다.

"녹차 마실래?"

"네."

아직 애기 살이 발그레한 여자애는 아이처럼 진수 옆에 다소

곳이 앉아 차를 받았다. 그러더니 동휘를 보곤 눈을 빛내며 말했다.

"와, 아저씨 예쁘다."

진수는 키득거렸고, 동휘는 이맛살을 찌푸리며 그 여자애를 응시했다. 누구나 동휘를 보면 신기해하고 이상하게 여기면서도 차마 앞에서 대놓고 말하지는 못하는 법인데, 이 여자애는 뭐랄까, 사심이 없다고나 할까? 순진했다. 동휘가 꿍얼거렸다.

"예쁘면 예쁘지, 아저씨는 뭐니?"

여자애는 조금 난감한 듯 볼을 긁더니 자신의 입술 위에 인중을 가리켰다.

"여기, 수염 자국이 있어서……."

동휘가 얼른 자신의 수염 자국을 가리며 욕실로 달려갔고, 진수는 눈을 말똥거리며 자신이 뭘 잘못했냐는 듯 쳐다보고 있는 여자애를 보며 웃었다.

"근데 이렇게 나와도 돼?"

할아버지 제자의 막내딸인 여자애는 건강이 좋지 않아 어릴 때부터 집 안에서만 있었다. 가끔 바람 쐬듯 아버지를 따라 진수네 가마에 놀러왔다가 진수를 보곤 선생님, 선생님 하며 따라다녔다. 여자애가 배시시 웃으며 천연덕스럽게 대답했다.

"선생님 보고 싶어서요. 몰래 나왔어요."

멀리서 딸아이를 찾는 할아버지의 제자 분 목소리가 들려왔다.

"혜정아!!"

혜정이 미간을 좁히며 마당 너머 어딘가를 쳐다보더니 얼른 손에 쥐고 있던 작은 봉지 하나를 내민다.

"이거, 선생님 드리려고 온 거예요. 저희 집 것도 맛보시라고요."

어리둥절한 얼굴로 진수가 봉지를 받자 마루에 걸터앉은 혜정이 부리나케 아버지 목소리가 들리는 곳으로 뛰어갔다. 혹여 뛰다가 넘어질까 진수가 급히 혜정을 제지했다.

"뛰지 마, 혜정아. 그러다 넘어질라."

걸음을 멈춘 혜정이 뒤돌아보며 묘한 얼굴로 진수를 바라보더니 얼굴을 붉히며 걸어갔다. 진수가 그 모습을 유심히 지켜보다 무슨 일이 일어난 거지? 하는 얼굴로 멍하니 마당을 응시했다. 동휘는 수염 자국을 다 밀고 왔는지 말끔한 얼굴로 다시 왔다.

"어때? 이제 안 보이지?"

동휘가 얼굴을 이리저리 돌려보며 진수에게 물었다. 진수가 어이없다는 듯 웃으며 대답을 해주었다.

"그래, 예뻐."

동휘가 가방에서 거울과 화장품 가방을 꺼내더니 물에 씻겨져 맨입술이 된 얼굴에 톡톡 분을 바르고, 붉은빛 립스틱을 정성스럽게 발랐다. 진수는 방금 전 받아 들었던 작은 봉지를 열어보았다. 그 안에 곶감 열 개가 담겨져 있었다. 먹기에는 아까

울 정도로 작은 곶감이 예뻤다. 진수가 곶감이 든 봉지를 두 손
으로 소중히 감싸 쥐고는 청명한 겨울 하늘을 응시했다.

'행복해라, 단영아.'

『드디어 한국영화에도 레즈비언 코드 등장! 기존의 나왔던 레즈비언을 다룬 영화에서는 결국 태권도 소녀가 남자와 관계를 맺고 임신을 하는 반 레즈비언적 전개가 이어졌다면 이번 영화는 좀 더 은밀하고 도발적이다. 문제는 우리 나라 관객들에게 이 영화가 어떻게 다가갈 것인지만, 필자는 보는 내내 주인공들의 관계가 들킬까 말까 조마조마했다. 일단 잔인함과 음산한 폭력물로 유명했던 감독이 이렇게 은밀한 분위기까지 연출해 낸 것이 놀라웠고, 별 반전 없는 스토리가 또 하나의 〈정사〉처럼 애잔하게 가슴을 파고들어 또 놀라웠다.

—굿바이 신문.

주인공 소영은 대학 때 만난 남자 친구와 졸업과 동시에 약혼을 하게 된다. 남자 친구 정후는 유명한 배우라 비밀리에 결혼을 추진하게 되는데, 정후의 여동생 수진이 소영과 결혼 준비로 자주 만나게 된다. 그러던 어느 날 소영은 수진이 자주 가는 술집을 가게 된다. 그때부터 영화는 현실과 환상의 경계를 넘나들며 수진의 세계와 애인의 세계가 그려진다. 어쩌면 계획되어진 일상처럼 흘러가는 애인과의 세계, 그리고 처음 접해보는 수진의 세계. 소영은 수진과 은밀한 관계가 되어가면서 이 두 세계의 괴리를 괴로워한다. 영화는 어찌 보면 진부하고 어찌 보면 그냥 호기심의 대상으로밖에 안 되는 소재를 가지고 두 세계의 괴리와 분열이라는 인간의 양면적인 감정과 충돌을 이끌어내고 있다. 결국 이 분열을 견디지 못한 소영이 수진에게 사실을 말하자고 하는데, 이때부터 영화는 스릴까지 느끼게 만든다. 아이러니하게도 남자 친구 정후는 새로 만들어지는 영화에서 〈게이〉 역을 하게 되면서 세 사람의 고독이 그려지기도 한다. 어쨌든 결말은 영화에서 확인하시라. 소영과 정후가 무사히 결혼을 하게 되는지, 아니면 모든 걸 밝히고 수진과 함께 떠날지.

—먼데이서울.

☆☆☆★★ 지루하다. 도대체 감독이 말하고자 하는 바를 모르겠다. 그래도 남는 게 있다면 마지막 대사. 〈도자기는 바로 불에 태

워진 흙의 시체 아닌가〉. 이 대사로 그나마 별 하나 추가한다.

—씨네마리 50자 평.』

레즈비언 정사 때문에 완성된 지 이 년 동안 개봉을 하지 못했던 영화가 마침내 개봉이 되자 사람들이 얼마나 충격적이기에 이런가 하는 호기심에 꾸역꾸역 몰려들었다. 물론 뚜껑을 열어보니 그리 충격적일 것도, 적나라할 것도 없는 영화여서 관객들은 오히려 불만이었다. 여하튼 그 관객들 사이에 단영과 재윤이 있었다. 단영은 시사회 때 이미 한 번 봤지만, 관객들 반응도 살피고 재윤과 함께 볼 겸 시내에 있는 극장 나들이를 나온 것이다.

단영이 딸 한솔이를 맡겨놓은 극장 내 유아놀이방으로 향하는데 뒤따라오는 재윤은 연신 머리를 갸웃거렸다.

"정후가, 그러니까 난 거야?"

단영이 이젠 지겹다는 듯 발끈 소리쳤다. 그렇기도 한 것이 영화 시작할 때부터 끝날 때까지 정후가 자신을 빗댄 거냐고 계속 물어온 것이다.

"아냐!"

"그럼 저기서 내가 누군 거야?"

"아무도 아니야. 저건 그냥 영화야, 영화."

재윤은 믿을 수 없다는 듯 고개를 가로저었다.

"아닌데, 분명 정후가 난 것 같은데……."

"으이그, 맘대로 생각해."

단영이 재윤을 두고 혼자 놀이방 안으로 들어갔다. 그가 중얼 중얼거리면서 따라 들어갔다.

"그럼 수진이하고 도망칠 생각이었다는 건가?"

그동안 잠잠했던 그의 집요함이 영화를 계기로 되살아나고 있었다. 영화 속에서 소정이 정후와 결혼을 하고 집들이를 하는 데 소정과 수진이 묘한 시선을 주고받으며 끝난 것이다. 관객들이야 남의 이야기니 영화의 여운으로 생각하고 말 일이지만 재윤에게는 그렇게 넘기고 말 여운이 아니었던 것이다. 그는 불현듯 단영이 진수와 여전히 어떤 관계를 맺고 있는 건 아닌가 혼란에 휩싸이는데, 놀이방에서 뛰어나오는 여자 아이를 안고 함박웃음을 짓는 단영이를 보니 또 그건 아닌 것 같아 혼자 이맛살을 찌푸린다.

여하튼 문재윤이란 이 남자의 영화와 현실의 유기적 관계에 대한 혼란은 차치하고, 단영은 한솔이와 수화로 대화를 나누며 뭐 하고 놀았는지 물어본다. 한솔이는 청각장애를 가진 아이였다. 장애 때문에 입양이 안 되던 한솔이가 한번 다른 집에 갔다가 되돌아온 경험이 있어 처음 단영이와 재윤에게 입양이 되었을 땐 낯을 가리고 따르질 않았다. 마치 부모의 인내를 시험하듯 아이는 온갖 말썽과 억지를 부리며 속을 끓였다. 그런 아이를 놀이방에 맡겨둘 정도로 안정이 되었으니 얼마나 기쁜 일인가. 처음엔 〈문햇살〉이라는 이름을 지어주려고 했지만 아이는 그 이름에 반응하지 않았다. 단영이 아이의 마음이 뭔지 감지하고 원래의 부모가 지어준 한솔이라는 이름을 그대로 인정해 주었다.

"아바아아."

발음이 정확치 않지만 아이는 재윤을 향해 소리쳤다. 아마도 다른 아이들의 입모양을 흉내 내며 아빠라고 부르는 것 같았다. 재윤이 그 소리를 듣고 감격에 겨운 듯 웃음 지었다. 그리곤 한솔이를 품에 꼬옥 안았다. 단영과 재윤이 장하다는 듯 한솔이의 머리를 쓰다듬으니 아이가 기쁜 듯 오묘한 소리를 자아냈다.

"어머어어어."

두 사람이 그렇게 아이를 안고 놀이방을 나오는데 영화관 앞에 기다리고 있던 진수가 두 사람을 향해 손을 흔들었다. 오랜만에 서울에 올라온 김에 오늘 저녁에 보기로 한 것이다. 진수는 이제 갓 돌을 넘긴 딸 아이 〈유려한〉을 안고 있었는데 옆에는 지그마한 아가씨가 서 있었다. 언젠가 단영이 문경에 내려갔다가 한번 본 혜정이라는 아가씨였다. 스물두 살의 혜정은 뒤늦게 대학생이 되어 학교생활을 했는데 요즘엔 몸이 아파 휴학 상태였다. 진수와 재윤이 눈짓으로 서로에게 인사를 건네는데 단영이 불쑥 가장 궁금했던 걸 묻는다.

"영화 봤어?"

"아니, 아직. 너한테 우리 려한이 맡겨놓고 혜정이랑 보려고."

"으이그."

려한이를 맡길 심산으로 보자는 말을 한 것 같아 단영이 눈을 흘겼다.

"두 시간이야, 두 시간. 싫으면 영화 안 보고. 나중에 비디오 나오면 보지 뭐."

진수가 뻗대자 단영이 심드렁하게 대꾸했다.

"아냐, 곧 있으면 망할 영화라 비디오로 안 나올지도 몰라."

진수가 〈그런가?〉 하는 얼굴로 웃음을 터뜨렸고, 옆에 있던 혜정은 말똥말똥 눈을 빛내며 두 사람의 대화를 듣고만 있었다. 여하튼 여섯 명의 인간들이 어느 식당으로 자리를 옮겼다. 진수가 오랜만에 보는 한솔이를 보고 간단한 수화를 건넸다.

[많이 컸네, 우리 한솔이.]

한솔이의 얼굴이 발그레해졌다. 도대체 이 아이가 무슨 생각을 하며 진수를 보는지는 모르지만, 흡사 사랑에 빠진 눈빛이었다. 진수가 계속 말을 이었다.

[이리 와봐. 한번 안아보자.]

한솔이 벌떡 일어나더니 진수에게로 가려 했다. 그러자 옆에서 진수의 수화를 유심히 보고 있던 재운이 갑자기 한솔이를 잡아 품에 안는다.

"우리 한솔이한테 눈독들이지 마십쇼."

그 한마디에 좌중이 멍해졌다. 진수가 어이가 없다는 듯 팽하니 한숨을 내쉬는데 옆에 있던 려한이가 보이지 않았다. 찾아보니 려한이가 식탁 밑으로 엉금엉금 기어 재윤이 있는 곳으로 가고 있었다. 재윤은 려한이가 자신을 좋아하는지 알고 무릎에 한솔이를 앉힌 채 려한이를 안았다. 그런데 려한이가 한솔이에게로 향하더니 한솔이의 입술에 입맞춤을 하는 게 아닌가. 그러자 재윤이 얼른 두 아이를 떼어내며 외쳤다.

"야, 넌 어째 그런 것까지 엄마를 닮냐?"

웃고 있던 진수와 단영이 입을 벌린 채 재윤을 노려보는데, 옆에 얌전히 앉아 있던 혜정은 키득거린다. 재윤이 혼잣말로 중얼거렸다.

"그것도 유전인가?"

진수가 고개를 가로저으며 단영에게 어떻게 좀 해보라는 듯한 시선을 보냈다.

"무식이 찜쪄먹겠다, 야."

단영은 어깨를 으쓱이고는 자신의 남편을 노려보았다. 그나마 점원이 와서 반찬과 고기를 놓고 가는 바람에 분위기는 다시 풀어졌다. 재윤이 고기를 보며 꽤히 툴툴거렸다.

"나 고기 못 먹는데."

단영이 열심히 고기를 불판 위에 놓으면서 대꾸했다.

"된장찌개랑 상추는 좋아한다며?"

"그거야, 그때 당신 생각해서 했던 말이고."

진수가 고기 먹으러 가자는 말을 해서 온 거라 재윤이 꽤히 툴툴거리는 거였다. 여하튼 그러든 말든 진수는 고기가 익기만을 기다리더니 옆에 있는 혜정이와 려한이 먹이기에 정신이 없다. 얌전하고 조용한 혜정은 진수가 건네주는 고기를 날름날름 집어 먹었다. 진수가 그 모습이 기분이 좋은 듯 더 열심히 갖다 주자 단영이 빽 소리쳤다.

"야, 우리도 좀 먹자. 이건 익는 족족 집어가니, 원."

혜정이를 챙기는 진수의 모습에 괜히 화딱지가 나는 단영이었다. 재윤이 옆에서 한술 더 뜬다.

"단영아, 나도 반찬 좀 집어 줘봐."

"알아서 먹어."

단영이 쌩하게 일갈하자 재윤이 부루퉁하니 입술을 내밀고 한솔이한테 이른다.

"봤지, 한솔아? 네 아빠가 이렇게 설움당하고 산다."

그런데 한솔이는 고기를 씹으면서도 진수에게서 시선을 떼지 않고 있으니 재윤 성질이 욱하니 치민다. 아이고, 정신없다.

이렇게 정신없는 식사가 계속되는데, 진수의 핸드폰이 울렸다. 진수는 식당 위치를 알려주고는 전화를 끊었다. 잠시 후에 동휘가 유정이와 함께 식당으로 들어왔다. 두 사람은 작년부터 사귀는가 싶더니 올해 친구들이 있는 자리에서 조촐하게 결혼식을 올리고 함께 살고 있었다. 그렇게 소원이던 미니스커트에 부츠를 신고 동휘가 긴 머리를 휘날리며 자리를 잡고 앉았다. 낑낑거리며 부츠를 벗는 동휘를 보며 진수가 이죽거렸다.

"얼어죽겠다, 이년아."

"냅둬, 얼어죽든 말든. 나는 다리가 예뻐서 이런 거 입어줘야 돼."

두 사람이 옥신각신, 오랜만에 보는 반가움을 그렇게 풀고 있는데 단영은 유정을 보고 요즘 돌아가는 영화판 이야기를 하느라 정신없다. 재윤과 혜정이 이 난감한 분위기를 어떻게 해야 하나 잠시 서로를 응시하며 동지애를 느낀다.

여하튼 새로 불판을 갈고 추가로 내온 고기가 자글자글 익고 있을 때 동휘가 지갑에서 뭔가를 꺼내더니 경찰이 신분증 내미는 것처럼 주민등록증을 좌중에 휙하니 돌린다.

"나 드디어 2번으로 시작된다~"

재판에 들어갔다는 말은 들었지만 정말 새로 나온 주민등록증을 보니 모두들 신기하다. 진수가 2번으로 시작되는 주민등록증을 쳐다보며 냉소적으로 중얼거렸다.

"2번이 뭐가 좋다고 난리냐. 메인이 아니라 서브 국민이란 뜻인데. 나 같으면 차라리 3번으로 시작하는 걸로 싸우겠다."

진수가 그러든 말든 동휘는 으쓱이며 자랑을 했다. 그러더니 한솔이와 려한이에게 두 팔을 벌리며 외쳤다.

"아이고, 예쁜 것들. 이리 와봐. 아줌마가 젖 줄게."

재윤이 신기한 듯 되묻는다.

"야, 수술하면 젖도 나오냐?"

단영과 진수, 유정이 한숨을 내쉬었고, 혜정은 자신도 궁금하지만 차마 묻지 않겠다는 듯한 얼굴로 동휘를 말똥말똥 쳐다보았다. 려한이는 엄마가 요즘 주지 않는 젖을 먹으려고 동휘에게 엉금엉금 기어가고 있었고, 한솔이는 별로 맛없게 생겼다는 듯 동휘의 젖가슴을 보고 인상을 찌푸렸다.

『혼미한 정국』을 쓰고…

『어둠 속의 연인』, 『그림자의 사랑』, 『얼어죽을 놈의 나무』, 『그의 모든 것, 또는…』, 『반려』, 그리고 『혼미한 정국』.

만화 콘티만 다루던 내가 소설이라는 형태로 글을 쓴 작품들이다. 물론 연재하다 중간에 그만둔 것도 있고, 단편도 있지만 책 한 권 분량의 완결된 형태로 썼던 글들만 시간 순으로 나열해 본다. 『혼미한 정국』은 나에게 여섯 번째 작품이다. 『어둠 속의 연인』은 파일을 아예 날린 첫 습작이고, 『그의 모든 것, 또는…』은 아직 책으로 출판되지 않았으니 출판물로는 『혼미한 정국』이 네 번째 작품이다.

원고를 마지막으로 수정하고 읽어 내려가면서 나는 이 여섯 번째라는 숫자에 대해 생각해 본다. 그리고 그때마다 그저 내 마음 동하는 대로 써 왔던 글들이 어떤 궤적을 따라 움직이는지 생각해 본다.

1은 최초의 시작이며, 모든 것의 가능성이고, 그 홀로 존재하는 하나의 유일함이다. 이른 바 씨앗이고, 결과의 모태이다. 그게 『어둠 속의 연인』이 었다. 너무나 부실한 구성과 어이없는 문장, 그러나 그 속에 살아있던 주인 공 유석의 모습.

2는 둘이다. 양극이다. 나와 타자이며, 대상과 대상이다. 그래서 2는 짝을 상징하고 동시에 분열과 갈등을 상징한다. 그러나 동시에 3을 잉태하는 숫자이며, 변증법적으로 3을 지향한다. 『그림자의 사랑』이 어쩌다 보니 두 번째 작품이다. 기묘한 것은 『그림자의 사랑』에서 바로 나와 타자의 소통, 분열과 갈등을 다루고 있다는 점이다. 소통인 3을 지향하나 불완전한 2의 모습을 담고 있었다.

3은 완전함을 상징한다. 그래서 독선적이다. 삼각형의 모습으로 드러나는 3의 모습은 공격적이면서 동시에 활동적이다. 『얼어죽을 놈의 나무』가 세 번째 작품이다. 이 작품은 연두의 삶에서의 3을 드러내고 있는가? 괜히 한번 생각해 본다. 어쩌면 그랬던 것 같기도 하다. 현실과 비현실을 따지지 않고, 내가 지향하는 이상적인 삶을 담아보려 했으니 말이다. 물론 어느 정도의 독선적인 면도 담고 있는 것 같기도 하다.

4는 물질세계를 상징한다. 흙과 물, 불과 쇠 이렇게 자연의 네 가지 요소를 상징하며 그 네 개의 꼭지점이 사각형을 이루어 완전하다. 그러나 자연은 언제나 죽고 살고, 생을 반복하며 스러져 간다. 그저 그 순간에 존재하는 환영과 같다. 그런데 『그의 모든 것, 또는…』이 네 번째 작품으로 쓰여졌다. 신기한 일이다, 정말. 『그의 모든 것, 또는…』을 쓰면서 느꼈던 불덩어리, 완전한 사각의 벽에 갇힌 느낌들. 그의 모든 것은 그렇게 4를 닮아 있었다. 그리고 물질세계의 스러짐에서 오는 현실을 담고 있지 않는가.

5는 물질세계에 다섯 번째 요소인 생명, 또는 영혼이 추가된 숫자다. 물질세계를 흔들어 잉태된 숫자라 하여 생명력과 활동성을 암시하고, 또한 다섯 개의 꼭지점이 별과 연관되어 그 자체의 존재감을 가진다. 별은 어두운 하늘에 있는 하나의 빛, 『반려』는 다섯 번째 작품으로 내 앞에 나타난 것이다. 사람들은 이 소설에서 우울함과 슬픔을 느낀다 하는데, 나는 그래도 어둠 속의 빛을 그리려 했었다. 내가 어둠 속에 보았던 빛, 햇살, 눈물의 반짝임 같은 것. 5라는 숫자를 가지고 태어난 글이라 그런지, 내가 썼던 글 중 가장 감정이 요동치는 글이었다. 그리고 내 마음 속에서도 별처럼 어둠 속에 떠 있다. 별은 낮에 보이지 않고 어둠이 찾아와야 보이니, 『반려』가 가진 슬픔과 고통은 그렇게 어둠 속에 잠겨 있는 듯하다.

그리고 이제 6, 『혼미한 정국』이다. 6은 3과 2의 결합이라 하여 완전성과 양쪽의 갈등, 그리고 짝으로서의 조화를 함께 내포한다고 한다. 그리고 6은 육각형에서 그 모습을 드러내며 벌집을 의미한다. 벌집을 이루는 형태가 6이며, 튼튼하고 단단한 구조물이 6으로 이루어졌다. 아무리 생각해도 『혼미한 정국』은 튼튼함과는 다른 것 같은데, 이 소설이 어떻게 6이라는 의미를 가지고 있는지 모르겠다. 대략 3과 2의 결합된 이미지는 갖고 있는 듯하다. 시간을 두고 지켜볼 생각이다. 시간이 흐른 후 『혼미한 정국』이 6이라는 의미를 어떻게 담고 있었는지 말이다.

『혼미한 정국』이 어떻게 읽힐지 모르겠다. 기존의 형식을 파괴하는 형태로 드러나는지는 모르나, 그저 내 안에 생각하고 있던 로맨스에 충실하여 애썼다. 사랑이라는 감정, 타자와 타자라는 두 사람의 존재, 그 사이에 벌어지는 일들이 나에게는 로맨스의 주요 맥락이었다. 단영과 재윤의 사이도 로맨스고, 단영과 진수의 사이도 로맨스고, 진수와 동휘의 사이도 로맨스고, 유정과 동휘의 사이도 나에게는 모두 로맨스였다.

문득 일곱 번째 작품은 무얼 쓰게 될까 궁금해진다. 물론 지금 몰래 쓰고 있는 글이 있지만, 그것이 완결된 형태로 7을 차지할지 알 수 없다. 이대로 쭈욱 한 50년 열심히 썼을 때 99번째 소설은 어떤 걸 쓰게 될까 궁금해진다. 99라는 숫자를 가진 소설은 어떤 내용과 형태를 담고 있을까?

문득 문득 떠오르는 생각에 괜히 늦은 밤 거실을 서성이던 연두가 여러분께 여섯 번째 소설 『혼미한 정국』을 조심스레 내밀어본다.

2004. 12. 3
연두